周勛初文集

門弟子徐兴無敬書

周勋初文集

文史知新

周勋初 著

凤凰出版社

图书在版编目（CIP）数据

文史知新 / 周勋初著. -- 南京 : 凤凰出版社，
2023.4
（周勋初文集）
ISBN 978-7-5506-3930-0

Ⅰ. ①文… Ⅱ. ①周… Ⅲ. ①中国文学—古典文学研究—文集 Ⅳ. ①I206.2-53

中国国家版本馆CIP数据核字(2023)第051974号

书　　　名	文史知新
著　　　者	周勋初
责 任 编 辑	郭馨馨
装 帧 设 计	徐　慧
出 版 发 行	凤凰出版社(原江苏古籍出版社) 发行部电话025-83223462
出版社地址	江苏省南京市中央路165号，邮编：210009
照　　　排	南京凯建文化发展有限公司
印　　　刷	苏州市越洋印刷有限公司 江苏省苏州市吴中区南官渡路20号，邮编：215104
开　　　本	880毫米×1230毫米　1/32
印　　　张	10
字　　　数	241千字
版　　　次	2023年4月第1版
印　　　次	2023年4月第1次印刷
标 准 书 号	ISBN 978-7-5506-3930-0
定　　　价	98.00元
	(本书凡印装错误可向承印厂调换，电话：0512-68180638)

周勋初简介：

周勋初，上海市南汇县人，1929年生，副博士研究生肄业。

现为南京大学人文社会科学荣誉资深教授，历任南京大学研究生院副院长、古典文献研究所所长、中国古代文学重点学科学术带头人，兼任江苏省文史研究馆馆长。

《周勋初文集》江苏古籍出版社 2000 年出版

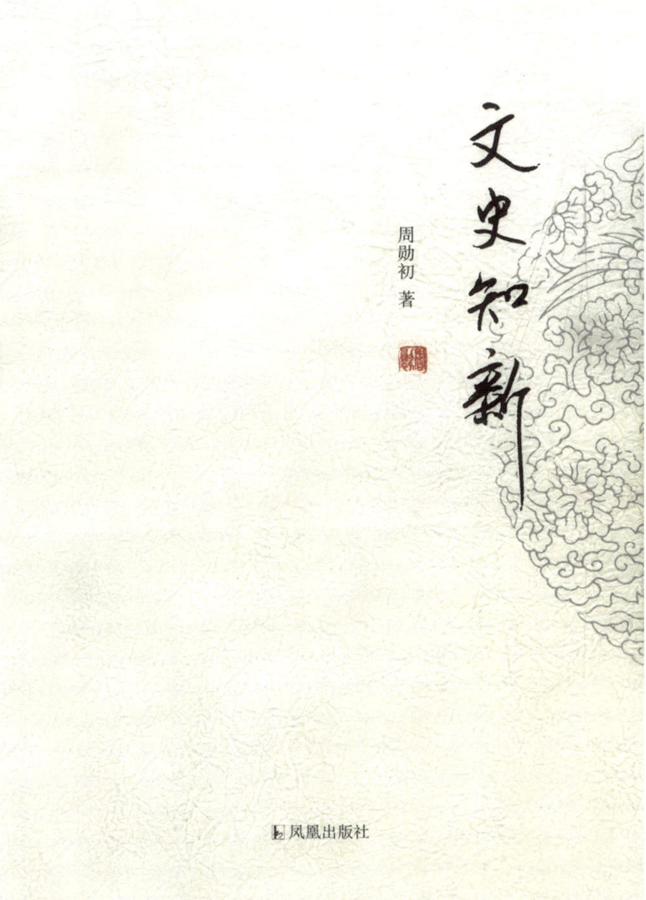

凤凰出版社 2012 年出版

目　录

释“赋”

“赋”这个词，在我国古典文学中经常运用，它有多种不同的涵义，因此在理解上常滋纷扰。《汉书·艺文志》引《传》曰：“不歌而诵谓之赋。登高能赋，可以为大夫。”指的是春秋时期政治交往中的赋诗风气；班固《两都赋序》：“赋者，古诗之流也。”指的是一种文体；《毛诗序》：“诗有六义焉：一曰风，二曰赋，三曰比，四曰兴，五曰雅，六曰颂。”指的是一种写作手法。——三者名同实异，不能混为一谈。《文心雕龙·诠赋》篇中说：“《诗》有六义，其二曰赋。赋者，铺也；铺采摛文，体物写志也。昔邵公称：‘公卿献诗，师箴赋。’《传》云：‘登高能赋，可为大夫。’《诗序》则同义，传说则异体，总其归涂，实相枝干。”意在折衷群说，融会贯通，但却缺少应有的疏理，不免流于笼统。后代有人继续作过钻研，只是三者之间的关系仍未说清楚，因而对此还有再作探讨的必要。

总的看来，赋诗风气对赋体的产生和赋这一手法的形成确有关系，不过中间还有许多曲折的过程，需要作些论证，才能阐明其间演变的经过。

春秋之时有赋诗的风气，《左传》中屡见记载，下面举昭公十六年的一次赋诗为例：

> 郑六卿饯宣子于郊，宣子曰：“二三君子请皆赋，起亦以知郑志。”子齹赋《野有蔓草》，宣子曰：“孺子善哉！吾有望矣。”子产赋郑之《羔裘》，宣子曰：“起不堪也。”子太叔赋《褰裳》，宣子曰：“起在此，敢勤子至于他人乎。”子太叔拜，宣子曰：“善哉！子之言是。不有是事，其能终乎。”子游赋《风雨》，子旗赋《有女同车》，子柳赋

《箨兮》，宣子喜曰："郑其庶乎！二三君子以君命贶起，赋不出郑志，皆昵燕好也。二三君子，数世之主也，可以无惧矣。"宣子皆献马焉，而赋《我将》。子产拜，使五卿皆拜，曰："吾子靖乱，敢不拜德！"

这样的赋诗，简直像猜谜，好在彼此都有这方面的特殊修养，因而能够做到心照不宣，非但不发生误会，反而联络了感情。郑六卿赋的大都是情诗，韩宣子却领会到它是"皆昵燕好"的表示；反之，宣子的答辞，郑六卿也能默契于心。酬答之间都显得很机智。

根据民俗学者的研究，世界上各古老民族无不重视谜语，我国古代也不例外。《国语·晋语五》载"秦客廋辞于朝"，韦昭注："廋，隐也；谓以隐伏谲诡之言问于朝也。"这种好隐的风气，先秦各国皆然，尤以齐、楚二国为最，《韩非子》《吕氏春秋》《史记》《新序》《列女传》等书中屡见记载。《新序·杂事》篇曾记齐宣王"发'隐书'而读之"，《汉书·艺文志》载《隐书》十八篇，颜师古注引刘向《别录》云："隐书者，疑其言以相问，对者以虑思之，可以无不谕。"说明好"隐"就是喜欢猜谜。这种玩艺与赋诗在本质上是一回事。

时人认为通过制谜与猜谜可以测度对手的智力，从而推断该人其他方面的表现。猜谜实际上是一种智力测验。秦客设廋辞，目的在测验晋国大夫的智力，从而推断他们的政治才能。和这一样，通过赋诗酬答，也可以测验从政者的智力。因此，凡是应答如响的政治家，就能给本国争取光荣，例如《左传》僖公二十三年记晋公子重耳至秦国求助，子犯自知水平差，不敢当此大任，改荐赵衰应付，结果果然取得了很大的成功；一些不能应付赋诗酬酢的人，就会给本国带来耻辱，例如《左传》昭公十二年记宋华定聘鲁，因为不知对方赋诗用意，又不答赋，结果被人断为昏庸"必亡"。这就说明赋诗言志之事确与国家体面有关。因为卿大夫智力的高下会直接影响到一国政治的盛衰，所以《汉书·艺文志》上说它可以“别贤不肖而观盛衰”。从这里也就可以了解到儒家中人为什么这样重视《诗》的原因了。

由上可知，赋诗风气是在“隐”的影响下产生的，它植根在古人重视谜语的基础之上。可以说，赋诗是在有诗书教养的士大夫间形成的一种特殊的、“雅致”的猜谜方法。

战国末年，儒学大师荀卿首先写作赋体，当与赋诗风气有关。他熟悉古时诸侯卿大夫间政治上的应对与酬酢，因此一定会熟悉赋诗这一惯例。他曾游学于齐，仕宦于楚，因此定然会受到两国好隐之风的影响。在他丰富的文化教养和社会经历的基础之上，也就酝酿出了一种新兴的文体——“赋”。

前人也已看到荀卿赋与隐之间的关系。《文心雕龙·谐隐》篇中说：“自魏代以来，颇非俳优，而君子嘲隐，化为谜语。‘谜’也者，回互其辞，使昏迷也。或体目文字，或图象品物，纤巧以弄思，浅察以衒辞，义欲婉而正，辞欲隐而显。荀卿《蚕赋》，已兆其体。至魏文、陈思，约而密之；高贵乡公，博举品物，虽有小巧，用乖远大。”刘勰举《蚕赋》为例，加以申述。这类作品都是“先疑其言以相问”，然后揭开谜底，与“隐”的原理完全一样。赋诗言志也以这种方式表现，这在荀卿当然是很熟悉的，他之所以以“赋”为名，看来就是受了前此盛行的赋诗之风的启示。

综上所言，可以概括如下：赋这种文体，是在“隐”的影响下产生的；它的得名，则由赋诗之事而来。

荀卿是咏物小赋的首倡者，自此之后作者辈出。赋家把客观事物的具体形态细致地刻画出来，读者则从描绘的形象中享受其文学情趣，因此汉魏六朝都视咏物小赋为娱玩之具。

《汉书·枚皋传》：“〔皋〕从行至甘泉、雍、河东，东巡狩，封泰山，塞决河宣房，游观三辅离宫馆，临山泽弋猎，射驭狗马，蹴鞠刻镂，上有所感，辄使赋之。为文疾，受诏辄成，故所赋者多。”

《汉书·王褒传》：“上令褒与张子侨等并待诏，数从褒等放猎。所幸宫馆，辄为歌颂，第其高下，以差赐帛。”

《汉武故事》：“〔上〕好辞赋，每所行幸及奇兽异物，辄命相如等赋之。”（《太平御览》卷八八引）

《汉书·艺文志》“诗赋略·杂赋”类载《杂鼓琴剑戏赋》十三篇、《杂山陵水泡云气雨旱赋》十六篇、《杂禽兽六畜昆虫赋》十八篇、《杂器械草木赋》三十三篇，说明汉代这类小赋的创作甚为繁荣。它们与荀卿赋之间有着继承与发展的关系，那在中间必然会有共同的特点。研究起来，这类咏物小赋在写作方法上有着明显的一致之处。

这里可举相传为西汉初期路乔如的《鹤赋》为例以说明之。

《西京杂记》卷四：“白鸟朱冠，鼓翼池干。举修距而跃跃，奋皓翅之㲦㲦。宛修颈而顾步，啄砂碛而相欢。岂忘赤霄之上，忽池籞而盘桓。饮清流而不举，食稻粱而未安。故知野禽野性，未脱笼樊；赖吾王之广爱，虽禽鸟兮抱恩，方腾骧而鸣舞，凭朱槛而为欢。”

和荀卿《蚕》《箴》诸赋相比，可以看到，这类小赋都注意描摹事物外形，采取如实敷写的手法，很少运用比喻，也没有什么深的寄托寓意，因此从写作手法上说，它们主要是用六义中的“赋”写成的。

汉人总结《诗经》的创作成果，提出了“六义”之说。他们归纳出了赋、比、兴三种不同的写作方法。这并非《诗》中特有，其他文体也有应用，只是由于要求不同，因而各有偏重罢了。《诗》中用比、兴的地方比较多，但用赋的地方也不少，皇甫谧《三都赋序》曰：“诗人之作，杂有赋体”，也就是说诗人应用了赋这种手法。汉人在给这种手法命名时，定会联想到当时大量存在着的赋体上去；他们看到赋家用以写作的就是这种手法，因而径以赋为“六义”之一。这样的推断，应当是合乎情理的：“赋”这种手法的得名，当由赋体移用而来。

由此可知，“赋”之一词在文学领域中包含着三种不同的意义，不加区别容易造成混乱，但中间确也存在着内在的联系。它的发展途径是：政治上的一种特殊风气影响到文学，产生一种相应的文体，然后形成一种具体的写作手法。

这里应作解释的是：屈原等人的作品为什么可以称之为“赋”？司马相如等人的大型作品为什么也以“赋”名？

刘向、班固等人称屈原的作品为赋，实则这种作品本无赋称，只有荀卿的作品才取名为“赋”，屈、宋的作品应该正称之为“楚辞”。然而自从司马相如、扬雄等人的大赋产生之后，有人看到它与楚辞之间有着密切的联系，因而也就顺口改称楚辞为赋罢了。

刘勰在《文心雕龙·诠赋》篇中将大赋的写作范围归结为“京殿苑猎”“述行序志”，小赋的写作范围归结为“草区禽族，庶品杂类”，二者写作对象不同，写作要求不同，也就决定二者篇幅上有差异。但它们在写作手法上却无甚不同，主要都采用了六义中的“赋”法，不过由于描写对象及应用场合等条件不同，小赋的敷陈较有限制，大赋的敷陈更为淋漓尽致罢了。

枚乘作《七发》，为大赋不祧之祖，但不以赋名；所作小赋，当以接受荀卿影响之故，已以赋名篇。足见大“赋”之称本由小赋发展而来。其所以如此，如上所言，则以二者之间本来存在着共通之点，尤其是写作手法上的一致。

（原载《古典文学知识》1990 年第 4 期）

赋体评议

一

古人写作重视文体的选择，各种文体之间又因社会功能的不同而隐然有高下之分。《文心雕龙·书记》篇叙及“笔札杂名，古今多品”，又总称之为“艺文之末品”；《杂文》篇则曰：“凡此三者（对问、七、连珠），文章之枝派，暇豫之末造也。”可见这些文体的品位都不高。那么，在中国古代的各种文体中哪一种文体在文坛上占有高位呢？答曰：赋。

赋最受到人们的重视，这可从下列几个方面加以考察：

（一）“作赋需大才”

作家才性多有不同，专擅的文体也有不同，但若有人具有写作大赋的才能，则被视作大才，与擅长写作其他文体者有所不同。《北齐书·魏收传》曰：

> 〔收〕与济阴温子升、河间邢子才齐誉，世号三才。……收以温子升全不作赋，邢虽有一两首，又非所长，常云“会须作赋，始成大才士。唯以章表碑志自许，此外更同儿戏”。

魏收此说是总结了前人和当代人的经验而提出的，后人从无异议，可知古代文士普遍认为赋这一种文体最能显示作者的水平，能够写作大赋的人才能被人称之为大才。

(二) 总集、别集首列赋体

从传世的总集和别集来看，各人的文章按文体编排，除个别例外，如若干以诗著称的人首列诗体外，一般总是把赋列在全集之首。于此可见赋在古人心目中的地位。

传世的总集以昭明《文选》为第一部，此书即将赋体列在各种文体之首。对于《文选》的文体区分，古今议之者颇多，“赋先于诗”，也遭到过章学诚等人的批评，①但后人沿而不改，足见这样的编排还是反映了古今学术界的共通心理，所以才没有人起而改变或作调整。

萧统等人的文体安排也是前有所承的。考察历史，即可见其端倪。班固根据刘歆《七略》编纂《汉书·艺文志》，把西汉时期的诗赋作品收在《诗赋略》中，前列屈原等人之赋、陆贾等人之赋、孙卿等人之赋以及杂赋共四类，计为七十八家一千零四篇，后列歌诗二十八家三百一十四篇。前赋后诗，说明这一格局在赋体形成之时即已确立；东汉之时赋作更盛，只是袁山松的《后汉书·艺文志》已佚，在此前后编纂东汉一代历史的其他各家看来没有这方面的记叙。范晔作《后汉书》，也无《艺文志》一类的文字，但他在纪传中，特别是在新辟的《文苑传》中，记下了许多著名文士和他们的作品，在文体的编排顺序上总是首列赋体，然后叙及其他文体，只有少数作家名下首列诗体。先诗后赋，也是赋从诗出的意思。这样的安排同样表现出了赋体的尊贵。

(三) 文会、投献，作赋最能显示水平

钱起《赠阙下裴舍人》诗后四句曰：

---

① 参看《文史通义》内篇《诗教下》。

……

阳和不散穷途恨，霄汉长悬捧日心。

献赋十年犹未遇，羞将白发对华簪。

献赋可以得官，历代皆然，大家都熟知的，或许要以杜甫进献《三大礼赋》之事为最著名。杜甫入京求仕，屡次应试不中，又乏有力者荐引，穷途末路，只能利用玄宗祠太清宫、太庙和祀南郊的机会，进献三赋，结果果然获得了玄宗的赏识，敕使待制集贤院，命宰相试文章，由此走上了仕途。文人献赋得幸，表示自己有大才而得到了赏识，那是感到非常光彩的。杜甫日后流落西川，在《莫相疑行》中追忆道："忆献三赋蓬莱宫，自怪一日声煊赫。集贤学士如堵墙，观我落笔中书堂。往时文采动人主，此日饥寒趋路旁。"可见杜甫虽以诗歌享有盛誉，但他最引为骄傲的，是献赋而入仕之事。

文人集会，联章赋诗，分题限韵，这些古人视作文采风流的雅事，可以博得盛誉，但不一定会被视作大才。然而文士若能在盛会之时当场作赋，则被认为大才的表现，例如《后汉书·祢衡传》叙其即席作《鹦鹉赋》，《三国志·魏书·陈思王传》叙曹植应命而作《铜雀台赋》均是。

文士投献赋篇而得赏识，即兴作赋而得盛誉，李调元《赋话》中事例甚多，可以参看。

(四) 古人重赋原因之分析

上述种种，史籍多见，不烦备举。值得探究的是：为什么古人会有这种观念，把赋推上文体中首要的地位？从赋本身来看，究竟具有怎样的特点才能引起人们这么重视？

近人于此已经取得了很多可贵的研究成果。郭绍虞说："中国文学中有一种特殊的体制就是'赋'。中国文学上的分类，一向分为诗文二体，而赋的体裁则界于诗文二者之间，既不能归入于文，又不能列之于诗。可是，同时另有一种相反情形，赋既为文，又可称之为诗，成为文学上属于两栖的一类。”①这就是说：赋是一种将韵文和散文综合起来的文体。赋家需有散文作家和韵文作家的特长，因而常是受到人们的好评。

比之其他文体，赋家在沈思、翰藻方面要下更大的功夫，完美的大赋，在二者的结合上更见功力。王芑孙《读赋卮言·立意》曰：“寻其脉络，须兼叙事之长；极尔精详，更有补题之解。功以琢磨而致，思必再四而周。古人或炼之以十年，或研之于一纪，非为征材，良由审意，作赋之功，固以淹迟极妙也。”有的大赋就像一部专题的辞典，前人早有赋起类书作用的观点，宋代吴淑作《事类赋》百篇，太宗诏令注释，遂成《事类赋注》三十卷。这样的赋也有欠缺，算不上完美之作。刘熙载《艺概·赋概》曰：“赋与谱录不同。谱录惟取志物，而无情可言，无采可发，则如数他家之宝，无关己事。以赋体视之，孰为亲切且尊异耶？”这就是说极尔精详的大赋必须具备情采之美，才能算是成功之作。

但古人之重赋，还在于它是一种学术和文学高度渗透的文体。我国古代学术最重博综，评价人物时最重博学多能，赋家兼有学术和文学之长，才会被人视作大才。我以为这是历代重赋的根本原因之所在。

我国古代早有“一物不知，儒者之耻”的说法，②后人不一定知道此语出处，但都接受这种观念，以为儒者（广泛意义上的知识分子）应

---

① 《赋在中国文学史上的位置》，载《照隅室古典文学论集》（上编），上海古籍出版社1983年版。

② 此说见之于文字者，首推“五胡乱华”的第一号人物，建立前汉政权的匈奴族首领刘渊，《晋书·刘元海载记》录其言曰：“道由人弘，一物之不知者，固君子之所耻也。”

当无所不知，无所不能。章回小说中形容某位能人时，总是称赞他“上知天文，下知地理，三教九流，诸子百家，无所不通，无所不晓”。而对于那些专精一艺或一技的专家学者，则常持菲薄的态度，或讥之曰雕虫小技，或称之为只知其一，不知其二，这是读过一些古书的人都会接触到的道理。

但时代是在不断发展的，先秦时期学术融而未分，例如战国诸子，既是哲学家，又是文学家，有的还是著名的教育家、科学家、政治家……后人很难将之纳入某一范畴之中。战国之末，屈原等人在文学上作出了突出的贡献，但视其平生建树，仍难以文人视之。汉代辞赋繁荣，于是刘歆等人另立“诗赋略”，借与“诸子略”等区分；东汉出现了更多的专业文人，于是范晔在编纂《后汉书》时首创“文苑”一“传”，藉与“儒林”等“传”区分。这是顺应时代发展而采取的正确措施。随着社会的发展，学术上的积累越发丰厚，人们的分工越发细密，必然会有一批人去从事某一专业的创造，这样才能加快这些专业的建设，促进社会更快的发展。范晔等人的创建，一直为后代史家所沿用，说明这是符合历史要求的正确措施。

但事情又有它的另一方面，有人则起而反对这样的区分。这里有传统的观念在起反拨作用。

《庄子·应帝王》中有文曰：

> 南海之帝为倏，北海之帝为忽，中央之帝为浑沌。倏与忽时相遇于浑沌之地，浑沌待之甚善。倏与忽谋报浑沌之德，曰：“人皆有七窍，以视听食息，此独无有，尝试凿之。”日凿一窍，七日而浑沌死。

这则寓言可以用来说明人们在智力发展破坏了学术高度综合状

态之后所感到的惋惜情绪。文学发展之后，随之也出现了很多怪怨的言论，袁枚《虞东先生文集序》曰：“文章始于六经，而范史以谈经者入‘儒林’，不入‘文苑’，似强为区分，然后世史家俱仍之而不变，则亦有所不得已也。”可见思想豁达如袁枚，对此也有无奈而惋惜的情绪。

王先谦《后汉书集解》于此书《文苑传》后猛烈批评范晔首创该传，云“所传者，大率恃才傲物，浅中小夫，未闻君子之大道，异乎游夏文学之科矣。……自后史臣载笔，踵而弗失，无行才士，率厕兹传，文人之目，遂为世诟，流宕忘返，君子惧旃。刘挚尝言‘士当以器识为先，一命为文人，无足观矣’。叶适亦谓文不足关世教，虽工无益”。这里所说的“一命为文人，无足观矣”云云，也已成为古人一种很有代表性的见解。

根据儒家的正统观点，以为文人要成大才，必须要有器识，器识从何而来，当然要从学问着手。只有学养深厚的人才能创作出有关世教而又完美无缺的作品。

但从另一方面来说，饱学之士是否算是完美无缺的人物了呢？这也不尽然。书虫、书橱、书簏云云，经常用来讽刺那些博学而不善属文的人。李善的《文选注》，向被学界视为博学的典范之作，但李善生前生后都曾遭到人们的非议，《新唐书·李邕传》曰：“父善，有雅行，淹贯古今，不能属辞，故人号‘书簏’。”显然，这也是一件颇使人感到遗憾的事。

综合上言，可知我国古代那些博学和文词兼擅的人物，最被人推崇。谢榛《四溟诗话》卷二曰：“汉人作赋，必读万卷书，以养胸次。《离骚》为主，《山海经》《舆地志》《尔雅》诸书为辅；又必精于六书，识所从来，自能作用，若扬袘、戍削、飞襳、垂髾之类，命意宏博，措词富丽，千汇万状，出有入无，气贯一篇，意归数语，此长卿所以大过人者也。”自从汉初司马相如为大赋的创作奠定了体制方面的规格之后，后代著名的文士一直为此而努力，绵延至于近代，仍然如此。章炳麟（太炎）也有赋篇传世。章氏门人，如徐震（哲东）作有《游峨眉山赋》，①黄侃（季刚）作有《宫沟秋莲赋》，②都曾传诵一时。黄侃殁后，挚友胡小石教授撰挽联曰“所学兼儒林、文苑之长”，这是知识界对文学之士所能作出的最高赞誉。

儒学、文苑兼长的人物采用赋体创作，十八般武艺都能用上，最能发挥其水平。刘熙载《艺概·赋概》曰“赋兼才学”，这比各有偏至的人自然更为胜过一筹。

那些学识博大的著名文人，总是念念不忘他们的赋作，周煇《清波杂志》卷二曰：

> 东坡在海外，语其子过曰：“我决不为海外人，近日颇觉有还中州气象。”乃涤砚焚香，写平生所作八赋，当不脱误一字以卜之。写毕，大喜曰：“我归无疑矣。”后数日，廉州之命至。八赋墨迹初归梁师成，后入禁中。③

东坡博学多能，著述之富，史不多见，而他在众多文体中独举八赋以卜生还的机缘，当是以为八赋乃其生平精神之所凝聚，可以以此觇测生气是否充溢，于此可见东坡之于赋作，真可谓生死以之的了。

二

有的学者看法与上不同，认为赋体向来受人鄙薄，他们所举的例

---

① 载《斯文半月刊》第二卷第十二期，金陵大学文学院编，1942年6月1日。
② 载《黄季刚诗文钞》，湖北人民出版社1985年版。
③ 朱弁《曲洧旧闻》卷五亦有相同之记载，可参看。

证，不出下列数端：

（一）赋家的地位与俳优等列

司马迁在《报任安书》中说："文史星历，近乎卜祝之间，固主上所戏弄，倡优蓄之，流俗之所轻也。"辞赋作者乃属文之士，地位犹如俳优，这与史书上记载的枚皋、东方朔等人的身份相合。作赋者的情况既如此，赋体的品位自然不高了。

（二）赋的作用劝百讽一

汉代文士对于赋的社会作用，颇多议论，扬雄的意见很有代表性。《汉书·扬雄传》曰："雄以为赋者，将以风也，必推类而言，极丽靡之辞，闳侈巨衍，竞于使人不能加也。既乃归之于正，然览者已过矣。往时武帝好神仙，相如上《大人赋》欲以风，帝反缥缥有陵云之志。繇是言之，赋劝而不止，明矣。又颇似俳优淳于髡、优孟之徒，非法度所存，贤人君子诗赋之正也，于是辍不复为。"这是以为赋有内在的矛盾，华美的形式不能保证内容的正确，作为一种文体，也就大成问题了。

（三）赋是一种替统治阶级服务的文体

这是近代持阶级观点的学者常用的一种论调，以为那些大赋，特别是京殿苑猎之作，都是为统治者歌功颂德，或是为之大唱赞歌的文章，没有什么教育作用，因此应当彻底批判。

（四）对古今贬斥赋体的理论的分析

大赋当然不大可能是为平民服务的，但平民出身的知识分子同样可以欣赏它，从中学到多方面的知识。

作为一种文学现象，赋本身也经历着许多变化，作赋的人，千差万别，如一一加以论列，也难对赋体作出总的评价。上面一些论点，有其内在的联系，是从赋家的社会地位和社会作用着眼而否定赋在文学史上的地位的。但这里应该注意的是，赋的发展有一个过程，赋家的地位也经历着变化，这里有赋家个人的原因，也有政治环境方面的原因，只有全面地加以考察，才能得出正确的结论。

下面我想对此作些历史的考察。

自战国至汉代，赋体经历着形成、发展和定型的阶段，与之相应，作为当时的知识阶层，士的身份也经历着各种变化。

战国之时，各诸侯国之间的角逐十分激烈，大家争相吸引奇能异材之士，由是社会上产生了游士一流人物，他们奔走各国，倚仗自己的才能，与诸侯王分庭抗礼，争得了很高的社会地位。颜斶见齐宣王，声称“士贵，王者不贵”，①可见其时士之自命不凡，对自己的身价估计很高。汉初分封诸侯，一度出现类似战国的局面，由是社会上仍然有游士一类人物在活动。刘汉君主起于楚地，俗尚土风，因此自楚辞发展而来的辞赋，得到了长足的发展，在刘姓的诸侯国中，像吴王、淮南王、梁孝王等各处王室中都养有一批以辞赋著称的游士，他们的作品，顺应历史发展，在形式上出现了新的面貌，但在内容上仍可看出战国时期的流风馀韵，例如枚乘作《七发》，规诫贵族子弟不能耽于逸乐，意在防止统治阶级的腐化。他假设吴客为楚太子陈致病之由，然后历陈音乐之妙、饮食之美、车马之盛、巡游之乐、田猎之壮、观涛之奇，层层推进，启发太子改变生活方式，但均未奏效，最后吴客欲进方术之士，“使之论天下之精微，理万物之是非”，太子乃“涣乎若一听圣人辩士之言，涊然汗出，霍然病已”。显然，枚乘这里是在为游士张目，他所强调的，是诸子百家的学术价值；他所憧憬的，是重现战国时期百家争鸣的局

---

① 见《战国策·齐策四》。

面，从而恢复游士当年的社会地位。

但到汉武帝时，情况发生了根本的变化。他罢黜百家，独尊儒术，随着削藩政策的实施，中央集权的需要，在思想领域中也加强了统治。散在各藩国中的游士失去了培育的温床，有辞赋专长的游士不能像枚乘那样再去侈陈百家之美，他们如想在朝廷中占有一席之地，势必不能再像过去那样保持相对独立的身份。他们的地位和论点，必须随着新的形势而改变。

由于武帝本身爱好辞赋，因此散在藩国中的那些赋家陆续向中央集中，但武帝对他们的言论很警惕，不让他们将游士的风气带进朝廷，《汉书·严助传》载武帝赐书曰："君厌承明之庐，劳侍从之事，怀故土，出为郡吏。……间者，阔焉久不闻问，具以《春秋》对，毋以苏秦纵横。"这就明白地宣告了游士必须改变旧有的思想体系才能衣食有托。

在这种政治气氛之下，赋家的队伍中出现了分化，有的赋家思想合乎规范，但写作技巧未必高明，如《汉书·艺文志》录刘德赋九篇，未能流传后世，或以技巧平常之故；有的赋家技巧高明，但思想未必纯正，他们得到的待遇可想而知。《严助传》又曰："上令助等与大臣辩论，中外相应以义理之文，大臣数诎。其尤亲幸者，东方朔、枚皋、严助、吾丘寿王、司马相如。相如常称疾避事。朔、皋不根持论，上颇俳优蓄之。惟助与寿王见任用。"说明严助的转变立场甚为成功，因而博得了武帝的喜爱，枚皋和东方朔则因不能持论而遭到了失败，他们在"义理"上都有所欠缺。

战国之时，不管游士的品格如何，即使鸡鸣狗盗之徒，也有施展才能的机会。到了武帝之后，这种情况改变了，枚皋、东方朔等人品格原就不高，《盐铁论·褒贤》篇载大夫曰："东方朔自称辩略，消坚释石，当世无双，然省其私行，狂夫不忍为。"这一类人只能以插科打诨来博得武帝的欢心，这就难怪会落得个俳优般的身份了。《汉书·枚皋传》

曰:“皋不通经术,诙笑类俳倡,为赋颂好嫚戏,以故得媟黩贵幸,比东方朔、郭舍人等,而不得比严助等得尊官。”可见这一类人之沦落,自有其原因。他们不能代表全部赋家的社会身份。

司马迁在《报任安书》中的一番话,明为愤激之言,寄寓着他对太史公一职社会地位下降的不平。《太史公自序》“谈为太史公”下,张守节《正义》引虞喜《志林》曰:“古者主天官皆上公,自周至汉,其职转卑,然朝会坐位犹居公上,尊天之道。”说明太史公这一职位的情况很微妙。人们处在上古时期,对自然现象的变化不能作出科学的解释,无法顺应自然克服天灾,因而对掌握天象历法知识的人极为尊崇。随着科学知识的提高,人类战胜自然力量的增强,太史公的地位也就随之下降。汉武帝时出现了截然矛盾的两种对待办法,一方面如同裴骃《集解》引如淳转引《汉仪注》中所说,“位在丞相上”,仍然保持着过去的一份尊荣;一方面则又视之为一种技艺而加以贱视,这就难怪司马迁有“俳优蓄之”的不平之感了。

时代发展到了汉武帝时,游士的历史宣告结束,昔日的荣光,已经一去不复返了。东方朔在《答客难》中哀叹道:“使苏秦、张仪与仆并生于今之世,曾不得掌故,安敢望侍郎乎?”看来他对时势有清醒的认识,只能以此自我安慰了。

但司马相如却在文学上取得了很大的成功,这固然与他具有过人的文学天才有关,还因他能在时代转变的重要关头顺应潮流,一方面“托疾避事”,自别于枚皋之流,一方面另辟途径,谋求自身社会地位的变化。

按司马相如小名犬子,由狗监杨得意荐举得幸,说明他的身份原很低贱,走的本是俳优的道路。汉明帝曾晓示班固,曰:“司马相如污行无节,但有浮华之词,不周于用。”①这当是指司马相如在临邛时的

① 见班固《典引》。

一段风流韵事，即勾引新寡的卓文君夜奔，又身服犊鼻裈，敲诈卓王孙的资财，而他自己还把这些事情一一载之《自叙》，[①]说明他的思想还未受到儒家的束缚。其立身行事，仍属游士一类人物，而他早年游梁求仕，正是游士生活的一种实践。不过他后来却能在其他许多方面顺应时势，从而在文学创作和政治活动等方面都取得进展。

大赋的格局，在司马相如手下形成。《子虚》《上林》二赋，成了游猎赋的典范之作。二赋反映的中心思想，即尊王而贬抑地方诸侯。这与汉代前期政治上的要求正相一致。因此，司马相如虽然还未建立起儒家的思想体系，游猎赋中的抑客伸主，也只是纵横家游说诸侯时常用的一种伎俩，但从客观效果来看，却与武帝时期提出中央集权的政治要求完全一致。

扬雄极为欣赏司马相如的赋，居常拟之以为式，说明这些铺张扬厉、弘丽温雅的大赋已极完美，具有很大的艺术感染力；但扬雄又嫌司马相如的赋讽谏作用太少，只是“曲终奏雅”，因而又有不满。二人态度上的差异，是由所处的历史阶段不同而引起的。司马相如处在武帝的盛世，他要用赋歌颂国力强大，显示大汉的声威，因此颇用文艺夸张的手法，分门别类地一一加以形容。扬雄所处的时代，已是西汉衰世，因此他对那些铺张的写法，时而感到过度，对于讽谏的成分，则深感力量不足了。但大赋的结尾有讽谏的内容，总是富有积极用世的寓意，班固就于此着眼，仍然肯定司马相如的赋作。他在《汉书·司马相如传赞》中说：“相如虽多虚辞滥说，然要其归引之于节俭，此与《诗》之风谏何异？扬雄以为靡丽之赋，劝百而风一，犹骋郑卫之声，曲终而奏雅，不已戏乎？”就从诗教的角度肯定了赋的价值。

在汉赋的发展史上，班固占有重要的地位，他从理论上论证了赋

① 参看钱钟书《管锥编》第一册第三五七页，中华书局 1979 年版。

体的重要价值，在创作上开辟了另一重大题材。

班固顺应历史发展，提出了赋作应该贯彻儒家诗教的要求。他在《两都赋序》中介绍司马相如等人的创作之后，总结其成就曰："或以抒下情而通讽谕，或以宣上德而尽忠孝，雍容揄扬，著于后嗣，抑亦雅颂之亚也。"这就把《序》中首先提出的赋从诗出的论点落实下来了。《诗大序》在阐述"风"的涵义时说："上以风化下，下以风刺上，主文而谲谏，言之者无罪，闻之者足以戒，故曰风。"儒家中人向来认为自己肩负着沟通上下的重要任务，他们利用文艺手段，根据儒家教义对下层民众进行教育，同时又把百姓的呼声反映上去。班固认为赋这种文体起着沟通上下的重要作用，也就为赋家和赋体争得了重要的地位。

《两都赋》的写作有其现实意义，争论的是政治中心应该放在何处的重大问题。①

每当政治上发生重大变动，各派政治力量起而较量之时，往往随着有"论都赋"之类的大赋出现，班固的《两都赋》，张衡的《两京赋》，左思的《三都赋》，庾阐的《扬都赋》等，都是这方面的杰出之作。读者结合史籍，了解这些京殿大赋的产生背景，就可明白为什么这类作品能够激动人心了。

一般说来，骋辞大赋到了魏晋之时即已趋向衰落，但左思的《三都赋》却取得了空前的成就。这是因为左思写作的三都赋，从思想内容来说，兼有司马相如、班固二人之作的长处。从尊王的角度来说，左思三赋与司马相如写作的《子虚》《上林》二赋有相通之处，即反对割据而歌颂统一。左思尊魏而贬抑吴、蜀，晋承魏统，尊魏亦即尊晋。三赋吸收了班固描述都城的长处，将归于一统的各处都城尽情形容一番，其

① 参看缪钺《〈文选〉赋笺》——班固《两都赋》，载《冰茧庵丛稿》，上海古籍出版社 1985 年版。

中又突出天下一统的用意，自然会受到晋室臣民的热烈欢迎，从而取得“洛阳为之纸贵”的效果了。

后代写作这类赋的作家尽管少了，但人们的观念仍然没有什么改变，《明史·桑悦传》曰：“悦在京师，见高丽使臣市本朝《两都赋》，无有，以为耻，遂赋之。”可见后代仍视这类大赋为王朝声威的象征。

《文心雕龙·诠赋》篇中说：“夫京殿苑猎，述行序志，并体国经野，义尚光大。”近人以为述行序志之赋富有文学意味，因而予以重视；京殿苑猎之赋文学意味较少，因而评价颇低，实则京殿苑猎之赋气魄宏大，更能起到“体国经野”的作用。自从赋家竞作这类京殿苑猎的重大题材之后，本人身份也已起了变化，司马相如已经摆脱了俳优般的处境，扬雄、班固、张衡等人不再被人视作俳优般的人物。他们热衷作赋，但已成为士阶层中的优秀代表。

三

上面一节着重讨论了大赋作家的社会地位问题，下面还可对小赋作家和俳优的问题续作一些探讨。

刘勰在《文心雕龙·神思》篇中说：“人之禀才，迟速异分；文之制体，大小殊功。”“相如含笔而腐毫”，“虽有巨文，亦思之缓也”；“枚皋应诏而成赋”，“虽有短篇，亦思之速也”。二者思路与创作上的差异，也就决定了他们的社会地位有所不同。

《汉书·枚皋传》上说：“从行至甘泉、雍、河东，东巡狩，封泰山，塞决河宣房，游观三辅离宫馆，临山泽弋猎，射驭狗马，蹴鞠刻镂，上有所感，辄使赋之。为文疾，受诏辄成，故所赋者多。”可知枚皋长于描摹具体事物。《文心雕龙·诠赋》篇中说“皋、朔以下，品物毕图”，这类作品虽然生动具体，描绘细致，但缺乏寓意，故品位不高。作赋徒有技巧，犹如只掌握一种技艺，枚皋等人用这种技艺为皇帝服务，以此博得欢心，当然只能得到俳优般的待遇了。所以枚皋"又言为赋乃俳，见视如倡，自悔类倡也"。

到了东汉末期，宫廷中又出现了一批俳优式的文人，那就是待制鸿都门下，以方俗闾里小事娱悦灵帝的一些"能为文赋者"。这些人物，较之枚皋等人还要低上一筹，《后汉书·蔡邕传》载其上封事时曾加以批判，中云：

> 夫书画辞赋，才之小者，匡国理政，未有其能。陛下即位之初，先涉经术，听政馀日，观省篇章，聊以游意，当代博弈，非以教化取士之本。而诸生竞利，作者鼎沸，其高者颇引经训风喻之言，下则连偶俗语，有类俳优，或窃成文，虚冒名氏。……

由此可见，小赋作家的流品很杂，有的品格很低，情趣不高，受人轻视，事出有因，不能据此得出汉人轻赋的结论。这类小赋，具有俚俗的特点，或因起于民间，文字上尚未得到提炼，显得粗糙，然而富有娱乐意味，因而得到灵帝的喜爱。蔡邕则以为它缺乏教育作用，从而加以贬斥。这里他用儒家经典与之作比较，当然会把文学置于经学之下了。

四

在前面两节文字中，我对赋体的形成、发展和赋家的地位，以及人们对此作出的评价，进行了具体的分析，由此似可得出下列一些认识：

1. 赋是一种介于学术与文学之间的文体，与其他文体的不同之处就在其高度综合上。因此，研究赋体应从历朝历代总的文化背景上作总体的考察，而不能纯采当代某些文艺学原理对它提出片面的要求。

2. 大赋最能反映出赋这一种文体的特点，汉代的大赋又最充分地体现出了高度综合的成就，因此研究赋体，应以汉赋为主要对象。王国维在《宋元戏曲考序》中称“汉之赋”乃“一代之文学，而后世莫能继焉者也”。当然，后代的赋家在创作大赋时也取得了不少成就，应该统古今而观之。

3. 从形式方面来看，赋从形成时起，就包容了我国语言文字方面的种种特点。其后赋的发展，经历着六朝骈赋、唐代律赋、宋代文赋等不同阶段，所以如此，正因各个时代的赋家在文学形式的发展上作出了新的努力。但赋体能够随着文学总的发展趋势而形成种种新体，正由于它蕴蓄着能适应形势的各种灵活机制。这一特点也应引起我们的充分注意。

（原载《南京大学学报》1994 年第 2 期）

王粲患麻风病说

王粲的健康情况一直很差,《三国志·魏书·王粲传》上就说他“貌寝而体弱通脱”。他为什么“体弱”呢?原来他自年轻时起就一直有病。皇甫谧《甲乙经序》:

〔张〕仲景见侍中王仲宣,时年二十馀。谓曰:“君有病,四十当眉落。眉落半年而死。”令服五石汤可免。仲宣嫌其言忤,受汤而勿服。居三日,见仲宣,谓曰:“服汤否?”仲宣曰:“已服。”仲景曰:“色候固非服汤之胗,君何轻命也!”仲宣犹不言。后二十年,眉果落。后一百八十七日而死,终如其言。

《何颙别传》:

王仲宣年十七,尝遇仲景。仲景曰:“君有病,宜服五石汤,不治且成门后,年三十当眉落。”仲宣以其贳长也远,不治也。后至三十,疾果成,竟眉落。(《太平御览》卷七二二引;卷四四四亦引,文字略同)

这两种记载涉及的年代有所不同,但其基本情节却是一致的。它说的是:王粲二十岁左右时,遇见了张仲景。这位名医发现王粲已经得了一种慢性病,叫他早日医治,王粲以为来日方长,不以为意,结果不出张氏所料,日后真的死于这种恶疾。这种轶闻含有宣扬张仲景医道高明的用意,颇有神秘意味,所以殷芸录入《小说》之中。只是在两种性质截然不同的文字中却有同样内容的记载，则又说明此说不可能出于个别好事者的编造。

王粲到底得了什么病呢？从它潜伏期之长，以及最后眉毛脱落等情况来看，他得的当是麻风病。因为只有麻风病才具有这样的症状。

麻风病，古代称之为“疠”（或作“厉”“癞”）。《说文解字》卷七：“疠，恶疾也。”患者起初大都不知得病，当它发作时，眉毛脱落，头面肿大，皮肉溃烂，形状是很可怕的。所以《韩非子·奸劫弑臣》中有“疠怜王”之说，以为劫杀死亡之君，绞颈射股，饥死擢筋，他们心中的忧惧，有甚于“厉”（疠）者。这里借用“疠”的可怕来形容“劫杀死亡之君”的可怜，使用的是映衬的修辞手法。“厉”虽“痈肿疕疡”，犹愈于惨死者。韩非是用最可怕的病症来惊醒君主，意思是非常清楚的。

看来春秋之时已对疠的症候有所了解。《论语·雍也》：“伯牛有疾，子问之，自牖执其手，曰：‘亡之，命矣夫！斯人也而有斯疾也，斯人也而有斯疾也！’”《集解》引包咸曰：“牛有恶疾，不欲见人，故孔子从牖执其手也。”恶疾即“厉”，《淮南子·精神》篇上就说“伯牛为厉”。大约冉耕病后的形状很可怕，所以不肯开门让老师进去的吧。

战国之时，巫医已有治病的方药，《山海经·西山经》中记有英山，禺水出焉。“有鸟焉，其状如鹑，黄身而赤喙，其名曰肥遗，食之已疠。”可见，这时还停留在仰求自然物而进行治疗的阶段。

人们对疠的认识愈来愈清楚，医药书中也就有了正式的记载。《黄帝素问·脉要精微论》曰：“脉风成为疠。”王冰注：“《经风论》曰：‘风寒客于脉而不去，名曰疠风。’又曰：‘疠者，有荣气热附，其气不清，故使其鼻柱坏而色败，皮肤疡溃。’”这里已把疠的症候记载得很仔细了。

在张仲景之前，有关麻风病的知识正在积累之中，到了隋代巢元方著《诸病源候论》时，对此已经认识得很清楚了。

张仲景，名机，南阳人，建安中官至长沙太守。他是汉代著名的医士，曾著《伤寒杂病论》十六卷（今作《伤寒论》十卷），别本《金匮玉函要略》三卷，都是我国古代医药名著。他还著有医方多种，并且是著名的五石散的发明者。当他见到王粲之后，根据前代积累下的知识，加上他丰富的诊断经验，立即断定王粲已经得了疠疾，因此想用新药方五石汤去治疗。王粲没有听他的话，结果如其所言而殁。大约张仲景想用我国传统的以毒攻毒的方法进行治疗，不过这只能是尝试而已。

皇甫谧也是一位出名的医士，所著《甲乙经》十二卷（今存八卷），乃是古代研究针灸的一部专著。此书为缀合旧文而成。由此可知，他对过去的医学书籍非常熟悉，对过去的医案有丰富的知识。况且他和张仲景先后同时，序中首先记载张、王相遇的轶事，说明这事在汉末流传甚广，所以《何颙别传》上也有类似的记叙。

王粲年“二十馀”时，正寓居荆州。假定王粲于建安八、九年时遇见张仲景，则当为二十七、八岁。《何颙别传》上说其时“年十七”，“十”前当夺“二”字。这时王粲已经传染上了麻风病，经过十多年后，疾病发作，建安二十二年正月去世，享年四十一岁。中间大约经过了十年左右的潜伏期。这与《何颙别传》上所记的年代比较接近。《甲乙经序》上说王粲的病潜伏了二十年后才发作，时间似乎太长了些，但是麻风病人之中也有潜伏期很长的例子。总的看来，有关潜伏期的记载似以《何颙别传》为近是，而《甲乙经序》记王粲的终年，二十馀岁得病，再加上病历十多年，四十一岁去世，则与历史记载比较接近。综合二文观之，也就离事实相去不远了。当然，这些记载中的某些细节与现代医药上的诊断可能有所不合，这是古人医药知识有限的缘故，也是古籍中常见的现象，不足为怪。

王粲殁前不久，麻风病的各种症状慢慢地暴露出来。眉毛脱落，这种外形上的变化，容易觉察，而他在精神、肉体其他方面的一些变化，当代的人也有所觉察，并有所记叙。

《三国志·魏书·王粲传》裴松之注引《典略》，谓鱼豢问韦仲将（诞）王粲等人何以不甚见用，仲将云："仲宣伤于肥戆，休伯都无格检，元瑜病于体弱，孔璋实自粗疏，文蔚性颇忿鸷。"这里指出王粲的症候，所谓肥，当是说的体态臃肿。《初学记》卷十九引《魏书》曰："王粲、乐进并为人短小。"《梁书·徐摛传》："会晋安王纲出戍石头，高祖谓周舍曰：'为我求一人，文学俱长兼有行者，欲令与晋安游处。'舍曰：'臣外弟徐摛，形质陋小，若不胜衣，而堪此选。'高祖曰：'必有仲宣之才，亦不简其容貌。'"二说可以互参。很难设想，一个向称"小"而"弱"的人，此时竟会正常地肥胖起来。况且韦诞说是"伤"其"肥"，正指病态而言。但他后来没有发展到肢体残损的程度，所以没有进一步引起他人的惊怪，而麻风病人有的确是仅表现出浮肿状而皮肤并不溃烂的。所谓"戆"，则是指其精神状态不正常。王粲早年以才思敏捷著称，本传上说他"善属文，举笔便成，无所改定，时人常以为宿构，然正复精意覃思，亦不能加也"。而他那时就有一些神经质的表现。《博物志》卷六曰："初，粲与族兄凯避地荆州，依刘表。表有女。表爱粲才，欲以妻之，嫌其形陋周率，乃谓曰：'君才过人而体貌躁，非女婿才。'"周率，《三国志·魏书·钟会传》裴松之注引作"用率"，二词均不甚可解，但其涵义仍可体会，大约也就是"通脱""简易"的意思。日后王粲病情加重，"通脱""简易"云云，也就发展成浮躁粗率了。《三国志·魏书·杜袭传》上说是"粲性躁竞"，他妒忌和洽、杜袭的得宠，曹操接见杜袭，王粲贸然提出责难道："不知公对杜袭道何等也？"因而惹起和洽的讪笑，确是鲁莽灭裂，非智者之所为。可能那时麻风病菌已经损害了他的神经系统，所以旁人视之为"戆"了。

曹丕向来重视王粲的文才，《与吴质书》中说："仲宣独自善于辞赋，惜其体弱，不足起其文。"他在这里所说的情况，显指王粲晚年而言。大家知道，王粲早年曾作《七哀》诗、《登楼赋》等文，达到了很高的水平，获得了很大的声名。曹丕对他这一时期的创作活动，评价也是很高的。《典论·论文》曰："粲之《初征》《登楼》《槐赋》《征思》……虽张、蔡不过也。"《与吴质书》中所谓"不足起其文"云云，显然不是指此而言，因而"体弱"云云，也不可能指他早年的情况，那么曹丕认为水平较差的辞赋，只能是在王粲"眉落"前后写作的一些东西了。那时他的作品虽然仍称繁富，但已缺少早期作品那种光彩。王粲创作水平上出现的变化，当然跟他的生活经历有关。他前期遭逢世变，备历艰辛，目睹百姓乱离之状，发为悲慨激越之音，扣人心弦。后期生活安定，优游文会，也就难于产生沉痛迫切之作了。但那时王粲"体弱"，精力不继，故而"不足起其文"，也当是原因之一吧。

有人把王粲"体弱"解释为诗文的风格弱，恐怕不太符合原义。王粲"体弱"，尚见于《三国志》本传，用语应是一致的。韦诞评王粲等人，均指体魄、性情而言，与文学上的评价无关。阮瑀"体弱"，与王粲的情况一样，这些"体"字都不能作风格讲。韦诞称王粲"肥戆"，也是兼指体魄、性情而言的。沈约《宋书·谢灵运传论》曰："子建、仲宣以气质为体，并标能擅美，独映当时。"这样的作家作品，不可能安上风格弱的评语。

王粲在晚年，大约因受麻风病的折磨，精神状态很不正常，因而有些匪夷所思的嗜好。《世说新语·伤逝》篇中说："王仲宣好驴鸣。既葬，文帝临其丧，顾谓同游曰：'王好驴鸣，可各作一声以送之。'赴客皆一作驴鸣。"驴鸣的声音嘶哑而凄厉，有似压抑的呻吟，又似绝命的哀号，若非病态之人，焉能有此反常的喜好？

（原载《学林漫录》第十三集，中华书局 1991 年 5 月版）

左思《三都赋》成功经验之研讨

刘勰《文心雕龙·诠赋》篇把赋作分为两类：

> 夫京殿苑猎，述行序志，并体国经野，义尚光大。既履端于倡序，亦归馀于总乱。序以建言，首引情本；乱以理篇，迭致文契。按《那》之卒章，闵马称“乱”，故知殷人辑颂，楚人理赋，斯并鸿裁之寰域，雅文之枢辖也。至于草区禽族，庶品杂类，则触兴致情，因变取会，拟诸形容，则言务纤密；象其物宜，则理贵侧附：斯又小制之区畛，奇巧之机要也。

这番评论，代表了古人对赋的总体评价。大赋中的“京殿苑猎，述行序志”之作不仅体制闳大，而且政治价值极高，所以首先受到世人的重视。小赋中的“草区禽族，庶品杂类”之作，虽称奇巧，但社会价值显然要低得多。

从现存文献来看，京殿苑猎、述行序志的众多作品中，要以苑猎之作的产生为早。先有司马相如的《子虚》《上林》等赋，然后出现了班固、张衡的《两都》《两京》等赋。京殿赋是在接受了苑猎赋的成功经验之后才产生的。司马相如的《子虚》《上林》等作，开辟了后起赋篇中的众多门类。在定点描绘具体刻画的京殿赋后，又出现了就目之所见着重动态描绘的“述行”之作，最后发展为自抒怀抱的“序志”赋。昭明《文选》首列赋篇，而以“京都”“郊祀”“耕藉”“畋猎”“纪行”“游览”“宫殿”“江海”等目分类，又把班固的《两都赋》、张衡的《两京赋》置于首位。这样做，并不是说这些赋艺术成就最高，而是认为政治意义最大。

这是从诸作排列的次序不难看出的。

京都赋的政治涵义

京城，这是国家政治文化的中心。在过去的时代里，往往也就是人口最为稠密、经济最为繁荣的地区。各地人士到此观光，因为无他比较，往往震撼于京都市容的壮丽，于是在诗文中经常可以看到一些形容都城壮丽的篇章，如唐代诗人骆宾王《帝京篇》中即歌颂道："山河千里国，城阙九重门。不睹皇居壮，安知天子尊？"

班固写作《两都赋》的动机，在赋序中已有说明，后代学者也有很多分析，兹不赘。[①]而《序》中下述一段文字，尚可申述。

> 臣窃见海内清平，朝廷无事，京师修宫室，浚城隍，起苑囿，以备制度。西土耆老，咸怀怨思，冀上之眷顾，而盛称长安旧制，有陋雒邑之议。故臣作《两都赋》，以极众人之所眩曜，折以今之法度。

在农业社会里，人们安土重迁，地方观念很强，容易形成地方势力。这些势力的形成，又往往是以乡土观念为前提的。某一地区成为京都首善之区，则这一地区的人必然会在政治上、经济上受益。因此，西都宾和东都主人这一番冠冕堂皇的议论，实际上代表了旧都长安与新都洛阳两大地区政治势力的角逐。尽管建都长安的理由非常充分，但光武帝刘秀起于南阳，部属大都是关东人，不愿再去业已残破的旧

① 参看缪钺《〈文选〉赋笺——班固〈两都赋〉、王粲〈登楼赋〉》，载《冰茧庵丛稿》，上海古籍出版社 1985 年版。

都长安，刘秀最后仍然决定定都洛阳，正是代表了这一占主导地位的政治集团的利益。班固作赋，“折以今之法度”，是以东汉王朝的政治要求为最高准则而作出的裁决。

《两都赋》中反映的这番争论，实则已延续多时。建武十八年时，刘秀曾西巡长安，因为他以汉代开国之君刘邦的嫡系子孙自居，定都长安，自然更能给人以正统王朝一系相承的感受，因是曾有过这一动机的朕兆，这就刺激了西土“耆旧”的希冀之情，由是展开了一场定都问题的争论。杜笃撰《论都赋》，即是这一背景下的产物。这篇文章，叙述历史多于描绘京师建置，或因写作重点在于讨论建都何地之得失，不在描述京师的壮丽，写作水平要比《两都赋》低上一筹。杜笃认为光武“徒垂意持平守实”，倒是抓住了本质，刘秀起始即重在守成，因此不像刘邦那样开国时即重视建制。

社会每经一次动乱，各个地区的力量相互角逐，家乡观念浓厚的文士，往往写作本乡本土的都邑赋，抒发他们怀念故土的情怀。

东汉末年，天下大乱，群雄并起，各自割据一方。建都问题成了未定之事。这时留下的一些都邑赋，如刘桢有《鲁都赋》，徐幹有《齐都赋》，[①]因为赋文残缺，其用意很难确指，但《鲁都赋》中有云“昔大庭氏肇建厥居，少昊受命，亦都兹焉”，则似也有希望新起王朝在他故乡定都的意思。

刘劭为曹魏属下著名文士，《赵都赋》一文，[②]当写于魏文帝曹丕时。曹操封于邺都，以此为基地而四出攻伐。曹丕留守此地甚久，经营城邑宫室，颇具规模。刘劭为广平邯郸人，写作此赋时是否有劝诱

---

① 《鲁都赋》见严可均《全后汉文》卷六五，《齐都赋》见《全后汉文》卷九三，二文均以《艺文类聚》等类书中的残文略事汇纂而成。

② 《赵都赋》见《全三国文》卷三二，情况同上。

曹魏定都赵邑的企图，今日虽难以确说，但也未始没有这种可能。《三国志·魏书·刘劭传》又云"劭尝作《赵都赋》，明帝美之，诏劭作《许都》《洛都赋》"。这就说明曹叡之时都城的地点问题已经定下来，不容再讨论的了。

京都赋的铺陈描写

实际说来，宫殿赋是京都赋的一个分支。京都赋中为了铺陈帝王居处的不同寻常，总要对大内或离宫别院中的宫殿尽情描绘一番。宫殿赋中的"宫""殿"，则是对某宫某殿的特写，是把京都整幅图画中的某一局部作细部刻画，二者可以起到沟通互补的作用。

《三国志·魏书·刘劭传》上还说："……时外兴军旅，内营宫室，劭作二赋(《许都》《洛都赋》)，皆讽谏焉。"根据《三国志·魏书·明帝纪》裴松之注引《魏略》上的记载，曹叡为人奢靡淫逸，在他大营宫室时，大臣杨阜等人都曾劝谏，刘劭大约也持同一观点。

但曹叡为人与历史上的昏君还有差别。他在位时，权臣司马懿等还不敢暴露其野心，杨阜等人犯颜直谏时，他也没有加罪。因为皇帝的大建宫室，还有壮皇家声威的用意，这也是世代相传的共识。曹叡之时吴蜀未平，而由魏统一天下之势已经出现，曹叡大建宫室，未始没有这份用意。

汉代初年就曾出现过有关这一方面的生动事例。《史记·高祖本纪》上说：

萧丞相营作未央宫，立东阙、北阙、前殿、武库、太仓。高祖还，见宫阙壮甚，怒，谓萧何曰："天下匈匈苦战数岁，成败未可知，是何治宫室过度也？"萧何曰："天下方未定，故可因遂就宫室。且夫天子以四海为家，非壮丽无以重威，且无令后世有以加也。"高祖乃说。

由此可见，在封建王朝建立过程中，兴建宫室还是必要的，问题在于掌握这个"度"。但这却是难以测量的事，往往随观察者的不同视角而异，而且政治上一些不成功的君主，更易受到时人或后人的指责。

所谓"非壮丽无以重威"，其时也有一件生动事例。《史记·陈涉世家》曰：

陈胜王凡六月，已为王，王陈。其故人尝与庸耕者闻之，之陈，扣宫门曰："吾欲见涉。"……入宫，见殿屋帷帐，客曰："夥颐，涉之为王沈沈者！"楚人谓多为夥，故天下传之。夥涉为王，由陈涉始。

这就说明，宫殿深邃，可以给人一种震慑的感受。京都宫殿等赋的兴起，就是满足了朝廷扬威的要求，所以列朝列代的皇帝着眼于此而加以支持。

《文选》卷十一"宫殿"载何平叔（晏）《景福殿赋》，李善注引《典略》曰："魏明帝将东巡，恐夏热，故许昌作殿，名曰景福。既成，命人赋之，平叔遂有此作。"赋中有云：

昔在萧公，暨于孙卿，皆先识博览，明允笃诚，莫不以为不壮不丽，不足以一民而重威灵；不饬不美，不足以训后而永厥成。故当时享其功利，后世赖其英声。

足见萧何答复刘邦建设未央宫时所作的一番申述，已成后世写作宫殿赋者的理论根据。

京都宫殿赋的内容与苑猎赋有所不同。因为描摹的对象较为具体，虽加夸饰，终有一定限度；不像苑猎赋的内容宽泛，辅之以想象，出之以极度的夸张。因此，后世有依京都赋所作之图画，如《世说新语·巧艺》篇载戴安道有《南都赋图》，唐裴孝源《贞观公私画史》载杨脩有《两京赋图》，史文敬有《西京赋图》，而有关苑猎之图则自古未闻。

何焯评《两都赋》云："词藻不如相如，其体制自是冠代。"（《义门读书记》卷五）说明司马相如的《子虚》《上林》等赋，以词藻的繁富著称，《文心雕龙·诠赋》篇曰："相如《上林》，繁类以成艳。"他把苑囿中应有之物按类排列，一一进行描绘，还加入了许多出之想象的不可能有之物。用后代的话来说，司马相如运用的是文学手法，所以能给读者更多的感染。班固的《两都赋》，其突出贡献则在"体制"方面，诸凡都城的历史沿革，以及政治经济、宫殿苑囿、风土人情……一一具体介绍。文章用词也很精当，尤具结构之美。比之《上林赋》等作品，已经偏重如实铺写，故其认识价值颇高。

左思《三都赋》的写作背景，与上面叙述的情况也有相近之处。前此魏、蜀、吴三国鼎立，延续将近半个世纪，到了左思早年，才统一于晋。按照前时惯例，文士也应写作京都赋来反映天下一统之后的局面。左思于是先假设两位代表前此地方势力的西蜀公子、东吴王孙发言，铺陈两地的优越；最后推出代表中央王朝利益的魏国先生发一宏论，开导二人说："正位居体者，以中夏为喉，不以边垂为襟也；长世字甿者，以道德为藩，不以袭险为屏也。"西蜀公子、东吴王孙终于被魏国先生的一番宏论所折服，随即表示："日不双丽，世不两帝，天经地纬，理有大归，安得齐给守其小辩也哉！"这也就是班固《两都赋序》中"折以今之法度"之谓。晋承魏统，魏国先生的这番说辞实际上是在为晋国的统一天下作理论上的辩护，故文末引"天无二日，土无二王"之说作结，其政治用意是十分明显的。

史称左思作《三都赋》的同时，陆机也打算写类似的赋，可知这一题目中反映的是当时的热门话题，一流作家都想于此显示才华。左思运用新的写作手法，取得了很大的成功。

左思《三都赋》的实用价值

左思《赋序》中明言“摹《二京》而赋《三都》”，说明他曾自觉地继承前代京都赋的传统，但他的写作态度实则已有很大的改变，那就是极度重视征实，《序》云：

> 其山川城邑，则稽之地图；其鸟兽草木，则验之方志；风谣歌舞，各附其俗；魁梧长者，莫非其旧。

这同样是一种“繁类以成艳”的写作手法。这些类可以与当时的相关典籍互稽。在《隋书·经籍志》的史部“杂传”“地理”等门类中，可以看到相关的大量著作，如“地图”，则有晋怀州刺史杨佺期的《洛阳图》一卷等；“方志”，则有晋山谦之的《吴兴记》三卷、顾夷的《吴郡记》一卷等；“俗”指风俗传，如汉圈称有《陈留风俗传》二卷等；“旧”，指耆旧传，如魏散骑侍郎苏林有《陈留耆旧传》一卷等。《隋书·经籍志·杂传小序》中云：“刘向典校经籍，始作《列仙》《列士》《列女》之传。皆因其志尚，率尔而作，不在正史。后汉光武，始诏南阳撰作《风俗》。故沛、三辅有耆旧节士之序，鲁庐江有名德先贤之赞。郡国之书，由是而作。”《地理小序》中说：“晋世，挚虞依《禹贡》《周官》，作《畿服经》。其州郡及县，分野、封略、事业、国邑、山陵、水泉、乡、亭、城、道里、土田、民物、风俗、先贤、旧好，靡不具悉，凡一百七十卷，今亡。而学者因其经历，并有记载，然不能成一家之体。”可见其时记载各地情况之典籍的丰富与完备。

如拿《汉书·艺文志》与《隋书·经籍志》相比较，可知东汉之前几乎就没有什么严格意义上的地理书。班固把《山海经》十三篇归入《数术略》中的“形法”，与《宫宅地形》二十卷、《相人》二十四卷、《相宝剑刀》二十卷、《相六畜》三十八卷并列，可见在时人眼中，《山海经》中提供的是一些形而上的知识。因此，司马相如等人的辞赋，即使涉及地理物产等具体知识，也无合适的地理书可以参照。他们只能采用《山海经》一类书籍中的记载，这在后人看来，也就是夸张神异的迂怪手法了。

《隋书·经籍志》于郭璞注《山海经》二十三卷之下，共计著录“地理”类书“一百三十九部，一千四百三十二卷”。原注：“通计亡书，合一百四十部，一千四百三十四卷。”这些著作均出魏晋南北朝人之手，说明地理科学发展之速，迥非前代可比。其时全国各地区的情况，差不多都有专书作介绍。

随着人们地理知识的提高，制图学也有了巨大的发展。《晋书》卷三十五《裴秀传》详记其作《禹贡地域图》十八篇，且叙其“制图之体有六”，后人以为“矩形网格制图法，至少在裴秀那个时代就已开始出现了”。[①] 其时全国各地区的方位，差不多都有地图显示。

魏晋时期的文士地理知识普遍提高之后，必然会在观察外界事物时形成一种新的观点。这时的人，回过头来阅读那些夸诞的大赋，而用实证的精神加以考核，也就会起不慊于心的感受。挚虞《文章流别

① 参看李约瑟著、《中国科学技术史》翻译小组译《中国科学技术史》第五卷《地学》第一分册第二十二章《地理学和制图学》“四、《东方和西方的定量制图学》”之“〔5〕《科学的制图学：从未中断过的中国网格法制图传统》”，科学出版社 1976 年版。

论》论赋体时就曾指出:“夫假象过大,则与类相远;逸辞过壮,则与事相违;辩言过理,则与义相失;丽靡过美,则与情相悖。此四过者,所以背大体而害政教。”(《艺文类聚》卷七十七引)从而对“辞人之赋丽以淫”的风气作出了严肃的批评。

皇甫谧为左思《三都赋》作序,更具体地指出:“若夫土有常产,俗有旧风,方以类聚,物以群分,而长卿之俦,过以非方之物,寄以中域。虚张异类,托有于无。祖构之士,雷同影附,流宕忘反,非一时也。”则是以实证的精神指出了前此赋家的虚浮之风。

左思花了十年时间,搜索资料,撰成著名的《三都赋》。他必然阅读了众多图籍。《赋序》中也说到:

> 相如赋《上林》,而引“卢橘夏熟”;杨雄赋《甘泉》,而陈“玉树青葱”;班固赋《西都》,而叹以“出比目”;张衡赋《西京》,而述以“游海若”。假称珍怪,以为润色。若斯之类,匪啻于兹。考之果木,则生非其壤;校之神物,则出非其所。于辞则易为藻饰,于义则虚而无征。且夫玉卮无当,虽宝非用;侈言无验,虽丽非经。而论者莫不诋讦其研精,作者大氐举为宪章,积习生常,有自来矣。

自宋代起即有学者指出,左思虽然指责前代赋家“侈言无验”,实则自己也未能免于此弊。例如《蜀都赋》中即有“试水客,舣轻舟,娉江妃,与神游”等句,《吴都赋》中即有“巨鳌赑屃,首冠灵山;大鹏缤翻,翼若垂天”等句,[①]但这只是沿用前人成说,而且所占的比重甚小。应该认为,左思征实的态度,比之前人,已有根本不同。

---

① 参看高步瀛《文选李注义疏》释《赋序》时引诸家之说,中华书局 1985 年版;钱钟书《管锥编》第三册第 1151—1152 页引诸家之说,中华书局 1979 年版。

若把《三都赋》中有关登台的描写与前此赋家相比较，也可看出左思的写作态度已与前人有别。《魏都赋》曰：

习步顿以升降，御春服而消遥，八极可围于寸眸，万物可齐于一朝。

《文选》李善引张载注曰：

《王吉传》曰："进退步趋以实下。"言人不行，则膝胫以下虚弱不实也。眸，眸子也。王褒《甘泉赋》曰："十分未升其一，增惶惧而目眩。若播岸而临坑，登木末以窥泉。"杨雄《甘泉赋》说台曰："鬼魅不能自逮，半长途而下颠。"班固《西都赋》说台曰："攀井干而未半，目眩转而意迷。舍灵槛而却倚，若颠堕而复稽。"张衡《西京赋》说台曰："将乍往而未半，怵悼栗而竦矜。非都卢之轻跻，孰能超而究升。"此四贤所以说台榭之体，皆危峣悚惧，虽轻捷与鬼神，由莫得而自逮也，非夫王公大人聊以雍容升高，弥望得意之谓也，异乎《老子》曰若春升台之为乐焉。故引习步顿以实下，称八方之究远，适可以围于径寸之眸子，言其理旷而当情也。

于此可见左思的求实精神。他已不取文学中的夸张手法，因而反映客观现实时在真实的程度上大异于前人。

由上可知，自司马相如的《子虚赋》《上林赋》，到班固的《两都赋》，再到左思的《三都赋》，作家的写作态度一直在向征实的方向发展。因为赋重铺陈，有关京殿苑囿的介绍本身就具有供人了解情况的作用，因此随着地理科学的发展与提高，人们要求这类作品提供可靠的实际知识，于是夸张神异的文学手法不断减少，而提供实际知识的成分越来越大。人们阅读心理的变化，加上地理科学的发展，也就决定了左思写作《三都赋》时要以崭新的面貌出现了。

左思《三都赋》的轰动效应

左思已经明确地认识到大赋的认识价值。因此他在《赋序》的开端就援引《诗》《书》，说明作品的认识作用。

> 班固曰："赋者，古诗之流也。"先王采焉，以观土风。见"绿竹猗猗"，则知卫地淇澳之产；见"在其版屋"，则知秦野西戎之宅。故能居然而辨八方。……且夫任土作贡，《虞书》所著；辩物居方，《周易》所慎。聊举其一隅，摄其体统，归诸诂训焉。

前人早就指出，大赋起到类书的作用。[①] 我们还可进一步指出，那些都邑赋实为这些重要地区的综合介绍。京都赋之倍受人们重视，也就因为该地区为全国的政治文化中心，士人自然应该了解都城的情况，掌握有关的一切实际知识。不管是官僚还是士子，都要关注京都赋，这不光是为了提高文学欣赏水平，而且具有重大的实用意义。

中国很早就已形成了大一统的局面。时至晋代，这种形势更值得人们珍惜。因为自汉末大乱之后，全国各地一直陷于割据纷争的局面，前后经历了半个多世纪，才重新出现统一的天下。天下士子，凡有抱负者，纷纷向京城集中，谋求发展，官员则定期入朝述职，接受指令。因此，一些学者型的文人在歌颂新王朝的前提下，着手写作京都赋，为

---

① 参看袁枚《历代赋话序》、《随园诗话》卷一；钱钟书《谈艺录》六四《随园论三都两京赋》，中华书局 1984 年版。

广大的读者提供一份具有实用价值的文学作品。

中国古来就有重视博学的传统。一位文士若想写作都城赋，首先要全面掌握其各方面的知识，然后组织成文。左思为此花了十年的功夫，因为他得长期积累经过核实的材料。

《文选·三都赋》李善注引臧荣绪《晋书》曰："左思，字太冲，齐国人。少博览文史，欲作《三都赋》，乃诣著作郎张载，访岷邛之事。遂构思十稔，门庭藩溷，皆著纸笔，遇得一句，即疏之。"《文选集注》卷八引王隐《晋书》则曰："于时天下三分，各相夸竞。当思之时，吴国为晋所平，思乃赋此三都，以极眩曜。其蜀事访于张载，吴事访于陆机，后乃成之。"可见其积累资料时态度之诚挚与客观。这样一篇精心构思的都城赋，果然取得了巨大的成就，文坛巨擘陆机也不得不表示叹服，遑论一般的士人了。

此文一出，随之也就兴起了前所未有的轰动效应。《晋书·文苑·左思传》曰：

> 司空张华见而叹曰："班、张之流也。使读之者尽而有馀，久而更新。"于是豪贵之家竞相传写，洛阳为之纸贵。

"纸贵"之说，首次见于文献。前此杰出的文学作品多矣，但却从未听说过"纸贵"之说。据此可知《三都赋》的传播确是盛况空前，受到读者的热烈欢迎。

"纸贵"之说，后此又曾出现。《世说新语·文学》：

> 庾仲初作《扬都赋》成，以呈庾亮。亮以亲族之怀，大为其名价云："可三《二京》，四《三都》。"于是人人竞写，都下纸为之贵。

庾阐《扬都赋》参照左思《三都赋》的成功经验而写作，又一次取得了成功。尽管此文缺乏创新，受到谢安的批判，所谓“屋下架屋”，“事事拟学，而不免俭狭”，但它还是再次引起了轰动效应。于此也可看到《三都赋》所产生的巨大影响。

这一事例似可说明：一篇文章的成功与否，并不完全取决于创作水平的高下，还要看它是否抓住了热点，能否引起广大读者的共鸣。西晋覆灭，司马氏渡江重建东晋王朝。立国之初，大家信心不足，但随后政权逐渐稳固。于是又像前代一样，文坛上需要产生一篇辞赋，通过都城建置的描绘反映江山的壮丽和稳固，说明正统王朝的建立合乎民心。庾阐《扬都赋》客观上满足了士民的这一心理需求，这才发生了“建康纸贵”之事。

小　结

皇甫谧为《三都赋》作序曰：

> 曩者汉室内溃，四海圮裂。孙刘二氏，割有交益，魏武拨乱，拥据函夏。故作者先为吴蜀二客，盛称其本土险阻瑰琦，可以偏王，而却为魏主述其都畿，弘敞丰丽，奄有诸华之意。言吴蜀以擒灭比亡国，而魏以交禅比唐虞。既已著逆顺，且以为鉴戒……作者又因客主之辞，正之以魏都，折之以王道。其物土所出，可得披图而校；体国经制，可得案记而验，岂诬也哉！

这就指明了左思此赋取得成功的几项条件。若据上述所论，总结其成功经验，似可概括出下列几点：

（1）文章写作，应该抓住政治上的热点，因为中国士人向有关心国是的传统，如果他能把握到社会上普遍关心的热点，也就可以争取到读者。

(2) 实用性的作品，而又用卓越的文学手法表达，使人既能享受到文学描写方面的妙处，而在日常生活中又有其实际用途，则定然会争取到读者。

(3) 作家写作具有实用意义的文学作品，应该努力吸收社会科学方面的新成果，这既可提高作品的水准，又可吸引更多读者。

这样说，并不是以读者的多少论作品价值的高下。有些高雅的文学作品，尽管读者不多，也并不说明其价值低；有些文学作品，尽管读者很多，也不能说是其创作水平有多高。但左思《三都赋》的成功，依仗其创作态度与写作手法的革新，前所未有地争取到了广大的读者群，这一经验对于我们今日写作有关各类实用知识的文章，还是会有不少启发。因为作家写作实用性知识性的文章，读者毕竟越多越好。

（原载南京大学中文系、古典文献研究所联合主编第四届国际辞赋学学术研讨会论文集《辞赋文学论集》，江苏教育出版社 1999 年 12 月版）

郭璞诗为晋“中兴第一”说辨析

郭璞的诗，钟嵘誉之为晋“中兴第一”。这一命题，可从文学发展、政治影响、文化背景等方面展开论证，挖掘其义蕴。

一

晋室“中兴”之说，实际上是一种自我安慰的不实之词。西晋乱起，怀、愍二帝先后沦为囚俘，司马睿渡江后，在南下诸大族的支持下，于建康称帝，维持晋室一脉。其时政局危殆，广大人民饱受战乱之苦，但刚到江南立足不久的士大夫却故态复萌，不以世务萦心而以清谈为高了。与此相应，其时文风也与时局颇相扞格，所以《文心雕龙·时序》篇上说：“自中朝贵玄，江左称盛，因谈馀气，流成文体。是以世极迍邅，而辞意夷泰；诗必柱下之旨归，赋乃漆园之义疏。”由此可以看到后世所谓玄言诗在当时风行的盛况。

《世说新语·文学》篇载：“简文称许掾云：‘玄度五言诗，可谓妙绝时人。’”简文帝是谈玄的名家，也是玄言诗的倡导者和爱好者，这里他把许询的作品誉为并世无双，则是以为许询诗为“中兴第一”了。刘孝标为之作注，引檀道鸾《续晋阳秋》曰：

> 询有才藻，善属文。自司马相如、王褒、扬雄诸贤，世尚赋颂，皆体则《诗》《骚》，傍综百家之言。及至建安，而诗章大盛。逮乎西朝之末，潘、陆之徒，虽时有质文，而宗归不异也。正始中，王弼、何晏好《庄》《老》玄胜之谈，而世遂贵焉。至过江佛理尤盛，故

郭璞五言始会合道家之言而韵之。询及太原孙绰转相祖尚，又加以三世之辞，而《诗》《骚》之体尽矣。询、绰并为一时文宗，自此作者悉体之。至义熙中，谢混始改。

这一段文字叙述诗歌的流变颇详，对玄言诗的兴衰更有扼要的介绍，影响后世甚巨。王瑶赞成此说，曰："据檀道鸾此说，则郭璞实是玄言诗的导始人。但钟嵘《诗品》于叙述孙、许诗'平典似《道德论》'后，接言'先是郭景纯用俊上之才，变创其体；刘越石仗清刚之气，赞成厥美，然彼众我寡，未能动俗'。则似乎以郭璞、刘琨为永嘉后想变创玄言诗体的人；虽然并未成功。按郭璞卒于太宁二年（324），刘琨卒于建武元年（317），与潘、陆年皆相若，则《诗品》之说，似难成立；应以檀说为是。"①

但在檀道鸾的这一段文字中有些地方可颇难理解，例如他说"至过江佛理尤盛，故郭璞五言始会合道家之言而韵之"，似乎郭璞原先以宣扬佛理为特点，后来才会合道家之言而成了玄言诗。郭璞的诗固因遗佚过多，难窥全豹，但不论从他传世的诗文来看，还是从记叙他的为人的史籍来看，均与佛理无涉。

余嘉锡有见于此，遂评论曰："《宋书·谢灵运传论》曰：'在晋中兴，玄风独扇。'《文心雕龙·明诗》篇曰：'江左篇制，溺乎玄风。'《诗品序》曰：'永嘉贵黄老，尚虚谈，爰及江左，微波尚传。'三家之言皆源于檀氏。重规叠矩，并为一谈，不闻有佛理之说。"②指明檀道鸾论郭璞之语内部存在着问题，若与其后各家论著并读，确是显得扞格难通。

---

① 王瑶《玄言·山水·田园——论东晋诗》，载《中古文学史论集》，上海古籍出版社 1982 年版。

② 余嘉锡《世说新语笺疏》第 265 页，中华书局 1983 年版。

檀道鸾是檀超的叔父，事迹附见《南史·檀超传》。同书《恩幸·徐爰传》记载，他在宋孝武帝孝建之时即已官至尚书金部郎，其生活年代与郭璞前后相接，不应记事隔膜如此。按古书校勘有上下两句误倒例，程千帆以为《续晋阳秋》中"至过江佛理尤盛"一句与"故郭璞五言始会合道家之言而韵之"一句互倒，此处应作"正始中，王弼、何晏好《庄》《老》玄胜之谈，而世遂贵焉，故郭璞五言始会合道家之言而韵之。至过江佛理尤盛，询及太原孙绰转相祖尚，又加以三世之辞，而《诗》《骚》之体尽矣"。这样，前后文义也就豁然贯通了。檀氏以为郭璞诗中融入玄理，成绩可观，可作这类诗的早期杰出代表看待。这一评价，与各家看法也就一致了。

但在余嘉锡的论证文字中，却也有辨析不清的地方，其中论及《诗品》的一段文字，尚需多作推敲。下面先把《诗品序》中叙及玄言诗的一段文字征引于下：

> 永嘉时，贵黄老，稍尚虚谈。于时篇什，理过其辞，淡乎寡味。爰及江表，微波尚传。孙绰、许询、桓（温）、庾（亮）诸公诗，皆平典似《道德论》，建安风力尽矣。先是郭景纯用俊上之才，变创其体；刘越石仗清刚之气，赞成厥美，然彼众我寡，未能动俗。逮义熙中，谢益寿斐然继作。元嘉中，有谢灵运，才高词盛，富艳难踪，固已含跨刘、郭，凌轹潘、左。

钟嵘的意思很清楚，玄言诗在渡江之前即已达到兴盛阶段，渡江之后仍有作之者，郭璞、刘琨的诗歌，对此起过冲击作用，但未能扭转局面。显然，钟嵘对玄言诗评价甚低，而对郭璞、刘琨改变诗风的作用则评价颇高。

檀道鸾说"王弼、何晏好《庄》《老》玄胜之谈，而世遂贵焉"，是符合事实的判断，后人大都信从此说。正始之时，王、何等人为玄学的兴起在理论上奠定了基础，但是还没有人依据这种玄胜之谈而运用文字形式表现出来。玄言诗的兴起，看来要到晋朝建立之后。依据钟嵘的分析，这种创作风气晋代初期即已出现。

《诗品》将晋骠骑将军王济、晋征南将军杜预、晋廷尉孙绰、晋征士许询的诗都列入下品，评云：

> 永嘉以来，清虚在俗。王武子辈诗，贵道家之言。爰洎江表，玄风尚备，真长、仲祖、桓、庾诸公犹相袭。世称孙、许，弥善恬淡之词。

可见钟氏是把这一组人作为玄言诗的代表人物而进行评论的。

钟嵘考察历史，以为早在晋初王济、杜预等人已有玄言诗的写作，东晋之时，此风仍盛。他在评语中云“爰洎江表，玄风尚备”，《序》中云“爰乃江表，微波尚传”，二处都用上了一个“尚”字，则寓有比较之意，以为东晋之时的玄言诗，其盛况已比不上南渡之前。由于晋代文献散佚极为严重，学者之间根据现存文献争辩玄言诗到底起于何时，以及何时为盛等等，彼此都难找到足够的论据说服对方。在钟嵘的时代，能够看到的文献很多，而他又是研究诗的专家，他的论述，应当可信。

钟嵘把晋弘农太守郭璞的诗列入中品，评曰：

> 宪章潘岳，文体相辉，彪炳可玩，始变永嘉平淡之体，故称中兴第一。《翰林》以为诗首。但《游仙》之作，词多慷慨，乖远玄宗，其云“奈何虎豹姿”，又云“戢翼栖榛梗”，乃是坎壈咏怀，非列仙之趣也。

郭璞受当时文坛的影响，自有其玄言的一面，但在他的创作中，跳动着时代的脉搏，倾注着深沉的情思，抒发了慷慨的怀抱，而又出之以绚烂的文采。这就在竞尚平淡的文坛上迸发出异彩。刘勰《文心雕龙·才略》篇说："景纯艳逸，足冠中兴。"可见其时的有识之士，都与钟嵘持同样的观点。

谢混继之而起，重视诗歌的美学特点，写作形式华美的诗篇，也起到了端正发展方向的作用。《诗品》卷下评东阳太守殷仲文曰："义熙中，以谢益寿、殷仲文为华绮之冠，殷不竞矣。"

由于谢混之诗残佚特甚，今日已难看清他在创作上所取得的成就，但如《诗品序》中说到他的《离宴》诗，乃"五言之警策者也，所以谓篇章之珠泽，文采之邓林"。达到了"华绮"的极致。《宋书·谢灵运传论》上说："有晋中兴，玄风独振，为学穷于柱下，博物止乎七篇，驰骋文辞，义殚乎此。自建武暨乎义熙，历载将百，虽缀响联辞，波属云委，莫不寄言上德，托意玄珠，遒丽之辞，无闻焉尔。仲文始革孙、许之风，叔源大变太元之气。"同样说明了谢混在改变玄言诗的创作风气上，曾起重要的作用。

正像郭璞一样，谢混也是在历史发展到另一阶段时，作出了新的贡献，但仍有其局限。《文心雕龙·才略》篇说："殷仲文之《孤兴》，谢叔源之《闲情》，并解散辞体，缥缈浮音，虽滔滔风流，而大浇文意。"可见这些人物还是有其受玄风影响的一面。

谢灵运继起，玄言与文采的结合问题才得到了较为合适的解决。他状物抒情，文辞之美，达到了"富艳难踪"的高度；而他由此触发的玄思，因与塑造的形象融合在一起，成了诗歌中完美意境的一个部分，因而克服了玄言诗那种空谈玄理忽视文学特点的错误倾向，使诗歌重新走上了正常发展的道路，因此博得了钟嵘等人的一致赞誉。

《南齐书·文学传论》上说："江左风味，盛道家之言，郭璞举其灵变，许询极其名理。仲文玄气，犹不尽除；谢混情新，得名未盛。颜、谢并起，乃各擅奇；休、鲍后出，咸亦摽世。朱蓝共妍，不相祖述。”从萧子显所介绍的这一段历史中，也可看出郭璞“灵变”所起的巨大作用。尽管后起诗人各有其成就与贡献，但郭璞的首开风气之功，却是不容低估的。“中兴第一”之说，固指其创作成就之高，但也应从郭璞维护诗歌美学特点所作的努力在文学史上所起的巨大作用来加以认识。

钟嵘评郭诗“中兴第一”之后，又称“《翰林》以为诗首”，言下之意，当然也是推崇之词了。但此语涵义不太清楚，可以作些分析。

按《诗品》卷中评郭璞的这一条文字，包含着两层意思。“……故称中兴第一。《翰林》以为诗首……”二句，不是并列结构，非排比句。“中兴第一”之说，乃承“始变永嘉平淡之体”而言，“《翰林》以为诗首”一句，乃启下之词，实为澄清时人对郭诗的误解而发；联系实际，当是为了防止时人误读葛洪《神仙传》而有此申述的。葛洪的著作在魏晋南北朝时影响甚大。《神仙传》叙郭璞事，首云：“郭璞，字景纯，河东人也。周识博闻，有出世之道鉴。天文地理，龟书龙图，爻象谶纬，安墓卜宅，莫不穷微，善测人鬼之情状。李弘范《翰林明道论》：‘景纯善于遥寄，缀文之士，皆同宗之。’”（《太平广记》卷十三引）其后历叙郭璞辅王导建国立规矩制度及为王敦所杀等事，插入了很多仙家之说，但与正史上的记载约略相同。末曰“著《游仙诗》《江赋》《卜繇》《客傲》《洞林》云”。足征当时的人都以为在郭璞的传世文字中《游仙诗》占有首要的地位。

《翰林明道论》一书，当系《翰林论》的别称。《翰林论》的作者为李充，《晋书·李充传》曰“字弘度”，然《文心雕龙·序志》篇称“弘范《翰林》”，黄侃《文心雕龙札记》以为“或其字两行”。李充评郭璞之语，不见他书记载，诸家辑《翰林论》之佚文者亦未采入。所谓“缀文之士，皆同宗之”，即“《翰林》以为诗首”之意，故“诗首”一词，犹言诗之宗匠。

钟嵘为怕后人受葛洪著作中文字的误导，以为《游仙诗》等“遥寄”之作，乃“列仙之趣”，故紧承“诗首”之说而用一“但”字作转语，提醒后人，申论郭诗“词多慷慨，乖远玄宗”，“乃是坎壈咏怀”，并非旨在宣扬仙家之说，可见这一段文字乃承《翰林论》而申发的，与上文论郭诗为“中兴第一”的一段主旨不同。

下面还可对李充其人再作一些分析。

按前引余嘉锡驳檀道鸾《续晋阳秋》之文，以为“至过江佛理尤盛”一语与事实不合，故又引《文选集注》六十二公孙罗引檀氏《论文章》中“至过江李充尤盛”一语，以为“佛理”二字原作“李充”，这样始可与上下文义衔接。然而这样改动文字，仍然未能解决问题，因为此一名词之纳入过嫌突兀，史籍上也无任何记载可以用来说明李充是玄言诗的重要作家。

李充生卒虽不详，按其行年而论，应该晚于郭璞。① 他所著的《翰林论》虽然残佚特甚，但从存世的文字中仍然可以看出他的评诗宗旨。

李书以“翰林”为名，表示他论文之时重视形式华美。《初学记》卷二一引李充《翰林论》曰：“潘安仁之为文也，犹翔禽之羽毛，衣被之绡縠。”又钟嵘《诗品》上评潘岳诗曰：“《翰林》叹其翩翩然如翔禽之有羽毛，衣服之有绡縠，犹浅于陆机。……《翰林》笃论，故叹陆为深。”可见《初学记》的引文有删节。李充认为陆诗的深度优于潘诗，但二人之作都富于形式美。陆机《文赋》描绘创作之情状曰：“粲，风飞而飙竖；郁，云起乎翰林。”李书之名当取义于此。又《文选》卷二一录应璩《百一诗》，李善注引《翰林论》曰：“应休琏五言诗百数十篇，以风规治道，盖有诗人之旨焉。”说明李氏论诗亦重内容，对儒家宗旨甚为推重，凡此

① 参看曹道衡《晋代作家六考》六《李充》，载《中古文学史论文集》，中华书局 1986 年版。

均与玄言诗的旨趣有异。由此可知，李充不可能去推崇那些“平典似《道德论》”的玄言诗，本人也不可能是玄言诗的代表作家。

二

钟嵘著《诗品》，成了我国有史以来研究诗歌的第一部专著。他曾提出过许多有价值的观点，作为裁夺作品的标准。这些观点和刘勰在《文心雕龙》中所持的理论是一致的。用此衡诗，则优劣立现，很有说服力。

《诗品序》曰："气之动物，物之感人，故摇荡性情，形诸舞咏。"钟嵘以为诗人之所以会产生创作的要求，是受到了外物的激发，这种学说，继承了儒家诗论的理论遗产。《诗经·定之方中》毛传有“登高能赋，可以为大夫”之说；《诗大序》中又有“情动于中而形于言”之说；《礼记·乐记》则曰："凡音之起，由人心生也。人心之动，物使之然也。感于物而动，故形于声。"刘勰在《文心雕龙·明诗》篇和《物色》等篇中阐发的理论，也都源于儒家诗说。

但从汉末起，社会经历了长时期的战乱，一些文学理论家认识到，人们感情上的波动，固然受到外界自然景物变化的影响，但人们感触最深的，则是政治形势和政治事件的强烈刺激，所以《诗品序》上又说："若乃春风春鸟，秋月秋蝉，夏云暑雨，冬月祁寒，斯四候之感诸诗者也。嘉会寄诗以亲，离群托诗以怨。至于楚臣去境，汉妾辞宫，或骨横朔野，魂逐飞蓬；或负戈外戍，杀气雄边；塞客衣单，孀闺泪尽；或士有解佩出朝，一去忘返；女有扬蛾入宠，再盼倾国。凡斯种种，感荡心灵，非陈诗无以展其义，非长歌何以骋其情？故曰诗可以群，可以怨。"上述事例，江淹《恨赋》也曾加以咏叹，可见诗人都以为社会人事更足以激动人心。

玄言诗的弊病就在缺乏真情。所谓“世极迍邅而辞意夷泰”，是说这类作品与时代完全脱了轨，其中既无社会动乱带给人民的苦难而产生的哀怨，甚至看不到个人在日常生活中观察自然变化而产生的真实感受。《文心雕龙·情采》篇中说："故有志深轩冕，而泛咏皋壤；心缠几务，而虚述人外。真宰弗存，翩其反矣。"以此作为对孙绰等人的评语，也是适当的。

就在永嘉之乱前后的这段日子里，文坛还为玄言诗所笼罩，但在时代的孕育下产生了刘琨、郭璞二人。他们早先也曾沉溺于玄风，但在时局的冲击下，终于不同程度地有了觉醒，从而逐渐脱离了玄学的羁绊。刘琨本是太康时期的著名文人，曾经厕身二十四友之中，参与过八王之乱，前半生的经历无甚光彩可言。但当匈奴入侵，天下分崩之时，他受命转战于北地，力图挽狂澜于既倒。这时他寄身锋镝，备历艰难，目睹广大国土沦为异域，广大人民辗转沟壑，他的心情自然与前此阶段有了根本的不同。他的诗歌，转为慷慨激烈，这完全是壮士心声的自然倾吐。而他在答卢谌的信中说："昔在少壮，未尝检括，远慕老庄之齐物，近嘉阮生之放旷，怪厚薄何从而生，哀乐何由而至。自顷辀张，困于逆乱，国破家亡，亲友凋残，块然独坐，则哀愤两集；负杖行吟，则百忧俱至。……然后知聃、周之为虚诞，嗣宗之为妄作也。"这是一篇用血泪写下的文字，对前此的生活作了深刻的反省，刘琨在惨烈的现实的教育下，终于明白了玄学的无补时用，因而彻底与之决裂了。

经历了这么一场天翻地覆的变动，很多人都有了不同程度的觉醒，即使是以清言享大名的宰相王衍，在他被杀之前，也沉痛地忏悔道："呜呼！吾曹虽不如古人，向若不祖尚浮虚，戮力以匡天下，犹可不至今日。"①同样对玄风的消极作用作了否定。

① 见《晋书·王衍传》。

郭璞的情况与此有相似处。但他的情况毕竟与刘琨有别,他还未做到明确宣布“聃、周之为虚诞”而彻底与之决裂。我们所应注意的,就是他在时行的文风中增加了新的因素,那就是个人的至情所寄,这里有他的感受与怀抱。

郭璞在几首四言诗中,表达了慷慨的胸怀,《答贾九州愁诗》其二:

> 顾瞻中宇,一朝分崩。天网既紊,浮鲵横腾。运首北眷,邈哉华恒。虽欲凌翥,矫翮靡登。俯惧潜机,仰虑飞罾。惟其崄哀,艰辛备曾。庶睎河清,混焉未澄。

《与王使君诗》之一:

> 道有亏盈,运亦凌替。茫茫百六,孰知其弊。蠢蠢中华,遘此虐戾。遗黎其咨,天未忘惠。云谁之眷,在我命代。

可以说,这些诗的风格与刘琨的四言诗极为相近,借用《文心雕龙·时序》篇中的话来说,正是“世积乱离,风衰俗怨,并志深而笔长,故梗概而多气也”。

郭璞与刘琨的经历也有相似之处。郭璞家居河东,西晋乱起,他见机先觉,《晋书》本传上说:“璞筮之,投策而叹曰:嗟乎!黔黎将湮于异类,桑梓其翦为龙荒乎!”于是联合亲戚交游数十家,避地东南。在这奔波万里的过程中,目睹广大人民的苦难,使他感触至深。《流寓赋》中说:“戒鸡晨而星发,至猗氏而方晓。观屋落之隳残,顾徂见乎丘棘。嗟城池之不固,何人物之希少。越南山之高岭,修焦丘之微路。骇斯径之峻绝,感王阳而增惧。”《登百尺楼赋》中说:“嗟王室之蠢蠢,方构怨而极武。哀神器之迁浪,指缀旒以譬主。雄戟列于廊技,戎马鸣乎讲柱。”郭璞诗风的形成，中多“坎壈咏怀”之语，应当与他的这番经历有关。

《文选》卷二一录郭璞《游仙诗》七首，李善注曰：“凡游仙之篇，皆所以滓秽尘网，锱铢缨绂，餐霞倒景，饵玉玄都，而璞之制，文多自叙。虽志狭中区，而辞兼①俗累，见非前识，良有以哉。”这也就是说，郭璞的游仙诗不合这一体制的规范，因为他在仙景的描写中夹入了很多自抒世情之词，这与道家的宗旨不合，从而招致他人“辞兼俗累”的指责。现在看来，郭璞游仙诗之所以取得巨大成就，就得力于这一“俗”字，因为他没有忘怀现实，他抒写的是人人都能领会的感慨。郭璞《游仙诗》其五曰：

> 逸翮思拂霄，迅足羡远游。清源无增澜，安得运吞舟？珪璋虽特达，明月难暗投。潜颖怨春阳，陵苕哀素秋。悲来恻丹心，零泪缘缨流。

作者在诗中抒发了生不逢时的悲哀。这里有他的自信，然而没有施展才能的馀地。他还不像刘琨那样能壮烈地干一番事业。刘琨孤军奋战，处境艰危，但毕竟能独当一面，在管辖的范围内还能有所作为，而郭璞则寄身幕府，却从未参与机要，虽以才学见重，而明帝亦未委以重任。时代要求他有所作为，而他只能坐看时光流逝。最后两句表达的感情，惨烈沉痛，慷慨激越，在玄言诗中从未出现过。

他在《游仙诗》第四首中表达的是同样的感情。

> 六龙安可顿，运流有代谢。时变感人思，已秋复愿夏。淮海

① 此字通行本均作“无”，今从胡克家《文选考异》卷四与梁章钜《文选旁证》卷二十改。

变微禽，吾生独不化。虽欲腾丹溪，云螭非吾驾。愧无鲁阳德，回日向三舍。临川哀年迈，抚心独悲吒。

《论语·子罕》："子在川上曰：逝者如斯夫，不舍昼夜。"孔子短短的两句话，激起过后人的多少感慨。有人以为其中深寓哲理，有抱负而感到岁月虚度的人则每产生寂寞的共鸣。郭璞此诗虽以游仙为名，但却深感时光流逝，成仙虚幻，只是增加了悲哀与惆怅。《艺文类聚》卷七八引郭璞《游仙诗》曰："静叹亦何念，悲此妙龄逝。在世无千月，命如秋叶蒂。"抒发的是同样的悲慨。

何焯《义门读书记》卷四六评郭璞《游仙诗》曰："景纯之《游仙》，即屈子之《远游》也。"这话有其合理之处，但尚未中肯綮。《远游》非屈原之作，考其内容，中多神仙家说，许多文句乃杂凑《离骚》中的文句与《九歌》《天问》《九章》《大人赋》《七谏》《哀时命》《山海经》及《老》《庄》《淮南》诸书文句而成，①缺乏眷恋故国的情思和耿介不群的胸怀。郭璞的《游仙诗》则"坎壈咏怀，非列仙之趣"，应当说是接近屈原在《离骚》中抒发的感情，故与《离骚》为近，而与《远游》为远。何焯仅从游仙之"游"字着眼，尚未达一间。

屈原身处楚国危亡之时，虽欲舍身许国，然而壮志难酬，故有岁月虚度时不我与之叹。《离骚》中说："纷吾既有此内美兮，又重之以修能。扈江离与辟芷兮，纫秋兰以为佩。汨余若将不及兮，恐年岁之不我与。忽驰骛以追逐兮，非余心之所急。老冉冉其将至兮，恐修名之不立。"若将郭璞上述二诗与之比较，则《游仙》远承《离骚》之说，应当

① 参看胡小石师《〈远游〉疏证》，载《胡小石论文集》，上海古籍出版社 1982 年版。

说是信而有征的了。[①]

郭璞《游仙诗》第九首曰：

采药游名山，将以救年颓。呼吸玉滋液，妙气盈胸怀。登仙抚龙驷，迅驾乘奔雷。鳞裳逐电曜，云盖随风回。手顿羲和辔，足蹈阊阖开。东海犹蹄涔，昆仑蝼蚁堆。遐邈冥茫中，俯视令人哀。

阅读此诗，就会使人想到《离骚》中类似的文句。屈原在天上到处奔波，“驾八龙之蜿蜿兮，载云旗之委蛇。抑志而弭节兮，神高驰之邈邈。奏《九歌》而舞《韶》兮，聊假日以偷乐。陟升皇之赫戏兮，忽临睨夫旧乡。仆夫悲余马怀兮，蜷局顾而不行”。这与郭璞诗中的精神可谓一系相承，在写作手法上也有相通之处。[②] 二人都目睹了国运的衰败，力图振作而又不能，意欲超脱而又不可，因为他们都对人民的苦难抱有同情。《离骚》中说“长太息以掩涕兮，哀民生之多艰”，这应当是屈、郭二人千古同心的根本原因。

郭璞《游仙》出于楚辞，不但可从其精神意脉上去考察，而且可从他所袭用的《楚辞》中的许多专门词汇上加以证实。现举例如下：

蓬莱（其一、六）	蹇修（其二）	赤松（其三）
远游（其五）	九垓（其六）	蓐收（其七）
女萝（其七）	蕣荣（其七）	王孙（其七）
旸谷（其八）	羲和（其九）	阊阖（其九）

① 参看黄侃《文选平点》第91页，上海古籍出版社1985年版。

② 参看曹道衡《郭璞和〈游仙诗〉》，载《中古文学史论文集》。

昆仑(其九)　　　　西海(其十)①

大家知道,曹操的乐府诗中也有许多游仙的内容,并有继承楚辞的脉络可循。他一方面意欲超脱这尘俗世界,一方面又感到时局扰攘,生民困苦,意欲建功立业,而有"烈士暮年,壮心不已"的感慨。曹操的这类作品,构成了后世所谓"建安风骨"的内涵。其后晋代文人日益背离这一传统,诗歌由浮靡趋于平淡,玄言诗兴起后,"建安风力尽矣"。郭璞的《游仙诗》中则还可以看到建安文学的踪迹,因此从钟嵘的论述来看,他是把刘琨、郭璞看作是建安风力的继承者的。

但钟嵘评诗时只从形式着眼,不能从内容、形式的高度综合上去深入体察。郭璞的诗文彩华丽,所以钟嵘以为"宪章潘岳,文体相辉,彪炳可玩",这就不见得很妥当。比之潘岳,郭璞的年龄虽略小一些,但仅相差二十多岁,二人在西晋时并未发生过任何联系,也找不出前后影响的踪迹。即以二人的思想和好尚来说,也绝无关系可言。郭璞好用形容色彩的词汇,好用组织工整的对偶句法,这些都是太康文人的共同特点。他既身经此一阶段,自会带上这一时期的特点。要说郭璞"宪章潘岳",就他现存的诗作来考察,似嫌根据不足。郭璞的诗应当说是"其源出于楚辞",还接受过曹操乐府的影响,经过时代的蕴育,这才呈现出一家风貌。

三

郭璞思想的主流承袭了儒家的传统,这样说或许好多人会不同

① 此处乃按逯钦立《先秦汉魏晋南北朝诗》中录存之《游仙诗》十九首次序标目。

意，因为在文献记载和后世传说中，郭璞实为一方术之士，他的为人，与一般人印象中的儒生形象相距太远了。

但儒家之中流派甚多，儒家学术代有变化。随着时代的发展，儒生形象也呈现出不同的面貌。综观郭璞的立身行事与诗文创作，可说他是一位综合了其时各种学术成分而呈现出明显的时代风貌的文士。

《晋书》本传上说："〔璞〕好古文奇字，妙于阴阳算历。有郭公者，客居河东，精于卜筮，璞从之受业，公以《青囊中书》九卷与之，由是遂洞五行、天文、卜筮之术，攘灾转祸，通致无方，虽京房、管辂不能过也。"这是本诸时人记载而著录的。《世说新语·术解》篇刘孝标注引王隐《晋书》曰："璞消灾转祸，扶厄择胜，时人咸言京、管不及。"可见他所继承的是京房、管辂的《易》学传统。

京房是西汉时期今文《易》学京氏《易》的首创者，这一学派体现了汉代儒家重天人关系的特点，也承袭了阴阳家说，好以灾异推论时政得失，曾在后代产生巨大的影响。

《晋书》本传上说"璞好经术"，《世说新语·术解》篇引《郭璞别传》也说"璞少好经术，明解卜筮"。《晋书》本传上就提到："于时阴阳错谬，而刑狱繁兴，璞上疏曰：'臣闻《春秋》之义，贵元慎始，故分至启闭，以观方物，所以显天人之统，存休咎之征。'"他像京房一样，依据天人感应的理论而进行谏诤。疏中还说"《坎》为法象，刑狱所丽"。吴士鉴《晋书斠注》卷七二引邵晋涵《尔雅正义》曰："《坎》卦主法，《易》家之旧说也。"可知郭璞在《因天变上疏》等文中阐发的理论，所承袭的，正是汉儒《易》学主灾异一系的传统。

曹魏之时，管辂也以占筮著称，《三国志·魏书·管辂传》裴松之注引《〔管〕辂别传》曰："明《周易》，仰观风角、占相之道，无不精微。"史书上记载了好几则有关他占筮灵验的事，与郭璞的一些有关记载相同。

汉代本多喜言灾异的经师。董仲舒是《公羊》学的大师，《史记·

儒林列传》上说他“以《春秋》灾异之变，推阴阳所以错行，故求雨，闭诸阳，纵诸阴，其止雨反是”。《春秋繁露》记求雨、止雨之法，用的就是巫术。刘向为著名的儒家学者，亦以风水之论抨击王氏。东汉之时，此风更烈，可见儒生兼综方术，乃是时代潮流之所向。夏曾佑考察儒家与方士之分合与道教之起曰：“故一切神怪之谈，西汉由方士并入儒林，东汉再由儒林分为方术，于是天文风角、河洛五星之说，乃特立于六艺之外，而自成一家，后世所相传之奇事灵迹，全由东汉人开之。……及张道陵起，众说乃悉集于张氏，遂为今张天师之鼻祖，然而与儒术无与矣。”①郭璞晋人，可以归为由汉儒发展而来的儒术、方术混而不分的一派，尤与京房、管辂等人以占筮为主的一派为近。至于《晋书》本传上说他“裸身被发，衔刀设醊”，又如本传与《搜神记》卷三中所记以巫术取孟原之婢、治赵固之马等等，则已近于原始道教中的作为了。

道教是植根在华夏本土的一种宗教，不但在宗教仪规等方面吸收各种原始信仰的内容，而且把儒、道、墨、法等学派中的许多理论，兼收并蓄，也融合了进去。郭璞的《游仙诗》中也反映出了这一色彩斑驳的特点。他在《游仙诗》中列举了许多仙人的名字，如赤松、浮丘、洪崖、安期、子乔等，有趣的是《游仙诗》第二首中还叙及鬼谷子其人：

> 青溪千馀仞，中有一道士。云生梁栋间，风出窗户里。借问此何谁，云是鬼谷子。翘迹企颍阳，临河思洗耳。阊阖西南来，潜波涣鳞起。灵妃顾我笑，粲然启玉齿。蹇修时不存，要之将谁使？

① 《中国古代史》第二篇《中古史》第六十节《儒家与方士之糅合》、第六十二节《儒家与方士之分离即道教之原始》叙此颇详，可参看。生活·读书·新知三联书店1955年版。

《文选》李善注引庾仲雍《荆州记》曰:“临沮县有青溪山,山东有泉,泉侧有道士精舍。郭景纯尝作临沮县,故《游仙诗》嗟清溪之美。”可证郭璞对鬼谷子的情况很熟悉,这里他以歆羡的心情介绍了鬼谷子其人。①

众所周知,鬼谷子是战国时期纵横家的代表人物苏秦、张仪的老师。《史记·苏秦列传》曰:“苏秦者,东周洛阳人也。东事师于齐,而习之于鬼谷先生。”裴骃《集解》引《风俗通义》曰:“鬼谷先生,六国时纵横家。”又《史记·张仪列传》曰:“始尝与苏秦俱事鬼谷先生,学术,苏秦自以不及张仪。”

鬼谷子的最初形象,只是一位纵横家的理论家,但他隐居在景色幽绝之处,而自汉末神仙之说大盛之后,人们以为神仙多隐居于岩壑之中,所以鬼谷子又由隐士而升为神仙了。

唐末杜光庭的《仙传拾遗》一书,集合道教神仙之说多种材料而成,《太平广记》卷四引此,有“鬼谷先生”的传记,文曰:

> 鬼谷先生,晋平公时人,隐居鬼谷,因为其号。先生姓王名利,亦居清溪山中。苏秦、张仪从之学纵横之术。二子欲驰骛诸侯之国,以智诈相倾夺,不可化以至道。夫至道玄微,非下才得造次而传。先生痛其道废绝,数对苏、张涕泣,然终不能寤。苏、张学成别去,先生与一只履,化为犬,北引二子即日到秦矣。先生凝神守一,朴而不露,在人间数百岁,后不知所之。

此中说到苏、张以智诈相倾夺,鬼谷先生则痛至道之废绝,说明鬼谷子恪守道家宗旨,已经超越于纵横之术,因为纵横家仅重以谋略取

① 余嘉锡《读已见书斋随笔》十四《郭璞游仙诗》条于鬼谷子事亦有所论证,载《余嘉锡论学杂著》下册,中华书局 1963 年版。

权势，而无宗旨之可言，也无道德可言的。[①]《艺文类聚》卷三六《隐逸》上引袁淑《真隐传》，亦言“苏秦、张仪事之，遂立功名，先生遗书责之”。可见魏晋时期鬼谷子的形象，已经涂抹上了这一时代的特定色彩，这还可从其时的一些著作中看出。

《隋书·经籍志》“史部·杂传”著录《关令内传》一卷，鬼谷先生撰。

同上“子部·纵横家”著录《鬼谷子》三卷，注：“皇甫谧注。鬼谷子，周世隐于鬼谷。”

同上“子部·兵家”著录《鬼谷先生占气》一卷。

由此可见，郭璞之所以推崇鬼谷子，正因为魏晋时期所塑造的鬼谷子的宗旨和术数与他情况相近，郭璞也是一位行为与智术极为奇特的人物。他因综合了前人的各种学说而呈现出极为复杂的面貌。

正像魏晋时的许多人物一样，郭璞身上集中了似乎截然相反的一些品格，在历史上，也有关于他行为放浪的记载。《晋书》本传上说他：“嗜酒好色，时或过度，著作郎干宝常诫之曰：‘此非适性之道也。’璞曰：‘吾所受有本限，用之恒恐不得尽，卿乃忧酒色之为患乎！’”而郭璞的这一特点，在反对王敦作逆的其他一些人物中，也有类同的表现。

周顗是因为激烈反对王敦谋夺晋室而被杀的，古时史家对他评价一直很高，但在《世说新语·任诞》中却有另一种记载，文曰：

> 有人讥周仆射：“与亲友言戏，秽杂无检节。”周曰：“吾若万里长江，何能不千里一曲。”

---

① 参看拙撰《〈韩非子〉札记》中的《韩非对纵横家的批判》一文，江苏人民出版社1980年版。

刘孝标注引邓粲《晋纪》曰:“王导与周顗及朝士诣尚书纪瞻观伎。瞻有爱妾,能为新声。顗于众中欲通其妾,露其丑秽,颜无怍色。有司奏免顗官,诏特原之。”

又王敦密谋反叛时,谢鲲任大将军长史,屡次婉言劝阻,《晋书》本传上说“是时朝望被害,皆为其忧,而鲲推理安常,时进正言。敦既不能用,内亦不悦”。可见他持正不阿,处境是很危险的。

谢鲲是著名的“八达”之一。《世说新语·德行》篇曰:“王平子、胡毋彦国诸人皆以任放为达,或有裸体者。”刘孝标注引王隐《晋书》曰:“魏末阮籍嗜酒荒放,露头散发,裸袒箕踞。其后贵游子弟阮瞻、王澄、谢鲲、胡毋辅之之徒皆祖述于籍,谓得大道之本。故去巾帻,脱衣服,露丑恶,同禽兽。甚者名之为通,次者名之为达也。”

谢鲲作达,《晋书》本传上还记载一事曰:“邻家高氏女有美色,鲲尝挑之,女投梭,折其两齿。时人为之语曰:‘任达不已,幼舆折齿。’鲲闻之,傲然长啸曰:‘犹不废我啸歌。’”这与周顗众中欲通人之妾,郭璞以术数取人之婢,其作风颇有相通之处。

自阮籍等人放浪形骸蔑弃礼教之后,阮瞻、王澄、谢鲲、胡毋辅之等人变本加厉,达到所谓“露丑恶,同禽兽”的程度。这类人物之中,固然混杂了许多心灵和行为同样丑恶的人物,但也有一些人,以为男女之情乃至性的表现,而在时代思潮的推动下,演出了种种不合礼法甚至不合社会习俗的闹剧。但永嘉之乱以后,这些人中颇有觉醒者,《世说新语·言语》篇载“过江诸人,每至美日,辄相邀新亭,藉卉饮宴。周侯中坐而叹曰:‘风景不殊,正自有山河之异。’皆相视流泪”。也正是这一周顗,竟因反抗王敦作乱而被害。就在这次动乱中,素称行为放浪的几位名士,却都表现出了过人的节操。可见郭璞的嗜酒好色,也是时代风气的表现。这一类人喜纵性而行,性中就包容着过人的节操。

四

《晋书》本传上说："璞既好卜筮，缙绅多笑之。"随着社会的进步，必然会出现上述情况。《汉书·王贡两龚鲍传》曰："蜀有严君平……以为筮者贱业，而可以惠众人。有邪恶非正之间，则依蓍龟为言利害。与人子言依于孝，与人弟言依于顺，与人臣言依于忠，各因势导之以善。"可见西汉之时社会舆论已对卜筮表示轻视。但卜筮之事，上可以推论时政得失，下可以推断个人命运之否泰。京房生于西汉之时，位为大臣，故每借之议政；管辂则常以之判定个人吉凶；郭璞则兼而有之，表示他既继承了西汉经师的传统，又有以此贱业见长而被时人轻视的一面。

京房虽行类方士，然秉性坚贞，终因弹劾中书令石显与尚书令五鹿充宗而被谗害致死，这与郭璞因阻挡王敦作逆而以身殉国，其立身处世，颇为相似。

如果有人把郭璞的博学列为晋"中兴第一"，那就很少有人会持异议吧。《晋书》本传上列举他种种占验方面的异闻，充满着神秘色彩，但看他屡上奏章，详陈天变而请求省刑赦罪，则是在用占验为手段而达到儒家仁民的目的。再看他的反对王敦谋叛晋室，又以占验为手段而鼓动温峤、庾亮劝帝讨伐，可见他既不像纵横家那样随机应变以谋取富贵，也不像道家那样不分逆顺以全身避害，而是恪守儒家的道德规范，从容就义。张溥为《汉魏六朝百三家集》中的《郭弘农集》题辞曰："余谓其抗节王敦，赞成大事，匡国之志，〔殷〕峤可庶几，〔庾〕亮安敢班哉！"所以张溥再三痛惜地说："烈士殉义，虽死可生，乱臣贼子不能杀也。……南冈断头，遗文弥烈，今读其集，直臣谏诤，神灵博物，无不有也。如斯人而不谓之仙乎？不可得已。"

总结上言,可知郭璞一身既体现了自汉儒演化而来的方术之士的很多特点,也体现了早期道教学说中兼综各家而显示出来的斑斓色彩。郭璞的行事与思想虽极奇诡,但从他的奏议与政治归宿来看,则以儒家思想为主导,这与他在《游仙诗》中表现出来的及时努力和仁民爱物的思想是一致的。

(原载香港中文大学中文系主编魏晋南北朝文学国际研讨会论文集《魏晋南北朝文学论集》,台湾文史哲出版社 1994 年 11 月版)

《西京杂记》中的司马相如赋论质疑

《西京杂记》卷二中记载着司马相如论赋的一段文字，向为历代研究赋的专家所珍视，以为此说反映了汉代大赋的创作经验，并对后人的赋作具有指导意义。原文如下：

> 司马相如为《上林》《子虚》赋，意思萧散，不复与外事相关，控引天地，错综古今，忽然如睡，焕然而兴，几百日而后成。其友人盛览，字长通，牂牁名士，尝问以作赋，相如曰："合綦组以成文，列锦绣而为质，一经一纬，一宫一商，此赋之迹也。赋家之心，苞括宇宙，总揽人物，斯乃得之于内，不可得而传。"览乃作《合组歌》《列锦赋》而退，终身不复敢言作赋之心矣。

此说疑点甚多。从司马相如自述作赋的时间来看，即与史传上的记载不合。

《史记·司马相如列传》上说："上读《子虚赋》而善之，曰：'朕独不得与此人同时哉！'〔杨〕得意曰：'臣邑人司马相如自言为此赋。'上惊，乃召问相如。相如曰：'有是。然此乃诸侯之事，未足观也。请为《天子游猎赋》，赋成奏之。'上许，令尚书给笔札。"可见《子虚》《上林》二赋不是一气写成的。那么《西京杂记》上说"几百日而后成"云云，只能说是出于后人的编造。

顾炎武《日知录》卷二十七曰："《子虚》之赋，乃游梁时作。当是侈梁王田猎之事而为言耳。后更为'楚称''齐难'而归之天子，则非当日之本文矣。若但如今所载《子虚》之言，不成一篇结构。"这是合乎情理的推断，于此更可说明《子虚》《上林》二赋不可能是一时之作。

又《史记》《汉书》的《司马相如传》中没有出现过《上林赋》这一名词，所以阎若璩《潜邱札记》卷六曰："《文选》所载，乃《天子游猎赋》，昭明误分之而标名耳。"这一说法是否合适，还可进一步探讨。《隋书·经籍志》卷四"总集类"中录有郭璞注《子虚上林赋》一卷，可见《子虚》《上林》分列，并不是萧统的首创或误分。

根据郭璞分注二赋这一事实，也就可以推断，像《西京杂记》那样《上林》《子虚》连称，当是魏晋之时出现的情况。

下面再从"赋迹""赋心"两方面加以辨证。

"赋迹"说考辨

上引司马相如之说曰："合綦组以成文，列锦绣而为质，一经一纬，一宫一商，此赋之迹也。"这也就是说：赋如綦组、锦绣，外形极美，其文句的特点为骈俪，朗读之时则呈现为音乐之美。

这种观念，从文学的发展历史来说，也要到魏晋之后始能出现。

按先秦至汉初时人常将"锦绣""綦组"二词连用，视作过度的文饰而加以反对。《管子·重令》："布帛不足，衣服毋度，民必有冻寒之伤，而女以美衣锦绣綦组相稚也，谓之逆。"《韩非子·诡使》："仓廪之所以实者，耕农之本务也，而綦组锦绣刻画为末作者富。"《淮南子·齐俗》："锦绣纂组，害女工者也。"《汉书·景帝纪》："锦绣纂组，害女红者也。""纂组"同"綦组"，均指精美之织物。所谓司马相如赋论中的文句袭用二词，以此作为譬喻，且以褒义出之，与时人的观念不同。处在同一时代，在语词的涵义和使用上常是具有一致性，然而赋论中有如此相异的用法，看来就不像是汉初人的手笔。而且赋论中还把同一成语分解成骈偶文句，也是魏晋及其之后文士的习用手法，那么司马相如其人云云，当然出之于后人的假托了。

司马相如是汉赋的创始人，在他之前的赋家，如贾谊等人，所作或以赋名，实际上是骚体的延续，继承的是屈赋的传统，并不着意于雕琢辞采，音律也以自然的咏叹为重。现存贾谊《鹏鸟赋》等均可为证。

汉代文献传流下来的很少，根据现存材料，难以确定汉初赋作的全貌。《汉书·艺文志·诗赋略》中著录了许多赋家和赋作，可惜大都已经亡佚。刘师培《〈汉书·艺文志〉书后》曰："班《志》叙诗赋为五种，赋析四类。区析之故，班无明文，校雠之家，亦鲜讨论。今观主客赋十二家，皆为总集，萃众作为一编，故姓氏未标。馀均别集。其区为三类者，盖屈平以下二十家，均缘情托物之作也，体兼比兴，情为里而物为表。陆贾以下二十一家，均骋辞之作也；聚事征材，旨诡而词肆。荀卿以下二十五家，均指物类情之作也；侔色揣声，品物毕图，舍文而从质。此古赋区类之大略也。"（《左盦集》卷八）以此检核《汉书·艺文志》中的记载，只有第一类的赋作，即继承"屈原赋"的赋家，才能写出形式华美的作品。但如上所言，在司马相如之前，或与之同时的赋家，没有写出过什么"一经一纬、一宫一商"的赋作。

与司马相如齐名的枚乘，留下过几篇赋，如《梁王菟园赋》《柳赋》等。这些都保存在《西京杂记》《古文苑》或唐宋人的类书之中，其真实性是颇可怀疑的。《梁王菟园赋》错脱特甚，黄侃《〈文心雕龙·诠赋〉札记》中花了很大的气力整理，仍难看出文采之美；①《柳赋》倒真是具有"合綦组以成文，列锦绣而为质"的特点，中如"枝逶迟而含紫，叶萋萋而吐绿"，"蜩螗厉响，蜘蛛吐丝，阶草漠漠，白日迟迟"，"樽盈缥玉之酒，爵献金浆之醪"等句，颇合"一经一纬、一宫一商"的要求，然而范文澜《〈文心雕龙·

① 黄侃《文心雕龙札记》第 64、65 页，中华书局上海编辑所 1962 年版。

诠赋〉注》曰:“汉惠帝讳盈,此文何以不违?殆伪托也。”[1]

《西京杂记》和《古文苑》中的那些赋,文笔柔靡,绮丽特甚,看来都出于魏晋人之手。马叙伦《读书续记》卷二曰,《西京杂记》“下卷载枚乘《柳赋》云‘弱丝清管,与风霜而共凋’,又云‘小臣莫效于鸿毛,空衔鲜而嗽醪’,亦六朝句法。路乔如《鹤赋》、公孙诡《文鹿赋》等,又通篇是六朝气格。邹阳《几赋》亦不似阳他文字”。[2] 这从文章风格上是不难看出的。

所谓司马相如的赋论,反映了这一类赋的特点,看来概括的是这一类赋的创作经验。因此,《西京杂记》中的赋论和赋作,有着密切一致的关系。

而总结魏晋人创作经验的赋论,却还包容在陆机的《文赋》之中。《文赋》中说:

> 其为物也多姿,其为体也屡迁,其会意也尚巧,其遣言也贵妍。暨音声之迭代,若五色之相宣,虽逝止之无常,固崎锜而难便。苟达变而识次,犹开流以纳泉,如失机而后会,恒操末以续颠。谬玄黄之秩叙,故淟涊而不鲜。

这就包括进了所谓司马相如赋迹说中的所有要点。陆机的这篇文章,本身就完美地体现了“一经一纬、一宫一商”等要求。

自东汉末期起,文学追求形式华艳,由是文士常以锦绣作为譬喻。熙《释名·释言语》曰:“文者,会集众彩以成锦绣,会集众字以成词宜,如文绣然也。”陆机《文赋》中形容之为“炳若缛绣,凄若繁弦”;《世

---

① 范文澜《文心雕龙注》第142页,人民文学出版社1960年版。

② 马叙伦《读书续记》,此据北京市中国书店1985年影印本。

说新语·赏誉》篇中说“著文章为锦绣，蕴五经为缯帛”；《文学》篇叙孙绰言“潘〔岳〕文烂若披锦，无处不善”；《南史·颜延之传》载鲍照评颜诗“若铺锦列绣，亦雕缋满眼”。类似的例证尚多，不遑备举。

《文心雕龙·诠赋》篇中说：“相如《上林》，繁类以成艳。”但他的作品之中尚无“一经一纬，一宫一商”的特征，距离“炳若缛绣，凄若繁弦”尚远，其时势难产生《合组歌》《列锦赋》等作品。因此，在司马相如的笔下，也不可能提出什么把赋写得像“綦组”“锦绣”一样的要求。

“赋心”说考辨

而司马相如自言“赋家之心，苞括宇宙，总揽人物，斯乃得之于内，不可得而传”云云，每一句话都有问题，必须逐一加以分析。

在古代论“心”的学说中，首应注意战国时期稷下学宫中的宋钘、尹文一派。《庄子·天下》篇曰：“不累于俗，不饰于物，不苛于人，不忮于众，愿天下之安宁以活民命，人我之养毕足而止，以此白心，古之道术有在于是者。宋钘、尹文闻其风而悦之，作为华山之冠以自表，接万物以别宥为始。语心之容，命之曰心之行，以聏合欢，以调海内，请欲置之以为主。”可知这一学派之重“心”，以为心乃行动之主宰，要求此心不为外物所蔽，立说甚为平实，对于“心”在思维过程中的微妙作用没有作出什么分析或描述。

《管子》中的《心术》上下、《白心》、《内业》四篇，有人认为就是宋钘、尹文一派的著作，有人则起而驳正，以为这四篇文章应是齐国黄老学派的著作。《心术》上曰：“心之在体，君之位也。九窍之有职，官之分也。……耳目者，视听之官也。心而无与于视听之事，则官得守其分矣。夫心有欲者，物过而目不见，声至而耳不闻也，故曰：上离其道，下失其事。故曰：心术者，无为而制窍者也。”这里虽对心的主导作用有所论述，但其目的是在阐明“君道无为，臣道有为”的黄老学派观点，因此对“心”的微妙作用仍然无所申述。

在司马相如之前，这种情况一直没有什么变化，现存文献中找不到什么阐述“心”的微妙作用的文字。

《庄子・让王》中说：“中山公子牟谓瞻子曰：‘身在江海之上，心居乎魏阙之下。’”说明心的思维作用可以超越时间和空间的限制，这对后人畅论文心，影响至巨。《淮南子・道应》篇中全引其文，而在《俶真》篇中则作“身在江海之上，而神游魏阙之下”，可见此“心”即“神”，所以《文心雕龙・神思》篇首引《庄子・让王》中文以发端，且以“神”字名篇，但在汉初的学术界可也没有什么阐发神思的文字出现。

情况表明，司马相如即使想要阐述“赋心”之妙，然而其时理论凭借很少，不大可能于此突发式地作出什么细致的论述。

《上林赋》中有句曰：“流离轻禽，蹴履狡兽，轊白鹿，捷狡兔，轶赤电，遗光耀，追怪物，出宇宙。”“宇宙”一词的涵义，显与《西京杂记》内所谓司马相如赋心说中“宇宙”一词的涵义不同。《汉书・司马相如传》载《上林赋》，颜师古注引张揖曰：“天地四方曰宇，古往今来曰宙。”随又驳之曰：“张说‘宙’非也。许氏《说文解字》云：‘宙，舟舆所极覆也。’”《史记・司马相如列传》载《上林赋》，张守节《正义》释“宇宙”二字时亦引《说文》驳张揖之说，与颜氏同。高步瀛《文选李注义疏》释《上林赋》中“宇宙”一词曰：“上下四方曰‘宇’，就空间言；往古来今曰‘宙’，就时间言。此云‘出宇宙’，则但指空间，故小颜、小司马皆不以张〔揖〕释‘宙’字为然也。‘宙’字从《说文》本义解，则‘宇’字亦不推及上下四方。‘宇’训屋边，本有下覆之义，故《鲁灵光殿赋》张〔载〕注曰

‘天所覆曰宇’，则合‘宇宙’字而为上下四方矣。”①

根据上引材料，可知汉人对“宇宙”一词的用法可分两派。道家学派中人上承《庄子·庚桑楚》“有实而无乎处者，宇也；有长而无本剽者，宙也”的释义，分指空间与时间。《文子·自然》篇“往古来今谓之宙，四方上下谓之宇”，《淮南子·齐俗》篇同，魏晋时人濡染玄学，每取此义。“苞括宇宙，总揽人物”二句取骈俪形式，“宇宙”二字乃并列对举的合成词，分指空间、时间无疑。《上林赋》中“宇宙”一词的用法与《说文》合，正是汉人的一般用法，仅指空间而不含时间。同一个人，使用同一词汇，不应出现异义；因此，从《西京杂记》中“宇宙”一词的用法上，也可证明赋心之说出于后人的假托。

或许有人会把“苞括宇宙”一语和“控引天地”一语联系起来，以为这正好反映了汉代的天人同一思想，但这也是不符实情的推断。天人同一之说中的“天”，是指包括人在内的宇宙总体；作为某一个人，其身体的各个部位器官则又与天相应，所以又成了宇宙的一个缩影。可见这一学说，其着眼点、基本内容和论证方式都和所谓司马相如的赋论不同，其间没有什么相通之处。

“苞括宇宙”“控引天地”云云，形容作家神思的状态，与《文赋》中的论述一致。该文一再申述道：“其始也，皆收视反听，耽思傍讯，精骛八极，心游万仞。”“浮天渊以安流，濯下泉而潜浸。”“观古今于须臾，抚四海于一瞬。”“笼天地于形内，挫万物于笔端。”……而以这种精微的思绪和宏大的物象为题材的赋，也要到晋代才告出现。《晋书·成公绥传》曰：“……又以‘赋者贵能分赋物理，敷演无方，天地之盛，可以致思矣。历观古人未之有赋，岂独以至丽无文，难以辞赞；不然，何其阙

---

① 高步瀛《文选李注义疏》卷八，第四册第1835、1836页，中华书局1985年版。上述“小司马”云云，实为张守节之说，高氏此处误认《正义》为《索隐》。

哉?'遂为《天地赋》。"可知在此之前尚无此类带有玄学色彩的作品出现。

《西京杂记》上这段描述"赋家之心"的文字,所谓"得之于内,不可得而传"云云,实际上是"言不尽意"论的一种通俗说法。

探讨这种理论的源头,可以追溯到《易》学上去。

《系辞》上说:"子曰:'书不尽言,言不尽意。'然则圣人之意其不可见乎?子曰:'圣人立象以尽意,设卦以尽情伪,系辞焉以尽其言,变而通之以尽利,鼓之舞之以尽神。'"尽管这里提出的命题涵义深广,牵涉到语言与思维之间的复杂关系,但汉代《易》学偏重象数,因此《系辞》中的这一番话,正好给《易》学家们以提示,启发他们钻研《易》中的"象""意"问题。处在西汉初期的司马相如没有可能受到哲学界的启示而提出"赋家之心"难以用文字加以表达的问题。

这个问题,看来也要到思辨思潮逐渐抬头的魏晋之后才能出现。《世说新语·文学》曰:"旧云:王丞相过江,止道声无哀乐、养生、言尽意三理而已。"这就是所谓玄学中的三大论题。其中"言尽意"呢,还是"言不尽意",内涵更为丰富,曾经引起不少智者的争辩。欧阳建作《言尽意论》,首称:"有雷同君子问于违众先生曰:'世之论者,以为言不尽意,由来尚矣,至乎通才达识,咸以为然。若夫蒋公之论眸子,钟、傅之言才性,莫不引此为谈证。'"可见当时学术界产生的很多问题,如才性论等,都与此有关。从"雷同""违众"等词来看,也可知道由这项论题所引起的辩难规模不小,卷入的人数很多,其中又以主张"言不尽意"的人数为多。

三国魏时的管辂在邺与典农石苞论《易》学问题时说:"夫物不精不为神,数不妙不为术,故精者神之所合,妙者智之所遇,合之几微,可以性通,难以言论。是故鲁班不能说其手,离朱不能说其目。非言之难。孔子曰:'书不尽言',言之细也;'言不尽意',意之微也;斯皆神妙之谓也。”[①]管辂是以象数说《易》的专家，他的这一番话，可以看作其时有向玄学迈出一步的动向。

蜀国才士秦宓也曾说过：“仆文不能尽言，言不能尽意。”[②]则是已将《易》学上的问题用来说明创作甘苦了。

晋代之时，很多文士对此抱有同感，发表过相似的见解。卢谌《赠刘琨书》曰：“《易》曰：‘书不尽言，言不尽意。’然则书非尽言之器，言非尽意之具矣。况言有不得至于尽意，书有不得至于尽言邪？”《世说新语·文学》篇载：“庾子嵩作《意赋》成，从子文康见问曰：‘若有意邪，非赋之所尽；若无意邪，复无所赋？’答曰：‘正在有意无意之间。’”都可看出“言不尽意论”在文学领域内发生的重大影响。

陆机写作《文赋》，也受到了“言意之辨”的影响。他在序中说：“恒患意不称物，文不逮意。”因此他要“作《文赋》，以述先士之盛藻，因论作文之利害所由”，以期“他日殆可谓曲尽其妙”。作为一个文人，他想在理论上对“言”“意”问题有所探索。

陆机写作《文赋》时的观点，也接近言不尽意论。他说：

> 若夫随手之变，良难以辞逮。
>
> 若夫丰约之裁，俯仰之形，因宜适变，曲有微情。……譬犹舞者赴节以投袂，歌者应弦而遣声。是盖轮扁所不得言，故亦非华说之所能精。
>
> 患挈瓶之屡空，病昌言之难属，故踸踔于短垣，放庸音以足曲。恒遗恨以终篇，岂怀盈而自足。

① 见《三国志·魏书·方技传》裴松之注引《〔管〕辂别传》。

② 见《三国志·蜀书·秦宓传》。

拿以上的言论和《西京杂记》中的所谓司马相如赋论相比较，可知二者是在同一学术氛围下产生的。“赋心”之论，应当受到魏晋之时“言不尽意”论的激发。因此，从哲学史的角度来说，汉初的司马相如也不可能提出近于“言不尽意”论的见解。

结　论

按唐人的记叙和今人的考证，《西京杂记》当为晋人葛洪所编。[①]葛洪很推崇陆机，《晋书·陆机传》曰：“后葛洪著书，称‘机文犹玄圃之积玉，无非夜光焉；五河之吐流，泉源如一焉。其弘丽妍赡，英锐漂逸，亦一代之绝乎！’”葛洪还称：“吾见二陆之文百许卷，似未尽也。一手之中，不无利钝。方之他人，若江汉之与潢污。及其精处，妙绝汉魏之人也。”（《北堂书钞》卷一百引《抱朴子》）联系《西京杂记》中有关赋的文字，再和陆机的学说相比较，似可作出这样的推断：所谓司马相如的赋论，当是葛洪等人概括陆机《文赋》中的论点而提出的；也可以说，葛洪等人假托古人而发表了对赋的一些观点。这一理论总结了魏晋赋家的创作经验，曾对六朝人的赋作起过巨大的影响。所谓司马相如的赋论，实际上是魏晋时人假托古人而提出的一种典型的富有时代特点的赋论。

（原载《文史哲》1990 年第 4 期，原名《司马相如赋论质疑》）

---

① 参看余嘉锡《四库提要辨证》卷十七·子部八·小说家类《西京杂记》六卷辨证，中华书局 1980 年版。洪业《再说〈西京杂记〉》，载《洪业论学集》，中华书局 1981 年版。程章灿《〈西京杂记〉的作者》，载《中国文化》第 9 期，1994 年 2 月。

论谢灵运山水文学的创作经验

从唐诗的一种程式说起

陈子昂有《晚次乐乡县》诗。诗云：

故乡杳无际，日暮且孤征。川原迷旧国，道路入边城。野戍荒烟断，深山古木平。如何此时恨，噭噭夜猿鸣。

方回《瀛奎律髓》选入卷二十九“旅况类”，评曰：“起两句言题，中四句言景，末两句摆开言意。盛唐诗多如此。全篇雄浑齐整，有古味。”纪昀《瀛奎律髓刊误》评曰：“晚唐法亦如此，但气格卑弱耳。”上述二人的一番议论，颇有启发意义，可以就此探讨诗学上的一些根本问题。

这里首先要问：为什么这类诗歌会“有古味”？还会有“雄浑齐整”的特点？

研究起来，这种先言题、中言景、后言意的写作顺序，符合人们思维和写作的自然顺序，自古以来人们常是遵循这样的顺序进行思维和表达的。一般说来，诗人总是先要叙述写作的缘起，表明他在怎样的条件之下，处在怎样的气氛之中，才获得诗思，产生了创作的要求。接着他必然会把当时的境遇具体地描摹一番。文学创作不同于理论表达，作者必然通过某种具体的形象，说明他是怎样触景生情，才有情景交融的思绪，这样的描述，才能给人具体真切的感受。最后作者才能摆开眼前的一切，将胸中的蕴蓄，一吐为快。因此，诗歌创作在形式上虽然千变万化，不能用任何公式去规范它，但是这种三段式的表达方法，却是自古以来极为常见的一种程式，或许正是这个原因，方回等人才把这类作品称为“有古味”的吧。

《诗经》中多民歌，篇幅短小，情景的描写常是没有展开，因此上述程式还未得到充分的展示。但如有的作品，用比兴的手法引起全诗，也是“首言题”的意思。中间描写景物，最后发表感想，这样的结构，还是经常可以见到的。

汉代乐府诗中，情景的抒写比较展开，三段式的特点显示得就较充分了。这里可举《白头吟》为例以说明之。此诗首四句“皑如山上雪，皎若云间月。闻君有两意，故来相决绝”，即是首起言题，叙述事情的缘起；接着四句“今日斗酒会，明旦沟水头。躞蹀御沟上，沟水东西流”，即是中间言景，借外界景物的感触抒写胸中激荡的感情；后四句云“凄凄复凄凄，嫁娶不须啼。愿得一心人，白头不相离”，则是摆开言意，抒发感慨。这样的写法，顺理成章，符合人们的思维习惯，因此易为读者所接受。

不但诗歌的情况如此，其他文体，因受人们一般的思维规律的支配，也常出现这种三段式的写法。《文心雕龙·诠赋》篇中说：“夫京殿苑猎，述行序志，并体国经野，义尚广大。既履端于倡序，亦归馀于总乱。序以建言，首引情本；乱以理篇，写送文势。”①结合汉代大赋的具体情况来看，其标准格式是：开头介绍作赋缘起，中间形容景观，末尾崇圣或兴叹。这种写法，和前述诗歌中的写法不是差不多的么？二者层次相同，结构一样，只是描写的对象和抒发的感想有所不同罢了。

---

① “写送文势”，传世各本多作“迭致文契”，今据唐写本改。参阅林其锬、陈凤金《敦煌遗书文心雕龙残卷集校》，上海书店 1991 年版。

可以说，这种程式在谢灵运的创作中得到了充分的表现。自谢灵运起，这种写法比较固定地形成了一种模式。

汉赋程式的影响

刘勰论赋，首举“京殿苑猎，述行序志”，因为这类大赋最充分地反映出了汉赋的写作特点，代表着汉赋的最高成就。

汉代大赋，也有程式化的问题，下面可以作些剖析。刘熙载《艺概·赋概》：

> 张融作《海赋》，不道盐，因顾凯之之言乃益之。姚铉令夏竦为《水赋》，限以万字，竦作三千字，铉怒不视，曰：“汝何不于水之前后左右广言之?”竦益得六千字。可知赋须当有者尽有，更须难有者能有也。

赋的特点，倒给上述数语扼要地点明了。它不但要求内容的丰富，而且要求前后左右逐项铺陈，这在形式上必然会显示出整齐对称的特点。

萧统编集《文选》，列赋体于全书之首，赋体之中，又以《两都》《二京》为先。《文心雕龙·诠赋》篇中列举名作时也说：“孟坚《两都》，明绚以雅赡；张衡《二京》，迅发以宏富。”备致推崇之意。可见这些作品在赋史上的重要地位。这类作品的特点就是“前后左右广言之”。兹举《文选》中的第一篇班固《西都赋》为例，加以分析。

此文除开头、结尾的文字外，叙及本题时，其结构的层次如下：

> 左据函谷、二崤之阻，表以太华、终南之山；

右界褒斜、陇首之险，带以洪河、泾渭之川。……

内则街衢洞达，闾阎且千。……

若乃观其四郊，浮游近县，则南望杜霸，北眺五陵。……

　　其阳则崇山隐天，幽林穹谷。……

　　其阴则冠以九嵕，陪以甘泉。……

　　东郊则有通沟大漕，溃渭洞河……

　　西郊则有上囿禁苑，林麓薮泽……

其宫室也，体象乎天地，经纬乎阴阳……

　　徇以离宫别寝，承以崇台闲馆……

　　后宫则有掖庭椒房，后妃之室……

　　左右庭中，朝堂百寮之位……

　　　　又有天禄、石渠，典籍之府……

　　　　又有承明、金马，著作之庭……

这赋向来被人视为大赋中的典范之作。内容繁富，文辞瑰丽，但其结构却很简单，这就是上面所介绍的，前后左右层层铺排：有上必有下，有左必有右……这种结构方式，有可能流于机械呆板，但在高手笔下，却又显得雄浑齐整。京殿苑猎赋中的那些上乘之作，无不表现出庄重的格调和磅礴的气势。这是由赋作刻意追求形式上的整齐对称之美而形成的。

又如张衡《南都赋》中的笔法，也是这种纲举目张的结构方式。中间部分，首列“其山”“其川渎”“其陂泽”“其水”“其原野”等大的项目，再在下面介绍所属物产，如“其山”之下有“其木”“其竹”等等，“其陂泽”之下有“其草”“其鸟”等等。这样的赋，看来就像一张奇花异草、珍禽怪兽的清单，但顺次读去，则又不能不说它浑然灏然，层次井然。

大的方面如此，细节部分，如字句的编排等等，也注意整齐的美，对称的美，所以多排比，多骈句，这也是人所共知的赋的特色。

诗人也常运用排比、骈俪这类手法形成整齐对称之美，这在律诗中最为常见。不论五律或七律，中间颔颈二联，必定要组成严格的排比句，形成骈俪的对偶形式。例如上述陈子昂的《晚次乐乡县》诗，中间四句“川原迷旧国，道路入边城。野戍荒烟断，深山古木平”，就是这样。方回评语中曰“雄浑齐整”，应该说主要是由这四句句子的特点呈现出来的。

方回说到这类句子“有古味”，还因这种整齐对称的骈句体现了自古以来人们所看重的形式美。“前后左右广言之”的写作方式，是总体结构上的排比骈俪；文字开合成势，是细节描写上的排比骈俪。可以说，作家在总体结构上追求整齐对称之美，反映了封建社会统治阶层要求稳定有序的心理状态；句式上追求整齐对称之美，则是由汉字、汉语的特点自然形成的。它源远流长，从上古起，就在各种用文字记录下来的材料中出现了。

早在卜辞中，就已看到按方位顺序记叙的句子，如《殷墟书契粹编》907 上有“东土受年，南土受年，西土受年，北土受年”的记载，刘晦之《善斋所藏甲骨文字》上有“东方曰析，凤曰劦。南方曰夷，凤曰完。西方曰㠩，凤曰彝。□(北)□(方)□(曰)□，□(凤)曰䧅”的记载。其后在《尚书·尧典》《山海经》《管子》等书中，也有关于四方、四凤和四时的记叙。可见早在文明史的初期，人们从周密的观察中，就已发现了“前后左右广言之”的思绪之佳，体会到了其中包含着整齐对称之美。

战国时的纵横家和辞赋家，已能自觉地使用这种效果显著的程式了。例如《战国策》中记载的苏秦说辞，当他游说诸侯时，总是把对方国土上东、南、西、北的物产和地势铺张扬厉地形容一番，进行政治上的分析与评价，然后提出自己的外交策略。又如《招魂》一文中，逐层介绍东、南、西、北四方的可怖景象，劝说楚王回归故居。《大招》之中，也有同样层层铺陈的写法。可见这种程式，已经成为文人习用的一种写作手段。

大家知道，汉代的大赋是从楚辞发展而来的，受到过纵横家说辞的重大影响。因此，大赋之中出现程式化的倾向，也是事所必然。由此之故，那些根据这种程式写作的诗文，也就具有“雄浑齐整”的特点，读之饶“有古味”了。

可以说，这种程式在谢灵运的诗文中有充分的表现。谢灵运继承了大赋中的一些形式特点，将古代的一些写作程式融会而贯通之，形成了自己的创作特色，给予后人巨大的影响。

谢灵运山水文学中的因革

介绍谢灵运在山水文学方面的成就时，不妨首先着重考察《山居赋》一文。

谢灵运学问博大，在文学的许多领域内都作出了贡献，而在开辟山水文学这一新领域的过程中，成绩尤为卓著。可以看出，这里既有继承前代文学遗产的地方，也有很多创新，从中可以看出他在写作山水诗时所受的多方面的影响，以及他在开辟这一文学新领域时取得成功的各种原因。

古人一直重视写作大赋，用以表现个人各方面的学识，《山居赋》一文，体制宏大，包孕宏富，自然是他竭尽心力的代表之作。而他秉性高傲，处处不甘落人之后，创作《山居赋》时，也刻意求新，企图把各方面的才能反映出来。

这一篇如实铺陈的文字，显然受到左思《三都赋》的影响。左思作《三都赋》，乃是赋史上的一大变革。前此如司马相如、扬雄、班固、张衡等人，均有名作传世，取得了很大的成就。《三都赋序》中指出：他们极宏侈之词，“假称珍怪，以为润色”，然“考之果木，则生非其壤；校之神物，则出非其所。于辞则易为藻饰，于义则虚而无征。且夫玉卮无当，虽宝非用；侈言无验，虽丽非经”，因此他“摹《二京》而赋《三都》，其山川城邑，则稽之地图；其鸟兽草木，则验之方志。风谣歌舞，各附其俗；魁梧长者，莫非其旧”。这就抛弃了前代大赋中夸饰虚构的惯用手法，从而把大赋的创作严格地纳入求实求真的道路上去。这种变革，也就使赋体减少了文学的色彩，增加了学术的意味。后代那些兼有学者、文士双重身份的人，更是乐于通过写作大赋一现身手了。

谢灵运在《山居赋》的序中说：“即事也，山居有异乎市廛。”“今所赋既非京都宫观游猎声色之盛，而叙山野草木水石谷稼之事，才乏昔人，心放俗外，咏于文，则可勉而就之，求丽，邈以远矣。览者废张、左之艳辞，寻台、皓之深意，去饰取素，傥值其心耳。”说明他的这篇作品和前代的赋作迥然有别。

左思曾宣言，他赋《三都》时曾摆脱了《两都》《二京》的影响，追求实录；谢灵运又宣称，他赋《山居赋》时摆脱了张、左等人的影响，追求朴素之美。可见各个时代的作家对赋的审美观念有所不同。随着赋体的发展，创作上也出现了新的特点。

左思改变赋风，然仍铺叙都邑之美，在题材上无所改变；谢灵运改变赋风，改为描绘山水之美，在题材上有很大的变化。他之所以摆脱前代华贵瑰丽的赋风，追求自然清丽的简朴之美，题材的改变，应当也是原因之一吧。

从《山居赋》的形式结构上来看，可知此文仍然继承了汉代“京殿苑猎”等大赋中常见的那种“前后左右广言之”的手法，和前举《西都赋》《南都赋》的写法类同。兹举《山居赋》的中心部分，即言“居”的文字如下：

其居也，左湘右江，往渚还汀。……近东则上田、下湖，西溪、南谷，石埭、石滂，闵硎、黄竹。……近南则会以双流，萦以三洲。……近西则杨、宾接峰，唐皇连纵。……近北则二巫结湖，两智通沼。……远东则天台、桐柏，方石、太平，二韭、四明，五奥、三菁。……远南则松箴、栖鸡，唐嵫、漫石。……远西则（下阙）。……远北则长江永归，巨海延纳。……

有些层次，则在文中自行表明，例如其中说到“……植物既载，动类亦繁”，可见前面介绍的是植物，后面介绍的是动物：

自园之田，自田之湖。泛滥川上，缅邈水区。……水草则萍藻蕰茭，雚蒲芹荪，蒹菰苹蘩，蕝荇菱莲。……《本草》所载，山泽不一。……其竹则二箭殊叶，四苦齐味。……其木则松柏檀栎，□□桐榆。……

鱼则鳢鳢鲋鲊……鸟则鹍鸿鶂鹄……山上则猿猨狸獾，犴獂猰猛。山下则熊罴豺虎，羱鹿麕麖。……

和前面介绍的文字比较，不难发现，这篇赋的题材虽然变了，但手法却一脉相承，仍然恪守大赋的规范，层次井然有序，追求整齐对称之美，形成庄重浑厚的风格。这也说明，谢灵运继承了大赋写作的传统，汉赋的形式美，对他深有影响，写作上的一些规范，在他作品中继承下来了。

《山居赋注》中提示的文学源头

我们再从《山居赋》的自注来看，也可看出谢灵运的个人特点，以及他所受到的多方面的影响。

大赋集当时各种知识之大成，自然不是一般的人所能读懂的了。尤其是介绍某一地区的赋，对于其他地区的人来说，尽管学识如何渊博，也不免会感到陌生。因此，《三都赋》问世之后，随之有人作注，卫权《左思〈三都赋〉略解序》曰："有晋征士中庶子安定皇甫谧，西州之逸士，耽籍乐道，高尚其事，觉斯文而慷慨，为之都序。中书著作郎安平张载、尚书郎济南刘逵并以经学洽博，才章美茂，咸皆悦玩，为之训诂。其山川土域，草木鸟兽，奇怪珍异，佥皆研精所由，纷散其义矣。余嘉其文，不能默已，聊借二子之遗文，又为之略解。"可见这种作品内蕴的深广。由于这种赋体的特殊要求，作者需要长期积累知识，才能组织成文；读者需要依靠众多专家的阐发，才能赏解。这样的作品，可以作为一种小型的百科全书来读。

谢灵运作《山居赋》，又作了新的变革。他才学门第并高，用不着像地位低下的左思那样，仰求他人延誉；而他学问渊博，也不屑请人帮着阐扬，于是他为《山居赋》自行作注，注文详尽，成为"山居"的一个组成部分，创建了赋史中一种新的体例。①

---

① 《十驾斋养新录》卷十六《庾阐〈扬都赋〉》条曰："张守节《史记正义》说'三江'，引庾仲初《扬都赋注》，盖赋成又自为注，谢康乐《山居赋》有注，殆取仲初之例乎？"今按：《史记正义》未引《扬都赋注》，而《水经 · 沔水注》曾引庾仲初《扬都赋注》说"三江"，钱氏当系误记，然《濡水注》又云"庾杲之注《扬都赋》"，则是庾阐仲初自注其赋，抑是庾杲之为阐赋作注，尚难断言。《全晋文》卷三十八收《扬都赋》佚文若干条，然无注，亦无从考证。

谢灵运于儒、道、释的学说都有精深的研究。《山居赋注》中，就介绍了各家的经义和众多的典籍，而他介绍的事物，并不限于书本知识，如其中叙及《本草》的一节，即联系到山居之地的土产时说："此境出药甚多……"可见他曾一一加以按验；又如赋中"卷《敏弦》之逸曲，感《江南》之哀叹。秦筝倡而溯游往，《唐上》奏而旧爱还"一段，注云："《敏弦》是《采菱歌》，《江南》是《相和曲》，云江南采莲。秦筝倡《蒹茄》篇，《唐上》奏《蒲生》诗，皆感物致赋。"可见他对当时的江南民歌也曾加以注意。

而他所提到的采莲曲，应当包括如下一首在内：

> 江南可采莲，莲叶何田田。鱼戏莲叶间：鱼戏莲叶东，鱼戏莲叶西，鱼戏莲叶南，鱼戏莲叶北。

这种清新活泼的民歌，不是也顺着四方的次序逐一描写的么？这种民歌中叙及的莲叶等物，不是谢灵运在《山居赋》中着力描绘的山水间物么？民歌中运用排比骈俪的手法，追求整齐对称之美，在谢灵运的山水诗中不是得到了充分的反映么？

江南民歌清新婉丽，自然可爱，曾对当时的文人创作产生过巨大的影响。谢灵运提到的采菱等曲，现在虽然已经不可尽见，但从后来记载的一些曲子来看，五字一句，数句一转，铺陈排比，层次井然。描摹外界自然景物，则鲜明具体。这对谢灵运的写作山水景物诗，不能没有影响。

在《山居赋》中，他一方面吸收汉赋的创作经验，一方面努力纳入当时诗歌创作中的新成果。因此，他在创建山水文学的过程中兼收并蓄：写作赋体时，纳入了不少诗歌的写作技巧；写作诗歌时，则纳入了不少赋体的写作经验。

就在《山居赋》中形容居处之美时，谢灵运在“近东则……”“近南则……”“近西则……”“近北则……”“远东则……”“远南则……”“远西则……”“远北则……”各段之下，各缀以六言四句。兹举两段于下：

决飞泉于百仞，森高薄于千麓。写长源于远江，派深毖于近渎。

竹缘浦以被绿，石照涧而映红。月隐山而成阴，木鸣柯以起风。

这些句子之中，都有一个可以省略的词，再把每句的第一字移至中间，也就成了一首五言的山水诗。

与上述六字句的写法相仿，有些像是四言诗的句子，实际上也是五言的山水诗。下面也举数句为例：

爰初经略，杖策孤征。入涧水涉，登岭山行。陵顶不息，穷泉不停。栉风沐雨，犯露乘星。……

每句之中如果增加一字，也就成了一首完美的山水诗：

爰初（惟）经略，杖策（且）孤征。入涧（溯）水涉，登岭（遵）山行。陵顶（尚）不息，穷泉（径）不停。栉风（更）沐雨，犯露（自）乘星。……

这些句子，也呈现出整齐对称之美。因此，这类句子出现在《山居赋》中，与全文相应，给人以浑然一体的感觉。谢灵运的这篇大赋，在形式结构上，在字句编排上，和山水诗的技法有很多相通之处，都表现出他的诗文中常见的那种形式美。

谢灵运是山水诗的首创者之一，也是山水诗的著名作家，这类作品中所显示的个人特点，就是形式整齐，结构细密，对偶工整，开合成势。即以形容始宁墅之景色而言，就有下列句子：

剖竹守沧海，枉帆过旧山。山行穷登顿，水涉尽洄沿。岩峭岭稠叠，洲萦渚连绵。白云抱幽石，绿篠媚清涟。葺宇临回江，筑观基层巅。（《过始宁墅》）

卜室倚北阜，启扉面南江。激涧代汲井，插槿当列墉。群木既罗户，众山亦对窗。靡迤趋下田，迢递瞰高峰。寡欲不期劳，即事罕人功。（《田南树园激流植援》）

俯濯石下潭，仰看条上猿。早闻夕飙急，晚见朝日暾。崖倾光难留，林深响易奔。感往虑有复，理来情无存。（《石门新营所住四面高山回溪石濑茂林修竹》）

出谷日尚早，入舟阳已微。林壑敛暝色，云霞收夕霏。芰荷迭映蔚，蒲稗相因依。披拂趋南径，愉悦偃东扉。虑淡物自轻，意惬理无违。（《石壁精舍还湖上作》）

两相比较，这类诗句不是和《山居赋》中形容景色的句子如出一辙么？由此可见，谢灵运在写作山水诗时，注意到了前代和当代诗赋创作中构成形式美的许多技法和美感要素，并运用到自己的创作中去。上述山水诗中，就显示出了这方面的特点。

总结上言，可知谢灵运的《山居赋》一文，既继承了诗赋创作中的传统，从汉赋的形式结构中得到了启示，又融合了乐府民歌中的许多新鲜成分，加上个人很多新创的东西，才能取得高度成就。从中可以看出，他在开辟山水文学这一新领域时，多方探索，将诗赋中有关形式美的技法灵活运用,《山居赋》中就时时出现这方面的尝试,而这种尝试,也就在山水诗的创作中结成了果实。

谢灵运山水诗中的程式

从《山居赋》的总体结构来看,也是三段式的写法,符合《文心雕龙》中所说的"既履端于倡序,亦归馀于总乱"。这在他的山水诗中也留下了痕迹。

前人也已指出,谢灵运的诗歌有程式化的倾向,[①]如以山水诗而言,其标准结构是:开头提出出游,中间描写景色,结尾涉及玄言或抒发感喟。这里可举谢灵运的名篇《登江中孤屿》为例以说明之。

江南倦历览,江北旷周旋。怀新道转迥,寻异景不延。(叙事)

乱流趋正绝,孤屿媚中川。云日相辉映,空水共澄鲜。(写景)

表灵物莫赏,蕴真谁为传?想象昆山姿,缅邈区中缘。始信安期术,得尽养生年。(说理)

---

① 黄节曾说:"大抵康乐之诗,首多叙事,继言景物,而结之以情理,故末语多感伤,然亦时有例外,如《登池上楼》首四句'潜虬媚幽姿,飞鸿响远音。薄霄愧云浮,栖川怍渊沉',则以理语起矣。至如《南楼中望所迟客》之'杳杳日西颓,漫漫长路迫',《游赤石进帆海》之'首夏犹清和,芳草亦未歇',《游南亭》之'时竟夕澄霁,云归日西驰',则又以景语起矣。然于写景说理之后,必紧接以叙事,则几成康乐诗之惯例矣。"见萧涤非笔记之《读谢康乐诗札记》,载《读诗三札记》,作家出版社1957年版。

开头一段，说明他出游的打算；中间一段，叙述江中孤屿的景色；末尾一段，发表人生的感想。三段文学编排的次序，与汉赋的结构正同。全诗对偶工整，措词华美，除最后二句外，从头到尾使用了排比句，从而体现出了赋体中常见的那种整齐对称之美。

再从细节方面来看，更可发现他的匠心独运之处。

“江南倦历览，江北旷周旋”二句，里面就包容着多层周折。江南、江北均已倦于历览，只是江北历览在前，江南历览在后，追念旧游，遂有久“旷”的感觉。这个“旷”字，表达了这次重游故地的意图，于此可见谢灵运的游兴之浓。而在这江南、江北的反复奔波中，终于发现了“江中”的胜景。开头两句，也就导出了题中的“江中”二字。

“怀新道转迴，寻异景不延”紧承开头两句而来。江南的景物，已经厌倦而不再感到新鲜；江北的景物，久“旷”而欲追寻，希望发现新的胜景，而起神异之感。这里的“怀新”“寻异”，正为引起后文而发。“道转迴”，“景不延”，形容怀新、寻异心情之迫切，于是反觉道路悠长，时间紧迫。上句以空间言，下句以时间言，对句甚为工整。①

“乱流趋正绝”之“乱”字，用《尔雅·释水》“正绝流曰乱”之古训，全句乃承“怀新”“寻异”两句而来。在这自江南赴江北的急流中，终于发现了“孤屿媚中川”的美景。由于上四句的酝酿，在读者的心灵上也培养起了一种期待的情绪，江中孤屿的突然出现，使人产生豁然开朗的感觉。这奇特的景观，如此美丽，如此神妙，谢灵运用“云日相辉映，空水共澄鲜”二句加以形容，是很高明的笔墨。他在描摹景色时，常是精雕细琢，故“尚巧似”，追求形象的逼真，但在这首诗中，却是抛弃了工笔写法，只是涂抹上了一层绚烂的彩色。这样的描写，看似空泛，实则能够激发读者的无穷遐思，感到天光水色一片空濛，隐隐约约地浮

① 前四句的分析曾参考吴淇《六朝选诗定论》卷十四中的意见。

现出一个美丽的孤屿。笔酣墨饱挥洒之下，一个玲珑剔透的孤屿，如此空灵，如此飘渺，在波光粼粼中涌现而出。

胡小石师说："山水诗虽以陶、谢并称，但他们对于自然的态度极不相同，恰如其人。陶公胸怀恬淡，对于自然每与之溶化或携手，如'采菊东篱下，悠然见南山'，很现出一种不疾不徐的舒适神气。至于大谢对于自然，却取一种凌跨的态度，竟不甘心为自然所包举。如他的《泛海》诗中的'溟涨无端倪，虚舟有超越'，气象壮阔，可以吞沧海。"①谢灵运是大自然的主宰，山山水水，都在他面前披露色相。因此，他喜用一个"媚"字来形容呈现于眼前的景物。《过始宁墅》曰："白云抱幽石，绿篠媚清涟。"《登池上楼》曰："潜虬媚幽姿，飞鸿响远音。"《初望新安桐庐口》曰："江山共开旷，云日相照媚。"这里有他对自然景物的独特赏悟。

他的鉴赏能力，跟世俗之人有着巨大的差异。即使是像江中孤屿这样的胜景，人们还是无法欣赏，定要等他来到永嘉之后，才能发现。"表灵物莫赏，蕴真谁为传"，"灵""真"二字，是对上两句中示及的景色的总结，也是对下两句的过渡。灵秀之景无人能赏，唯有自己能赏；自然之趣无人能传，唯有自己能传。虽嫌自负，却也是实情。

"想象昆山姿，缅邈区中缘"乃承上二句而来。"想象昆山姿"与"表灵物莫赏"呼应，"物莫赏"而己能赏，此灵可想象为昆山之姿；"蕴真谁为传"与"缅邈区中缘"呼应，"谁为传"而己能传，体"真"之馀陡觉尘缘已远。行文至此，也就自然地引出了结尾二句："始信安期术，得尽养生年。"这当然也是看到江中孤屿而产生的感受。孤屿之神异，宛如西方昆仑之山，而由昆仑山上不老的西王母，又使人想到安期生的神仙之术。诗歌的主旨，在于称颂江中孤屿犹如神仙之境。谢灵运在

---

① 《中国文学史讲稿》第七章《南朝文学》，人文社 1928 年版。

说理部分运用道教之说深入阐发，更使景色增加了空灵的情趣。

通过以上的分析，可以看到此诗结构的绵密。由此也可看到，他的诗歌确由三段构成。一些成功的诗篇，前后呼应，看不出生硬拼凑的痕迹，读后只是觉得全诗层次井然，开合有致，写景抒情，浑然一体。这样的山水诗，自然会博得人们的赞赏。而江中孤屿，也就借此而名闻遐迩，人们游览永嘉山水时，无不先睹为快了。

《登江中孤屿》一诗，以它的华彩瑰姿，博得了后世读者的击节称赏。“一生好入名山游”的诗仙李白，对此也表示倾倒，称颂不已。《与周刚清溪玉镜潭宴别》诗曰：“康乐上官去，永嘉游石门。江亭有孤屿，千载迹犹存。”《送王屋山人魏万还王屋》诗曰：“眷然思永嘉，不惮海路赊。挂席历海峤，回瞻赤城霞。赤城渐微没，孤屿前峣兀。水续万古流，亭空千霜月。”于此可见大谢此诗给予他的印象之深。

唐宋两代的一些著名文人极度推重谢灵运的创作成就。杜甫《江上值水如海势聊短述》曰：“焉得思如陶谢手，令渠述作与同游。”陆游《读陶诗》曰：“陶谢文章造化侔，篇成能使鬼神愁。”足以表达这些大家对他的倾倒之忱。

馀　论

从五言诗的发展来看，刻意追求整齐对称之美，应该是从谢灵运开始的。从古诗十九首到太康文人，大都以单笔为主，诗中虽有骈句出现，但还没有什么着意铺排的情况。谢灵运融合赋体入诗，注意结构的严整，文辞的骈俪，应该说是诗歌创作上的一种发展。

对这种发展如何评价，可又见仁见智，说法不一了。

他的作品，虽有程式化的问题，但他继承了自古以来常见的一些写作手法，适合人们的思维习惯，容易被人接受，得到读者的欣赏。又因这类作品的铺排平正有序，容易形成“雄浑齐整”的艺术特色，得到读者的喜爱。谢灵运的诗赋，开辟了创作题材上的新领域，在继承这类常用手法的基础上，又增加了个人的独特贡献，也就取得了很大的成功。

因为他喜用复句，对外物作精心的描摹，因此他所刻画的景色，比较细致，能够曲尽外物之妙，于是钟嵘《诗品》中称他：“兴多才高，寓目辄书，内无乏思，外无遗物，其繁富，宜哉！”这里是说谢灵运在刻画事物描摹情态时有更好的表现力。但是这类作品，正像骈文一样，一句话可说清楚了的，定要凑成两句来写，而且在字面上刻意安排，这就不可能是充满激情一气呵成之作，而是惨淡经营雕章琢句，以人工胜天巧之作。于是《诗品》上又说他“尚巧似……颇以繁芜为累”。

随着文学创作的不断发展，写作技巧越发趋于复杂多样，简单的结构，自然不能适应日新月异的新情况，但是这种层次井然的铺排方法，仍然作为一种基本体式而不断得到运用。上举方回与纪昀对陈子昂一诗的评点，就足以说明问题。因此，后人对谢灵运的作品虽然可作多方面的指摘，但也应该看到，在从古体向近体的演变过程中，谢灵运曾经开创了一种常见的法门，并取得了成绩。对于这样一位曾经发生过重大影响的诗人，文学史上自然会给他留下应有的地位。

（原载《文学遗产》1989 年第 5 期）

《易》学中的两大流派对《文心雕龙》的不同影响

刘勰兼崇汉《易》与王弼《易》学

范文澜先生是研究《文心雕龙》的权威学者。他的名著《文心雕龙注》，数十年来一直是人们学习这部书的阶梯，因而他对《文心雕龙》学术渊源的论断，也就发生过巨大的影响。例如他在《中国通史简编》（第二编）中论述南朝文学时说：

> 刘勰撰《文心雕龙》，立论完全站在儒家古文学派的立场上。《序志篇》说，本来想注儒经，但马融、郑玄已经注得很精当，自己即使有些独到的见解，也难得自成一家；因为文章是经典的枝条，追溯本源，莫非经典，所以改注经为论文。……《文心雕龙》确是本着这个宗旨写成的，褒贬是非，确是依据经典作标准的。这是合理的主张，因为在当时，除了儒学，只有玄学和佛学，显然玄学佛学不可以作褒贬是非的标准。①

自从此说提出后，学术界就有相应的见解出现，认为刘勰排斥玄学，恪守儒家古文经学的矩矱。

近年来，在哲学和美学的领域内，人们加深了对玄学的认识。一

① 见该书第五章《长江流域经济文化发展时期——东晋和南朝》第三节《南朝文化的发展》，人民出版社 1964 年 8 月第四版。

些学者发现，刘勰在研究工作中深受玄学的影响。作为齐梁人物中的一员，不能超脱于时代思潮之外，与统治者倡导的主导思想绝缘。在《文心雕龙》的《论说》篇中，刘勰对魏晋以后学术界反复辩难的几个玄学命题都曾作过热情的介绍，并且一一加上赞誉性的评判，这也可以用来说明他曾受到玄学的影响。

实际说来，儒学和玄学并不是绝对相互排斥的。从玄学的创始人何晏、王弼的思想来看，着力之处正在调和儒道，其后玄学中人确是更为重视老庄的旨趣，但也始终没有彻底割断与儒家的联系。

《老》《庄》《周易》，谓之“三玄”。① 玄学家把《周易》看作阐发其基本理论的一部主要经典，王弼注本行世后，一扫汉儒的象数之说，代之以义理的阐发，取得了巨大的成就，在南朝的学术界一直占有重要的地位。刘勰熟悉《易》学，必然会受到王弼的影响。

《文心雕龙·论说》篇中一而再地赞扬王弼《易》学的成就：

> 详观兰石之《才性》，仲宣之《去伐》，叔夜之辨声，太初之《本玄》，辅嗣之两《例》，平叔之二《论》：并师心独见，锋颖精密，盖论之英也。
>
> 王弼之解《易》，要约明畅。

唐代之前的人治经，很讲究学派的区分，即所谓严守家法。刘勰如此推崇王弼的《易》学，按理来说，就不该同时对汉《易》予以关注。

但《文心雕龙》中却有相反的情况出现。

大家知道，汉《易》和王弼《易》学之间颇有异同，而其重要的分歧之一，则是对互体的态度有别。

---

① 见《颜氏家训·勉学》。

汉人解《易》,继承先秦以来解《易》的传统,结合宣扬天人感应的阴阳家说,还把这部经典视为占筮之书。重象数,主五行,喜谈互体。《左传》庄公二十二年言陈敬仲之事,"其少也,周史有以《周易》见陈侯者,陈侯使筮之,遇'观'䷓之'否'䷋,曰:'是谓"观国之光,利用宾于王。"此其代陈有国乎?不在此,其在异国。非此其身,在其子孙,光远而自他有耀者也。"坤",土也。"巽",风也。"乾",天也。风为天于土上,山也;有山之材而照之以天光,于是乎居土上,故曰"观国之光,利用宾于王。"'"杜预注:"'巽'变为'乾',故曰风为天。自二至四,有'艮'象,'艮'为山。"可见春秋之时已经出现互体之说,所以杜预进一步申述道:"《易》之为书,六爻皆有变象,又有互体,圣人随其义而论之。"孔颖达疏:"每爻各有象辞,是六爻皆有变象。二至四,三至五,两体交互,各成一卦,先儒谓之互体。'圣人随其义而论之',或取互体,言其取义为常也。"可知汉人之讲互体,渊源有自,正是"随其义而论之"的传统方法。

王弼的《易》学,参以老庄,着眼于哲理的阐发,对于古来相承的互体之说持否定的态度。他在《周易略例》中对汉人的象数之学作了彻底的清算,其中就有对互体的批判:

> 是故触类可为其象,合义可为其征。义苟在健,何必马乎?类苟在顺,何必牛乎?爻苟合顺,何必"坤"乃为牛?义苟应健,何必"乾"乃为马?而或者定马于"乾",案文责卦,有马无"乾",则伪说滋漫,难可纪矣。互体不足,遂及卦变;变又不足,推致五行。一失其原,巧愈弥甚。纵复或值,而义无所取,盖存象忘意之由也。忘象以求其意,义斯见矣。(《明象》)

这段文字,可以说是玄学家解《易》倡导义理之说以破汉《易》象数之说的宣言。郑玄是汉《易》的大师，这里批判的互体、卦变、五行等等，正是郑玄《易》学中的重要内容。王应麟《郑氏周易序》曰："郑康成学费氏《易》，为注九卷，多论互体。"王弼力加批判，主要目标应是郑学。

但刘勰在《文心雕龙》中，又有与王弼的意见相左的看法，在《隐秀》篇佚存的前后两段文字中，却是极力推崇互体之说。其文曰：

> 夫隐之为体，义生文外，秘响傍通，伏采潜发，譬爻象之变互体，川渎之韫珠玉也。故互体变爻，而化成四象，珠玉潜水，而澜表方圆。……
>
> 赞曰：深文隐蔚，馀味曲包。辞生互体，有似变爻。……

刘勰标举文学中之"隐"义，借用《易》学中的互体来作说明，因为二者之间有其相通或近似之处。文学中的"隐"，重在形象的深层内涵，所谓"隐以复意为工"，"文外之重旨者也"。读者看到某种"隐"的描述，可以得到多种启发，如果他有高度的理解能力和欣赏能力，也就可以一层层地深入发掘，享受到无穷情趣。《易》的卦象则本以象征性的涵义告示读者，古人认为在简短的卦爻辞中寓有宇宙间的至理，读者沉潜其中，直是玩索不尽。互体之说，则在正常的象征作用之外又多一层象征作用，精于《易》学的人，可在现有卦象的卦爻辞之外又多一层联想，进一步探讨互体的卦爻辞中所含的精义。由此可见，刘勰运用《易》学中的若干成说阐发其文学理论，妥帖恰当，具有丰富的启发作用和联想作用。

由于刘勰也持《易》有互体之说，这就说明，他虽大力赞扬王弼的《易》学，但并无排斥汉《易》的意思。范文澜先生作出的论断，仍有某些可信之处。

汉《易》对刘勰的重大影响

《序志》篇中说到《文心雕龙》的总体结构时，曾用《易》学中的“大衍之数”加以说明，文曰：

盖《文心》之作也，本乎道，师乎圣，体乎经，酌乎纬，变乎骚，文之枢纽，亦云极矣。若乃论文叙笔，则囿别区分，原始以表末，释名以章义，选文以定篇，敷理以举统，上篇以上，纲领明矣。至于剖情析采，笼圈条贯，摛神性，图风势，苞会通，阅声字，崇替于《时序》，褒贬于《才略》，怊怅于《知音》，耿介于《程器》，长怀《序志》，以驭群篇，下篇以下，毛目显矣。位理定名，彰乎大《易》之数，其为文用，四十九篇而已。

大《易》之数乃指大衍之数。如何理解大衍之数，汉代学者和王弼之间又有不同；而在汉代学者之间，也有一些小的分歧。

按大衍之数一说，见于《易系辞》中。所谓“大衍之数五十，其用四十有九”。韩康伯作注，引用的是王弼之说，文曰：

演天地之数，所赖者五十也；其用四十有九，则其一不用也。不用而用以之通，非数而数以之成，斯《易》之太极也。四十有九，数之极也。夫无不可以无明，必因于有，故常于有物之极，而必明其所由之宗也。

有些学者深信刘勰受到玄学的影响，又看到《论说》篇中对王弼的赞誉，也就以为这里标举的“大衍之数”采取的是王弼的学说，然而这是很难说得通的。因为王弼之释大衍之数，乃用体用一如之说，所谓“不用而用以之通，非数而数以之成”，刘勰如果采用此说，那么作为象征太极的《序志》一篇就不能作“数”来看待，而对象征其他四十九篇的其馀四十九数，也不会再作任何的分析和归纳，而这是与《序志》篇中的组织结构和阐述问题的方式大相径庭的。刘勰在全书总序里面并没有运用体用一如之说阐述问题。

在氏族社会中，人类遭遇到各种自然灾害和社会问题的困扰，生存下来很不容易。如何克服各种艰难困苦，却还没有积累起可靠的知识。他们常是仰仗年长的族长或巫师的指引，这些人阅历较多，有处世的经验，对事件的发展可以作出有参考价值的预测。与此一致，古人占筮时，采用一种寿命很长的蓍草，以五十根为基数，采用各种排列组合的方法得出卦象，从中觇测神意，从而作出行动的决定。

“大衍之数”，按其本来的意义而言，讲的就是占筮方法。这在《易系辞》中有所说明：

> 大衍之数五十，其用四十有九。分而为二以象两，挂一以象三，揲之以四以象四时，归奇于扐以象闰，五岁再闰，故再扐而后挂。天数五，地数五，五位相得而各有合，天数二十有五，地数三十，凡天地之数五十有五，此所以成变化而行鬼神也。乾之策二百一十有六，坤之策百四十有四，凡三百有六十。当期之日，二篇之策万有一千五百二十，当万物之数也。是故四营而成易，十有八变而成卦，八卦而小成。引而伸之，触类而长之，天下之能事毕矣。显道神德行，是故可与酬酢，可与祐神矣。

由此可知，所谓“大衍之数五十”，指的就是五十根蓍草。占筮之人用这五十根蓍草按照种种规定排列组合，就可求得神灵的指引。这种活动，寓有人类早期对数的神秘观念。一根根蓍草，象征着宇宙构成的若干基本范畴。不管是这一根“不用”的蓍草，或是繁复到“二篇之策万有一千五百二十”，都象征着相应的自然物。蓍草排列组合时数的变化，象征着宇宙之中万事万物之间的相互作用和演变，这就可以根据卦爻辞上暗示的方向，去觇测神意。

高亨《周易大传今注》释“分而为二以象两”曰：“两谓两仪，天地也。筮时，将四十九策蓍草分为两部分，一部分横置于上方，以象天；一部分横置于下方，以象地。”释“挂一以象三”曰：“三谓三才，天地人也。筮时，在‘分二’之后，从上方之蓍草中抽出一策，竖置于上下两部分之间，以象人立于天地之间。竖置之一策若悬挂于横置之两部分之间，故曰‘挂一’。如此则三才备具，故曰‘以象三’。”释“揲之以四以象四时”曰：“揲者，手持而分数之也。筮时，在‘挂一’之后，将上方之蓍草每四策为一组分数之，是为揲之以四，揲过之策仍置于上方。揲之以四，乃象四时。”其下“归奇于扐以象闰”云云，都是说明蓍草的排列组合，象征着自然界的何种现象。①

上述情况表明，《易系辞》中提到的“太极”“两仪”“三才”“四时”等等，原来都和占筮时蓍草的茎数有关。“大衍之数”中的数，象征着许多重要范畴。从“其一不用”的蓍草到“其馀四十九”根蓍草的关系来说，是宇宙生成的关系；而从四十九根蓍草象征宇宙间最基本的若干范畴而言，则是宇宙构成的理论。

可以说，刘勰采用《易》学中数的观念，依傍汉《易》中的宇宙构成论，建立了《文心雕龙》中篇目之间的结构体系。《序志》篇中提出“大衍之数”，目的之一就在解决全书的结构问题。

孔颖达在《周易正义》中曾经广泛征引两汉、三国时的京房、马融、

---

① 见该书卷五《系辞上》，齐鲁书社 1979 年版。

荀爽、郑玄、姚信、董遇诸家之说，诠释大衍之数，最后又说："但五十之数，义有多家，各有其说，未知孰是。"要说各家之说中哪一家的诠释最符合《易系辞》中的原意，当然是很难判断的了，但把这些学说和《文心雕龙》中五十篇文章的结构相比较，则仍有可能觇测刘勰用意之所在。

刘勰在《序志》篇中，说明了《文心雕龙》中的五十篇文章分为几大部分，彼此之间的联系，以及《序志》篇和其他四十九篇文章的关系，这与《易》学中的宇宙构成论和宇宙运行说类同，下面介绍京房、马融二家之说，以供参考。

> 京房云：五十者，谓十日、十二辰、二十八宿也，凡五十。其一不用者，天之生气，将欲以虚来实，故用四十九焉。
>
> 马季长云：易有太极，谓北辰也。太极生两仪，两仪生日月，日月生四时，四时生五行，五行生十二月，十二月生二十四气。北辰居位不动，其馀四十九转运而用也。

刘勰究竟信从哪一家的学说，现在当然难以查考清楚，但京、马两家将宇宙间五十项重要的自然现象和五十根蓍草的大衍之数比类而言，犹如刘勰把《文心雕龙》中的五十篇文章比附大衍之数一样，那么认为刘勰之说乃是参照汉《易》之说而成立，应当是近乎实际的推测，而两家之中，马融提到自然现象之间的关系时，强调"转运而用"，与刘勰的见解似乎更为切合。

刘勰阐述《文心雕龙》全书结构时，最后说到"长怀《序志》，以驭群篇"，也就是说最后一篇《序志》等于"大衍之数"中的太极（北辰）。其馀四十九篇文章，又可分为上下两篇。上篇之中，前面五篇文章，属于"文之枢纽"；后面二十篇文章，"论文叙笔，则囿别区分"；下篇之中的二十四篇文章，则"剖情析采，笼圈条贯"；……正像"大衍之数"中的

"四十九数"一样,也可依类相从而区分为若干重要范畴,这些重要范畴之间,并不是隔绝而互不相通的,它们之间,正像"其馀四十九转运而用"一样,也有相互渗透、相互影响的关系。这里刘勰运用《易》学中数的概念,阐发文学领域中若干重要范畴的安排,说明《文心雕龙》的总体结构问题。"位理定名,彰乎大《易》之数。其为文用,四十九篇而已。"这里受到的是汉《易》的影响,从数与范畴的关系上不难看出。

王弼《易》学对刘勰的重大影响

下面再以汉《易》中的宇宙生成论为参考,分析《原道》篇中的一些理论问题。

《原道》篇中第一段,从宇宙的生成叙起,说明"文"之意义重大:

> 文之为德也大矣,与天地并生者何哉!夫玄黄色杂,方圆体分。日月叠璧,以垂丽天之象;山川焕绮,以铺理地之形,此盖道之文也。仰观吐曜,俯察含章,高卑定位,故两仪既生矣;惟人参之,性灵所钟,是谓三才。为五行之秀,实天地之心。心生而言立,言立而文明,自然之道也。……

这里提到的"两仪""三才""五行"等等,如上所言,出于《易》学,但系汇辑诸说而成,情况是很复杂的。

《原道》篇中的"道",与《易》中的"道"涵义相同,不是指具有实体意味的宇宙本根,而是指事物的本质和规律。道与天地之间,是体用一如的关系,天地即道的外化,而不是道生天地,这里既无演化中的母子关系,也无生成时的先后程序。刘勰还把这层意思生发开去,论述万物与文的关系,所谓"文之为德也大矣,与天地并生者何哉"!其后又说两仪有文、三才有文、万物有文……依物与文的关系来说，也是体用一如，道外化为物，有其物即有其文，所以刘勰又总结道："日月叠璧，以垂丽天之象；山川焕绮，以铺理地之形，此盖道之文也。"

值得注意的是，刘勰只说文"与天地并生"，没有说是"文""道"并生，因为天地有其具体的形体，而道是没有形体可言的。他在《夸饰》篇中曾引《易系辞》中"形而上者谓之道，形而下者谓之器"来说明抽象的道与具体的天地的关系，孔颖达在《周易正义》中解释上二句时说："道是无体之名，形是有质之称。凡有从无而生，形由道而立，是先道而后形；是道在形之上，形在道之下。"可见刘勰所说的"道"，实即或近似王弼所说的"无"。

但刘勰在《原道》篇中又曾说过"人文之元，肇自太极"，这当然是从《易系辞》中"易有太极，是生两仪，两仪生四象，四象生八卦"之说移用过来的。它与上述"大衍之数"中"分而为二以象两……"之说一致，也是依傍筮法中的问题，阐述宇宙生成论。这里特别用上一个"肇"字，表明生成万物的太极，具有宇宙本根的意义。这种宇宙生成论，犹如母子之生成，而生成时有先后的程序。它与王弼《易》学中的体用一如之说不同。

《易纬·乾凿度》中说："孔子曰：易始于太极。"郑玄注："气象未分之时，天地之所始也。"这里他把太极视为混沌的元气，在汉《易》诸说中很有代表意义。刘歆在《三统历》中提出"太极元气，函三为一"，三指天、地、人，即所谓"三才"。至于"五行"之说，则是汉《易》各家普遍采纳的理论，郑玄以此阐述大衍之数，详见《礼记·月令》中的《正义》所引。

王元化先生在《刘勰的文学起源论与文学创作论》中说："刘勰的宇宙构成论并没有汲取前人在自然科学方面所获得的成果，相反，他仍袭《易传》'太极生两仪'之类的陈旧说法。《原道篇》的理论骨干是以《系辞》为主，并杂取《文言》《说卦》《彖辞》《象辞》以及《大戴礼记》等一些片断拼凑而成。不管刘勰采取了怎样混乱的形式，有一点很清楚，这就是他以为天地万物来自太极。《原道篇》所谓'人文之元，肇自太极'，显然是从'太极生两仪'这一说法硬套出来的。这样，他就通过太极这一环节，使文学形成问题和《易传》旧有的宇宙起源假说勉强结合在一起。"①这里他对刘勰的宇宙观和文学观之间的关系作了精到的分析。所述的内容，实际上是指汉《易》对刘勰的影响。

如上所论，刘勰在《原道》篇中提出的一些观点，分别接受了汉《易》和王弼《易》学的影响，内容甚为复杂。"太极""两仪""三才""五行"等说，接受的是汉《易》的影响；"道""文"之说，则接受的是王弼《易》学的影响。而刘勰紧接着"道""两仪""三才""五行"之后，说到"心生而言立，言立而文明，自然之道也"，则明显地是受到了玄学的影响。

按"自然"之说，首先由魏晋时期的玄学家提出，杨脩在《答临淄侯笺》中称颂曹植曰："非夫体通性达，受之自然，其孰能至于此乎？"李善注："《老子》曰：'天法道，道法自然。'钟会曰：'莫知所出，故曰自然。'"(《文选》卷四十)钟会关于"自然"的见解，与王弼一致。《三国志·魏书·钟会传》曰："会尝论《易》无互体，才性同异。……初，会弱冠与山阳王弼并知名。"二人交谊颇深，学术观点多一致之处。这也说明，自然之说乃是魏晋南北朝人摆脱汉儒经学束缚而提出的一种新说。

王弼在很多著作中阐发自然之说，如在《老子》二十五章注中说："道不违自然，乃得其性，法自然也。"二十九章注中说："万物以自然为性，故可因而不可为也，可通而不可执也。"

刘勰"自然之道"的学说，显然是从玄学中引用过来的，这里接受

---

① 载《文心雕龙创作论》，上海古籍出版社 1979 年版。

的是王弼《易》学的影响。

刘勰的《易》学反映了时代的特点

《文心雕龙》中所显示的《易》学，兼采郑、王二家之说，带有时代的特点。南朝后期，《易》学界出现了两派融合的趋向，刘勰的《易》学，就是这种趋势的体现。

按理说，江左风行玄学，王弼的《易》学必然占有优势，《北史·儒林传上》中说："江左，《周易》则王辅嗣。"孔颖达《周易正义序》曰："魏世王辅嗣之注独冠古今，所以江左诸儒，并传其学；河北学者，罕能及之。其江南义疏十有馀家，皆辞尚虚玄，义多浮诞。"似乎郑玄的《易》学已经一蹶不振，销声匿迹了。

但事实并非如此，郑玄的《易》学，一直有人传习；南齐王朝的国学之中，也有郑学《易》博士的设置。《南齐书·陆澄传》中曾有一段记叙，对于后人了解当时的学术情况，颇有参考价值，今征引于下：

> 永明元年，转度支尚书。寻领国子博士。时国学置郑、王《易》，杜、服《春秋》，何氏《公羊》，麋氏《穀梁》，郑玄《孝经》。澄谓尚书令王俭曰："《孝经》，小学之类，不宜列在帝典。"乃与俭书论之曰："《易》近取诸身，远取诸物，弥天地之道，通万物之情。自商瞿至田何，其间五传。年未为远，无讹杂之失；秦所不焚，无崩坏之弊。虽有异家之学，同以象数为宗。数百年后，乃有王弼。王济云弼所悟者多，何必能顿废前儒？若谓《易》道尽于王弼，方须大论，意者无乃仁智殊见。且《易》道无体不可以一体求，屡迁不可以一迁执也。晋太兴四年，太常荀崧请置《周易》郑玄注博士，行乎前代，于时政由王、庾，皆俊神清识，能言玄远，舍辅嗣而用康

成，岂其妄然？泰元立王肃《易》，当以在玄、弼之间。元嘉建学之始，玄、弼两立。逮颜延之为祭酒，黜郑置王，意在贵玄，事成败儒。今若不大弘儒风，则无所立学；众经皆儒，惟《易》独玄，玄不可弃，儒不可缺。谓宜并存，所以合无体之义。且弼于注经中已举《系辞》，故不复别注。今若专取弼《易》，则《系》说无注。……”俭答曰：“《易》体微远，实贯群籍，施、孟异闻，周、韩殊旨，岂可专据小王，便为该备？依旧存郑，高同来说。”

陆澄、王俭都是著名的文士，又是当时的达官贵人，他们的意见，自然会在学术界发生很大的影响。这也说明时至齐代，郑玄的《易》学已在学术界重新占有重要的位置。

王俭死后，张绪继任国子祭酒，《南史·张绪传》曰：“绪长于《周易》，言精理奥，见宗一时。常云‘何平叔不解《易》中七事’。……王俭为尚书令、丹阳尹，时诸令史来问讯，有一令史善俯仰，进止可观，俭赏异之。问曰：‘经与谁共事？’答云：‘十馀岁在张令门下。’俭目送之。时尹丞殷存至在坐，曰：‘是康成门人也。’”可见张绪的《易》学，也是兼综郑、王的。

南齐之时，经学上的成就，大约要以刘瓛的声誉为最高。《南齐书·刘瓛陆澄传》后，史臣曰：“刘瓛承马、郑之后，一时学徒以为师范。”《南史·刘瓛传》上也说：“瓛姿状纤小，儒业冠于当时，都下士子贵游，莫不下席受业，当世推其大儒，以比古之曹、郑。”他撰有《易》学著作多种，据黄庆萱《魏晋南北朝〈易〉学书考佚》中的考订，刘瓛的《易》学也是兼综郑、王的。①

---

① 见该书十八《齐刘瓛〈周易乾坤义疏〉〈周易系辞义疏〉》，台湾幼狮文化事业公司 1975 年 11 月版。

综上所言，可见南齐之时的学术界出现了新旧学术兼容并包的局面。以《易》学而言，一些有代表性的学者常取兼综郑、王的态度，刘勰在著作中也反映出了类同的倾向，可以说是时代风气的反映。

下面还可再举一个具体的例子，说明刘勰信守郑玄《易》学中的一些成说。

《文心雕龙·事类》篇中说："事类者，盖文章之外，据事以类义，援古以证今者也，昔文王繇《易》，剖判爻位，《既济》九三，远引高宗之伐；《明夷》六五，近书箕子之贞，斯略举人事以征义者也。"范文澜先生在引用《周易正义》中有关上述二卦的疏文之后，又说："孔颖达《论爻辞谁作》曰：'武王观兵之后，箕子始被囚奴，文王不宜豫言箕子之《明夷》。'据此，彦和用事亦小误也。"这里涉及卦爻辞的作者问题，经学中本有不同的说法，这里纠正的对象，则是郑玄的说法。孔颖达在同一文字中介绍道："伏牺制卦，文王系辞，孔子作十翼，《易》历三圣，只谓此也。故史迁云：'文王囚而演《易》'，即是'作《易》者其有忧患乎？'郑学之徒，并依此说也。"可见郑玄的说法，继承古来的"《易》历三圣"之说，却也并非他的独创。

刘勰论述《易》中卦爻辞的作者时，恪遵"《易》历三圣"之说，继承的是郑玄一派的见解。《原道》篇中说："人文之元，肇自太极，幽赞神明，《易》象惟先，庖牺画其始，仲尼翼其终。"其后他又说到："文王患忧，繇辞炳曜，符采复隐，精义坚深。重以公旦多材，振其徽烈，剬《诗》缉《颂》，斧藻群言。"说明他只是把周公视为《诗》的作者和《颂》的整理人，而不像其他《易》学者那样，还把周公视为爻辞的作者。这种观点，和《事类》篇中的叙述是一致的。他可并不去细细辨别"箕子之《明夷》"与"文王作繇"之间有没有矛盾，这里只是依据《易》学中郑玄一派的说法而立论。范氏《注》中说他"用事小误"，那是现代人的观念，刘勰只是采用经学中的成说，看来他没有想到对史实还要作什么考证。

刘勰在《序志》篇中表示对汉儒极度敬仰，与《文心雕龙》中反映的学术观点一致。由此可见，后人固然应该研究刘勰与玄学的关系，同时也不能忽视汉儒对他的影响。

几点认识

总结以上的论述，还可以得到如下一些认识：

一、刘勰依傍《易》学中的宇宙生成论，构成《文心雕龙》中的文学起源说；依傍《易》学中的宇宙构成论，说明《文心雕龙》的总体结构问题。这种做法，表明他曾受到前代经典的启发与影响，但可不能以此为依据说明他有什么完整的经学或哲学体系。

二、刘勰继承前代遗产，有兼容并蓄的特点。他虽主张“宗经”“徵圣”，但并不墨守什么家法宗派。各种学说之中如有可资利用者，他都加以援用，作为建立个人学说的理论依据。

三、刘勰虽然尊重汉代的古文学派，但也并不排斥玄学，因此他既重视马、郑，同时也推崇王弼。这种态度，正是魏晋南北朝时一些成就卓著的文士的共同特性。因为马、郑之学总结了前此各种文献和各种学术的成就，刘勰重视学术源头的探讨，自然会对汉儒的成就予以高度评价。但南朝之时，玄学在思想界占有重要的地位，从理论思维的水平来说，比之前代有了长足的进步，刘勰思想活跃，自然不会拘守汉儒的规范。

四、汉末转入魏晋，社会极度动荡不安，天人感应的思想遭到严重的削弱，老庄思想应运而起，取得了重要的地位。这时关于宇宙的统一性和变化规律的问题，引起了人们广泛的注意和思考。于是人们讨论问题时，喜欢依傍哲学而立论。然而道家偏于人生哲学，语涉浮虚；《易》讲宇宙的生成和构成，最符合时代的需要，而且《易》属儒家典籍，玄学糅合儒道，可以适应各种人物的需要，刘勰借《易》构成自己的理论体系，也就是很自然的了。

五、但刘勰的《易》学，没有什么完整的理论体系。他在《原道》篇中掇拾《易》学十翼中的个别词句，作为自己的理论根据，目的只在用作论文之助，而不在阐述自己的宇宙观。他并不像近代西方哲学家如康德等人那样，从其完整的哲学体系中推导出文学理论来。后人要想从刘勰运用的有关《易》学的个别词句中研究其哲学属性，把他归入唯心主义者或唯物主义者的阵营，从多少年来学术界的情况来看，收获似乎不大，如果我们转而探究刘勰怎样像蜜蜂那样，采摭百花而成蜜，或许会对学习《文心雕龙》的人有更多的参考作用。

总之，刘勰不是什么经学家，也不是什么哲学家，因为他没有建立起完整的经学体系和哲学体系。目下一些研究《文心雕龙》的学者强调他是什么古文学派的信徒，或谓遵循唯物主义路线而写作云云，不太切合实际情况。但这并不是说刘勰没有建立起完整的文学理论体系。《文心雕龙》中，他总结了前此各种文体的创作经验，吸收了前人各方面的学术成果，融会贯通，构成了堂庑博大的一种理论：既有总纲，又有分论，各大范畴之间，又有严密的组织，相互补充，相互映发。“按辔文雅之场，环络藻绘之府，亦几乎备矣。”因此，我们应该根据他的独特贡献而作判断：他是一个文学理论家，他所建立的，是一个完整的文学理论体系。

（原载暨南大学《文心雕龙》1988 年国际研讨会论文集《文心雕龙研究荟萃》，上海书店 1992 年 6 月版）

“登高能赋”说的演变和刘勰创作论的形成

刘勰在《文心雕龙·诠赋》篇中曾叙及“登高能赋”之说对形成赋体的作用，而《韩诗外传》中也有“登高必赋”之说。近代以来，不少学者根据《韩诗外传》中的记载叙述赋体的形成，而论证颇不充分。今特再作考释，说明“登高能赋”说与刘勰文学理论之间曲折的传承关系。

这里先从近代学者的论述说起。

章炳麟在《检论》卷二《六诗说》中说：“《艺文志》曰：‘不歌而诵谓之赋。’《韩诗外传》说孔子游景山上，曰‘君子登高必赋’，子路、子贡、颜渊各为谐语，其句读参差不齐；次有屈原、荀卿诸赋，篇章闳肆：此则赋之为名，文繁而不可被管弦也。”章氏是把《韩诗外传》中的这段文字作为后世辞赋之祖看待的。“登高必赋”之说中有一个“赋”字，孔门弟子的豪言壮语颇有铺张扬厉之势，章氏以此作为后世辞赋之祖看待，论证尚嫌不足。

彭仲铎撰《汉赋探源》一文，援引章炳麟之说，以为“此论赋名之由来与赋诗之分界，皆不可易”。① 随后他又摘录了《论语》中的两段文字，与《韩诗外传》中的记载作比较，说：“由此而推论，《论语》的《公冶长》《先进》二篇所载圣贤述志之言，与《外传》七所载三子登高之赋实无二致。”这样论证的目的，是在章氏的基础上作进一步的申述，说明《论语》“所载圣贤述志之言，即赋之开体”。②

鉴于“登高能赋”之说对后代文论发生过很大的影响，对此首先得作些论证。

---

①② 载《国文月刊》第 22 期，1943 年 7 月出版。

《诗经·定之方中》毛《传》“登高能赋”说正解

《汉书·艺文志》“诗赋略序”曰：

> 《传》曰：“不歌而诵谓之赋，登高能赋，可以为大夫。”言感物造耑，材知深美，可与图事，故可以为列大夫也。古者诸侯卿大夫交接邻国，以微言相感。当揖让之时，必称诗以谕其志，盖以别贤不肖而观盛衰焉。故孔子曰“不学诗，无以言”也。

这里提到的《传》，即《诗经》毛《传》。《诗经·鄘风·定之方中》曰：“定之方中，作于楚宫。揆之以日，作于楚室。树之榛栗，椅桐梓漆，爰伐琴瑟。升彼虚矣，以望楚矣。望楚与堂，景山与京。降观于桑，卜云其吉，终然允臧。”毛《传》：

> 建国必卜之，故建邦能命龟，田能施命，作器能铭，使能造命，升高能赋，师旅能誓，山川能说，丧纪能诔，祭祀能语。君子能此九者，可谓有德音，可以为大夫。

《传》中提到大夫应当具备的九种修养：“命龟”“施命”“能铭”“造命”“能赋”“能誓”“能说”“能诔”“能语”，这个“赋”字，只能用春秋之时的赋诗风气来作解释。正如班固所说的，“古者诸侯卿大夫交接邻国，以微言相感。当揖让之时，必称诗以谕其志。”因为古代诸侯卿大夫的宫室中以位居正中的堂为最主要的活动场所，“古者诸侯卿大夫交接邻国”，当然是在堂上进行的了。《礼记·礼器》曰：“〔礼〕有以高为贵者，天子之堂九尺，诸侯七尺，大夫五尺，士三尺。天子、诸侯台门，此以高为贵也。”可证登“高”而赋，也就是登“堂”而赋。

诸侯卿大夫在堂上赋诗的事，屡见记载。《国语·晋语四》：

秦伯将享公子，公子使子犯从。子犯曰：“吾不如衰之文也，请使衰从。”乃使子馀从。秦伯享公子如享国君之礼。子馀相如宾。……明日宴，秦伯赋《采菽》，子馀使公子降拜，（韦昭注：“降，下堂也。”）秦伯降辞。子馀曰：“君以天子之命服命重耳，重耳敢有安志？敢不降拜。”成拜卒，登。子馀使公子赋《黍苗》。子馀曰：“重耳之仰君也，若黍苗之仰阴雨也。”……秦伯赋《鸠飞》，公子赋《河水》，秦伯赋《六月》，子馀使公子降拜，秦伯降辞。子馀曰：“君称所以佐天子、匡王国者以命重耳，重耳敢有惰心？敢不从德。”

这是诸侯之间登堂（高）赋诗的佳例。登堂、降阶的礼仪叙述得很清楚。赋诗之事是在诸侯七尺高的堂上进行的。《左传》襄公二十八年：

〔庆封〕来奔，献车于季武子，美泽可以鉴。展庄叔见之，曰：“车甚泽，人必瘁，宜其亡也。”叔孙穆子食庆封，庆封汜祭。穆子不悦，使工为之诵《茅鸱》，亦不知。既而齐人来让，奔。

叔孙穆子食庆封，使工为之赋《茅鸱》，当然是在私家五尺高的堂上进行的。

检阅史籍，可知赋诗之事有时并不在堂上进行，但也有“登高”之举。这也可以举出例子。《左传》文公三年：

晋人惧其无礼于公也，请改盟。〔文〕公如晋，及晋侯盟。晋侯飨公，赋《菁菁者莪》，庄叔以公降拜，曰："小国受命于大国，敢不慎仪？君贶之以大礼，何乐如之。抑小国之乐，大国之惠也。"晋侯降辞，（杜预注："降阶辞让公。"）登，成拜。（杜预注："俱还上，成拜礼。"）公赋《嘉乐》。

盟会之时，按照当时的制度，定要辟土为场，筑土为坛。《左传》昭公十三年曰："〔八月〕甲戌，同盟于平丘，齐服也。令诸侯日中造于除。"杜预注："除地为坛，盟会处。"因为坛也具有一定的高度，必须由阶上下，所以盟会之时随着礼仪的开展还有上阶、下阶的举止。《公羊传》庄公十三年"庄公升坛"，何休注："土基三尺、土阶三等曰坛。会必有坛者，为升降揖让。"上阶则登坛，亦即登高。

这项制度，子书中也有记载。《韩非子·外储说下（六微）》曰："郑桓公将欲袭郐，先问郐之豪杰、良臣、辩智果敢之士，尽与姓名，择郐之良田赂之，为官爵之名而书之。因为设坛场郭门之外而埋之，衅之以鸡猳，若盟状。郐君以为内难也而尽杀其良臣。桓公袭郐，遂取之。"

由上可知，"升高能赋"的"升高"一词包含着两方面的内容，一是登堂，二是登坛。不论诸侯、卿、大夫参与的是堂上的酬酢或坛上的盟会，都要具有赋诗的能力，才能应付裕如。

《韩诗外传》"登高必赋"说中的疑点

《韩诗外传》卷七第二十五章中有"登高必赋"之说，今将全文征引如下：

孔子游于景山之上，子路、子贡、颜渊从。孔子曰："君子登高必赋。小子愿者,何言其愿。丘将启汝。”子路曰:“由愿奋长戟,荡三军,乳虎在后,仇敌在前,蠡跃蛟奋,进救两国之患。”孔子曰:“勇士哉!”子贡曰:“两国构难,壮士列阵,尘埃涨天,赐不持一尺之兵,一斗之粮,解两国之难。用赐者存,不用赐者亡。”孔子曰:“辩士哉!”颜回不愿。孔子曰:“回何不愿?”颜渊曰:“二子已愿,故不敢愿。”孔子曰:“不同,意各有事焉。回其愿,丘将启汝。”颜渊曰:“愿得小国而相之。主以道制,臣以德化,君臣同心,外内相应。列国诸侯莫不从义响风,壮者趋而进,老者扶而至,教行乎百姓,德施乎四蛮,莫不释兵,辐辏乎四门。天下咸获永宁,蝖飞蠕动,各乐其性。进贤使能,各任其事。于是君绥于上,臣和于下,垂拱无为,动作中道,从容得礼。言仁义者赏,言战斗者死,则由何进而救,赐何难之解?”孔子曰:“圣士哉!大人出,小子匿。圣者起,贤者伏。回与执政,则由、赐焉施其能哉!”

章炳麟等人认为孔子诱导学生自抒怀抱即是赋诗言志,从而依据上述文字断言赋这种文体出于孔子诸弟子的言志,这既无其他文献可作旁证,而且与有关孔子的一些真实记录也不合。

众所周知,记录孔子言行的文字,最为可信的文献,首推《论语》。《论语》的《公冶长》和《先进》中各有一段文字与《韩诗外传》中的上述文字类同,而后者尤为相似,今不嫌烦絮,征引于下:

子路、曾皙、冉有、公西华侍坐。子曰:“以吾一日长乎尔,毋吾以也。居则曰不吾知也。如或知尔,则何以哉?”子路率尔而对曰:“千乘之国,摄乎大国之间,加之以师旅,因之以饥馑,由也为之,比及三年,可使有勇,且知方也。”夫子哂之。“求!尔何如?”对曰:“方六七十,如五六十,求也为之,比及三年,可使足民。如其礼乐，以俟君子。”“赤！尔何如？”对曰：“非曰能之，愿学焉。宗庙之事，如会同，端章甫，愿为小相焉。”“点！尔何如？”鼓瑟希，铿尔，舍瑟而作，对曰：“异乎三子者之撰。”子曰：“何伤乎！亦各言其志也。”曰：“暮春者，春服既成，冠者五六人，童子六七人，浴乎沂，风乎舞雩，咏而归。”夫子喟然叹曰：“吾与点也。”三子者出，曾皙后。曾皙曰：“夫三子者之言何如？”子曰：“亦各言其志也已矣。”曰：“夫子何哂由也？”曰：“为国以礼，其言不让，是故哂之。”“唯求则非邦也与？”“安见方六七十，如五六十，而非邦也者？”“唯赤则非邦也与？”“宗庙会同，非诸侯而何？赤也为之小，孰能为之大？”

两相比较，可觇古今文风之不同。《韩诗外传》中的上述文字铺张扬厉，已似战国纵横家的说辞，近于汉初辞赋家《七发》一类的文风，章炳麟、彭仲铎等人或许就是据此将其作为辞赋之祖看待的。但《韩诗外传》中的文字规仿《论语·先进》而成，产生的年代较后，这是稍有文学知识的人不难看出的。

《韩诗外传》的主旨不在阐发《诗经》的微言奥义，学术界已有共识。即如上面这一段文字，引《诗》“雨雪瀌瀌，曣晛聿消”为证，颇为不伦。而文中颜渊自述生平志趣的这番话，也与他的本来面目不合。颜渊为人安雅静穆，不像《韩诗外传》中描写的那样锋芒毕露，但孔子听他发言后，再三称赞道：“圣士哉！”这与孔子对“圣”字的理解也不合。“圣”是一种近于理想化的至高无上的道德规范，《论语·雍也》：“子贡曰：‘如有博施于民而能济众，何如？可谓仁乎？’子曰：‘何事于仁，必也圣乎！尧、舜其犹病诸！’”可见尧、舜也还不能完全达到“圣”的标准。《论语·述而》：“子曰：‘若圣与仁，则吾岂敢！’”说明孔子自己也不敢担当“圣”的高名。那他又怎能一而再地称赞颜渊为圣者呢？

《韩诗外传》的内容很复杂，其中已经夹杂进一些后代才能出现的观念。

此书卷九第十三章叙孔子出游少源之野，有妇人刈蓍薪而亡蓍簪，因而哭于中泽，《外传》末引"《诗》曰：'代马依北风，飞鸟扬故巢。'皆不忘故之谓也"。此十九字原脱，许维遹《韩诗外传集释》引许瀚说，据宋薛据《孔子集语》引文补。许瀚还引用了《文选·古诗十九首》李善注与《盐铁论》十五《未通》篇文，《宣德皇后令》李善注，《后汉书·班超传》李贤注，证明《韩诗外传》中确有此十九字，援据详明，可证《韩诗外传》中确有这两句与《古诗十九首》中文字类似的五言诗。① 赵善诒《韩诗外传补正》则考之曰："此诗非经文，后人妄增也。……盖《外传》诗辞早佚，唐前有人以古诗妄补之，迄宋尚存，洎后有知其误者，复删之也。"②

根据近代学者的研究，《古诗十九首》当是东汉后期的作品，梁启超说："我据此中消息以估定十九首之年代，大约在西纪一二〇至一七〇约五十年间，比建安、黄初略先一期而紧相衔接，所以风格和建安体格相近，而其中一部分钟仲伟且疑为曹、王所制也。"③

上述事实说明：《韩诗外传》卷九第十三章末引用的"代马依北风，飞鸟扬故巢"两句古诗，应当出现于东汉之末或稍后；《韩诗外传》该章之末原来引用的《诗经》中句偶脱，所以魏晋南北朝时有人援用这两句古诗作替代。

中华书局编辑部在为许维遹《韩诗外传集释》写的《出版说明》中也说："《汉书·儒林传》说，'婴推诗人之意而作内外传数万言'，《内

---

① 〔汉〕韩婴撰、许维遹校释《韩诗外传集释》，中华书局 1980 年版。

② 赵善诒《韩诗外传补正》，商务印书馆 1938 年版。

③ 载《中国之美文及其历史》内《汉魏时代之美文》第一章《建安以前汉诗》，中华书局 1936 年版。

传》在两宋之间就亡失了。只有《外传》还留存着。但现在我们所看到的《韩诗外传》,据考证已不是原书之旧,非但卷数不同(《汉志》作六卷,今本及隋唐《志》均作十卷),即内容可能也有一部分经过后人的修改了。”

上述《韩诗外传》卷七第二十五章中的文字,可能即为后人所羼入者。

按《韩诗外传》卷七中的这条文字,其他地方也有类似文字出现。卷九第十五章首云:“孔子与子路、子贡、颜渊游于戎山之上。孔子喟然叹曰:‘二三子各言尔志,予将览焉。’”随后子路、子贡、颜渊即顺次各言其志。比之上述卷七中的一段,文字较为质朴,更为切合三人面貌,而且其中没有出现什么与孔门观念不合的词汇。比较起来,卷九中的这条文字出现的年代早些,而卷七中的这条文字出现的年代显然较后。

先秦两汉的典籍中,在同一篇文章内往往会出现许多类同的文字,尤其是一些故事,往往杂然并存,例如《韩非子》的内外储说中就集合了许多同一故事的诸多异说。[①]《韩诗外传》的情况也一样。卷七云孔子与子路、子贡、颜渊游于景山,卷九则云游于戎山。《说苑·指武》篇与《孔子家语·致思》篇也有类似文字,则云游于农山。“农”“戎”一声之转,可知二者与《韩诗外传》卷九中的文字同源,而与卷七中的文字无涉,此亦可证卷七中的文字后出。且卷七云孔子与三徒游于景山,《商颂·殷武》中有“陟彼景山”之说,许瀚等人即依此立说,然景山在卫地,故又疑为传闻异辞。实则“景山”云云即因《鄘风·定之方中》中有“景山与京”一语而起,诸家诗说均言此处乃泛指大山,《韩

---

① 参看拙著《〈韩非子〉札记》中的《禅让与儒法之争》一文,江苏人民出版社1980年版。

诗外传》卷七中为附会《定之方中》文字而改称“景山”，也就透露出了此文着意牵合的迹象。

《定之方中》毛《传》中有“升高能赋”之说，《韩诗外传》卷七中也就着意附会而增加了“登高必赋”之说。

魏晋南北朝人对“登高必赋”说的继承与发展

《三国志·魏书·武帝纪》裴松之注引《魏书》曰：

> 创造大业，文武并施。御军三十馀年，手不舍书，昼则讲武策，夜则思经传。登高必赋，及造新诗，被之管弦，皆成乐章。

王沈《魏书》上说曹操“登高必赋”，可用他的创作实践来证明。例如《苦寒行》中有句云：“北上太行山，艰哉何巍巍。羊肠坂诘屈，车轮为之摧。”《秋胡行》中有句云：“晨上散关山，此道当何难。晨上散关山，此道当何难。牛顿不起，车堕谷间。坐磐石之山，弹五弦之琴，作为青角韵。意中迷烦，歌以言志。”《步出夏门行》中有句云：“东临碣石，以观沧海。水何澹澹，山岛竦峙，树木丛生，百草丰茂。秋风萧瑟，洪波涌起。日月之行，若出其中；星汉灿烂，若出其里。幸甚至哉，歌以咏志。”

《韩诗外传》与王沈《魏书》同时提出了“登高必赋”之说，是一种含义丰富而有趣的文学现象。此说出现在东汉时期，则又预示着文学的自觉时代即将到来。

大家知道，魏晋南北朝时学风起了巨大的变化。汉末大乱之后，接着又是五胡十六国的大乱，南北朝时，政权更迭频繁，直到唐代，始告稳定。这一时期社会秩序混乱，儒学随之衰落，道家思想也就风行一时。文士在政治动乱中惨遭不幸者甚多，于是他们往往在事功之外寻求寄托，或退隐于山林，或寄情于山水，由是兴起了山水文学这一思潮。如上所云，儒家人物热中于从政与教育，他们登高眺览外物时，大都联想起国家的兴衰与道德的感悟。道家人物则异于是，他们往往着眼于个人心情与大自然的融合。《庄子·知北游》曰："山林与，皋壤与，使我欣欣然而乐与。"这里就内含着审美的自然情趣。

观赏外景的人，如果站于高处，则视野更加开阔，对大自然的美好风光更能饱览无遗。《老子》第二十章中形容道："众人熙熙，如享太牢，如登春台。"可见登高亦为人生快事。

就是这样地，"登高"一词于汉末进入了文学领域，魏晋之后更成了社会上的一种习俗，宗懔《荆楚岁时记》于"正月七日"下曰：

> 《老子》云："众人熙熙，如登春台。"《楚词》曰："目极千里伤春心。"则春日登临，自古为适，但不知七日竟起何代？晋代桓温参军张望亦有《正月七日登高》诗。近代以来，南北同耳。

又于"九月九日"下引《续齐谐记》曰：

> 汝南桓景随费长房游学，长房谓之曰："九月九日，汝南当有大灾厄，急令家人缝囊，盛茱萸，系臂上，登山饮菊花酒，此祸可消。"桓景如言，举家登山。夕还，见鸡犬牛羊一时暴死。长房闻之，曰："此可代也。"今世人九日登高饮酒，妇人带茱萸囊，盖始于此。

文人笔下，则常用"登高"一词说明个人之创作意愿何以萌生。陶渊明《移居》之二曰：

春秋多佳日，登高赋新诗。

萧子显《自序》曰：

若乃登高目极，临水送归，风动春朝，月明秋夜，早雁初莺，开花落叶，有来斯应，每不能已也。

萧统《答湘东王求文集及〈诗苑英华〉书》曰：

或日因春阳，其物韶丽，树花发，莺鸣和，春泉生，暄风至，陶嘉月而嬉游，藉芳草而眺瞩；或朱炎受谢，白藏纪时，玉露夕流，金风多扇，悟秋山之心，登高而远托；或夏条可结，倦于邑而属词；冬雪千里，睹纷霏而兴咏。

由此可见，“登高”之说反映了文士个人情趣与自然景观的结合，创作欲望的冲动与灵感的萌生，因此受到众多文士的青睐，不断出现于他们的笔下，并赋予理论意味。《南齐书·文学传论》曰：

卿、云巨丽，升堂冠冕；张、左恢廓，登高不继。赋贵披陈，未或加矣。

萧子显的这一番话，正可用以说明后起的“登高赋新诗”之说与春秋时期赋诗风气之间的紧密关系。看来萧氏已经不太了解“登高”一词原出春秋时期的“登高能赋，可以为大夫”之说，“登高”一词已经成了文学创作的代名词。

由于时代隔得太远，萧子显已不太了解这一名词先后之间的联系和差别，就是唐代的经学家孔颖达也已不太清楚“登高”之说内涵的演变。他为《毛诗·定之方中》作疏时说：“升高能赋者，谓升高有所见，能为诗，赋其形状，铺陈其事势也。”这也就是说：作为一种文体的赋，作为一种手法的赋，以及登高“赋”新诗之赋，与《定之方中》毛《传》中的“升高能赋”之说一致。这种不顾各种学说之间质的不同而强行组合成文的说法，与刘勰在《文心雕龙·诠赋》中“原始以表末”的手法一致。

按孔颖达对“升高能赋”说的解释，实际上是沿用了魏晋南北朝文士的赋说。左思《三都赋序》曰：“余既思慕《二京》而赋《三都》，其山川城邑，则稽之地图；鸟兽草木，则验之方志；风谣歌舞，各附其俗；魁梧长者，莫非其旧。何则？发言为诗者，咏其所志也；升高能赋者，颂其所见也。美物者，贵依其本；赞事者，宜本其实。匪本匪实，览者奚信？”可见自魏晋南北朝起，到唐初《毛诗正义》的制订，已用后起的赋说替代了汉初的经说。

《文心雕龙·诠赋》篇在开端就引用了毛《传》中的“登高能赋，可〔以〕为大夫”之说，而并不深究其原意。这样做，也是他在《宗经》篇中提出的“禀经以制式”的具体实践。我国学术领域中向来具有“信而好古”的传统，任何事情都喜欢在儒家经典中找到立论根据，于是在有关“赋”体的阐述中，在“登高赋新诗”的创作中，都要依傍春秋时期的“赋诗言志”之说而立论了。因为经学中曾有“登高能赋，可以为大夫”之说，因而这也就是最好的立论根据。

“登高”之说符合作家观赏外景时心物交融的实际，古时像《乐记》等典籍中就曾提出这一现象。《乐记》中说：“乐者，音之所由生也，其本在人心之感于物也。”这种学说，似与魏晋南北朝时文学理论中的“感物吟志”之说一致。但《乐记》后出，是传非经，其地位非《诗经》可比，所以魏晋南北朝的文学理论家言及诗人感物时，无人言及《乐记》，大都直接归之于“登高”之说。《诠赋》篇曰：“原夫登高之旨，盖睹物兴情。情以物兴，故义必明雅；物以情观，故词必巧丽。丽词雅义，符采相胜，如组织之品朱紫，画绘之著玄黄，文虽新而有质，色虽糅而有本，此立赋之大体也。”刘勰的这一赋论，与上述萧子显、萧统等人之说类同，实际上是六朝时期最有代表意义的一种创作论。

刘勰在《物色》篇中还说：“若乃山林皋壤，实文思之奥府，略语则阙，详说则繁。然则屈平所以能洞监风骚之情者，抑亦江山之助乎！”从中可见《庄子》学说所发生的影响，其中也总结了《楚辞》作者屈原等人的创作经验。

刘勰在《神思》篇中描述创作时的思维活动时说：

> 夫神思方运，万涂竞萌，规矩虚位，刻镂无形。登山则情满于山，观海则意溢于海，我才之多少，将与风云而并驱矣。

这种理论，也是对曹操以来创作实践的总结。《魏书》中曾说曹操“登高必赋”，这在《苦寒行》等诗篇的创作中可以找到佐证。刘勰对于曹操的这些乐府诗歌，印象甚为深刻，《乐府》篇中说：“至于魏之三祖，气爽才丽，宰割辞调，音靡节平。观其《北上》众引，《秋风》列篇，或述酣宴，或伤羁戍，志不出于滔荡，辞不离于哀思，虽三调之正声，实韶夏之郑曲也。”这里虽以“韶响难追”而出以感慨，然举此作为乐府的代表，则也表示出了欣赏之意。

南朝士风，大都柔弱，因此他们的“登高”之作，难得称为“与风云而并驱矣”。尤其是这一时期的诗人少有观海之作，因而难以说有“意溢于海”的情致。只有曹操的《步出夏门行》中“东临碣石，以观沧海”等诗，谢灵运《游赤石进帆海》中“溟涨无端倪，虚舟有超越”等句，才称得上“观海则意溢于海”的评语。因此，刘勰的“感物吟志”之说，直承

"登高必赋"之说而来。用刘勰的话来说,"登高之时义大矣哉"!

结　论

《汉书·艺文志》"登高能赋,可以为大夫"之说,对后世文学影响甚大。此说乃承《诗经·定之方中》毛《传》而来。由于《诗经》这一儒家经典向为古时学者所宗奉,而前人又有依傍儒家经典立论的作风,所以刘勰在《文心雕龙·诠赋》篇中引此作为赋论的根据。

《韩诗外传》中有"登高必赋"之说,乃仿《论语·先进》写成。此说假托孔子而立论,实则与"登高能赋"之说有很大的不同:毛《传》中说的"登高",乃指"登堂"或"登坛",《韩诗外传》中说的"登高",则指"登山"。登"山"必赋,如依春秋时期贵族的活动而言,于理亦不合。章炳麟等人以为这一条文字乃后世辞赋之祖,不可信从。

《三国志·魏书·武帝纪》裴松之注引《魏书》中提到曹操"登高必赋",可与《苦寒行》《秋胡行》《步出夏门行》等诗中的内容相印证。刘勰在《神思》篇中提出"登山则情满于山,观海则意溢于海",总结了曹操等人的创作经验,可与《魏书》中的"登高必赋"之说呼应。因此《诠赋》中援引"登高能赋"之说,只是作为理论本源而受重视,实质上已为东汉时期产生的"登高必赋"之说所替代。

近人大都以为魏晋南北朝的"感物吟志"之说受到《乐记》的影响。实则《乐记》后出,刘勰等人从未在文章中有所征引。他们所援引的,主要是"登高能赋"之说,而他们所阐发的理论,已经总结进了山水文学的创作经验,与先秦时期的情况大不相同。

吾人若作横向比较,则可发现"登高能赋"说与"登高必赋"说之间并无实质关系,前者为一种经说,后者为一种创作经验的表述;若作纵向比较,则又可见"登高必赋"之说实为附会先秦经说而下开魏晋南北朝时创作理论的一个重要环节。魏晋南北朝时文人普遍采用“登高”之说，远承东汉后期的“登高必赋”之说，但理论家们大都晦其所出，而以“登高能赋”说为理论根源。刘勰宗经，在《诠赋》《物色》《神思》诸文中对“登高能赋”（实为“登高必赋”）之说多方阐发，成了六朝时期最有代表意义的一种创作理论。

（原载《文心雕龙研究》第二辑，北京大学出版社 1996 年 9 月版）

潘勖《九锡》与刘勰崇儒

潘勖《册魏公九锡文》的沉浮

汉献帝加曹操九锡的殊礼，命潘勖作文，《三国志》卷一《武帝纪》、卷二一《卫觊传》二文的裴松之注中均有说明。但在当时，就发生过另一种说法，以为《册魏公九锡文》的作者乃是王粲。

> 魏国初建，潘勖字元茂，为策命文。自汉武已来未有此制，勖乃依商、周宪章，唐、虞辞义，温雅与典诰同风，于时朝士皆莫能措一字。勖亡后，王仲宣擅名于当时，时人见此策美，或疑是仲宣所为，论者纷纭。及晋王为太傅，腊日大会宾客，勖子蒲时亦在焉。宣王谓之曰："尊君作封魏君策，高妙信不可及，吾曾闻仲宣亦以为不如。"朝廷之士乃知勖作也。(《太平御览》卷五九三引殷洪《小说》)①

由此可见，此文具有如下一些特点：

---

① 当是殷芸《小说》之误。余嘉锡《殷芸小说辑证》下加按语曰："殷洪不知何人，亦不闻别有此小说，此盖是引殷灌蔬《小说》，传写脱去'蔬'字，又讹'灌'为'洪'耳。"载《余嘉锡论学杂著》上册，中华书局1963年版。殷芸，字灌蔬，见《梁书》卷四十一、《南史》卷六十本传。

（一）“九锡文”前无所承，具有首创意义。①

（二）继承典诰传统，文辞温雅，为众人所折服。

（三）此文虽然极力称颂曹操的功德，但却博得了企图取代曹魏王朝的司马氏的赏识。

这个故事中的“晋王”“太傅”和“宣王”，究竟指谁，颇难断言。如依“太傅”“宣王”二名而言，当指司马懿无疑，然与“晋王”一称不符。司马昭曾封“晋王”，却又没有任过“太傅”，也没有追谥为“宣王”。但不管是谁，此人曾经赏识过潘勖的九锡文，本身就是一件令人奇怪的事。司马氏的阴险狡诈，处心积虑篡夺曹魏政权，那是上下两代完全一样的。照理说，他们应该贬抑替曹魏政权的奠基者曹操吹嘘功德的文字才是，这时他们转而表示欣赏，当是另有其考虑。不论司马懿或司马昭，都曾荣膺九锡之礼，按照当时政权递嬗的规律，九锡之后，就可实行禅让大典了。因此，晋王对《册魏公九锡文》表示欣赏，可能着眼于演变中的政局。尽管晋王曾经虚假地固辞九锡的殊礼，但历史仍在按预定的计划发展，《册晋公九锡文》出，也会把晋王的功德尽情吹嘘一番，这样也就有助于他们声誉的提高和事业的发展。

自此之后，宋、齐、梁三朝按照同一方式夺取政权，开国之君先是受命加九锡，在九锡文中大大张扬一番功业，然后实行禅让。而每一次的加九锡，其文铺张扬厉，都是遴选当代大手笔撰写的。

汉末的大手笔，自然要以王粲为巨擘，况且他与曹操的关系又是那么亲密，旁人自然会把这篇大作附会到他身上。尽管经过晋王的澄清事实，后人仍然有称此文出自王粲者。《酉阳杂俎》前集卷十二《语

① 王莽篡位前，亦曾受九锡，见《汉书·王莽传上》。然此九锡文仅五百馀字，平铺直叙，文采殊逊，与潘勖之《九锡》无前后继承关系。王莽之前未见九锡文之作。

资》曰："魏尉瑾曰：'《九锡》或称王粲。'"同书卷十一《广知》曰："梁主客陆缅谓魏使尉瑾曰：'我至邺，见双阙极高，图饰甚丽，此间石阙亦为不下。……'"可知此人正与刘勰同时。① 说明当时还有王粲作《册魏公九锡文》之说。

但在《文选》与《文心雕龙》中，萧统与刘勰均将此文归为潘勖所作。《文选》在"册"这一类文体中仅选此文，《文心雕龙·诏策》篇中说："建安之末，文理代兴，潘勖《九锡》，典雅逸群；卫觊禅诰，符采炳耀，弗可加已。"《风骨》篇中说："昔潘勖'锡魏'，思摹经典，群才韬笔，乃其骨髓峻也。"《才略》篇中说："潘勖凭经以骋才，故绝群于锡命。"对此都有很高的评价。

刘勰在《文心雕龙·铭箴》篇中曾说："潘勖符节，要而失浅。"《杂文》篇中说："自《连珠》以下，拟者间出。杜笃、贾逵之曹，刘珍、潘勖之辈，欲穿明珠，多贯鱼目。可谓寿陵匍匐，非复邯郸之步；里丑捧心，不关西施之颦矣。"说明潘勖的其他作品，水平大都不高，没有引起他的好感。只是这位并非一流的文人，却写下了政治上很特殊的《九锡文》一篇，从而博得了刘勰的欣赏，一再加以称颂，作为范例，加以标举，这本身就是一件耐人寻味的事，值得作些探讨。

刘勰崇儒的实质

用后代人的眼光来看，魏晋南北朝时一些文人的立身行事颇有可议之处。他们常是身历两个朝代，在前朝受到宠幸的人，转身便成了拥立新君的功臣，在政治道德上却丝毫不感到有什么为难之处。尽管他们仍然标榜信奉儒家的教义。

---

① 尉瑾事迹见《北齐书》卷四十与《北史》卷二十本传。

儒家的基本原则之一，便是确立君臣大义，这就是《论语·颜渊》篇中著录的“君君、臣臣、父父、子子”。孔子制订的这些重要原则，主要体现在《春秋》之中。《孟子·滕文公下》曰：“世衰道微，邪说暴行有作，臣弑其君者有之，子弑其父者有之。孔子惧，作《春秋》。《春秋》，天子之事也；是故孔子曰：‘知我者，其惟《春秋》乎！罪我者，其惟《春秋》乎！’”于此可见《春秋》一书在孔子心目中的重要地位。

司马迁在《太史公自序》中曾对《春秋》一书的要义作了深入的阐发，中云：“夫《春秋》，上明三王之道，下辨人事之纪，别嫌疑，明是非，定犹豫，善善恶恶，贤贤贱不肖，存亡国，继绝世，补敝起废，王道之大者也。……故有国者不可以不知《春秋》，前有谗而弗见，后有贼而不知。为人臣者不可以不知《春秋》，守经事而不知其宜，遭变事而不知其权。为人君父而不通于《春秋》之义者，必蒙首恶之名；为人臣子而不通于《春秋》之义者，必陷篡弑之诛，死罪之名。……夫不通礼义之旨，至于君不君，臣不臣，父不父，子不子。夫君不君则犯，臣不臣则诛，父不父则无道，子不子则不孝。此四行者，天下之大过也。以天下之大过予之，则受而弗敢辞。”可见《春秋》一书在确立封建社会的等级秩序方面起着重要的指导作用。

按照《春秋》大义来说，魏晋南北朝时那些取代前朝政权的军阀，那些帮着谋王篡位者出谋划策的文人，都是“乱臣贼子”。“孔子成《春秋》而乱臣贼子惧”，按理来说，信奉儒家思想的人就应当对那些新朝人士口诛笔伐。刘勰既是儒家思想的信徒，那就理当对曹操等人表示贬抑，从而对潘勖的《册魏公九锡文》加以批判才是。但如上所述，事实却正相反。

刘勰在《文心雕龙·史传》篇中曾论及《春秋》，文曰：

昔者夫子闵王道之缺，伤斯文之坠，静居以叹凤，临衢而泣麟，于是就太师以正《雅》《颂》，因鲁史以修《春秋》。举得失以表黜陟，征存亡以标劝戒。褒见一字，贵逾轩冕；贬在片言，诛深斧钺。然睿旨幽隐，《经》文婉约，丘明同时，实得微言，乃原始要终，创为传体。

从这段文字来看，刘勰对孔子"因鲁史以修《春秋》"的经过和宗旨是很了解的，对《左传》与《春秋》的关系也有明确的认识。按照金毓黻《文心雕龙·史传篇疏证》一文的介绍，这段文字"悉本范宁《穀梁传序》"，①可见他对《春秋》学的来龙去脉都很清楚。

《文心雕龙·时序》篇中说："暨皇齐驭宝，运集休明：太祖以圣武膺箓，高祖以睿文纂业，文帝以贰离含章，中宗以上哲兴运，并文明自天，缉遐景祚。今圣历方兴，文思光被，海岳降神，才英秀发，驭飞龙于天衢，驾骐骥于万里，经典礼章，跨周轹汉，唐虞之文，其鼎盛乎！"对于当代的君主，大发崇圣之词，当然也是封建文人的常态，不足为怪的。只是萧齐一代的政治，未免与上述美词相距太远了。齐太祖在取得政权之后，大肆诛戮前代王室，郁林王的荒诞淫乱，齐明帝的残忍伪善，都是骇人听闻的事。刘勰长期住在当时的首都建康，不可能对此视而不见，听而不闻。如用儒家《春秋》大义来一一检核，那就无法予以首肯，但他转而肯定当前现实，则又说明他对《春秋》大义没有全盘接受，更没有坚持的意思。

随着政治形势的变化，道德观念也会有所变化。两汉王朝前后延续了四百多年，刘姓天子一系相承，他们定儒家思想于一尊，《春秋》中阐发的微言大义，能够用来帮助巩固政权，然自步入三国之后，篡弑相寻，颠倒了原来的等级秩序，破坏了原来的道德准则，新王朝代兴后，

① 载《中华文史论丛》1979年第一辑。

必须对儒家学说重加检择，淡化其中不利于现实政治的部分，突出其中有利于现实政治的部分，作为建立新政权的理论根据，于是禅让说被广泛采用起来，[①]而《春秋》中所强调的君臣大义，便被搁置一旁了。赵翼《廿二史札记》卷七《禅代》中说："至曹魏则既欲移汉之天下，又不肯居篡弑之名，于是假禅让为攘夺。自此例一开，而晋、宋、齐、梁、北齐、北周以及陈、隋皆效之。此外尚有司马伦、桓玄之徒，亦援以为例。……至曹魏创此一局，而奉为成式者，且十数代，历七八百年，真所谓奸人之雄，能建非常之原者也。"说明政治形势改变之后，曹魏以后的政客和士人改为突出儒家学说中的又一种说法，为当前的政治需要服务。尧传舜，舜传禹，何等堂皇正大。登上王位的人，固然可与舜、禹比俦；拥立新君的人，也就可充八恺、八元之数。这样既可摆脱"乱臣贼子"的舆论压力和心理负担，又可提高自己的身价，替自己涂抹粉饰一番。可见这种远古茫昧的传说，多么切合当前的客观需要，它之成为风行的学说，也就不难理解了。

禅让说已成了美化篡弑的一种手段，于是禅位的诏书和作为禅让前奏曲的九锡文，也就被人视作一代文献而受到了推崇。

《世说新语·排调》："孝武属王珣求女婿，曰：'王敦、桓温，磊砢之流，既不可复得……"这也是令人感到奇怪的事。王敦、桓温是当代的权臣，屡次威胁晋王室的国脉，只是由于命运不济，在夺取王位之前的关键时刻，染病身亡，才使东晋的江山又延续了几十年。按理来说，晋王朝的君主应该对之深恶痛绝才是，但孝武帝却认为人才难得，甚至在物色女婿时也要遴选这一类人物，可见时人追求的目标，首先看重

① 禅让说较后起，孔子没有提出过，它应当是思孟学派根据战国时政治形势的需要而构拟的。参看拙著《〈韩非子〉札记》内《禅让与儒法之争》一文，江苏人民出版社 1980 年版。

政治上有无才干，即使这种才干曾被用来图王篡位，也应予以好评。《世说新语·容止》篇还说："刘尹道桓公：鬓如反猬皮，眉如紫石棱，自是孙仲谋、司马宣王一流人。"《太平御览》卷三九六引《语林》则曰："桓温自以雄姿风气是司马宣王、刘越石一辈器，有以比王大将军者，意大不平。"这是因为王敦最后没有能够创立新朝，所以还不配做他的效法对象。他之所以推崇刘琨，则是志在北伐，企图建立不世的功业。

在《世说新语》一书中，王敦、桓温确是一再被人作为英雄人物来称颂和描述的，于此可见晋、宋两代的人品评人物时实际上采取的准则。在他们看来，王敦、桓温和司马懿之间没有什么不同，王敦、桓温如不死，那么司马氏就会让位给王氏或桓氏，这时只要举行一次禅让大典，就可顺利移交政权了。《晋书·王彪之传》曰："〔桓〕温遇疾，讽朝廷求九锡。袁宏为文，以示彪之。彪之视讫，叹其文辞之美，谓宏曰：'卿固大才，安可以此示人！'时谢安见其文，又频使宏改文，宏遂逡巡其事。既屡引日，乃谋于彪之。彪之曰：'闻彼病日增，亦当不复支久，自可更小迟回。'宏从之。温亦寻薨。"可以想见，假如桓温的病好起来，按照原定计划完成了禅让大典，那么袁宏的文章定将作为一代大手笔而受人推崇，或许当时的衡文之士也会褒扬不已，当时的选集之中也会列入这一名篇的了。

成则为王，败则为寇。在魏晋南北朝的混乱时局中，出现了这样的情况：拥立成功的沈约、任昉等人，作为识时务的俊杰而受到褒扬；拥立失败的范晔、谢综等人，作为浮躁不规的文士而受到贬抑。沈约在《宋书·范晔传》中极力丑诋范晔，反映了一种微妙的心理：通过范晔拥立失败之事，反衬自己导演禅让典礼时手法的高明。给范晔脸上抹黑，也就是在自己脸上涂彩，而在自己脸上涂彩，又可避免时人与后人的指责。这些事情，实际上也没有什么严格的是非可言。《春秋》大义云云，对那个历史时期的士大夫来说，或许过于头巾气而不能认真对待的了。

刘勰自年轻时起即已托迹佛寺，服膺佛家教义，世俗中的是非之见，本不该留滞于心，况且社会上的观念也已如此，那他当然不会再去捡拾儒家学说中那些已被时人视作不合时宜的成分，定要坚持而予以阐发了。齐高帝萧道成，是谋王成功的桓温，是及身登基的司马懿；对于这样的人，当然可以崇圣一番，何况自己就是新朝统治下的子民。

人不能摆脱时代观念的影响，睿智如刘勰，也不例外。因此他在《史传》篇中虽然介绍了《春秋》的宗旨，但在实际生活中，在文学评论上，则无所运用。儒家学说中的禅让之说，因为适应当前政治的需要，却是受到了重视，从而九锡之文也得到了推重。“潘勖《九锡》，典雅逸群；卫觊禅诰，符采炳耀。”刘勰的这种观点，正是时代的产物。

刘勰“宗经”说的辨析

刘勰论文，首标“原道”“徵圣”“宗经”，纪昀评曰：“自汉以来，论文者罕能及此。彦和以此发端，所见在六朝文士之上。”说明刘勰此说托体甚尊，所以博得了后世多数尊奉儒家的文士的大力赞誉。

“原道”中的“道”，通过“圣”而体现在“经”中，因此他对五“经”所作的阐述，最能体现写作《文心雕龙》一书的目的和要求。《宗经》中说：“自夫子删述而大宝启耀，于是《易》张‘十翼’，《书》标‘七观’，《诗》列‘四始’，《礼》正‘五经’，《春秋》五例，义既挻乎性情，辞亦匠于文理，故能开学养正，昭明有融。”这里对五经所作的阐释，包括义理和辞章两大部分，只是从实际来看，“义既挻乎性情”的部分，没有什么具体的阐述，后文所说的“情深而不诡”云云，只是一般性的提法，对“情”的内涵没有什么具体的规定；“辞亦匠于文理”的部分，却是得到了最充分的发挥。全书衡文的许多要义，都是举五经为典范而深入阐发的。

例如他在进一步为"宗经"之说提供例证时说："《春秋》辨理，一字见义。'五石''六鹢'，以详略成文；'雉门''两观'，以先后显旨：其婉章志晦，谅以邃矣。"这里举的两个例子，都出于《公羊传》。《春秋》僖公"十有六年春王正月戊申朔，賈石于宋，五。是月，六鹢退飞，过宋都。"《公羊传》曰："曷为先言賈而后言石？賈石记闻，闻其磌然，视之则石，察之则五……曷为先言六而后言鹢？六鹢退飞，记见也；视之则六，察之则鹢，徐而察之则退飞。"这也就是刘勰心目中"详略成文"的范例了。《春秋》定公二年"夏五月壬辰，雉门及两观灾"。《公羊传》曰："其言雉门及两观灾何？两观微也。然则曷为不言雉门灾及两观？主灾者两观也。主灾者两观，则曷为后言之？不以微及大也。何以书？记灾也。"这也就是刘勰心目中"先后显旨"的范例了。可见刘勰以为《春秋》中的突出之处，可供后世文士师法的地方，就是这类写作上的技巧。《公羊传》中的两个例子，通过词序表达不同的语法意义，并且通过连词和介词的运用，表达作者的等级观念。《春秋繁露·深察名号》篇曰："《春秋》辨物之理以正其名，名物如其真，不失秋毫之末，故名賈石则后其'五'，言退鹢则先其'六'，圣人之谨于正名如此。君子于其言，无所苟而已，'五石''六鹢'之辞是也。"可见这些例子，表现出作者反映客观事物时态度的严谨，基本上属修辞方面的问题。杨树达宣扬《春秋》大义，在《春秋大义述》的《言序》一章中举以为例，[①] 这可以归入后世桐城义法中所谓"言有序"的范畴中去。

刘勰推崇《春秋》，《徵圣》篇中说"《春秋》一字以褒贬"，但在提供例证时，却又改成了"《春秋》辨理，一字见义"，褒贬云云，略而不谈了。他对《春秋》三传都很熟悉，应该知道，《公羊传》是宣扬政治上的微言

---

① 见《春秋大义述》卷五《言序》第二十九，商务印书馆 1943 年版。

大义的一部重要典籍，但他从中举例时，却不涉及褒贬方面的问题，而是"建言修辞"，属于写作技巧方面的一些例证。于此可知，刘勰的"宗经"，不是把其中的义理作为最高的政治标准，也不把它作为思想上必须遵循的准则而提出，他所致力的，是把五经作为行文的典范，作为"矫讹翻浅"破除时下不良文风的一种武器。

由此可见，刘勰以徵圣、宗经为标榜，他所"徵"的"圣"，已是根据魏晋南北朝人政治上的需要而重新熔铸过的孔子形象；他所"宗"的"经"，已是按照魏晋南北朝人政治需要而重新解说的典籍。魏晋南北朝人根据他们的现实需要，从中只取其一点，与孔子原作固有的精神，已有不同。

纪昀赞誉刘勰宗经"所见在六朝文士之上"，只能说是道出了部分事实。应该看到，作为齐梁人物，刘勰毕竟不能超脱这一时期文坛上的共同风气的羁绊。

潘勖《九锡》何以符合"宗经"的要求？

刘勰说"潘勖凭经以骋才"，和殷芸《小说》中的看法一致，该文也说"勖乃依商、周宪章，唐、虞辞义，温雅与典诰同风"，都说潘勖的《册魏公九锡文》继承了经典的传统，才能取得这么高的成就。

这篇文章，保存在《三国志》卷一《武帝纪》、《后汉纪》卷三十和《文选》卷三十五中。阅读之后，发现该文确是有它的特点。

赵翼等人都曾指出，潘勖此文乃是模仿张竦《为陈崇草奏称莽功德》一文而成的。[①] 该文见《汉书・王莽传上》。两相比较，可知此说可信。

---

① 赵说见《廿二史札记》卷七《九锡文》。

张竦之文，倒真是依傍经典而写作的。全文铺叙详尽，一项一项地称颂王莽功德，表过功后，随即引经典为证，例如称颂王莽“行仁”“履礼”之后，接着就说：“孔子曰：‘未若贫而乐，富而好礼。’公之谓矣。”又如称颂王莽大义灭亲之后，接着就说：“周公诛管、蔡，季子鸩叔牙，公之谓矣。”又如称颂王莽定大纲、明国体之后，接着就说：“《诗》曰：‘柔亦不茹，刚亦不吐，不侮鳏寡，不畏强圉。’公之谓矣。”……这样的写法，“……公之谓矣”“……公之谓也”，接连有十二项之多。这样的体式，颇近于《韩诗外传》等典籍中的写法。这些书中，在叙述过一段事迹之后，随即引《诗》为证，在体例上是一样的。

潘勖《册魏公九锡文》的情况有所不同。其中称颂曹操功德的文字，也是逐项铺陈，如云：“昔者董卓初兴国难，群后失位，以谋王室，君则摄进，首启戎行，此君之忠于本朝也。后及黄巾，反易天常，侵我三州，延于平民，君又讨之，剪除其迹，以宁东夏，此又君之功也。韩暹、杨奉，专用威命，又赖君勋，克黜其难，遂建许都，造我京畿，设官兆祀，不失旧物，天地鬼神，于是获乂，此又君之功也。……”这样一一叙述曹操定天下之功，计有十一项之多，和张竦的《称莽功德》文的写法类同，只是没有随之引“《诗》曰”“孔子曰”等经典为证。可见潘勖的“凭”经骋才，不重直接引用经文；他的“思摹经典”，要比张竦的依《诗》立说高明一些。

但潘勖《九锡》中最受刘勰青睐的地方，可能并不在其间的十一段称颂功绩的文字，因为这里只是直叙时事，铺张扬厉，倒是近于纵横家的笔法。而在此文开头和后半段，却是可以明显地看出“思摹经典”的地方。

就在“制诏”开头不久，步入正文之时，有这样一段文字：

曰惟祖惟父，股肱先正，其孰恤朕躬。乃诱天衷，诞育丞相，保乂我皇家，弘济于艰难，朕实赖之。今将授君典礼，其敬听朕命。

可以看出，这里使用的词汇，构成的句法，都是规仿《尚书》和《左传》等典籍而成的。有些句子，如"惟祖惟父""孰恤朕躬"，皆出《文侯之命》；"乃诱天衷"，出于《左传》僖公二十八年。……潘勖组织成文，技巧比较高明，既保持了高古庄重的风格，又满足了当前行文的需要，这样的文字，也就博得了"典雅逸群"的赞誉。

下半段文字，自"朕闻先王并建明德，胙之以土，分之以民"起，至"其上故传武平侯印绶"止，历叙前代褒奖功臣的事迹，按照历史程序，分段陈述。所用文字，同样规仿《尚书》和《左传》等典籍，因而具有同样的艺术风格与艺术效果。

其后分述颁赐九锡的文字，则用"……是用锡君……"这样的程式化的写法，分九层抒写，显得井然有序，庄重异常。而如其间所用的句子，有如"少长有礼，上下咸和"，"翼宣风化，爰发四方"等等，都是概括经典中的文字而成，只是经过融会贯通，已经另铸新句，因而能够用作颁布九锡的训词，而仍保持古雅的风貌。

方伯海评此文曰："裒辑《左》《国》《尚书》以成文，浑朴质穆。"[①]谭复堂评此文曰："所言不夸饰，渊乎茂乎，精神肌理与典诰相通，自是子云以后有数玮篇。"[②]可见此文的"动摹经诰"，并非亦步亦趋，流于形迹，而是精神肌理的流注。这里说的"精神"，也就是后人所说的神气；这里说的"肌理"，相当于后人所说的脉络。潘勖继承了经诰写作上的一些优点，形成一种朴茂高雅的风格，这才成了摹古的上乘之作。

---

① 于光华《文选集评》卷八引。

② 骆鸿凯《文选学》内《评骘》第八引，中华书局 1937 年版。

从刘勰之重《九锡》看“通变”说的局限

刘勰举潘勖《九锡》为有“骨”的典范。有“骨”的文章，与精炼的语言结构有关。刘勰在《风骨》篇中说：“沈吟铺辞，莫先于骨，故辞之待骨，如体之树骸。”“练于骨者，析辞必精。”“结言端直，则文骨成焉。”在刘勰看来，“沈吟铺辞”之时，如能“思摹经诰”，因为依傍的是内容和形式均极完美的范文，这就必然“结言端直”，“捶字坚而难移”，写作出有“骨”的好作品来。

由此可知，《册魏公九锡文》之所以得到推崇，不但是因为其中的词句很多地方直接融化经典而成，而且叙述曹公功德时，层次井然地加以抒写，和《宗经》篇中标举的宗旨，《公羊传》中体现的“详略成文”“先后显旨”的原则，都有相通的地方；在文学形式和写作技巧上，完全符合刘勰的美学要求。“潘勖《锡魏》，思摹经典，群才韬笔，乃其骨髓峻也。”可见此文不但在内容上，而且在形式上，都能得到刘勰赏识，绝不是偶然的。

《风骨》篇中还说：“若夫熔铸经典之范，翔集子史之术，洞晓情变，曲昭文体，然后能孚甲新意，雕画奇辞。昭体故意新而不乱，晓变故辞奇而不黩。若骨采未圆，风辞未练，而跨略旧规，驰骛新作，虽获巧意，危败亦多，岂空结奇字，纰缪而成经矣？”这也就是说，文章要有“风骨”，必须适当地解决“通变”问题。

刘勰在《通变》篇中讨论了文章的继承和发展的问题：“夫设文之体有常，变文之数无方。何以明其然耶？凡诗、赋、书、记，名理相因，此有常之体也；文辞气力，通变则久，此无方之数也。名理有常，体必资于故实；通变无方，数必酌于新声。故能骋无穷之路，饮不竭之源。”这里提出的一些原则，是很可取的，但他过多地承受了历史传统的重压，却是没有把发展的原则贯彻到底，因而在理论阐发的实际工作中，还有其值得商榷的地方。

刘勰曾举“夸张声貌”这一类的写作方法为例，说明“变”的问题。例如枚乘《七发》中说：“通望兮东海，虹洞兮苍天。”司马相如《上林赋》曰：“视之无端，察之无涯，日出东沼，月生西陂。”马融《广成颂》曰：“天地虹洞，固无端涯，大明出东，月生西陂。”扬雄《校猎赋》曰：“出入日月，天与地沓。”张衡《西京赋》曰：“日月于是乎出入，象扶桑于濛汜。”“此并广寓极状，而五家如一。诸如此类，莫不相循。参伍因革，通变之数也。”在他看来，作品的体裁和写作原理应该继承前代的典范之作，语言技巧方面应该注意发展新的手法，但如前代的描写手段已达高度水平，后人自难越其樊篱，并且这些地方后人也不必尽变前人，只需略作因革即可。这种意见就不见得高明。

处在相对停滞的封建社会中，王家的公文，依傍前代经典而写作，追求古朴庄重的风格，向来被视作理所当然。后人也不必多所非议。《册魏公九锡文》之所以受到推崇，原因也在于此。只是“九锡文”这种体裁，以前没有可以视为典范的作品以供效法，作者只能另谋新创；但在文辞气力方面，却是可以仿效前代经典而措辞。这样，《册魏公九锡文》的成功，也就成了“名理‘无’常”，“‘体’必酌于新声”；“通变‘有’方”，“‘数’必资于故实”了。通变说中的理论和风骨说中的范例，正好自相违背。而刘勰又把这项原则推论一切，以为后人不能超越前人规范，在写作手法等问题上，也要遵循这一原则，这样他在指导作文的实际事例中，也就取消或抑低了“文辞气力，数必酌于新声”的主张。这就不能不给刘勰的理论增加了保守的成分。

文学的形式技巧是随着社会的发展，内容的变化，人们驾驭语言文字能力的提高，而不断进步的。文学的写作手法需要不断创新，才能适应发展中的现实。作者如果在这些地方也不能有大胆的创新，则必然陷入墨守成规的境地，难以适应发展中的形势，从而达到内容和形式的高度统一。如果严格遵照刘勰标举的宗旨写作，把发展只看作“参伍因革”，那就不可能有崭新的文学现象出现。郭璞《江赋》、木华《海赋》等作品，也就难于产生。因为描写江、海时夸张声貌的手法，前代没有留下什么足资“参伍因革”的现成资料。

《文心雕龙》中的许多学说，如以理论阐发而言，往往显得平稳妥帖，说得很圆到，但若联系到他所举的例证来考察，则往往能发现其中问题之所在，从而暴露出他的某些局限。即以通变说而言，刘勰举“夸张声貌”“参伍因革”为例，就嫌不妥；假如联系到他的风骨说中所举的例证，从而分析《册魏公九锡文》一文，那就可以对问题看得更清楚一些，从而对他的理论体系也可以有更完整的认识。

（原载《社会科学战线》1989 年第 1 期）

评刘勰文学观的双重标准

刘勰对文学的看法，既有其持论宽泛的一面，也有其抉择甚精的一面。用现在的话来说，前者可谓大文学观念（我不用“杂文学”这一名词，因为这有贬抑本国传统文化的倾向），后者可谓纯文学观念。这体现了魏晋南北朝时文学发展中的两股主流。前者体现为以文体论的形式表现出来的百舸争流态势，后者体现了以诗赋为主干向纯文学方向发展的趋势。刘勰观察问题向持折衷的态度，二者兼容并论，也是其通变观的具体表现。这方面的理论成果，可从各种不同角度加以考察。

一

罗根泽先生在《中国文学批评史》中特设“文体类”，考察魏晋南北朝人研究文体的种种心得，揭开了古代文学理论研究中的重要一页，博得了学术界的广泛称誉。朱自清指出：

> 这是一部值得细心研读的《中国文学批评史》。……罗先生这部书的确能够借了“文学批评”的意念的光，将我们的诗文评的本来面目看得更清楚了。他在《魏晋六朝文学批评史》里特立专章阐述“文体类”的理论。从前写文学史或文学批评史的人都觉得这种文体论琐屑而凌乱，没有给予充分的注意。可是读了罗先生的叙述和分析，我们能以看出那种种文体论正是作品的批评。不是个别的，而是综合的；这些理论指示人们如何创作，如何鉴赏

各体文字。这不但见出人们如何开始了文学的自觉,并见出六朝时那新的"净化"的文学概念如何形成。这是失掉的一环,现在才算找着了,连上了。①

罗先生指出,文体论在魏晋之前已兴起,汉安帝永宁中,尚书陈忠上疏荐周兴时论诏令之文体曰:

古者帝王有所号令,言必弘雅,辞必温丽,垂于后世,列于典经。故仲尼嘉唐虞之文章,从周室之郁郁。②

到了汉末,蔡邕在《独断》中将天子令群臣之文分为四类,"一曰策书,二曰制书,三曰诏书,四曰戒书"。"群臣上书于天子者有四名,一曰章,二曰奏,三曰表,四曰驳议"。③ 可见文体论的产生,起于朝廷公文程式的需要。《文心雕龙·诏策》中说:"汉初定仪则,则命有四品:一曰策书,二曰制书,三曰诏书,四曰戒敕。"说明刘勰的文体论前有所承,还总结了汉代的写作经验。

封建社会中,帝王为了突出其独尊的地位,使用居高临下的口吻,发表指令。臣下为尊王计,也得采用诚惶诚恐的腔调,禀报所见所思。帝王的命令因内容的不同而风格有异,臣下的禀报亦因所奏内容不同而得采取不同的语气与程式。蔡邕论戒书曰:

戒书,戒敕刺史太守及三边营官,被敕文曰:"有诏敕某官",

① 朱自清《诗文评的发展》,原载《语文零拾》,名山书局1948年版;今据《朱自清选集》第二卷《学术论著》,河北教育出版社1989年版。

② 见《后汉书·周荣传》。

③ 载《蔡中郎外集》卷四,《四部备要》本,中华书局据海原阁校刊本校刊。

是为戒敕也。世皆名此为策书，失之远矣。

时至魏晋，分述各种不同文体写作要求的文字不断出现，其后也就产生了挚虞《文章流别志论》、李充《翰林论》等名著。他们的著作，虽有残佚，但不难看出所论文体之众多与要求的具体。

只是从文学理论的发展历程而言，自当以曹丕与陆机的立论为重要。他们论文体的意见虽仅寥寥数语，然因其所处的社会地位与文坛上所处的领导地位，所发生的影响，也就远超他人。

曹丕在《典论·论文》中说：

夫文本同而末异，盖奏议宜雅，书论宜理，铭诔尚实，诗赋欲丽。此四科不同，故能之者偏也。唯通才能备其体。

这种理论，植根于风行一时的哲学思潮才性论上。文士的才性各有不同，因此专擅的文体也有不同。曹丕把“诗、赋”二者归为一组，从而指出写作这两种文体时首先就得注意“丽”，这又是区别于其他文体的美学要求。

陆机在《文赋》中则进一步申述道：

诗缘情而绮靡，赋体物而浏亮，碑披文以相质，诔缠绵而凄怆，铭博约而温润，箴顿挫而清壮，颂优游以彬蔚，论精微而朗畅，奏平彻以闲雅，说炜烨而谲诳。

这里一共提出了八种文体。他把诗赋二者置于前端。陆机对文体的要求规定得更明确了，而他所总结的文体特点，意指文学发展中的新物，例如他所说的“赋”，当指其时的咏物小赋。

赋是汉代至魏晋南北朝时最为风行的文体之一。由于主题与题材不同，写作手法有异，篇幅上出入很大。后人一般都把赋作分为大赋与小赋两类。大赋气势恢宏，组织严密，所用手法非仅体物一端，呈现的风貌，也非浏亮所能概括。谢榛《四溟诗话》卷一曰："夫'绮靡'重六朝之弊，'浏亮'非两汉之体。"按照李善对《文选·文赋》中"浏亮"一词的注释，云是"清明"之谓，体物而有清晰明朗的效果，应当是指咏物小赋而言。

陆机对诗的写作要求为"缘情"而"绮靡"，这也是魏晋南北朝时的文士对文学的普遍看法。他们认为"诗"的主要因素为抒情和富于形式美。与此类似的意见甚多，兹引述若干如下：

> 卞兰《赞述太子赋并上赋表》："窃见所作《典论》及诸赋颂，逸句烂然。沈思泉涌，华藻云浮，听之忘味，奉读无倦。"（《艺文类聚》卷十六）
>
> 范晔《后汉书·文苑传赞》："情志既动，篇辞为贵，抽心呈貌，非雕非蔚。"
>
> 谢惠连《雪赋》托言梁王命司马相如曰："抽子秘思，骋子妍辞，侔色揣称，为寡人赋之。"（《文选》卷十三）

刘勰在《文心雕龙·序志》篇中解释何以取此书名时说："夫文心者，言为文之用心也"；又说"古来文章，以雕缛成体"，亦即以文思与华美的形式为文学的特征。

他在《诠赋》中说："赋自诗出，分歧异派。"说明诗赋同源，二者自可相提并论。他为"赋"下定义时说："赋者，铺也；铺采摛文，体物写志也。"说明诗、赋这两种主要文体都要求文采之美。其他一些文体，却并不如此。李充在《翰林论》中说："表宜以远大为本，不以华藻为先。

若曹子建之表，可谓成文矣。诸葛亮之表刘主，裴公之辞侍中，羊公之让开府，可谓德音矣。驳不以华藻为先。世以傅长虞每奏驳事，为邦之司直矣。”①刘勰在《章表》等篇中的评论，与此一脉相承。可知一些应用性的文体，因为用途不同，并不定要文采斐然。这就更突出了诗赋这两种重要文体的美学要求。

刘勰极为重视文体的研究，《文心雕龙》上篇之中，自《明诗》至《书记》，共讨论了几十种文体。他在《序志》篇中还提出，对每一种文体的研究都要做到“原始以表末，释名以章义，选文以定篇，敷理以举统”。这也就是说：一要介绍文体的源流演变，即从历史的发展中加以考察；二要解释文体的得名和涵义，使读者便于领会与把握；三要选取范文作为代表，因为范文最充分地表现出了这种文体的特点；四要阐明写作上的利弊得失，藉以揭示应该遵循的原则，可见他的文体研究体系严密，规模宏大。

按挚虞的《文章流别志论》以“流别”命名，明示此书偏长于史的考索，与刘勰的“原始以表末”相近。刘善经《四声论》指出《翰林论》的特点是“褒贬古今，斟酌病利”，②其特点与刘勰的“选文以定篇”相近。《文心雕龙》之中包括了上述这些方面的长处，而其突出的贡献还在“敷理以举统”部分。

如上所言，刘勰之前的学者在分析各类文体的写作要求时，大都接触过这方面的问题，但不如《文心雕龙》中分析得那么深入。

下面举《颂赞》篇为例，说明刘勰“敷理以举统”时所取得的成绩。

至于秦政刻文，爰颂其德。汉之惠、景，亦有述容，沿世并作，

① 严可均《全晋文》卷五三。

② 载《文镜秘府论》天卷。

相继于时矣。若夫子云之表充国，孟坚之序戴侯，武仲之美显宗，史岑之述熹后，或拟《清庙》，或范《駉》《那》，虽浅深不同，详略各异，其褒德显容，典章一也。至于班、傅之《北征》《西巡》，变为序引，岂不褒过而谬体哉！马融之《广成》《上林》，雅而似赋，何弄文而失质乎？又崔瑗《文学》，蔡邕《樊渠》，并致美于序，而简约乎篇。挚虞品藻，颇为精核；至云杂以风雅，而不变旨趣，徒张虚论，有似黄白之伪说矣。及魏晋辨颂，鲜有出辙，陈思所缀，以《皇子》为标；陆机积篇，惟《功臣》最显，其褒贬杂居，固末代之讹体也。原夫颂惟典雅，辞必清铄，敷写似赋，而不入华侈之区；敬慎如铭，而异乎规戒之域。揄扬以发藻，汪洋以树义，唯纤曲巧致，与情而变，其大体所底，如斯而已。

刘勰在《铭箴》篇中评铭体的写作时说："蔡邕铭思，独冠古今；桥公之钺，吐纳典谟；朱穆之鼎，全成碑文，溺所长也。至如敬通杂器，准矱戒铭，而事非其物，繁略违中。崔骃品物，赞多戒少；李尤积篇，义俭辞碎，蓍龟神物，而居博弈之中，衡斛嘉量，而在臼杵之末，曾名品之未暇，何事理之能闲哉。"可见刘勰在辨体上要求非常严格。每一种文体都有其特定的写作要求，各种文体之间不能相混或取代。

二

《文心雕龙》文体论中的文章论及的文体数量不同，《明诗》《乐府》《诠赋》《史传》《诸子》《封禅》六篇各论一种文体；绝大多数篇章，如《论说》等，则合论两种文体；《杂文》《书记》二文，则论及两种以上的文体。再从他对后面两篇文章中论及的文体的评价来看，则对前面六种文体应当是有意突出而作此安排的。

他之推崇封禅这一种特殊的文体，纯从政治功能着眼。《诸子》中所论及者，很难说是一种文体，最多也只能说是一种文类吧。史传一体，也应当属于一种大的文类。

而在魏晋南北朝时最主要的几种文类中，最难与文分割清楚的，要以史传为最了。由于先秦时期的《左传》等书，两汉时期的《史记》《汉书》等载籍，向来被人视作文之上品，因此衡文之士一直把史传视作文之一体。刘勰《文心雕龙》中特撰《史传》一篇，正是这一传统观念的表现。

前此一直有人在探索将史传中的文字也加以区分，把某些表达个人才思的文字明确地纳入文学的范畴。范晔在《狱中与诸甥侄书》中说："吾杂传论，皆有精意深旨，既有裁味，故约其词句。至于《循吏》以下，及《六夷》诸序论，笔势放纵，实天下之奇作，其中合者，往往不减《过秦》篇。……又欲因事就卷内发论，以正一代得失，意复未果。赞自是吾文之杰思，殆无一字空谈，奇变不穷，同合异体，乃自不知所以称之。此书行，故应有赏音者。"可见他对《后汉书》中的论赞等文字尤为看重，因为这是他的"杰思"之作，说明他在行文时何等用心。

萧统主编《文选》，为中国文学史上影响最大的一部总集。他在选择各类文体的杰出之作时推敲再三，而于各类文体的源流演变也曾再三致意，其中又对史书与文学的关系，特别作出说明。"至于记事之史，系年之书，所以褒贬是非，纪别异同，方之篇翰，亦已不同。"说明史传文字不应滥入文苑之中。但他随后又说："若其赞论之综辑辞采，序述之错比文华，事出于沉思，义归乎翰藻，故与夫篇什，杂而集之。"这里他也和前人一样，以"沉思"、"翰藻"为文学作品的标志，从而将史籍中的赞论部分离析了出来。

应该说，萧统的这种观点，符合历史发展潮流，比之刘勰的文体论，已进了一步。

刘勰恪守儒家观点，在《史传》篇中发表了许多正统的趋于保守的观点。他在《史传》篇中不提范晔《后汉书》只字，当以范晔谋叛而受诛，故不屑提及所著史传。实则范晔《后汉书》以记叙详备文辞优美而受到时人的赏识，六朝之时一直有人传习。

他完全赞同班彪对司马迁的批评，所谓“尔其实录无隐之旨，博雅弘辩之才，爱奇反经之尤，条例踳落之失，叔皮论之详矣”。结合刘勰后举的事例，可知他对司马迁、班固、张衡等人在母后执政的问题上所持的态度，所作的记叙，都有不满。《史传》中说：“孝惠委机，吕后摄政，班史立纪，违经失实。何则？庖牺以来，未闻女帝者也。汉运所值，难为后法。牝鸡无晨，武王首誓；妇无与国，齐桓著盟。宣后乱秦，吕氏危汉，岂唯政事难假，亦名号宜慎矣。张衡司史，而惑同迁、固，元帝王后，欲为立纪，谬亦甚矣。”可见他在史实与名号之间，宁重名号而不重史实。

司马迁将项羽列入本纪，与班固为吕后撰写本纪情况相类。这大约就是刘勰要斥之为“条例踳驳之失”的原因吧。

刘勰批评司马迁“爱奇反经之尤”，用语与《辨骚》篇中对屈原的批评类同。他对屈原作品中的新创部分也作了细致的分析，却又嫌其不合正统而加以贬词，末复提出总结性的处理意见云：“若能凭轼以倚《雅》《颂》，悬辔以驭楚篇，酌奇而不失其贞，玩华而不坠其实，则顾盼可以驱辞力，咳唾可以穷文致，亦不复乞灵于长卿，假宠于子渊矣。”要求将文人的创造才能控制在经典的规范之中。

统观《史传》全文，可知他对史籍极为熟悉。可惜的是，他像对待文体论中的其他文章一样，仅作了“敷理以举统”的工作，而没有像萧统在《文选序》中那样，以“文”为准则而对其他文类进行剖析，将史传中符合文学准则的部分离析出来。他的工作，囿于大文学的成见，未能促进其时文坛向纯文学方向发展。因此刘勰的研究工作，可谓考古之功深，而趋新之力浅。

三

研究中国文学史的学者早就注意到，魏晋南北朝时的文人正在对文学的特征进行积极的探索，努力将文学从整个学术领域中区分出来。

范晔首立《文苑传》，为文士这一社会上占独特地位的人物作了完整的记载。这类人物，既非帝王将相，又非豪门贵族，过去在史书中是不占任何位置的。仅因他们写下了传诵一时的篇章，才能在青史上留名。这也说明文学至此已经有了重大的发展，魏晋南北朝人已有这种眼光将之与“儒林”划清界线。

魏晋南北朝时还有所谓文笔之辨，学术界对此已有共识，认为即在进行文学特征的探讨，希望把以诗赋为代表的纯文学从笔札杂名的大文学中区别开来。梁王朝的萧氏兄弟于此都曾发表过很好的意见。湘东王萧绎在《金楼子·立言》篇中说：

> 古人之学者有二，今人之学者有四。夫子门徒，转相师受，通圣人之经者，谓之儒。屈原、宋玉、枚乘、长卿之徒，止于辞赋，则谓之文。今之儒博穷子史，但能识其事，不能通其理者，谓之学。至如不便为诗如阎纂，善为章奏如伯松，若此之流，泛谓之笔。吟咏风谣，流连哀思者，谓之文。而学者率多不便属辞，①守其章句，迟于通变，质于心用。学者不能定礼乐之是非，辩经教之宗

① “学者”当为“儒者”之误。郭绍虞主编的《中国历代文论选》上册中已提出疑问，中华书局上海编辑所 1962 年版。

旨，徒能杨榷前言，抵掌多识，然而挹源知流，亦足可贵。笔退则非谓成篇，进则不云取义，神其巧惠，笔端而已。至如文者，惟须绮縠纷披，宫徵靡曼，唇吻遒会，情灵摇荡。而古之文笔，今之文笔，其源又异。

萧绎对文化领域中的许多门类作了历史的考察，以为古代仅有儒、文两大门类。“儒”为孔门经术，“文”为屈宋等人的辞赋。其后学术分途，子、史也成了重要门类，故从儒中分化出“学”。有的文人不能写作“吟咏风谣，流连哀思”之文，仅能写作章奏等体，因而旁出于文而有“笔”称。萧绎以“文”为标准而对儒、学、笔作了评判，以为都有其不足之处。他在评述“文”时，独无贬抑之意，可见其对文之一体情有独钟。而萧绎描述文的特征，所谓“绮縠纷披，宫徵靡曼，唇吻遒会，情灵摇荡”，也是分从感情与文采两方面加以考察的。但他把文学的特点说得更具体而生动，还注意到了声律论兴起之后出现的音调之美。

萧绎说到“古之文笔，今之文笔，其源又异”。显然，他是“今之文笔”的积极倡导者。刘勰在《序志》篇中明言，他曾“论文叙笔”而安排文体顺序，但他仅从声律着眼区分文笔，只能说是属于“古之文笔”论中的一员。

刘勰在《总术》篇中说：“今之常言，有文有笔，以为无韵者笔也，有韵者文也。夫文以足言，理兼诗书，别目两名，自近代耳。”言下之意，颇不以文笔之分为然。① 因为他确认“文以足言，理兼诗书”，首先应该看到儒家经典中的相同之处。他的文学观念，受到“宗经”观念的制约，似颇不以区分文笔而探讨文学特征的努力为然。

---

① 参看罗宗强先生《魏晋南北朝文学思想史》第七章《刘勰的文学思想(中)》第一节《刘勰的杂文学观念》，中华书局 1996 年版。

我们这样说，并不是否定刘勰在文学特征的探索中所作出的贡献。应该说，刘勰在下篇的许多文章中，总结了创作中的许多经验和成果。他在这一方面也有许多精彩的论述。

学术界大都认为刘勰持“杂文学”的观点，《文心雕龙》是一部有关文章学的著作，此说自有所见，但又并不全面。刘勰的理论中，有的地方讨论的是纯文学的问题。

刘勰在《总术》篇中形容文的特点曰：“视之则锦绘，听之则丝簧，味之则甘腴，佩之则芬芳”，显然不是指一些日常应用的笔札而言。

刘勰在《神思》《情采》《比兴》《物色》等文中论述的内容，主要是从理论上对以诗赋为代表的纯文学所作的总结。但他恪守文学中的双重标准，持大文学与纯文学并重的观点，没有从理论上细作分辨，并在全书中加上一笔，提高纯文学的地位，并促使其独立发展。

从学术史的角度看，任何一种门类，如欲得到迅速的发展，必须充分显示其特色。人们能够明确地将之与其他门类区别开来。萧统在《文选序》中提出：“若夫姬公之籍，孔父之书，与日月俱悬，鬼神争奥，孝敬之准式，人伦之师友，岂可重以芟夷，加之剪截？”就把目录学中的经部典籍请出了文苑。如以《金楼子·立言》篇而言，也就是与“儒”的部分划清了界线。萧统又说：“老、庄之作，管、孟之流，盖以立意为宗，不以能文为本，今之所撰，又以略诸。”从目录学而言，也就是把子部典籍请出了文苑，如与《金楼子·立言》篇并读，也就是与“学”的部分划清了界线。《文选序》中最后说：“至于记事之史，系年之书，所以褒贬是非，纪别异同，方之篇翰，亦已不同。”很明显，这是划清文、史之间界线的宣言，如以目录学而言，也就是要把“史”部的著作请出文苑。萧统的态度很明确，即使与“文”的关系较密，而与子、史相杂的文字，也不能让其滥入文苑。所以《序》中又说：“若贤人之美辞，忠臣之抗直，谋夫之话，辨士之端，冰释泉涌，金相玉振，所谓坐狙丘，议稷下，仲连之却秦军，食其之下齐国，留侯之发八难，曲逆之吐六奇，乃事美一时，语流千载，概见坟籍，旁出子史。若斯之流，又亦繁博，虽传之简牍，而事异篇章，今之所集，亦所不取。”这就把与子、史相杂的“辞”也逐出了文苑。

萧纲在《与湘东王书》中评述当时文坛上的两种主导倾向时说：“裴氏（子野）乃是良史之才，了无篇什之美。”可见萧纲也认为史属于笔，不宜滥入于文苑。

裴子野在《雕虫论》中则从史家的眼光考察文坛上的发展动向。他指出，自刘宋之时开始，文学界已兴起一股追求形式华美而抒发感情的潮流，文中说：“宋初迄于元嘉，多为经史。大明之代，实好斯文。高才逸韵，颇谢前哲；波流同尚，滋有笃焉。自是闾阎少年，贵游总角，罔不摈落六艺，吟咏情性。学者以博依为急务，谓章句为专鲁，淫文破典，斐尔为功。无被于管弦，非止乎礼义；深心主卉木，远致极风云。其兴浮，其志弱，巧而不要，隐而不深。讨其宗途，亦有宋之遗风也。”

这一汹涌澎湃的潮流，在王家的机构设置中也有所反映。宋文帝时，于儒学、玄学、史学三馆之外别立文学馆；宋明帝时立总明观，分儒、道、文、史、阴阳为五部。① 齐武帝永明三年，省总明观，而于王俭私宅开学士馆，悉以四部书充俭家。② 尽管后人不太清楚“文”馆之中研究的是哪些具体内容，但文与儒、子、史有别，正体现了文学已单独成为一个门类，于此学术界已有共识，王家也已采取分科讲学的措施，文学已有取得单独发展的有利条件。

作为一代理论大师，刘勰在文体论上取得了巨大的成就。他的成果，可以指导当代或后代文士写作各类文体，所谓立言得体，使内容与

① 见《南史·宋本纪中》与《宋本纪下》。

② 见《南齐书·王俭传》。

形式得到协调,取得成功。但文体本身也在发展之中,刘勰所定的准则,不能看得太绝对。或许他在区别各体异同时太重视其异的一面,而不太留意于同的一面;考察文与儒、子、史时则又太重视其同的一面,因而难于从大文学的观念中明确地提炼出纯文学的观念来吧。

四

前面已经说到,魏晋南北朝既是一个文体论取得高度成就的时代,又是一个纯文学从各种文类中脱颖而出正在迅猛发展的时代,刘勰在前一方面作出了巨大的贡献,而在后一方面则未能有大的作为,这是什么原因呢?

刘勰在个别地方曾透露出,各类文体之间有高下之分,《杂文》篇说:“凡此三者(对问、七、连珠),文章之枝派,暇豫之末造也。”《书记》篇说:“夫书记广大,衣被事体,笔札杂名,古今多品。……并述理于心,著言于翰,虽艺文之末品,而政事之先务也。”而《书记》一篇又置于全部文体论之末,“笔札杂名”中的各体均属“艺文之末品”,按理来说,置于全部文体论之首的诗赋,应当就是属于“艺文之上品”的主要文体了吧。对于这一点,刘勰却始终没有明确的表态。

刘勰之所以不能在各种文体中明确宣告置诗赋于尤为突出的地位,看来受制于他的儒家观念。《通变》中说:“夫设文之体有常,变文之数无方,何以明其然耶?凡诗赋书记,名理相因,此有常之体也;文辞气力,通变则久,此无方之数也。名理有常,体必资于故实;通变无方,数必酌于新声;故能骋无穷之路,饮不竭之源。”这段文字,应与《宗经》篇并读,《宗经》中说:

> 故论、说、辞、序,则《易》统其首;诏、策、章、奏,则《书》发其

源；赋、颂、歌、赞，则《诗》立其本；铭、诔、箴、祝，则《礼》总其端；纪、传、盟、檄，则《春秋》为根：并穷高以树表，极远以启疆，所以百家腾跃，终入环内者也。

这就是说，各种文体都以“经”为源头。既然各种文体都有其来头，那又怎能从中细分高下？由《诗》衍化出来的文体，怎么可以说是定要比由《书》衍化出来的文体高上一筹呢？

总的看来，魏晋南北朝时的文学正处在独立发展的有利时期，刘勰在理论建设上取得了很多成就，而未能有力地推进这一趋势，这就不得不使人感到遗憾。读《文心雕龙》后，常常会起这么一种感想，此书的论证精密稳健，时而又不免流于保守。

(原载镇江《文心雕龙》国际学术研讨会论文专辑《论刘勰及其〈文心雕龙〉》，学苑出版社 2000 年 2 月版)

《文选》所载《奏弹刘整》一文诸注本之分析

任昉的《奏弹刘整》一文，体例奇特，因为其中引入了刘整之嫂的本状与有关人员的供词，这些又用当时的口语写成，时隔千载，有些词汇已难索解，后代读者每难分清这些人物申辩时持论的层次。黄侃对此作了精心的研究，全文始能通读。但黄氏还遗憾地说："细读此篇，如观《汉书·赵后传》，不知此等文字，予今日法吏，不致瞠目结舌否？此俗语所以断断不可为文也。"①

看来有关刘整的这一诉讼事件曾经耸动朝野，好些文献中都有记载。因为事情的曲折经过大家都清楚，本状与供词中的用语也不难理解，所以萧统选录任昉此文时，不必详引本状与供词，但到唐代的《文选》注者疏解文义时，已经感到必须多征引本状与供词，始能与任昉的弹文呼应，让读者对此事的细节有清晰的认识，于是各家的注本中都引入了本状与供词。

传世的《文选》注中，向以李善与五臣的两大系统为重要，然而不论是尤袤本《文选》抑或据此加工的胡克家本《文选》，还是六臣注本《文选》，任昉此文都将本状与供词全部录入，而在吏议"整即主"后李善又加注曰："昭明删此文太略，故详引之，令与弹相应也。"似乎从李善起即已将此案的本状、供词与吏议全部列入了正文。

① 《文选平点》第223页，上海古籍出版社1985年版。钱钟书《管锥编》第四册1420、1421页亦有所疏解，中华书局1979年版。其后吴世昌又有所阐释，见《罗音室读书笔记》，载《学林漫录》五集，中华书局1982年版；此后又收入《罗音室学术论著》第一卷《文史杂著》，中国文艺联合出版公司1984年版。

但从流传于日本的《文选集注》①一书来看，可证目下流传的李善注本与五臣注本都与《文选》原貌不合。因为《文选集注》中附有唐代《文选注》作者陆善经和《集注》编者按语，对各家引用本状时节录多少文字和处理方式有所提示，可以据之对任昉此文作一番复原的工作。尤可注意的是，我们还可通过对各家节录与处理方式的不同窥知各种注本的差异与优劣。

《文选》诸注本中各家节引本状、供词、吏议之情况

今将胡刻《文选》中之范氏所上本状与三奴供词中的部分文字引录于下。文字间有可商者，依黄侃说改。

> 臣昉顿首顿首，死罪死罪，谨案齐故西阳内史刘寅妻范，诣台诉，列称：
>
> 出适刘氏，二十许年。刘氏丧亡，抚养孤弱。叔郎整，常欲伤害，侵夺分前奴教子、当伯。

陆善经曰："本状云'奴教子、当伯'已下，并昭明所略。"按从陆注中可获得两项讯息。一是任昉原文，当详载范氏本状；二是萧统录入任文时有所删节。因为萧统衡文首重"综辑辞采，错比文华"，而范氏本状却用俗语写成，略无文采，因而萧统也就止于摘引数语以叙缘起，其下径行删略了。由此可见，《文选》此文已经过改削。

---

① 此书已残，而传世第七十九卷中有《奏弹刘整》全文。《集注》为唐写本，一般认为成书于晚唐时。罗振玉影印本与京都大学影印本《文选集注》中均有此文。

《文选集注》编者于陆善经上述注文之下又加按语曰:“《钞》、五家本此下云:‘并已入众,以钱婢姊妹弟温,仍留奴自使。又夺寅息逡婢绿草,私货得钱,并不分逡。’”可知李善注本正文中已无这些文字。

《钞》为公孙罗《文选钞》之省称。藤原佐世《日本国见在书目录》于《总集家》中录《文选钞》六十九,原注“公孙罗撰”,当即此书。《旧唐书·经籍志》与《新唐书·艺文志》中均载有公孙罗注《文选》六十卷,《文选钞》当即《文选注》。

公孙罗《文选钞》节录本状至此,亦似有欠完整。遍检《集注》中之公孙罗注,可以看出《钞》文甚为详尽,差不多逐字逐句都有解释。此处引文所以简略,当以任文题下曾引《梁典》,已将本事原原本本地作了介绍,所以后文不烦详引。有的专家认为公孙罗引《梁典》,李善未引,而《梁典》所叙情节,已在弹文中。实则任昉弹文以附本状、供词之故,甚为简略,萧统删节本状、供词,弹文无所呼应,势必使读者感到困难。五家本全引本状、供词,目的就在弥补这方面的缺憾。公孙罗选择叙述此事至为明晰的《梁典》作为本事置之于前,而仅在萧统所引本状之后略增数字,使其自成段落,应该说是很可取的。

> 寅第二庶息师利,去岁十月,往整田上,经十二日,整便责范米六斗哺食。米未展送,忽至户前,隔箔攘拳大骂。突进房中,屏风上取车帷准米去。二月九日夜,婢采音偷车栏、夹杖、龙牵。范问失物之意,整便打息逡。

《文选集注》编者于上段引文之后加案语云:“陆善经本省却此下至‘息逡’。”可知陆氏注本自“并已入众”至“整便打息逡”一概删去不引。

《文选集注》编者于“整便打息逡”句下则加案语云:“五家本此下

云：整及整母并奴婢等六人来，共至范屋中……”引文直至“整即主”止。若与上述案语并读，可知有关师利的这一段文字，公孙罗、陆善经注本中均已略去，而五臣本则保留，已将本状、供词、吏议全部列入正文，即纳入任氏的整篇文章中。按下文“悉以法制从事”之下，《集注》编者亦有案语曰：“五家本此下云：婢采音不款偷车牵，请付狱测实，其宗长及地界职司初无纠举，及诸连逮，请不足申尽。”尤本与六臣本也已列入正文，亦可证明上面的这一段文字应当也列入正文。

李善注引文当至“整便打息逡”为止。所以作出这一判断，则以《集注》中仅言“五家本此下”云云，可以逆推李善注本正文内已无本状文字。根据日本学者佐竹保子教授的研究，与任昉弹文相呼应的，仅为“出适刘氏”至“侵夺分前奴教子、当伯”一段与“寅第二庶息师利”至“整便打息逡”一段。[①] 这也就是《文选集注》中所引的两段正文。这与我在每一段文字之下对《文选集注》案语所作的分析一致。由此可知，《文选集注》此文正文是以李善注本为底本，与各家注本一一比较辨析异同之后加上案语作出说明的。

但李善如仅引师利哺食与采音偷物这两件事，那也说不上“详”引。看来李善在正文中引了前面的文字之外，还把“整及整母并奴婢等六人”至“整即主”这一大段文字引在注文中，[②]而这与五家本径作正文纳入是不同的。所以《文选集注》案语中有径提五家本而不提李善注本的情况。但从六臣注本来看，这一大段文字中“善本”与“五臣本”颇有异同，编者曾作较详细的校雠。可见李善与五臣都曾详引这

---

① 《〈文选〉诸本任昉作品称呼的混乱与〈奏弹刘整〉的原貌》，载赵福海主编《文选学论集》，时代文艺出版社 1992 年版。

② 饶宗颐先生在《日本古钞文选五臣注残卷》一文中首先提出此说。载香港大学《东方文化》第三卷二号(上)，1956 年版。

一大段文字，而安排上有所不同，前者将之引在注内，后者则已列入正文。①

需要说明的是：根据六臣本编者的提示，李善注本中的文字与《文选集注》中所引文字亦有不同，但据李匡乂《资暇集》中介绍，李善注本流传于世者有多种本子，各种本子之间的文字内容有不同，也不排除《集注》所引的文字已经过后人改动。

这里还应对尤袤本《文选》的情况加以讨论。尤袤家富藏书，《遂初堂书目》中记有李善注《文选》六十卷，不知是否即指家刻本？但这也可以间接证明其复刻李注《文选》确有依据。他并作有《李善与五臣同异》一卷，附于所刻《文选》之后。陆心源皕宋楼藏有影宋钞本《李善与五臣同异》一种，刻入《群书校补》卷一百。盛宣怀刻《常州先哲遗书》，请缪荃孙主持其事，亦据皕宋楼藏影宋钞本《李善与五臣同异》刻入，仍然署称《尤本文选考异》。《奏弹刘整》中文仅列出五条，然与传世诸本及日本《文选集注》均合。可知尤袤确是依据所得李善注本刻出，并非从六臣本中抽出李注而草率编成。但他将"整及整母并奴婢等六人"以下一大段文字由注文改为正文，看来是根据五臣本而变动旧式。胡克家《文选考异》卷七校《奏弹刘整》一文时多处指出"此尤添之""此尤改之""以五臣乱善"，是有道理的，但对尤氏改变旧式一点则仍未予指出。

---

① 传世五臣注单行本，如台湾"中央图书馆"影印宋本五臣集注《文选》（影印宋绍兴辛巳建阳陈八郎崇化书坊刊本）、日本天理大学图书馆善本丛书影印古钞五臣注《文选》残卷（即第二十卷）均可证。按日本古钞五臣注《文选》残卷（即第二十卷）原藏三条公爵家，故一称三条本。京都大学于 1945 年影印，列入日本《东方文化丛书》第九。

《文选》各家注释特点之比较

《奏弹刘整》一文，因为牵涉到的方面很多，诸如涉及之事情节曲折，本状文字颇难通解，任昉弹文用典多，萧统引文有删节，所以唐代注家在诠解文义和去取材料时，呈现出不同的处理方式。这一点，在古籍整理上很有典型意义，可以就此作些分析，探讨各家的注释特点。

李善注此文的特点，和他在其他文章中的注释一样，着重征引典实和探寻语源，援据切当，文字精练，在诸注本中独树一帜，水平最高。他仅将本状中两段文字引入正文，使与任昉弹文呼应，也很精当。而他在注文中详引本状文字，则是保存文献，并可使读者对任昉弹文能有透彻的了解。

公孙罗引本状，仅至"又夺寅息逡婢绿草，私货得钱，并不分逡"为止，在各家注本中节引最少，无助于读者理解任昉弹文，似为失算。实则公孙罗注本自有其特点，他在《奏弹刘整》篇名之下详引《梁典》中文，今即录引如下：

> 西阳王内史刘寅与庶弟整同居，有奴婢四人，后家贫，将奴质钱，后又赎得之。寅后死，有二子，长曰逡，次曰师利。整乃与嫂分财，家中资物，整将去，唯有见在日遣二奴兴易，经久不归，乃将与嫂。后经七年，二奴始归，乃大得财物，整又欲索之。其侄儿师利曾远行，乃逢雨，投整墅上，经得十二日。后整计食小斗六斗米，乃来向便之处索米，嫂未有，乃将嫂犊车襜帷为质；后得米往赎，始还。又来嫂家无礼，大叫，使婢打嫂，伤臂，并打侄儿。嫂范不胜欺苦之甚，故诣御史台诉。任昉得此辞，勘当得实，故奏弹之。

由此可知，公孙罗之所以不像五臣那样在正文中详引本状，也不像李善与陆善经那样在注文中引及本状，因为《梁典》叙此始末甚明，故不烦辞费。公孙罗在每位作者之下都写下详细的小传，注释文字时繁引本事，着重借“今典”以释文，这在注释《奏弹刘整》时有突出的表现。

在公孙罗《文选钞》所征引的材料中，有很多佚文，不见其他著作，至可宝贵。例如《文选集注》卷六二载江淹《杂体诗》，拟许洵《自序》时，《钞》曰：“徵为司徒掾，不就，故号徵君。好神仙游乐隐遁之事。……祖式，濮阳太守。父助，[1]山阴令。《隐录》云：‘询总角奇秀，众谓神童。隐在会稽幽究山，与谢安、支遁游，游处以弋钓啸咏为事。’《杂说》云：‘询性好山水，而涉是游，时人谓许掾非止有胜情，亦有济世之具。’”《隐录》一书，就不见其他记载；《杂说》二卷，沈约撰，见《隋书·经籍志》“子部杂家类”，唐代之后即已散佚。二书材料，不见其他记载，故至可宝贵。又如江淹拟殷仲文《兴瞩》，《钞》引王韶《晋纪》《晋安帝纪》《续晋阳秋》，若与《晋书·殷仲文传》并读，可知正史中的很多材料实出以上各书。

公孙罗的注释，甚为详尽，差不多每字每句都有注。但若与李善注比较，则可发现其水平较差。例如此文开头即云“臣闻马援奉嫂，不冠不入；氾毓字孤，家无常子”。李善注引《东观汉记》曰：“马援事寡嫂，虽在闺内，必衣冠然后入见。”又引王隐《晋书》曰：“氾毓字稚春，济北人也。敦睦九族，青土号其家儿无常母，衣无常主也。”任文接着说：“是以义士节夫，闻之有立。”李善注引《左氏传》，说明“义士”一词的出

---

① 余嘉锡云“助”字误，《元和姓纂》卷六、《古今姓氏书辨证》卷二十三并云“式子皈，生询”。“皈”即“归”字。载《四库提要辨证》卷三《晋书》部分，中华书局1980年版。

处;引《东京赋》,说明"节夫"一词的出处;引班固《汉书赞》,说明"有立"一词的出处。公孙罗《钞》则曰:"言闻氾毓家有义,故立志也。"又任文续曰:"千载美谈,斯为称首。"李善注引《公羊传》,说明"美谈"一词的出处;引《封禅书》,说明"称首"一词的出处。公孙罗《钞》则曰:"言千载之后为美谈者,用氾家为称首也。斯,此;此氾毓家。"两相比较,可见李善注释之精当。语源既明,则任文用意自明。骈文多用典,李善为之探讨出处,逆溯作者之用心,故其疏解时见切理餍心之妙。公孙罗的注释近于串讲,而不提示原出处,或许便于初学,但在理解原文上时有偏颇。即如任昉之文,马援、氾毓相提并论,因为二家都是东汉时期以礼法著称的大族,马援《诫兄子严敦书》,谆谆教诲,脍炙人口,可见其持家之善。公孙罗对上文串讲时仅提氾毓一家,对任文的理解是片面的。

公孙罗的注释,颇有繁而不杀之弊。这里还可以"终夕不寐,而谬加大杖"中"大杖"一词的注文作比较。李善引《家语》,曰:"孔子谓曾子曰:'汝不闻乎?昔瞽叟有子曰舜。舜事瞽叟也,小棰则待过,大杖则逃走,故瞽叟不犯不父之罪,而舜不失烝烝之孝。'"公孙罗《钞》亦引《家语》云:"曾子耘瓜,误断其根,曾皙怒,逮杖朴之,以掣其背,曾子仆地,不知人,有顷乃苏。欣然自起,进于曾皙,'向也,参得罪于大人,大人有力,今教参得无疾乎?'退而就房,援琴而歌,欲令曾皙闻之,知其体平也。孔子闻之而怒,告门弟子曰:'参来勿内。'曾子白以无罪,使人请孔子,孔子曰:'汝闻昔瞽叟有子曰舜,奉瞽叟,瞽叟使之,未曾不在其侧;索而杀之,未尝可得。小杖则待过,大杖则逃走,故瞽叟不犯不父之罪,而舜不失烝烝之孝。今参事父,委身以待暴怒,殪而不避死。既一身死,而陷父于不义,其不孝孰焉。'曾子闻之,曰:'参之罪大矣。'遂告孔子而谢过也。"推详任文原意,仅在说明刘整不顾亲情,与上文"便打息逡"相呼应,故李善引瞽叟击舜说明"大杖"一词之出处即可，用不到像公孙罗引文那样，原原本本，文字增加数倍。这些地方也可看出《文选钞》的疏于去取。

这里还可补充一例。江淹《杂体诗》中有卢谌《感交》一首，中有“慨无幄中策，徒惭素丝质”之句，李善注引《淮南子》曰：“墨子见练丝而泣之，为其可以黄，可以黑。”续引高诱曰：“闵其化也。”这是很恰当的。魏晋南北朝人屡用此典，阮籍《咏怀》其二十曰：“杨朱泣歧路，墨子悲染丝。”即用《淮南子·说林》中语。因为魏晋南北朝人好读老庄著作，故有关染丝之说，每不用《墨子》原文而引《淮南子》。公孙罗则径引《墨子》原文，已嫌隔了一层。《文选集注》卷六十二卢诗句下引《钞》曰：“《墨子》云：墨子见染丝者，叹曰：染于苍则苍，染于黄则黄，唯所染之变其质。非但于丝，人亦染变，故汤染伊尹，纣染于恶来，而比干等三人不能染纣，即天生自质。言今空有此质，而无智策，所以惭也。”文繁而不中肯綮，注释水平确是不高。五臣注吕向则曰：“素丝随染而变，人随善恶而迁，言叹无帷幄之谋，而能从善迁变，故云惭也。”对诗意的把握就要贴切得多。

任文在追溯刘整一家历史时说：“直以前代外戚，仕因纨绔。”《钞》曰：“前代，即谓齐家也。外戚，即天子之外亲也。言萧鸾为王之时，娶其族女为妃，后为天子，号曰明帝，乃追谥曰皇后，因此刘门乃盛也。《汉书》有《外戚传》。”坐实刘整一门乃齐明帝刘后之族人，而李善未有此说，想来根据不足，或系假想成真。《集注》引陆善经则曰：“《齐书》云：高昭刘皇后，广陵人，祖玄之，父寿之；明敬刘皇后，彭城人，光禄大夫道弘孙，未详刘整的为谁族也。”陆氏的态度显然要审慎得多，公孙罗的态度则不免流于武断。①

---

① 有关陆注谨慎之说，屈守元先生已先此提出，载《文选导读》中《导言》第三、第六节，巴蜀书社 1993 年版。

陆善经注文不多，然颇为精粹。他对本状的处理，忠实于昭明原貌，即仅引范氏状词中前七句，至“侵夺分前奴教子、当伯”止。但在任氏弹文“妄肆丑辞”下，陆善经曰：“本状云：整语婢采音，其道汝偷车校具，汝何不进猥骂之。”任文“何其不能折契钟庾而襜帷交质”下，陆善经曰：“本状云：整兄子师利往整墅停十二日，整就范求米六斗哺食，范未还，整自进范所住取车帷为质。”应该说，陆善经在叙述刘家纠纷时引用两处本状中文以疏解文义，在关键地方作出说明，注文简要，有其可取之处。但和其他几家详引本状的注文比较，则引文过简，对此事的曲折经过，在理解上总是要多一些困难。

《玉海》卷五四引《集贤注记》曰：“开元十九年三月，萧嵩奏王智明、李玄成、陈居注《文选》。先是冯光震奉敕入院校《文选》，上疏以李善旧注不精，请改注。从之。光震自注得数卷。嵩以先代旧业，欲就其功，奏智明等助之。明年五月，令智明、玄成、陆善经专注《文选》，事竟不就。”可知陆善经曾参与萧嵩领导的集体注《选》工作，但没有完成，而自《新唐书·艺文志》以下，也无陆善经的《文选注》单行本传世。因此，日本保存的唐钞本无名氏编《文选集注》中出现陆善经注，值得珍视。

陆善经为开元时期的著名儒者，《新唐书·艺文志》中著录了他的好几种著作，有的是集体著作，有的是私人注本，可惜后代都失传了。《旧唐书》卷一一八《元载传》附《李少良传》记陆珽事，曰：“珽，国子司业善经之子也。少传父业，颇通经史。”可见陆氏乃一儒家世家。陆善经参与集体注《选》虽未竣功，但其从事的部分，或许家有存稿，并有传世者。日本遣唐使以其有大名，因而携之回国。因为未曾反复加工，故注释条目较少；又因它的前期工作只是未完成的散稿，引不起学术界的重视，因而在本国反而无传流者。

在《文选》学中，关于五臣注和李善注的优劣，向来聚讼纷纭，莫衷一是。但自北宋起，李善注的优点逐步被人认识，五臣注的疏误不断被人揭发，二者的高下，差不多已有定评。但值得后人思考的是：为什么自中唐起，到北宋时止，五臣注会风行一时，竟有压倒李善注之势。这里一定也有其内在的原因。

李善注有很高的学术价值，但他着重征引出典和追溯语源，学术水平高的读者，藉之通解文义，并可了解作者措辞用典之妙。水平低的读者，可不一定能体会到典故与词语的活用，因而在理解原文时会出现困难。多征引与文章有关的本事，逐字逐句加以解释，可以满足水平较低的读者的需要。五臣注即以此见长。因此，五臣的水平确是比不上李善，吕延祚在《进集注〈文选〉表》中诋毁李善，并自我吹嘘，确是无聊之举，难怪受到后人批判。吕氏指摘李注"忽发章句，是征载籍，述作之由，何尝措翰"，可知五臣的注意力放在"章句"上，而对"征载籍"则不太措意。

应该说，公孙罗的《文选钞》是注重章句之学的一部《文选注》。前面已经作过分析，此书勤于征引本事，在章句的分析与诠释上很下功夫，但失之去取不当，芜杂而少剪裁。五臣的著作，后于李善、公孙罗约半个世纪，他们自可根据当时的需要，汲取前人的研究成果，而避免前人的缺陷。即如《奏弹刘整》一文中的本状，开元之时大约已难见到，五臣将它全部列入正文，这对读者确是有其好处。

任昉弹文有云："理绝通问，而妄肆丑辞。"《集注》引李善曰："《礼记》曰：'嫂叔不通问，诸母不漱裳。'《毛诗》曰：'好言自口，莠言自口。'毛苌曰：'莠，丑也。'"引《钞》曰："《礼记》曰：'嫂叔不通问'，此圣人常行之道理也。丑辞，谓大叫骂也。言通问尚不可，况无理骂之乎？"引刘良曰："肆，陈也。"这里《集注》编者有所删节。检五臣本《文选》，此处刘良注作"《礼》'嫂叔不通问'，故云理绝。肆，陈也。丑辞，谓骂言"。可知刘良此注主要是从李善、公孙罗注中抄来的，尤其与公孙罗

《文选钞》的关系更为密切。因此《集注》编者认为无需重出，而径将前后注文删去了。

按六臣本《文选注》中，经常出现"某注同"字样，如《奏弹刘整》文中"氾毓字孤，家无常子"句下，曰"良注同"；"高凤自秽，争讼寡嫂"句下，曰"翰注同"。所以如此，正是因为五臣注径抄上文，故无重出的必要。唐钞《文选集注》在这些地方经常连这样的字样也不加标注了。例如《文选集注》卷六二江淹《杂体诗》中拟刘琨《伤乱》，中有句云"白日隐寒树"，《钞》曰："'白日隐寒树'，喻年老也。"而在六臣注本《文选》中，则作刘良注。检《文选集注》于《钞》下即引刘良注，但无释上句之文。可以推知，五臣本《文选》中的这条注释直引公孙罗语，《文选集注》已经引用《文选钞》中此注，故径将刘良注中这一注释删去了。此亦可证五臣注沿用公孙罗的成果甚多。

小　结

以上我从各家注本征引本状、供词、吏议与注释文字两方面着眼进行交叉的研究，综合的考察，得出的结论如下：

李善注借征典与溯源以疏通文字，尤便于对多用典实的骈文的理解，得到学识水平高的读者欢迎。尽管中唐之后曾一度沉寂，但其高质量的学术水准，南宋之后终于确立了不可动摇的地位。

公孙罗注着重诗文本事的征引，字句诠释十分详尽，但有繁而不杀的弊病，理解文义时也有不少疏误。它的优点，李善注与五臣注都具备，相比之下其弊端也就很突出。这一本子的渐趋散佚，也就成了不可避免之事，但其中有些不见今存各书的珍贵材料，却应充分加以利用。

陆善经注似未曾正式成书。虽其注释尚称精当，但注文过少，不能辅助读者精研全书，因而不久也就散佚了。

五臣注本属章句之学，虽然五家学识欠佳，时见舛误，但他们汲取了前人不少优点，又便于初学，因此逐渐取代了公孙罗等注本的地位。再加上唐玄宗在政治上加以支持，因而在唐代至宋初，风行一时。

日本保存的无名氏《文选集注》残卷，包容不少珍贵资料，无异为《文选》学开拓了一块新天地。今日研究《文选》，不可不读此书。

（原载《文学遗产》1996 年第 2 期）

魏晋南北朝时文坛上的摹拟之风

近人论文多反对摹拟,有的甚至认为这是没有出息的表现,但魏晋南北朝人却并不如此看。江淹拟古享大名,钟嵘《诗品》评江淹,名列中品,云是“文通诗体总杂,善于摹拟”,亦示褒扬之意。

检阅魏晋南北朝时的作品,如陆机、陶潜、谢灵运、何逊、庾信等著名诗人,都有摹拟之作。西晋时三张之一的张亢有诗曰:“昔我好坟典,下帷慕董氏。吟咏仿馀风,染轴舒秦纸。”《诗品》卷上评《古诗》曰:“陆机所拟十四首,文温以丽,意悲而远,惊心动魄,可谓几乎一字千金。”《南史·刘铄传》上说:“少好学,有文才,未弱冠,《拟古》三十馀首,时人以为亚迹陆机。”《金楼子·说蕃》篇上也说“刘休玄尝为《拟古诗》,时人以为陆士衡之流”,可见陆机的拟古之作当时亦获盛誉。

陶潜集中有《拟古诗》九首。翻阅魏晋南北朝时的著作,可知拟“古诗”者人数特多。按《古诗》传世者零章碎句甚多,内如著名的十九首,感慨人生飘泊、悲叹尘世无常的情绪,最易触动诗人的心弦。魏晋南北朝时时局混乱,更易激起诗人千载同心的感叹。

文学的作用在于宣泄感情。时不分古今,地不分南北,诗人如在某种特定的环境中有所感触,往往联想起前人作品中的类似情景,从而加以吟唱,甚而进行仿作。《魏书·常景传》曰:“景经涉山水,怅然怀古,乃拟刘琨《扶风歌》十二首。”这是因为常景的经历与刘琨有类似处,故而有此慷慨的拟作。

综观魏晋南北朝时期文坛上的摹拟之风,可以说有三种情况。

一、形式上的摹拟

此风自楚辞兴起后即长盛不衰。从王逸、朱熹所编的《楚辞》总集后所附的作品中，即可看出历代都有拟作。赋的写作受其影响，亦陈陈相因，摹拟之风甚盛。陆机《遂志赋序》曰："昔崔篆作诗以明道述志，而冯衍又作《显志赋》，班固作《幽通赋》，皆相依仿焉。张衡《思玄》、蔡邕《玄表》、张叔《哀系》，此前世之可得言者也。"而汉代大赋中的京殿苑猎赋，更形成了一套陈陈相因的模式。洪迈《容斋五笔》卷七曰："自屈原词赋假为渔父、日者问答之后，后人作者悉相规仿：司马相如《子虚》《上林赋》以子虚、乌有先生、亡是公，扬子云《长杨赋》以翰林主人、子墨客卿，班孟坚《两都赋》以西都宾、东都主人，张平子《两京赋》以凭虚公子、安处先生，左太冲《三都赋》以西蜀公子、东吴王孙、魏国先生，皆改名换字，蹈袭一律，无复超然新意稍出于法度规矩者。"又《容斋随笔》卷七论七体时曰："枚乘作《七发》，创意造端，丽旨腴词，上薄骚些，盖文章领袖，故为可喜。其后继之者，如傅毅《七激》、张衡《七辩》、崔骃《七依》、马融《七广》、曹植《七启》、王粲《七释》、张协《七命》之类，规仿太切，了无新意；傅玄又集之以为《七林》，使人读未终篇，往往弃诸几格。"其他如连珠等体形式上也有一套约定俗成的规范，后之写作者无不追随前人而难以突破程式。

这种文坛上的摹拟之风，形成于汉代，胡小石先生曾撰《两汉模仿文学一览表》，①我曾据此重加增订，编成《两汉摹拟作品一览表》。②

---

① 载《中国文学史讲稿》第五章《汉代文学》，人文社 1930 年出版，上海古籍出版社 1991 年再版，编入《胡小石论文集续编》。

② 见《王充与两汉文风》，原载《古代文学理论研究》第二辑，上海古籍出版社 1982 年出版。后又收入拙著《文史探微》，上海古籍出版社 1987 年出版。

如有人对魏晋南北朝时的文学有兴趣，将摹仿文学稍加汇辑，编制一种《魏晋南北朝摹拟文学一览表》，自不是难事。

但到汉末魏初，由于时代的剧变，文坛上涌现出一股充满激情的创作热潮。《文心雕龙·时序》篇曰："观其时文，雅好慷慨，良由世积乱离，风衰俗怨，并志深而笔长，故梗概而多气也。"文学之士需要寻找一些新的手法抒写情怀，他们的关注之点已与前人有所不同。随着创新意识的加强，摹拟之风又进入了一个新的阶段，不再停留在形式上的亦步亦趋，转而重视摹拟前人的作品而抒发某种情绪。

二、拟人化的摹拟

汉代中期即已出现五言诗，但要到汉末始告成熟。比之传统的四言诗，这种新的形式用在抒情状物上，表现力要强得多。前已说过，魏晋南北朝时期的文人摹拟"古诗"者甚多。"古诗"中的那些作品，所谓"文温以丽，意悲而远。惊心动魄，可谓几乎一字千金！"可见时人的感受之深，评价之高。建安文人继此而作，加入了时代的因素，内容更见广阔，感情越发深沉了。

曹氏父子和建安七子之作，成了后人学习的典范。谢灵运有《拟魏太子邺中集诗八首》，即拟魏太子（曹丕）、王粲、陈琳、徐幹、刘桢、应玚、阮瑀、平原侯植八人之诗。他并摹仿曹丕的口吻作序曰："建安末，余时在邺宫，朝游夕宴，究欢愉之极。天下良辰美景，赏心乐事，四者难并，今兄弟友昆二三诸彦，共尽之矣。……岁月如流，零落将尽，撰文怀人，感往增怆。"可见谢灵运的撰写此文，实由向往邺下风流而起。他想通过系列的拟作，重现这一文学群体中人的心态和风采。

八人前面，谢灵运还一一撰写小序。这些文字虽仅寥寥数语，却是抓住了时代的特点和各人的不同特色。如拟王粲诗前小序曰："家本秦川，贵公子孙，遭乱流寓，自伤情多。”刘桢诗前小序曰：“卓荦偏人，而文最有气，所得颇经奇。”……说明谢灵运曾对这些文人进行过认真的研究，故能有此精到的介绍。

如上所述，陶、谢均有拟古之作，创新意识最强的鲍照于此沉潜尤深，集中留下了众多的摹拟作品。这类诗，除在诗的前端标示“拟”字，如《拟行路难十八首》《拟古诗八首》……之外，尚有其他多种标示方式：有前加“代”字者，如《代蒿里行》《代陈思王京洛篇》等；又有前加“绍”字者，如《绍古辞七首》等；又有前加“学”字者，如《学古诗》《学刘公幹体诗五首》等。有的诗人写作同类诗歌则前加“为”字，如颜延之有《为织女赠牵牛诗》；有的诗人则前加“效”字，如范云有《效古诗》等即是。

诸多拟作中，“代”字与“为”字的用法需要作些分析。顾名思义，这是作者设身处地在为某一人物代笔。代笔的对象，有的是古人，有的则为今人。为古人代笔，可以说是正规的摹拟，既要考虑到其人的身份和经历，还要研究他的语言、技巧、风格。摹拟这类古人，实际上是全面地向他们学习。为今人代笔，则另有其原因，有代尊者作，有代不善为文者作，有代不便为文者作……情况多样。写作这类诗文，无需像摹拟古人之作那样，只要仿效他人声口，切合其人身份即可。但魏晋南北朝人的有些“代”“为”之作，则是在替那些处境愁苦者倾诉衷肠，其中贯注着作者的一片深情。这类作品也得切合对方的心情与身世，因而也可视作另一种类型的摹拟。

这种表述方式，与屈原首创的美人香草手法还有不同。屈原用此表示个人的志洁行芳，只是用作一种象征；魏晋南北朝人采用的“代”写手法，则是整个身心的投入，旨在为他人宣泄积愫。当然，这也是借他人之酒杯，诉胸中之块垒，二者之间存在着感情上的共鸣，因而这是抒情诗的一种特殊表达方式。

这种手法的广泛运用，可从邺下文坛叙起。建安文学是在摆脱汉代儒家经学的束缚下出现的。其时文人感时伤怀，留下了不少名篇，而在他们所关注的题材中，又有很多关于妇女的问题。曹丕、王粲都有《出妇赋》，曹丕、王粲还都作有《寡妇赋》，说明出妇与寡妇的悲惨境遇，引起了他们的关注与同情。曹丕《寡妇赋序》曰："陈留阮元瑜与余有旧，薄命早亡，每感存其遗孤，未尝不怆然伤心，故作斯赋，以叙其妻子悲苦之情。命王粲等并作之。"①曹、王二赋均载《艺文类聚》卷三四中。

曹丕有《代刘勋出妻王氏诗》（翩翩床前帐），载《艺文类聚》卷二九，《玉台新咏》卷二亦载，以为王氏自作，然曹植亦有同题之作（谁言去妇薄），纪容舒《玉台新咏考异》卷二据宋邢凯《坦斋通编》引《玉台新咏》，作曹植《为刘勋出妻王氏作》，程大昌《演繁露》卷十三《千里不唾井》条亦云此诗为曹植代刘勋妻王氏作，则是王氏自作之说或误。曹丕还作有著名的七言乐府《燕歌行》，假托女子口吻抒发离愁，《玉台新咏》中载甄皇后《塘上行》，而史书不载其能诗，则亦当是后人拟作。

在此我们还应注意魏晋南北朝时的另一种风习。文人写作时，每将己作伪称古人，如谢庄《月赋》曰："陈王初丧应、刘，端忧多暇，绿苔生阁，芳尘凝榭。悄焉疚怀，不怡中夜。……抽毫进牍，以命仲宣。仲宣跪而称曰：……陈王曰：'善。乃命执事，献寿羞璧。敬佩玉音，复之无斁。"谢惠连《雪赋》曰："岁将暮，时既昏，寒风积，愁云繁。梁王不悦，游于兔园。乃置旨酒，命宾友，召邹生，延枚叟。相如末至，居客之右。俄而微霰零，密雪下。王乃歌北风于卫诗，咏南山于周雅。授简于司马大夫，曰：'抽子秘思，骋子妍辞，侔色揣称，为寡人赋之。'相如于是避席而起，逡巡而揖，曰：……歌卒，王乃寻绎吟玩，抚览扼腕。顾

---

① 《文选》卷十六潘安仁《寡妇赋》李善注引。

谓枚叔，起而为乱。”可见他们假托的对象，大都是前代的著名文人。

魏晋南北朝时的文人承汉代馀习，每藉作赋而表露才华，因此假托司马相如而提出某种赋论，可谓情理中事。《西京杂记》卷二载有司马相如向盛览传授作赋心得一事，所谓“合纂组以成文，列锦绣而为质，一经一纬，一宫一商，此赋之迹也。赋家之心，苞括宇宙，总览人物，斯乃得之于内，不可得而传”。[①] 因为身份切合，真像是司马相如的经验之谈，因此千百年来迷惑了不少读者。

《西京杂记》中的这类文字实际上也是摹拟之作。

在此我们还可以讨论另一篇有关司马相如的名篇。《文选》卷十六载《长门赋》一首，序曰：“孝武皇帝陈皇后时得幸，颇妒，别在长门宫。愁闷悲思，闻蜀郡成都司马相如，天下工为文，奉黄金百斤，为相如、文君取酒，因于解悲愁之辞，而相如为文以悟主上。陈皇后复得亲幸。”由于《汉书》上没有陈皇后复得亲幸的记载，后人一直对此将信将疑。清代何焯评曰：“此文乃后人所拟，非相如作。其词细丽，盖平子之流也。”[②]今知魏晋南北朝人有同情妇女而代为抒情的风气，那么此赋当可定为魏晋南北朝人的拟作。

魏晋南北朝人身历乱离，故对前代的遭际悲苦者也深怀同情，时而以之作为题材，进行拟作。如曹丕、丁廙都作有《蔡伯喈女赋》。这类飘泊异地的情事，社会上不乏其人，敏感的文士更多感触，假托苏武、李陵而写作的诗文为数尤多。《文选》中的苏、李诗，文词之美，技巧之高，可与《古诗》十九首并称。而其中的李陵《答苏武书》，也是传诵不衰，千古奉为至文。

---

① 参看拙作《司马相如赋论质疑》，原载《文史哲》1990 年第五期；后改名《〈西京杂记〉中的司马相如赋论质疑》，收入拙著《魏晋南北朝文学论丛》，江苏古籍出版社 1999 年出版。

② 载《义门读书记》卷四五，崔高雄点校本，中华书局 1987 年版。

苏轼《答刘沔书》曰："陵与武书，词句儇浅，正齐梁小儿所拟，决非西汉文。"①如以《文选》中的李陵《答苏武书》的写作水平而言，苏氏之说似嫌轻薄，但苏氏看到了此文乃六朝人的风格，则不能不说其见解精到。检阅丁福保的《全汉三国晋南北朝诗》或逯钦立的《先秦汉魏晋南北朝诗》，可以看到标名苏、李的诗为数甚多。因为后人拟作，时地每有不合，故每为人所斥。但魏晋南北朝人之拟作，本不同于作伪，他们也只是借此抒情，发表某种感触就是了。检阅严可均的《全汉文》，又可发现李陵《答苏武书》有好多篇，可知魏晋南北朝人热衷于此类题材，假托古人而抒发他们的飘泊之思与乱离之悲。

后人若是检阅这一时期的学术著作，也能发现很多拟古的文学作品。例如《孔丛子·记问》篇曰："叔孙氏之车卒曰子钽商，樵于野而获兽焉，众莫之识，以为不祥，弃之五父之衢。冉有告夫子曰：'有麕而肉角，岂天之妖乎？'夫子曰：'今何在，吾往观焉。'遂往，谓其御高柴曰：'若求之言，其必麟乎。'到视之，果信。……遂泣曰：'麟也。予之于人，犹麟之于兽也。麟出而死，吾道穷矣。'乃歌：'唐虞世兮麟凤游，今非其时来何求。麟兮麟兮我心忧。'"显然是在《左传》哀公十四年获麟之说的基础上扩展而成。又如《列子·力命》篇上说："杨朱之友曰季梁，疾大渐，其子环而泣之。请医。季梁谓杨朱曰：'汝奚不为我歌以晓之？'杨朱歌曰：'天其弗识，人胡能觉。匪佑自天，匪孽由人。我乎汝乎，其弗知乎？医乎巫乎，其知之乎？'俄而季梁之疾自瘳。"这种手法，显然从《庄子》发展而来，《庄子·寓言》中提出了"重言"之说，但古籍中假托古代名人而用韵语表达者不多见。魏晋南北朝人则大量采用这一手法进行表述。

摹拟文学发展至此，也就进入了一个新的阶段。

---

① 载郎晔编《经进东坡文集事略》卷四六，《四部丛刊》本。

三、风格上的摹拟

从谢灵运对邺下文人的摹拟而言，小序中表示他对所拟的对象已在风格上进行探索。其中的人物，如刘桢，亢爽多气，风格上与众有异，易于为人识别，其后即有刘公幹体之说。其后以风格卓异而为人称道的作者陆续出现，他们创作上有明显的特色，因而被人视为特殊的体式，如阮步兵体、陶彭泽体、谢灵运体、谢惠连体和吴均体等。他们在文坛上独标一帜，从而被他人所赏识，所仿效。

众所周知，魏晋南北朝时的摹拟大家自当首推江淹。他作有《杂体诗》三十首，前有序曰："五言之兴，谅非夐古，但关西、邺下，既已罕同；河北、江南，颇为异法。故玄黄经纬之辨，金碧沉浮之殊，仆以为亦各共美兼善而已。"由此可见，他曾结合时代变迁与地域分播，对各家的创作一一进行分析，把握住了他们的特色，但对各家呈现的不同风格，则无所轩轾，可见其观察的全面与客观。江淹认为文坛上这种群芳竞艳的局面出现在五言诗产生后，这种观察，可说是很深刻而独到的。

江淹在拟作之下都附有两个字的副标题。如李都尉下注曰"从军"，班婕妤下注曰"咏扇"，魏文帝下注曰"游宴"，陈思王下注曰"赠友"……可见他的拟作着眼于各人的主要活动，或是其人的著名诗篇，说明他曾深刻玩味前人之作，故对各人的不同经历与杰出成就有明确的认识。

他的拟作，达到了乱真的程度，例如《杂体诗》中的拟陶徵君潜（田居）一诗，后人编入陶集而不能察觉；《南史·吉士瞻传》言其曾诵鲍照"竖儒守一经，未足识行藏"句，实则此为江淹《杂体诗》中的拟鲍之作；裴廷裕《东观奏记》卷中记萧寘称唐宣宗之诗即"桂水日千里，因之平生怀”之句亦无以加，韦澳认为“桂水”二句乃沈约所作，实则此为江淹《杂体诗》中拟休上人之诗。又江淹拟休上人诗中“日暮碧云合，佳人殊未来”句，唐人多以为休上人作，[①]可见江淹之拟古已酷似前人。

这种情况的出现，也可用以说明魏晋南北朝时的一些著名作家已经形成了个人的独特风格。这种风格具体明晰，他人已能明确把握。

作家的风格鲜明突出，说明其时的五言诗已取得卓越成就。一些名家的作品已成典范之作，后起的学诗者，自可在摹拟中有效地接受他们的创作经验，掌握一些基本的手法，这样可以少走弯路，迅速提高自己的创作水平。谢灵运、江淹等人的拟古之作融研究与评论于一炉，为后人开了一条总结前人成就进而效法的有效门径。后人广泛应用此法，并在我国学术界形成了一种经久不衰的传统。

这种风气与其时书画界风行的临摹之风也是一致的。初学者通过临摹而学习前人的技法，在此基础上进行提高。他们广学众体，撷各家之所长，进而根据个人的特点进行创作，形成个人的特有风格。中国文人，不论从事诗文创作，还是从事书画创作，都曾走过这一段道路。大家如不把摹拟视为最后的归宿，那么也就不必对摹仿之作多所贬抑。

魏晋南北朝时文坛上所积累的经验似可说明，摹拟与创新之间并不存在不可调和的矛盾，如处理得当，协调进行，则两不相妨，反而可以相互促进。返观目下文坛，则似嫌摹拟之功浅而创新又太过，也就是俗话所说的一味求新而根底浅薄，以致文学界多文笔稚拙而故作艰深之作，书画界多龙飞凤舞近于鬼画符之作。

（原载南开大学中文系编《魏晋南北朝文学与文化国际学术研讨会论文集》，南开大学出版社 2002 年 8 月版）

---

① 参看王楙《野客丛书》卷十二《江淹拟古》条。

魏晋南北朝时科技发展对文学的影响

魏晋南北朝时期，文学得到了飞速的发展。专家们探讨激发文学发展的各种因素时，大都从政治环境与玄学佛理等方面寻找原因，这样做无疑是必要的，正确的，但在激发文学发展的诸多因素中，其时科技进步所产生的影响也很值得注意。这是魏晋南北朝与其他各个时期颇不相同的特点之一，它为这一阶段的思想界增加了异彩。鉴于这一问题尚未引起学术界应有的注意，今试从三个方面加以论证。

一　题材的扩大

这一问题，我们不妨从东汉时期的著名文士，也是我国历史上最伟大的科学家之一的张衡的成就叙起。

《后汉书》卷五九《张衡传》曰："衡善机巧，尤致思于天文、阴阳、历算。……阳嘉元年，复造候风地动仪。以精铜铸成，员径八尺，合盖隆起，形似酒尊，饰以篆文山龟鸟兽之形。中有都柱，傍行八道，施关发机。外有八龙，首衔铜丸，下有蟾蜍，张口承之。其牙机巧制，皆隐在尊中，覆盖周密无际。如有地动，尊则振龙机发吐丸，而蟾蜍衔之。振声激扬，伺者因此觉知。虽一龙发机，而七首不动，寻其方面，乃知震之所在。验之以事，合契若神。自书典所记，未之有也。"范晔在《后汉书·张衡传论》中引"崔瑗之称平子（衡字）曰：'数术穷天地，制作侔造化。'斯致可得而言欤！"

在农业社会中，生产水平的提高，仰赖于天文历法等学术领域的进步。汉代出现过众多有关天象的学说，也产生了不少杰出的天文学家。张衡著《灵宪》，就对天象与宇宙构成等许多问题作了探讨。后代许多著名文士，也曾对天象与浑天图、浑天仪等科技问题进行过论述，陆绩、何承天、颜延之、徐爰、梁武帝等人还有著述流传下来。

《文选》卷五六有陆倕《新刻漏铭》一首，序中提到"陆机之赋，虚握灵珠；孙绰之铭，空擅昆玉"，李善注："陆机、孙绰，皆有漏刻铭。"序中又言"弘度遗篇，承天垂旨，布在方册，无彰器用"，李善注引"王隐《晋书》曰：'李充，字弘度，集有漏刻铭。'沈约《宋书》曰：'宋太祖颇好历数，太子率更令何承天私撰新法，元嘉二十年上表，诏付外详之。有司奏承天历术令施行。'"可见刻漏这一计时器具的不断完善，引起了社会上各式人等的普遍兴趣和关心。许多著名文人从事刻漏铭或刻漏赋的写作，说明其时知识阶层阅读前代著作之馀，大都能注意科技的进步与发展而在其作品中加以反映。

陆倕《铭序》中还说："天监六年，太岁丁亥，十月丁亥朔，十六日壬寅，漏成进御，以考辰正晷，测表候阴，不谬圭撮，无乖黍累。又可以校运算之睽合，辨分天之邪正，察四气之盈虚，课六历之疏密。永世贻则，传之无穷。"因为这一刻漏的制作，代表着当时科学技术的最高成就，而这一成就的取得，则出自我国古代著名科学家祖冲之之手。李善于作者"陆佐公（倕字）"名下引刘璠《梁典》曰："天监六年，帝以旧漏乖舛，乃敕员外郎祖暅治之。漏刻成，太子中舍人陆倕为文。"祖暅乃祖冲之之子，《南史》卷七二《文学·祖冲之传》曰："始元嘉中，用何承天所制历，比古十一家为密。冲之以为尚疏，乃更造新法，上表言之。孝武令朝士善历者难之，不能屈。会帝崩不施行。"同卷附子暅之①传

① 此与《文选》李善注引刘璠《梁典》作祖暅不同。按照陈寅恪对天师道的研究，以为该教信徒父子名字之下均缀"之"字，"之"字实为教徒标志，或可略去。如此则可说明祖冲之父子乃天师道信徒。参看陈氏《崔浩与寇谦之》等文，载《金明馆丛稿初编》，上海古籍出版社 1980 年版。

曰："父所改何承天历时尚未行，梁天监初，暅之更修之，于是始行焉。"可见新刻漏的完成，凝聚着科技世家祖氏上下两代的心血。

我国古代传说中称，黄帝讨伐蚩尤时，蚩尤作雾，黄帝造指南车乃克。这当然不是事实，但也足以说明指南车这一器械发明甚早。《祖冲之传》上又说：宋初，刘裕平定关中，得姚兴指南车，有外形而无机杼。"升明中，齐高帝辅政，使冲之多追修古法。冲之改造铜机，圆转不穷，而司方如一，马钧以来未之有也。"说明祖氏父子的机巧，继承着东汉末年以来的科技成就。

大家知道，诸葛亮曾有木牛流马等重大发明，当时的智巧之士，竞作新的机械，提高工作效率，推动了生产的发展，取得了很多重要成果。《三国志》卷二九《魏书·杜夔传》裴松之注引傅玄《马钧传》，详细介绍了马氏有关指南车、翻车、木制女乐舞像的制作以及对连弩和绫机的改进，末复感叹地说："马先生之巧，虽古公输、墨翟、王尔，近汉世张平子，不能过也。公输般、墨翟皆见用于时，乃有益于世，平子虽为侍中，马先生虽给事省中，俱不典工官巧，无益于世。用人不当其才，闻贤不试以事，良可恨也。"从这些议论中，可以看到其时科技的发展以及时人对此的重视。

傅玄是晋代著名的思想家与文学家，曾撰《傅子》一百二十卷，严可均《全晋文》卷四七介绍此书时，引《晋书》本传云："撰论经国九流及三史故事，评断得失，各为区别，名为《傅子》。"他还撰有许多小赋，如《笔赋》《砚赋》《团扇赋》《相风赋》《琴赋》《琵琶赋》《筝赋》《笳赋》《节赋》《叙酒赋》《投壶赋》《弹棋赋》《紫华赋》《郁金赋》《芸香赋》《蜀葵赋》《宜男花赋》《菊赋》《蓍赋》《瓜赋》《安石榴赋》《李赋》《桃赋》《橘赋》《枣赋》《蒲桃赋》《桑椹赋》《柳赋》《朝华赋》《雉赋》《山鸡赋》《鹰赋》《鹦鹉赋》《斗鸡赋》《鹰兔赋》《乘舆马赋》《驰射马赋》《良马赋》《走狗赋》《猿猴赋》《蝉赋》等，仅从赋的名字上就可看出他的博学。特别值得我们今天重视的是，这些咏物小赋之中融入了许多科研成果，实为科学知识与文学技巧交相融会的结晶。

傅玄《相风赋序》曰：

> 昔之造相风者，其知自然之极乎？其达变通之理乎？上稽天道阳精之运，表以灵乌，物象其类；下凭地体安贞之德，镇以金虎，玄成其气。风云之应，龙虎是从；观妙之征，神明所通。夫能立成器以占吉凶之先见者，莫精于此。（《太平御览》卷九引）①

其子傅咸也写了不少咏物小赋，其《相风赋序》曰：

> 相风之赋，盖亦众矣，然辞义大同。惟中书张令，以太史相风，独无文饰，故特赋之。太仆寺丞武君宾，树一竹于前庭，其上颇有枢机。插以鸡毛，于以占事知来，与彼无异，斯亦简易之至，有殊太史相风。张氏之赋，非其至者也。（《太平御览》卷九引）

与傅玄同时的张华、潘岳、成公绥、孙楚等人先后写了不少同类题材的赋，可见此亦一时风会。

唐代马总《意林》中有《傅子》，据严可均《全晋文》卷四七中有关《傅子》的考证，“知《意林》所载《傅子》，乃杨泉《物理论》也”。二书之所以相混，则是由于二书的性质类同，而且后者大量引用了前者文字的缘故。

杨泉的《物理论》一书，也有探求宇宙万物奥秘的特点。此书目下虽无完整的传本，但平津馆丛书辑本尚称完备，可以参看。

---

① 《太平御览》此文作者署名郑玄，今据《全晋文》卷四五严可均说改。

《物理论》中说："语曰：能理乱丝，乃可读诗。余虽无治丝之能，而悟闻诗之义。"（《太平御览》卷六一六引）这里表露出要用治科技的方法钻研文学的态度。

《物理论》中说："夫文采之在人，犹荣华之在草。"（《意林》卷五引）这种将天文、人文统一起来考察的论点，与《文心雕龙》中天文、地文、人文相生并成的观点是一致的。

杨泉还作有《蚕赋》，序中说："古人作赋者多矣，而独不赋蚕，乃为《蚕赋》。"（《金楼子·立言》篇下引）①可见这一文字的产生，也是人们科技知识提高，认识世界达到了新的水平，因而企图用文字的形式表现出来。文中列叙培育蚕的种种知识，可以作为科技进步促进文学题材开拓的一个生动事例。杨泉还作有《织机赋》一篇，首云"伊百工之为伎，莫机巧之最长"。（《艺文类聚》卷六五引）同时嵇含作《八磨赋》，序称"外兄刘景宣作为磨，奇巧特异，策一牛之任，转八磨之重，因赋之"，（《太平御览》卷七六二引）也是同一时代精神下的产物。

魏晋南北朝时期的文人大都接受过玄学的熏陶。他们观察外界一切自然现象，乃至一些具体事物时，常是把自己所注意的这一现象放在宇宙构成的大环境中加以考察。因此，他们留下的一些理论著作，大都从宇宙的构成叙起，例如《文心雕龙》中首列《原道》。钟嵘《诗品序》中首先提到"照烛三才，辉丽万有，灵祇待之以致飨，幽微借之以昭告，动天地，感鬼神，莫近于诗"。杨泉《蚕赋》中首云："惟阴阳之产物，气陶化而播流，物受气而含生，皆缠绵而自周。"（《艺文类聚》卷六五引）作者把蚕放在宇宙构成的总体中加以考察，并将蚕这一新的品种作为新的文学题材加以描述，都是这一时期时代风气的反映。

---

① 荀卿《赋》篇中即曾赋蚕，此说误。然荀卿《蚕赋》乃以隐语写成，自与后世咏物小赋有别。

由于当时文人普遍关心哲理，热衷于探求宇宙构成的奥秘，而在当时的学术分类中，哲理与文学之间并无严格的界限，他们每致力于采取文学样式表达个人的宇宙观，这样也就扩大了文学的题材。《晋书》卷九二《文苑(成公绥)传》：

……又以“赋者，贵能分赋物理，敷演无方。天地之盛，可以致思矣，历观古人未之有赋。岂独以至丽无文，难以辞赞；不然，何其阙哉？”遂为《天地赋》。

《北史》卷八一《儒林(刘昼)传上》：

(刘昼)乃恨不学属文，方复缉缀辞藻，言甚古拙。制一首赋，以“六合”为名，自谓绝伦。乃叹儒者劳而寡功。曾以赋呈魏收而不拜，收忿之，谓曰：“赋名六合，已是太愚，文又愚于六合。君四体又甚于文。”昼不忿，又以示邢子才，子才曰：“君此赋，正似疥骆驼，伏而无妩媚。”

天地、六合问题，大而无当，很难用文学手法来表达，但当时文人却尝试着把它作为文学的题材。这也应当是魏晋南北朝人受到探求科学真理的激发，在题材上进行的新开拓。

二　重视实证的精神

东汉初年今文经学盛行，儒者企图借此建立一种与政治相应的国家宗教，由是兴起了谶纬之说。这些学说内容甚为复杂，诸如创世之说与宇宙构成等等，与孔子“不语怪力乱神”的宗旨相违。因此儒家古文学派起而力驳，思想领域中的争论非常激烈。

东汉之时产生了王充《论衡》一书，对盛行朝野的谶纬之说与民间迷信进行了广泛而深入的批判。例如王充在《雷虚》篇中，列举文献记载与民间传说中种种有关雷的异说，逐一加以辨析，最后又从物理上加以探讨，以为“雷者，火也”。“何以验之？”可从五个方面展开论证：“以人中雷而死，即询其身，中头则须发烧，中身则皮肤灼燌，临其尸上闻火气，一验也。道术之家以为雷烧石色赤，投于井中，石燋井寒，激声大鸣，若雷之状，二验也。人伤于寒，寒气入腹，腹中素温，温寒分争，激气雷鸣，三验也。当雷之时，电光时见，大若火之耀，四验也。当雷之击时，或燔人室屋及地草木，五验也。夫论雷之为火，有五验；言雷为天怒，无一效。然则雷为天怒，虚妄之言。”从中可见：王充之辨雷虚，贯彻实证的精神，这是人们科学知识进步的结果。尽管这种观察限于目验，还未进入深层的研究，但其思辨水平之高，确是前所未有的。

明代著名的无神论者熊伯龙在《无何集》中详细介绍了王充《论衡》中的学说，并撰《读论衡说》《读论衡法》等文。从熊氏的论证文字中，可以感到王充的思辨富有条理，具有方法论的意义，不仅以其思想的大胆、内容的繁富见长。《三国志》卷五七《吴书・虞翻传》裴松之注引《会稽典录》，转引虞翻对王府君曰：“有道山阴赵晔，征士上虞王充，各洪才渊懿，学究道源，著书垂藻，络绎百篇，释经传之宿疑，解当世之盘结，或上穷阴阳之奥秘，下据人情之归极。”无怪乎蔡邕、王朗等人初见王充之书，也就作为“异书”而“秘玩以为谈助”了。①

王充这种着重思辨和重视实证的精神，魏晋南北朝时发生过深远的影响，《文心雕龙・论说》篇曰：“李康《运命》，同《论衡》而过之。”葛

---

① 见范晔《后汉书》卷四九《王充传》李贤注引谢承《后汉书》。

洪在《抱朴子·喻蔽》篇中称王充“作《论衡》八十馀篇，为冠伦大才”，而他在《抱朴子》的许多文章中，也用实证的精神考察了很多问题，显然是受了王充的影响。

但也由于其时各种学术的畛域融而未明，民间习俗中的迷信之说，和史籍以及文学作品中的神话传说、夸张手法不易区分，王充用实证的精神一一加以辨析，却也有将许多优秀的文学创造横加摧残的地方。所以黄侃《文心雕龙札记》于《夸饰》篇内评曰：“汉世王充好为辨诘，琐碎米盐，著为《书虚》《语增》《儒增》《艺增》之篇，凡经传饰词，一概加以抨击，世或喜其谛实，而实不达词言之情。”①这是由于当时人们对科学与文学的特点还缺乏深刻认识的缘故。这一问题，要到齐梁之时刘勰等人探讨理论的著作中，才有明白的认识。

下面再以魏晋南北朝时期的地理科学发展为例，考察它对文学的影响。

《史记》卷五三《萧相国世家》曰：“沛公至咸阳，诸将皆争走金帛财物之府分之，何独先入收秦丞相御史律令图书藏之。……汉王所以具知天下扼塞、户口多少、强弱之处、民所疾苦者，以何具得秦图书也。”可见秦朝官府之中藏有完整的地理图籍。《汉书》卷二八上《地理志上》记琅玡郡长广县，曰“奚养泽在西，秦地图曰剧清池”，说明班氏首创《地理志》时，还曾参考过秦时地图。

汉代各种学术的发展甚为迅速，地理学的发展同样如此，从班固的记载中，就可看出当时有关各地地志和舆地图内容之丰富。《三国志》卷三十《魏书·乌丸、鲜卑、东夷传》裴松之注引《魏略·西戎传》曰：“今《西域旧图》云：罽宾、条支诸国出琦玉，即次玉石也。”则是边疆地区也有详记物产之地理图籍行世。

---

① 《文心雕龙札记》第180页，中华书局上海编辑所1962年版。

这种产于他国或边疆地区的珍宝玩物，最易引起大家的关注，激发文士的兴趣，从而试图用文学的手法表现出来。邺下文人公宴时，曹丕以世子之尊，每命众文士共赋一题，因此在曹氏兄弟与建安七子及这一集团的文人的集子中，大都有《迷迭赋》《车渠碗赋》一类作品。曹丕《马瑙勒赋》曰："马瑙，玉属也，出自西域。文理交错，有似马脑，故其方人因以名之。或以系颈，或以饰勒。余有斯勒，美而赋之，命陈琳、王粲并作。"(《太平御览》卷三五八引)陈琳《马瑙勒赋》亦云："五官将得马脑以为宝勒，美其英采之光艳也，使琳赋之。"(同上)这类题材，魏晋南北朝时众多文士的集子中经常可以见到。这也是文学题材扩大的一个方面。

从东汉起，西域的一些蔬果引进内地，也引起了众多文士的兴趣，于是常有《安石榴赋》《蒲桃赋》一类作品出现。潘尼《安石榴赋》曰："安石榴者，天下之奇树，九州之名果。是以属文之士或叙而赋之。"(《艺文类聚》卷八六引)傅玄《蒲萄赋》曰："逾龙堆之险，越悬度之阻，陟乎三光之阪，历乎身热之野。"(《太平御览》卷九七二引)其时南方的一些异物也陆续传入内地，这在文学上也有反映，如钟会《孔雀赋》曰："有炎方之伟鸟，感灵和而来仪，禀丽精以挺质，生丹穴之南垂……"(《艺文类聚》卷九一引)

陆机《文赋》曰："诗缘情而绮靡，赋体物而浏亮。"说明诗赋这两种文学体裁的写作范围至此已有明确的分工。在陆机看来，赋以描摹物体见长，而不着重在抒情。由此可知，陆机这里给赋所下的定义，概括的是咏物小赋的特征。其时文士竞相写作形神宛肖的咏物小赋，陆机才给赋这一重要文体仅规定下了"体物"的任务。李善释"浏亮"一词曰"清明之称"，前人于此每辨析不清，实则这里可能即指"咏物"小赋的写作要求，即清晰而明朗。

咏物小赋的作者如以异物为题材，则在描摹其形状时，还得叙其所出之地域，这些都得注意征实，不容虚构。

《尔雅》是部详记名物的经典，古时还有图像与之配合，《山海经》中的动植异物，古时也有图像说明。郭璞撰有《尔雅图赞》与《山海经图赞》，其《翠赞》曰："翠雀麋鸟，越在南海。羽不供用，肉不足宰。怀璧其罪，贾害以采。"(《艺文类聚》卷九二引)《羊赞》曰："月氏之羊，其类在野。厥高六尺，尾亦如马。何以审之，事见《尔雅》。"(《艺文类聚》卷九四引)这也是魏晋时期自然科学发达的反映。

先秦之时，学界即有《山海经》一书行世。尽管此书并非征实之作，但它分记各地物产与神话传说，也是以地理书的面貌问世的。张华著《博物志》，详记各个地区的传说与物产，则是继承了《山海经》的传统。

《隋书·经籍志》于郭璞注《山海经》二十三卷之下，共计著录"地理"类书"一百三十九部，一千四百三十二卷"，原注："通计亡书，合一百四十部，一千四百三十四卷。"这些著作均出魏晋南北朝人之手，说明地理科学发展之速，迥非前代可比。魏徵在地理部分的叙中举例说："晋世，挚虞依《禹贡》《周官》作《畿服经》。其州郡及县、分野、封略、事业、国邑、山陵、水泉、乡、亭、城、道里、土田、民物、风俗、先贤、旧好，靡不具悉，凡一百七十卷，今亡。"可见其时地理书中对各个地区的记载已经非常详尽具体。

随着人们地理知识的提高，制图学也有了巨大的发展。《晋书》卷三五《裴秀传》详记其作《禹贡地域图》十八篇，且叙其"制图之体有六"，后人以为"矩形网格制图法，至少在裴秀那个时代就已开始出现了"。[1]

---

① 参看李约瑟著、《中国科学技术史》翻译小组译《中国科学技术史》第五卷《地学》第一分册第二十二章《地理学和制图学》"四、《东方和西方的定量制图学》"之"(5)《科学的制图学：从未中断过的中国网格法制图传统》"，科学出版社1976年版。

这时的人，回过头来阅读那些夸诞的大赋，而用实证的精神加以考核，也就会起不慊于心的感受。挚虞《文章流别论》论赋体时就曾指出："夫假象过大，则与类相远；逸辞过壮，则与事相违；辩言过理，则与义相失；丽靡过美，则与情相悖。此四过者，所以背大体而害政教。"从而对"辞人之赋丽以淫"的风气作出了严肃的批评。

皇甫谧为左思《三都赋》作序，更具体地指出："若夫土有常产，俗有旧风，方以类聚，物以群分，而长卿之俦，过以非方之物，寄以中域。虚张异类，托有于无。祖构之士，雷同影附，流宕忘反，非一时也。"则是以实证的精神指出了前此赋家的虚浮之风。

左思花了十年时间，搜索资料，撰成著名的《三都赋》。他必然阅读了众多图籍。《赋序》中也说到：

> 相如赋《上林》，而引"卢橘夏熟"；扬雄赋《甘泉》，而陈"玉树青葱"；班固赋《西都》，而叹以"出比目"；张衡赋《西京》，而述以"游海若"。假称珍怪，以为润色。若斯之类，匪啻于兹。考之果木，则生非其壤；校之神物，则出非其所。于辞则易为藻饰，于义则虚而无征。且夫玉卮无当，虽宝非用；侈言无验，虽丽非经。而论者莫不诋讦其研精，作者大氐举为宪章，积习生常，有自来矣。余既思摹《二京》而赋《三都》，其山川城邑，则稽之地图；鸟兽草木，则验之方志。风俗歌舞，各附其俗；魁梧长者，莫非其旧。何则？发言为诗者，咏其所志也；升高能赋者，颂其所见也。美物者，贵依其本；赞事者，宜本其实。匪本匪实，览者奚信！

从左思的自白中也可看出当时社会科学进步的情况。左思自觉地将自己的著作与张衡《二京赋》区别开来，因为他在从事一项征实的工作，这里容不得一点虚构。后人自可责备左思忽视文学的特点，但也应该认识到，这恰是魏晋南北朝时期基于科技进步而社会科学水平提高的反映。《三都赋序》中提到"地图"、"方志"、"俗"(风俗传)、"旧"(耆旧传)等项，正是《隋书·经籍志》"地理"部分的主要内容。对于这一文学批评史上的重大问题，吾人如以魏晋南北朝时期地理科学的发展作为背景而加以考察，也就可以了解到左思探讨问题时视野何以迥异前人了。

三　进化观

生产工具的更新，科学技术的进步，工作效率的提高，人们在日常生活中容易感受得到。东汉之时，张衡、马钧等人的出现，促进了科技的飞速发展，反映在人们的认识上，也就形成了物质的进化观。

应该说明，王充《论衡》这一异书的出现，并非孤立现象，而是东汉之时认识水平与思辨能力达到了前所未有的高度的表现。《后汉书》卷七九下《儒林·赵晔传》曰："晔著《吴越春秋》《诗细历神渊》。蔡邕至会稽，读《诗细》而叹息，以为长于《论衡》。"可见《诗细》也是一本"异书"，赵晔也是一位具有奇特思想的学者。

与《吴越春秋》性质相同的《越绝书》中，记载着兵器方面的进化历程。《越绝书》卷十一《外传记宝剑第十三》记楚王铸剑，风胡子历叙兵器的发展时说：

> 时各有使然。轩辕、神农、赫胥之时，以石为兵，断树木为宫室，死而龙臧。夫神圣主使然。至黄帝之时，以玉为兵，以伐树木，为宫室，凿地。夫玉亦神物也，又遇圣主使然，死而龙臧。禹穴之时以铜为兵，以凿伊阙，通龙门，决江导河，东注于东海，天下通平，治为宫室，岂非圣主之力哉！当此之时，作铁兵，威服三军。

天下闻之，莫敢不服，此亦铁兵之神，大王有圣德。

孔融在《肉刑论》中也有类似观点：

古圣作犀兕革铠，今有盆领铁铠，绝圣人甚远也。（《北堂书钞》卷一二一引）

贤者所制，或逾圣人，水碓之巧，胜于断水①掘地。（《太平御览》卷七六二引）

这种有关兵器进化的认识，可能来源于古时的传说，因为先秦古籍上就有黄帝斫木为兵等记载，但也可能得之于地下发掘而获得的实际知识。史书上有好几起南方掘得铜剑的记载。《梁书》卷二《武帝纪中》天监五年“夏四月丙申，庐陵高昌之仁山获铜剑二”。《太平御览》卷三四二引《梁书》，言天监“七年，会稽太守、衡阳王元简上言：馀姚县掘地得剑二口，又于县东江水中得剑一口，文漫，若雌雄”。江淹《铜剑赞》云永明初有人于古墓中得铜剑，遂征引典籍，详加考证，并得出结论道：“金品上则黄，中则赤，下则黑。黑金是铁，赤金是铜，黄金是金。黄金可为宝，赤金可为兵，黑金可为器。”足证魏晋南北朝时期有关器械进化的观点，有赖于地下发掘与文献记载的相互印证。

陆机为西晋之时最负盛名的文人。他撰有《要览》一书，内容当与张华《博物志》为近。《玉海》卷五四“承诏撰述·类书”录晋陆机《要览》，引陆氏自序曰：“直省之暇，乃集《要术》三篇，上曰《连璧》，集其嘉名，取其连类；中曰《述闻》，实述予之所闻；下曰《析名》，乃搜同辨异

① 《太平御览》引文原作“木”，据《广韵》去声十八“碓”下引文改，后者据《四部丛刊》影印宋巾箱本。

也。”可知他在广泛搜集材料的过程中，发现了许多器物随着时代的发展而不断进步的实例。

他在《羽扇赋》中假托楚宫中的一场争论，宣传后胜于前的观点。楚襄王会于章台之上，宋玉、唐勒皆操白鹤之羽制作之扇以侍，诸侯以为武王造扇，受则于箑蒲，因而笑其“奚取于鸟羽”，宋玉申言：

> 夫创始者恒朴，而饰终者必妍。是故烹饪起于热石，玉辂基于椎轮。安众方而气散，五明圆而风烦，未若兹羽之为丽，固体俊而用鲜。

这就明确地指出了事物发展的一般规律，即一切应用性的东西都在向便用和华美的方向发展。

葛洪是东晋时期的一位异人。他是著名的道士，但在烧丹炼汞的过程中，却也取得了不少化学方面的新成果。① 他也写作子书，所著《抱朴子》分内、外篇，内篇二十卷，自叙云是道家，而实为神仙家言；外篇五十卷，“言人间得失，世事臧否”。论者以为葛氏内、外两篇内容迥别，实则所论之事固有不同，而有好多观点可以贯通，即其外篇中提出的文学理论，即深受其自然科学方面研究成果的影响。

葛洪力倡文学今胜于古之说，即是当时科技领域中不断取得进步的认识成果的反映。

葛洪在《钧世》篇中雄辩地说：

> 且夫古者事事醇素，今则莫不雕饰，时移世改，理自然也。至

① 参看袁翰青《推进了炼丹术的葛洪和他的著作》，载其自著的《中国化学史论文集》，生活·读书·新知三联书店 1956 年版。

于罽锦丽而且坚，未可谓之减于蓑衣；辎軿妍而又牢，未可谓之不及椎车也。……若舟车之代步涉，文墨之改结绳，诸后作而善于前事，其功业相次千万者，不可复缕举也。世人皆知之快于曩矣，何以独文章不及古邪？

大家知道，葛洪最为推崇王充、陆机二人，他的学术观点，深受这二人的影响。由王充开辟的自由思考之风，由陆机倡导的文学向华美发展的意见，在他身上均有明显的体现。但他属于方外之人，因而在思想上更少束缚，进化的观点也就表达得更为明确了。

他用发展的观点否决了儒家经典的神圣地位，说：

且夫《尚书》者，政事之集也，然未若近代之优文诏策军书奏议之清富赡丽也。《毛诗》者，华美之辞也，然不及《上林》《羽猎》《二京》《三都》之汪涉博富也。

葛洪提出文学进化的观点，反对儒家贵古贱今之说，奠基在科学发展的基础上。如果说，前人于此分别进行过探索，曾经一般性地提出过事物都在进化的观点，那么葛洪的突出贡献就在于运用这种进化观点考察文学问题，明确地提出了文学形式上的今胜于古之说。他还曾将古今题材相同的作品进行比较，证成他的学说。《钧世》篇又曰："若夫俱论宫室，而奚斯路寝之颂，何如王生之赋灵光乎？同说游猎，而《叔畋》《卢铃》之诗，何如相如之言上林乎？并美祭祀，而《清庙》《云汉》之辞，何如郭氏《南郊》之艳乎？等称征伐，而《出车》《六月》之作，何如陈琳《武军》之壮乎？则举条可以觉焉。近者夏侯湛、潘安仁并作《补亡诗》——《白华》《由庚》《南陔》《华黍》之属，诸硕儒高才之赏文者，咸以古诗三百未有足以偶二贤之所作也。"

葛洪的这种观点，偏于形式技巧方面的考察。当然，他在有些地方也曾论及文学内容的问题，例如他在《钧世》篇中还说："今诗与古诗，俱有义理，而盈于差美。方之于士，并有德行，而一人偏长艺文，不可谓一例也。比之于女，俱体国色，而一人独闲百伎，不可混为无异也。"这种解释也能言之成理，但他却是没有认识到文学的独特个性，即内容、形式的高度综合。文学的内容又是其时时代精神的体现，这一体现时代精神的独特内容，与表现它的形式达到了高度的统一，后人势难再重复前人的创造。葛洪以为夏侯湛、潘岳二人所作的《补亡诗》超过了《诗经》，后代学者从未有人附和这种观点者，正是因为《补亡诗》未能再现《诗经》的时代精神，即使形式技巧方面有所优胜，也难以超越或混同于原作。葛洪这种将内容与形式割裂开来考察的观点，带有片面性。

但葛洪这种着眼于形式技巧的发展的观点，正反映了魏晋南北朝时期文人的普遍追求，而它又奠基在科技进步的现实基础上，因而具有很大的说服力。这种理论，推动了其时文学向华艳的方向发展。

葛洪否定六经的典范意义，举出当代各种应用文体作比较，已见上述。他在《尚博》篇中还说："不以璞非昆山，而弃耀夜之宝；不以书不出圣，而废助教之言。是以闾陌之拙诗，军旅之鞫誓，或词鄙喻陋，简不盈十，犹见撰录，亚次典诰。百家之言，与善一揆。譬操水者，器虽异而救火同焉；犹针灸者，术虽殊而攻疾均焉。"这就为民间文学登上文坛扫清了道路。后来刘勰在《文心雕龙》中撰有《谐隐》等篇，不能说与此无关。

南北朝时，科技进步的势头有增无减，祖氏父子的业绩，已见上述。前代的理论遗产，至此又有了新的发展。

中国古代的文学理论家常用"选文"编集的方式展示个人的观点。

《文选》是我国流传至今、影响最大的一部文学总集，萧统依据其时趋向折衷的文学观点，[①]囊括先秦至齐梁时期的部分佳作，汇成一书。他并在《文选序》中援用科技领域中的进化观点，阐明个人选文的原则：

> 式观元始，眇觌玄风，冬穴夏巢之时，茹毛饮血之世，世质民淳，斯文未作。逮乎伏羲氏之王天下也，始画八卦，造书契，以代结绳之政，由是文籍生焉。《易》曰："观乎天文以察时变，观乎人文以化成天下。"文之时义远矣哉！若夫椎轮为大辂之始，大辂宁有椎轮之质？增冰为积水所成，积水曾微增冰之凛。何哉？盖踵其事而增华，变其本而加厉，物既有之，文亦宜然，随时变改，难可详悉。

萧统也举"椎轮"与"大辂"的关系为例，说明文学必须变化，而且还应顺应时势，向华艳的方向发展。这种观点，显然是从陆机、葛洪等人的论点演化而来。但二者之间仍有不同。葛洪只是将古今同类作品作纵向比较，认为后者形式华美，因而胜于前者；萧统则认为文体之间有着源流的关系，《序》中说到"至于今之作者，异乎古昔。古诗之体，今则全取赋名。荀、宋表之于前，贾、马继之于末，自兹以降，源流实繁"。随后他就列举种种文体，且云"譬陶匏异器，并为入耳之娱；黼黻不同，俱为悦目之玩"。说明萧统等人选文之时已是偏重华美的形式和娴熟的技巧，不像葛洪那样，在义理方面也要争辩一番了。

许多《文选》专家都已指出"冬穴夏巢之时"一段文字，乃承《礼

---

① 参看拙撰《梁代文论三派述要》，原载《中华文史论丛》第五辑，中华书局上海编辑所 1964 年版。后收入拙著《文史探微》，上海古籍出版社 1987 年版。

记·礼运》中的论点而来;"逮乎伏羲氏之王天下也"一段,则承《易·系辞》中的论点而来。比之葛洪等人,萧统受儒家的影响要深,但他认为文学应该踵事增华、变本加厉而"随时变改",则与儒家论文重内容而偏于保守的立场又有不同。

从萧统所举事例来看,大辂的实用意义和华美形式胜于椎轮,这是肯定无疑的,也是事物发展无可逆转的方向,人们自当顺应这一趋势,写作华美的作品。但萧统言及"椎轮"之"质"时,并无贬义,所谓"世质民淳",也是人们追慕古风的一种高度境界,因此萧统在《文选》中还选入了束广微《补亡诗》六首、卜子夏《毛诗序》一首、孔安国《尚书序》一首等作品,尽管这类作品所占的比重很小,但也反映出萧统的文学观点还是与主张新变的人有所不同。因为萧统的观念中确认事物的发展有一个变化的过程。早期的事物比较质朴,自然会被后起的精美之物代替,但早期事物还有其难以再现的淳朴质实的一面,因而也不宜截然舍弃。因此,《文选》之中大量入选的作品都有合乎"综缉辞采""错比文华"的一面,但也适当选入了一些质淳的作品,这就在《文选》的选文格局上排斥了唯华艳是从的倾向。

魏晋南北朝时期文人的普遍倾向是注重思辨,他们注意观察科技方面的成就,并将此与自己从事的专业联系起来考察,得出了很多新的结论,产生了很多新的成果。这种情况,在其他时代的文坛上是很少见的。

(原载传统思想与社会变迁国际学术研讨会论文集《中华文化:发展与变迁》,马来西亚中华大会堂联合会出版,1997年3月)

李白剡中之恋放谈

从现代人的眼光看，李白无疑是一位卓越的旅行家。唐中宗神龙初(705)，其父携家自西域碎叶(今吉尔吉斯共和国托克马克附近)迁居绵州昌隆县。长大之后，到处游览蜀中名胜。开元前期，仗剑去国，辞亲远游。南穷苍梧，北抵幽燕，足迹遍及大半个中国。而他尤乐风景绝佳之处。泰山、庐山，荆门、洞庭，都留下吟咏的诗篇。其中皖南、浙东二地尤为魂牵梦萦之处，写下了许多流传千古的名篇。今为参加“李白与天姥”国际学术研讨会，故对李白的剡中之恋略作申述。

屐痕处处，尤恋剡中

李白集中有《秋下荆门》一诗，曰：

霜落荆门江树空，布帆无恙挂秋风。此行不为鲈鱼脍，自爱名山入剡中。

按伯 2567 敦煌唐诗选残卷亦录此诗，题作《初下荆门》，可知此乃开元十二年初抵荆门之作。他一离开四川，进入中原大地，立即就想赴剡中游览，可见这一地区对他具有多么大的吸引力。

剡中的“名山”，应以天姥山为巨擘。他向剡中进发，又在《别储邕之剡中》诗中申述道：

借问剡中道，东南指越乡。舟从广陵去，水入会稽长。竹色溪下绿，荷花镜里香。辞君向天姥，拂石卧秋霜。

剡中景色的美丽，诗中着墨虽不多，但已有明白的揭示。荷香竹色，山高水长，真是人间仙境。“一生好入名山游”的李白，不时形诸梦寐，于是写下了千古名篇《梦游天姥吟留别》：

海客谈瀛洲，烟涛微茫信难求。越人语天姥，云霓明灭或可睹。天姥连天向天横，势拔五岳掩赤城。天台四万八千丈，对此欲倒东南倾。我欲因之梦吴越，一夜飞渡镜湖月。湖月照我影，送我至剡溪。谢公宿处今尚在，渌水荡漾清猿啼。脚著谢公屐，身登青云梯。半壁见海日，空中闻天鸡。千岩万壑路不定，迷花倚石忽已暝。熊咆龙吟殷岩泉，慄深林兮惊层巅。云青青兮欲雨，水澹澹兮生烟。列缺霹雳，丘峦崩摧。洞天石扇，訇然中开。青冥浩荡不见底，日月照耀金银台。霓为衣兮风为马，云之君兮纷纷而来下。虎鼓瑟兮鸾回车，仙之人兮列如麻。忽魂悸以魄动，恍惊起而长嗟。惟觉时之枕席，失向来之烟霞。世间行乐亦如此，古来万事东流水。别君去兮何时还，且放白鹿青崖间，须行即骑访名山。安能摧眉折腰事权贵，使我不得开心颜。

玩味此诗，可知李白之迷恋剡中，不仅以其风光之美，足以使人流连不已，还因其地文化底蕴之深厚。他在另一首有关剡中的诗《经乱后将避地剡中留赠崔宣城》中说：“忽思剡溪去，水石远清妙。雪昼天地明，风开湖山貌。闷为洛生咏，醉发吴越调。赤霞动金光，日足森海峤。独散万古意，闲垂一溪钓。猿近天上啼，人移月边棹。无以墨绶苦，来求丹砂要。华发长折腰，将贻陶公诮。”可知此地之所以具有强烈的吸引力，尚有下列几个方面的原因：

一、吴歌越调。李白的乐府诗与南朝乐府有很深的渊源。《子夜吴歌》《采莲曲》等，脱胎于江浙地区的民歌，故而有“醉发吴越调”的自白。

二、神仙道教。自会稽南至孤屿，正是南方神仙道教的渊薮，处处都有美妙动人的故事流传。这些会对李白产生巨大的吸引力。

三、王谢风流。《永王东巡歌》中说：“但用东山谢安石，为君谈笑净胡沙。”李白意欲立垂名万世之功业，而又不失风流潇洒，那位好作“洛生咏”的谢安，无疑是完美的榜样。

但在谢家门第中，对李白影响最大的，自当以谢灵运为最。这在《梦游天姥吟留别》中可明白看出。

随缘抒发，即兴赋诗

古今学者研究李白的诗歌，无不强调他与谢朓的关系，以为李白目空今古，只对谢朓顶礼膜拜。王渔洋《论诗绝句》曰：“青莲才笔九州横，六代淫哇总废声。《白纻》青山魂魄在，一生低首谢宣城。”但后人对这话可不能作偏颇的理解。

李白确是很推崇谢朓，《宣州谢朓楼饯别校书叔云》诗有句云：“蓬莱文章建安骨，中间小谢又清发”，《金陵城西楼月下吟》诗有句云：“解道澄江静如练，令人长忆谢玄晖。”可知谢朓的清词丽句，确使李白叹赏不已。

我们在阅读这类诗歌时，似应注意一点，即李白写作仰慕谢朓的诗时，都在谢朓生活过活动过的地区。一些诗径取名为“谢公亭”“谢公宅”“谢朓楼”或“谢朓北楼”，均为明证。李白进入金陵时，自然会想起谢朓的名诗《晚登三山还望京邑》。因为唐代由北方进入金陵的人，例由西边入城，路过三山，自然会想起谢朓的名句。《三山望金陵寄殷淑》诗曰："三山怀谢朓"，《秋夜板桥浦泛月独酌怀谢朓》诗曰："玄晖难再得"，这时他身在板桥，自然会想到谢朓《之宣城郡出新林浦向板桥》一诗。

李白还有些怀念谢朓的诗，不言写作地点，如《酬殷明佐见赠五云裘歌》，内云"我吟谢朓江上语，朔风飒飒吹飞雨。谢朓已没青山空，后来继之有殷公"，原注："谢朓宅在当涂青山下。"说明此诗当在当涂作。又李白《送储邕之武昌》诗中有"诗传谢朓清"之句，而作诗地点不明，詹瑛《李白诗文系年》以为诗中"湖连张乐地"句出于谢朓《新亭渚别范零陵》诗，瞿兑园、朱金城《李白集校注》则曰："谢朓诗乃于丹阳送别，则白诗亦未可据洞庭二字以定送别之地。"可能李白在丹阳郡送别储邕时想到了谢朓曾在此送别范云，留下了"洞庭张乐地，潇湘帝子游"的名句，所以写入送别储邕的诗中去了。

李白诗中提到谢灵运的次数要比谢朓为多，企羡之情，亦臻极致。诗的内容更为丰富，除称颂谢灵运诗歌上的成就外，还倾羡他的为人，包括其风采与游兴，重视兄弟情分和神仙道教。

李白在与他所提到的从兄弟辈相聚时，总以灵运、惠连为喻，《春夜宴从弟桃李园序》曰："群季俊秀，皆为惠连；吾人咏歌，独惭康乐。"《书情寄从弟邠州长史昭》曰："昨梦见惠连，朝吟谢公诗。"《赠从弟南平太守之遥》诗其一曰："梦得池塘生春草，使我长价登楼诗。"不仅可见他的笃于兄弟情谊，也可见其对谢灵运《登池上楼》一诗的倾倒。

当他到达谢灵运去过的地方时，常是联想此人。《庐山谣寄卢侍御虚舟》曰："闲窥石镜清我心，谢公行处苍苔没。"《入彭蠡经松门观石镜缅怀谢康乐题诗书游览之志》曰："谢公之彭蠡，因此游松门。余方窥石镜，兼得穷江源。将欲继风雅，岂徒清心魂。"表示千载同心，二人同样沉溺于山水之美。

不管自己或眼看他人将赴浙东旅游时，李白首先就会想到文采风流的谢灵运。《送友人寻越中山水》诗曰："闻道稽山去，偏宜谢客才。"《送杨山人归天台》诗曰："兴引登山屐，情催泛海船。"可见李白之情系剡中，不仅以其风光诱人，还以其地曾产生过谢灵运一辈的风流名士，留下千古传颂的诗篇。

李白在《送王屋山人魏万还王屋》一诗中历数浙东地区风光之美，胜迹之多，可与谢灵运许多诗篇中的描写互参。又谢灵运在《山居赋》中也曾多方言其居处之美，且介绍有关神仙家说曰："冀浮丘之诱接，望安期之招迎。甘松桂之苦味，夷皮褐以颓形。羡蝉蜕之匪日，抚云霓其若惊，陵名山而屡憩，过岩室而披情。"自注曰："浮丘公是王子乔师，安期先生是马明生师，二事出《列仙传》。《洞真经》云：'今学仙者亦明师以自发悟，故不辞苦味颓形也。'"《列仙传》相传为汉代刘向的著作，《洞真经》为东晋杨羲、许谧所传的上清经系中的重要经典，谢灵运小时就生长在著名道士钱塘杜子恭明师之靖室，熟知神仙道教中的典籍，可知其与江南神仙道教渊源之深。他所宣扬的神仙思想，当然对李白也会发生影响，吸引他前往观光。

一句话，此地文化底蕴之深厚，对他产生了强烈的吸引力。

如上所云，《梦游天姥吟留别》中言及："……我欲因之梦吴越，一夜飞渡镜湖月。湖月照我影，送我至剡溪。谢公宿处今尚在，渌水荡漾清猿啼。脚著谢公屐，身登青云梯。半壁见海日，空中闻天鸡。千岩万壑路不定，迷花倚石忽已暝。"有关谢灵运的遗迹、游历与山水名句，络绎奔赴笔下，可见其钦慕之忱。古人云"人杰地灵"，剡中之与谢客，相得益彰；李白之于海内名胜，尤恋剡中，也就不难理解了。

推崇大雅，不废六朝

上述分析说明，李白并非仅"低首"于谢朓，他在谢灵运丰富多彩的榜样身上找到了更多可以引起共鸣的地方。但不论对谁，都难用上“低首”二字。傲岸好胜如李白，决不可能“低首”臣服。他只是对一些六朝文士表示好感与仰慕。

因此，我们决不要把李白所仰慕的对象分什么高下。他在歌颂某一对象时，随缘抒发，即兴赋诗，本非在写什么文学批评的论文。后人不必从字里行间抉发问题而给李白代作鉴定：他对二谢的评价到底孰高孰低？

统观全局，李白对待其他问题亦复如此。就宗教问题而言，他时而谈玄，时而谈佛，都能说上一套。《天台晓望》诗曰：“观奇迹无倪，好道心不歇。攀条摘朱实，服药练金骨。安得生羽毛，千春卧蓬阙？”《庐山东林寺夜怀》诗曰：“宴坐寂不动，大千入毫发。湛然冥真心，旷劫断出没。”因为天台山是道教的圣地，李白登临其地，也就沉浸在神仙境界之中；庐山东林寺为佛教圣地，李白住宿于此，也就为佛家的气氛所溶化了。

一些李白研究工作者对李白的宗教信仰问题作了很细致的分析，说明李白的思想中有兼崇二者的倾向，这自然是不错的，唐代即已出现了三教圆融的大趋势。但在观察李白的信仰问题时，也应注意李白的特点。他对不同宗教派别中人都能说上一套。《寄王屋山人孟大融》曰：“所期就金液，飞步登云车。愿随夫子天坛上，闲与仙人扫落花。”表示愿随道教圣地的同好一起求仙问道。《答湖州迦叶司马问白是何人》曰：“青莲居士谪仙人，酒肆藏名三十春。湖州司马何须问，金粟如来是后身。”迦叶氏为天竺人的姓。大约李白看到对方是位佛教发源地的天竺人，所以自比为佛教中的维摩诘居士的吧。

研究李白，就得注意李白的这一特点，即随缘抒发，即兴赋诗，而不要把他在某一具体环境中发表的见解视为根本性的结论，以致偏于一端而陷于误解。

这里还可探讨一下他的文学见解，李白是否崇扬《大雅》而贬薄六朝诗歌。

目下的一些中国文学批评史中均主此说。这些著作中都辟有“李白”一章，无不强调李白推崇《大雅》而贬薄六朝，并引用《古风》五十九首中的第一首为证，诗曰：

> 《大雅》久不作，吾衰竟谁陈？王风委蔓草，战国多荆榛。龙虎相啖食，兵戈逮狂秦。正声何微茫，哀怨起骚人。扬马激颓波，开流荡无垠。废兴虽万变，宪章亦已沦。自从建安来，绮丽不足珍。圣代复元古，垂衣贵清真。群才属休明，乘运共跃鳞。文质相炳焕，众星罗秋旻。我志在删述，垂辉映千春。希圣如有立，绝笔于获麟。

只是情况是否如此简单，还应细加分析。

我们得问，李白的集子是否由他亲自编定？如果不是，那就说明此诗不一定原置五十九首之首，从而造成其论诗总纲的假象。

按李白的这一组诗，前后程序不明，既不按内容分类，又不按写作年代排列，如其十九“俯视洛阳川”咏安史乱军攻陷洛阳事，时在天宝十五载（756）；其三十四“渡泸及五月”咏征南诏事，时在天宝十载（751）。年代乖舛如是，看来不大可能出于作者自编。

况且这一组古诗原来不叫“古风”。其九“庄周梦胡蝶，胡蝶为庄周，一体更变易，万事良悠悠”一诗，《河岳英灵集》卷上题作《咏怀》。殷璠之书编于天宝十二载（753），其时李白健在，可知作者并不题作“古风”。韦縠《才调集》卷六录李白《古风》其二十中“泣与亲友别，欲语再三咽。勖君青松心，努力保霜雪。世路多险艰，白日欺红颜。分手各千里，去去何时还”八句，自成一首，说明五代之时李白的这一组诗尚多异本。又今本《李太白集》中《古风》其八“咸阳二三月，宫柳黄金枝。绿帻谁家子，卖珠轻薄儿”一首，其十六“宝剑双蛟龙，雪花照芙蓉。精光射天地，雷腾不可冲”一首，宋本、缪曰芑本均编入第二十二卷，题作《感寓》。亦可说明《古风》这一组诗并非李白自编，宋本系统的李集尚保持题目原称。

《古风》的最后一首其五十九曰：“恻恻泣路岐，哀哀悲素丝。路岐有南北，素丝易变移。万事固如此，人生无定期。……”明从阮籍《咏怀》诗其二十“杨朱泣岐路，墨子悲素丝”一诗化出。这一首诗置于这一组诗之末，从编排顺序上看，说不出有什么道理；但从其渊源而言，则亦可知这一组诗继承的是阮籍《咏怀》诗、陈子昂《感遇》诗的传统。

由此可知，李白的这一组诗实为针对现实中的问题而抒发其感慨。后人自不应以其有“古风”之名而以为他是在提倡复兴古道。

这一组诗既然不可能为李白自编，那么由谁编定？推究起来，这种编排当出李阳冰之手。

李白去世之时，正寓居当涂，曾面托李阳冰编集且撰序文。李阳冰《草堂集序》叙此事曰：“临当挂冠，公又疾亟，草稿万卷，手集未修。枕上授简，俾予为序。”这一文集，流传到了宋代，乐史《李翰林别集序》曰：“李翰林歌诗，李阳冰纂为《草堂集》十卷，史又别收歌诗十卷，与《草堂集》互有得失，因校勘排为二十卷，号曰《李翰林集》。今于三馆中得李白赋序表赞书颂等亦排为十卷，号曰《李翰林别集》。”宋敏求《序》中追述李阳冰、乐史二家编集情况后又说：“治平元年，得王文献公溥家藏白诗集上、中二帙。凡广一百四篇。惜遗其下帙。熙宁元年，得唐魏万所纂白诗集二卷，凡广四十四篇，因裒唐类诗诸篇，洎刻石所传别集所载者，又得七十七篇，无虑千篇。沿旧目而厘正其汇次，使各相从，以别集附于后。凡赋表书序碑颂记铭赞文六十五篇，合为三十卷。”此后曾巩又曾加以整理，《序》文中说：“《李白集》三十卷，旧歌诗七百七十六篇，今千有一篇，杂著六十五篇者，知制诰常山宋敏求字次道之所广也。次道既以类广白诗，自为序，而未考次其作之先后。余得其书，乃考其先后而次第之。”后来苏州太守晏知止命信安毛渐镂版行世，用的就是曾巩编次本，后世所传《李翰林集》又大都从毛渐刻本中出。

从上面各家的序文来推断，可知曾巩没有触及“古风”这一组诗，因为中间没有“考次其作之先后”的痕迹。乐史在李阳冰所编《草堂集》十卷的基础上又增加收到的诗文，重编为三十卷，宋敏求则“沿旧目而厘正其汇次，使各相从”，可见他的工作仍以“旧目”为基础，那么“古风”这一大类，不大可能为宋氏所设的新目。“古风”当为《草堂集》中遗留下来的“旧目”。乐史编李集时，去宋氏未远，即使乐氏添设“古风”一目，宋氏也不会称之为“旧目”。

按姚合《赠张籍太祝》诗有“古风无手敌，新语是人知”之句，说明其时“古风”一名已风行。李阳冰的年代比姚合要早，使用“古风”一名，或为文坛上的新词汇。他编“古风”时，可能还不到五十九首。其后宋敏求将原《咏怀》《感遇》之类的诗篇并入，才成目前这个样子。

李阳冰《草堂序集》言李白“不读非圣之书，耻为郑卫之作，故其言多似天仙之辞。凡所著述，言多讽兴”。把李白说成儒家的信徒，与实际情况不合。但由此可以想到，《草堂集》“旧目”的“古风”中将“《大雅》久不作”一首置于前端，倒是体现了李阳冰的意图。

李阳冰将“《大雅》久不作”一首置于“古风”之首，又将“古风”置于全集之首，体现的是自己的文学观点，但却扭曲了李白的形象。

当然，这一首诗也反映了李白文学思想的一个方面，但不能称之为根本观念或基本观点。其中批判六朝文学的一段，就与他在许多地方表达的观念不合。“自从建安来，绮丽不足珍”之说，则与“梦得‘池塘生春草’，使我长价登楼诗”；“解道‘澄江净如练’，令人长忆谢玄晖”

等句自相矛盾。今知李白本有随缘抒发、即兴赋诗的特点，那么也就不必把“《大雅》久不作，吾衰竟谁陈”，“自从建安来，绮丽不足珍”等议论看得那么绝对。它只是反映了李白一个时段或一个方面的看法，不能视作其诗论的最后结论。

目前编写文学批评史的专家似乎都有一种共同倾向，凡是著名的作家，都作理论家对待，此人如只留下诗作，也要摘出若干句子，构拟出这位诗人的理论体系。但像李白这样的一位浪漫主义诗人，情绪摆动的幅度很大，而又随缘立说，有时痛骂儒家中人，有时则又尊崇万分，本未树立不变的准则，构拟完整的体系，那我们何以又要随从李阳冰之后，奉之为儒家文艺思想的信徒呢？

论者或许还会举出《本事诗·高逸》中的一段话来作旁证。文中引用陈子昂、李白二人的诗论，李白“论诗”之语曰：

> “梁陈以来，艳薄斯极，沈休文又尚以声律，将复古道，非我而谁与！”故陈、李二集，律诗殊少。尝言：“兴寄深微，五言不如四言，七言又其靡也。况使束于声调俳优哉！”

这一段话，有符合实际的地方，也有偏颇之处。孟启这书，前人所谓小说家言，可信与否殊难断言。又孟氏上距李白年代过远，这些说法当得之于传闻，故如“五言不如四言”等说，全不符合李白创作的实际，若作李白的放言高论来看，正体现了李白喜欢即兴抒发的一面。后人只能将之视作文艺思想的一个方面，而不能以为其论诗宗旨就在这些“放言高论”上。

杜甫《春日忆李白》诗曰：“白也诗无敌，飘然思不群。清新庾开府，俊逸鲍参军。”《与李十二白同寻范十隐居》诗曰：“李侯有佳句，往往似阴铿。”由此亦可见其与六朝文学渊源之深。假如李白的创作崇尚儒家诗教的话，那他也就无法在唐代诗坛上有这么多的创新与开拓。假如我们充分注意到他对六朝文学的向往，多次前往剡中地区文化寻根，也就可以更进一步了解他与王谢风流的继承发展关系了。

（原载《中国李白研究》1999年“李白与天姥”国际会议专辑，安徽文艺出版社2000年10月版）

元和文坛的新风貌

一

李肇《国史补》卷下《叙时文所尚》曰：

> 元和已后，为文笔则学奇诡于韩愈，学苦涩于樊宗师。歌行则学流荡于张籍。诗章则学矫激于孟郊，学浅切于白居易，学淫靡于元稹：俱名为“元和体”。大抵天宝之风尚党，大历之风尚浮，贞元之风尚荡，元和之风尚怪也。

这对元和时期文坛上的新风貌来说，是一个高度的概括。如把上述各家陈述的顺序略作调整，则可排列如下：

> 文笔：韩愈（奇诡）、樊宗师（苦涩）
> 诗章：孟郊（矫激）、白居易（浅切）、元稹（淫靡）
> 歌行：张籍（流荡）

白居易、元稹也能文，然并不以此著称，孟郊的文章更是从未有人称述过。这三个人确是以诗章著闻于世的。但孟诗“矫激”，不同于白诗的“浅切”和元诗的“淫靡”；元、白二人关系深切，诗风也相近。说元诗“淫靡”，主要是指内容而言的；说白诗“浅切”，主要是指形式而言的。元稹《叙事寄乐天书》中曾将自己的创作分为十体，其中说到：

“……又有以干教化者，近世妇人，晕淡眉目，绾约头鬓，衣服修广之度及匹配色泽尤剧怪艳，因为艳诗百馀首，词有今古，又两体。”可见十体之中，五、七言今体艳诗和五、七言古体艳诗发生的影响尤为巨大，所以《国史补》中标举“淫靡”二字，用以概括元诗的特点。只是创作艳诗者可不限元氏一人，白居易也擅长此体，而且元白二人常是一起联翩创作，元稹《为乐天自勘诗集……》诗题内云：“因思顷年城南醉归，马上递唱艳曲，十馀里不绝。”白居易《与元九书》曰：“……如今年春游城南时，与足下马上相戏，因各诵新艳小律，不杂他篇，自皇子陂归昭国里，迭吟递唱，不绝声者二十里馀。”可见白诗也可加上“淫靡”的评语。杜牧在《李戡墓志铭》中引用李氏之言曰：“尝痛自元和已来有元、白诗者，纤艳不逞，非庄士雅人，多为其所破坏。流于民间，疏于屏壁，子父女母，交口教授，淫言媟语，冬寒夏热，入人肌骨，不可除去。”可见李肇之评元白，乃是互文足义，即白浅切而又淫靡，元淫靡而又浅切。

元和之时，元白诗因浅近之故，易于传播，而艳诗一体，易为社会中下层人物和年轻士人所接受，影响尤大。在《与元九书》中，白居易还说：“日者，又闻亲友间说：礼、吏部举选人，多以仆私试赋判传为准的。其馀诗句，亦往往在人口中。仆恧然自愧，不之信也。及再来长安，又闻有军使高霞寓者，欲聘娼妓，妓大夸曰：‘我诵得白学士《长恨歌》，岂同他妓哉？’由是增价。……又昨过汉南日，适遇主人集众乐，娱他宾，诸妓见仆来，指而相顾曰：‘此是《秦中吟》《长恨歌》主耳。’”元稹《白氏长庆集序》则曰：“……巴蜀江楚间，洎长安中少年，递相仿效，竞作新词，自谓为‘元和体’诗，而乐天《秦中吟》《贺雨》讽谕等篇，时人罕能知者。然而二十年间，禁省观寺邮候墙壁之上无不书，王公妾妇牛童马走之口无不道……自篇章以来，未有如是流传之广者。”足见白诗纤艳之作当日风靡全国的盛况了。白居易自谓诸妓指称他为“《秦中吟》《长恨歌》主”，元稹则说《秦中吟》诗“时人罕能知者”，看来白氏只是为了标榜自己的讽谏之作,故意纳入这一名字的吧。按诸实际,当时流传最广的恐怕也只能是《长恨歌》等诗章。

韩愈、樊宗师二人均以写作古文著称,但也有诗名。韩愈《南阳樊绍述墓志铭》中介绍樊氏的述作,内有“……表笺状策书序传记纪志说论今文赞铭凡二百九十一篇,道路所遇及器物门里杂铭二百二十,赋十,诗七百一十九”,然后下评语曰:“多矣者,古未尝有也。然而必出于己,不袭蹈前人一言一句,又何其难也。”这里是指樊氏总的创作成就而言的。可见樊氏的诗歌,和他写作的古文同样具有“苦涩”的特点。

所谓“苦涩”,是以味觉上的感受移作品评标准的。樊氏诗文的特点是注重创新,创新的结果过分超越常规,文字诘屈聱牙,难以卒读,这就成了“苦涩”。但由此可见,樊氏诗文的风格和韩氏的诗文的“奇诡”是一类的。孟诗“矫激”,是指态度而言的,“矫激”也者,也是与众不同度越常规,因此孟诗的风格和韩诗的“奇诡”也是一类的。韩、孟、樊三人过往甚密,性情相近,文风一致,这是一个以“奇诡”为特色的文学流派。

张籍歌行的特点是“流荡”。张氏与韩愈一派和元白一派都有很深的关系,他的创作,具有上述两派的某些特点,不论从交往上来看,还是从创作上来看,都可视其某一方面的表现而归入上述两派之中。

李肇随后提出的总结性意见是“元和之风尚‘怪’”,说明上述各家的“奇诡”“苦涩”“矫激”“浅切”“淫靡”“流荡”,都可用一“怪”字概括。“怪”异是与“正”常相对而言的,可见这时的代表作家,其作品都已不同于被前人视作规范的作品。白居易《馀思未尽加为六韵重寄微之》诗云:“诗到元和体变新。”可见白氏也以为这一时期的文坛上确是充满着“新”的气象。李肇以为“尚怪”,白氏以为“变新”,可以认为是异名同实而说来各有偏至之论。

二

据今存史料，韩愈为人很倨傲，韩门弟子中也常见这种作风。他们自视甚高，行为怪诞，甚至不近人情。这在历史上也是常见的现象。每当社会上形成某种强大的传统力量，对人形成压抑之时，那么挺身而出与之抗争的人，往往出现过分自负而具有的反“常”现象。韩愈在意识形态领域内开拓了很多新的战线，反骈排佛，人所共知，而在反对藩镇的政治斗争中，置生死于度外，表现出了雄大的气魄和百折不回的决心。

他与当代的文人都有交往，但关系最深的几位，则是政治地位和社会声望无法与之相比的孟郊、贾岛等人。韩门弟子中除张籍外，李翱、皇甫湜等人都要比他晚上一辈。

韩愈和白居易于德宗、宪宗两代曾多次同时在朝任职，但交往无多，直到穆宗长庆元年，韩愈作《雨中寄张博士籍侯主簿喜》一诗，白居易随作《和韩侍郎苦雨》诗一首，其后韩、白同游郑家池，白作《同韩侍郎游郑家池吟诗小饮》，今存韩集未见和作。白又赠以《老戒》一篇，韩无酬和。长庆二年，韩愈有《早春与张十八博士籍游杨尚书林亭寄第三阁老兼呈白冯二阁老》诗一首，白氏随作《和韩侍郎题杨舍人林池见寄》一诗酬答。其后韩愈又作《同水部张员外曲江春游寄白二十二舍人》一诗，白氏随作《酬韩侍郎张博士雨后游曲江见寄》作答。自此之后，两人似已中断了交往，白居易还有《久不见韩侍郎戏题四韵以寄之》一诗，韩愈亦未和。不难看出，白居易的态度比较主动，韩愈的态度则可以说是近乎冷淡的。①

---

① 韩愈文集由门人李汉编定，五代之乱未尝散佚，所以《崇文总（注转下页）

就在上面提到的最后一首诗中，白居易写道："近来韩阁老，疏我我心知。户大嫌甜酒，才高笑小诗。"这些虽然是"戏"话，但也怕是实情。韩愈有意识地培植后进，开拓门户，故白氏以酒量甚宏为比，从而有"户大"之说。韩氏才高气雄，喜作波涛万顷的古诗，不像白氏那样，喜作摇笔即来的"小律"。大约韩愈确是意识到自己"才高"，看不上白居易那种浅切的作品，所以不来酬答的吧。

和韩愈作风近似的弟子皇甫湜更是肆无忌惮地菲薄白氏。高彦休《阙史》卷上：

> 皇甫郎中湜气貌刚质，为文古雅，恃才傲物，性复褊而直。为郎南宫时，乘酒使气，忤同列者；及醒，不自适，求分务温洛，时相允之。值伊瀍仍岁歉食，正郎滞曹不迁，省俸甚微，困悴且甚。尝因积雪，门无辙迹，庖突无烟。晋公时保厘洛宅，人有以为言者，由是卑辞厚礼，辟为留守府从事。正郎感激之外，亦比比乖事大之礼，公优容之如不及。先是，公讨淮西日，恩赐巨万，贮于集贤私第。公信浮屠教，且曰："燎原之火，漂杵之诛，其无玉石俱焚者乎？"因尽舍讨叛所得再修福先佛寺。危楼飞阁，琼砌璇题，就有日矣。将致书于秘监白乐天，请为刻珉之词，值正郎在座，忽发怒曰："近舍某而远征白，信获戾于门下矣。且某之文，方白之作，自谓瑶琴宝瑟，而比之桑间濮上之音也。然何门不可以曳长裾？某自此请长揖而退。"座客旁观，靡不股栗。公婉词敬谢之，且曰：

（续上页注）目》仍著录为四十卷，柳开在《昌黎集后序》、穆修在《唐柳先生集后序》中也说韩集得其全。白氏文集乃生前手定，且抄写五本，分付庐山东林寺、苏州禅林寺、东都圣善寺、侄龟郎、外孙谈阁童保存。因为韩、白二氏的文集保存得比较完整，以此观察二人酬唱之概况，当接近事实真相。

“初不敢以仰烦长者,虑为大手笔见拒。是所愿也,非敢望也。”正郎赪怒稍解,则请斗醖而归。至家独饮其半,寝酣数刻,呕哕而兴,乘醉挥毫,黄绢立就。又明日,洁本以献。文思古謇,字复怪僻,公寻绎久之,目瞪舌涩不能分其句。读毕叹曰:“木玄虚、郭景纯《江》《海》之流也。”因以宝车名马、缯彩器玩,约千馀缗,置书命小将就第酬之。正郎省札,大忿,掷书于地,叱小将曰:“寄谢侍中,何相待之薄也?某之文,非常流之文也。曾与顾况为集序外,未尝造次许人。今者请制此碑,盖受恩深厚尔。其辞约三千馀字,每字三匹绢,更减五分钱不得。”(原注:已上实录正郎语,故不文。)小校既恐且怒,跃马而归。公门下之僚属列校,咸扼腕切齿,思脔其肉。公闻之,笑曰:“真命世不羁之才也。”立遣依数酬之。(原注:愚幼年尝数其字,得三千二百五十有四,计送绢九千七百六十有二。① 后逢寺之老僧曰师约者细为愚说,其数亦同。)自居守府至正郎里第,辇负相属,洛人聚观,比之雍绛泛舟之役。正郎领受之,无愧色。

皇甫湜诋白文为“桑间濮上”,正是“浅切”“淫靡”的另一种说法。他把自己的文章比作“宝琴瑶瑟”,然而“文思古謇,字复怪僻”,裴度尚不能分其句读,正是“苦涩”的“奇诡”之作。而他这种高自期许、贬抑他人的极端做法,也是“矫激”的表现。

白居易的作风与此不同。皇甫湜死后,曾有《哭皇甫郎中》之作,内云:“《涉江》文一首,便可敌公卿。”自注:“持正奇文甚多,《涉江》一章尤著。”雍容大度,和韩氏门下人物的作风相去太远了。

由此可见,韩愈和元白两大派别中的人物,性格特征与个人修养

---

① “六十”二字原阙,据《唐语林》卷六“皇甫湜气貌刚质”条引文补。

各不相同，但却都能顺着自己的个性特点，形成某种相应的风格，从而作出其独特的贡献。

三

元和时期，有一个在文坛上地位特殊而在政治上贡献卓越的人物，这就是上面所提到的，既重视白居易又尊重皇甫湜的裴度。《新唐书》本传上说："度退然才中人，而神观迈爽，操守坚正，善占对。既有功，名震四夷。使外国者，其君长必问度年今几，状貌孰似，天子用否？其威誉德业比郭汾阳，而用不用常为天下重轻。事四朝，以全德始终。及殁，天下莫不思其风烈。"可见他在当时的声誉之隆。

一般人都以为他只是一个政治家，在平定藩镇的军事活动上有过重要贡献，不太注意到他还是一个著名的文士。按裴度于贞元五年进士擢第，贞元八年中博学宏词科，贞元十年又应制举贤良方正、能直言极谏科，对策高等，可见他是以文学进身，而且是按唐代士人中最正规的程序进入仕途的。其后历任校书郎、节度府书记、司封员外郎知制诰，又拜中书舍人，这些又都是文学之士最规范的官职。任过这些职务的人自然会被认作文坛上的高手。由于裴度具有这样一种特殊的身份，综其一身，也就没有和文学脱离过关系。他和文坛上的一些著名人物一直保持着密切的联系。早在元和十二年，裴度拜门下侍郎、平章事、彰义军节度、淮西宣慰招讨处置使，统兵征伐吴元济时，便任韩愈为行军司马，而当他晚年徙东都留守时，则治绿野堂，"与白居易、刘禹锡为文章，把酒穷日夜相欢"。方回《瀛奎律髓》卷十七曰："裴晋公度，累朝元老，于功名之际盛矣，而诗人出其门尤盛。自为之诗，尤不可及。"说的确是实情。

而在当时尖锐复杂的政治斗争中，裴度对于那些遇到不幸的文人，还能凭藉他的地位和声望，尽力相助，使他们免遭不测，可以说是充当了文坛保护人的角色。

《新唐书·韩愈传》："宪宗遣使者往凤翔迎佛骨入禁中，三日，乃送佛祠。王公士人奔走膜呗，至为夷法灼体肤，委珍贝，腾沓系路。愈闻恶之，乃上表曰：……表入，帝大怒，持示宰相，将抵以死。裴度、崔群曰：'愈言讦牾，罪之诚宜，然非内怀至忠，安能及此？愿少宽假，以来谏争。'帝曰：'愈言我奉佛太过，犹可容；至谓东汉奉佛以后，天子咸夭促，言何乖剌邪？愈，人臣，狂妄敢尔，固不可赦。'于是中外骇惧，虽戚里诸贵，亦为愈言，乃贬潮州刺史。"

陈振孙《白文公年谱》元和十年乙未引高彦休《阙史》曰："公母有心疾，因悍妒得之。及嫠，家苦贫。公与弟不获安居，常索米丐衣于邻郡邑，母昼夜念之，病益甚。……常恃二壮婢，厚给衣食，俾扶卫之。一旦，稍怠，毙于坎井。时裴晋公为三省，本厅对客，京兆府申堂状至，四坐惊愕。薛给事存诚曰：'某所居与白邻，闻其母久苦心疾，叫呼往往达于邻里。'坐客意稍释。他日晋公独见夕拜，谓曰：'前时众中之言，可谓存朝廷大体矣。'夕拜正色曰：'言其实也，非大体也。'由是晋公信其事，后除河南尹、刑部侍郎，皆晋公所拟……①彦休所记，大略如此，闻之东都圣善寺老僧，僧

① 陈寅恪《元白诗笺证稿》附论《白乐天之先祖及后嗣》曰："高氏所述关于裴晋公一节，核以年月，不无可疑，盖乐天母以元和六年四月殁，而是时晋公尚未为宰相也。但乐天母以悍妒致心疾发狂自杀一点，则似不能绝无所依据而伪造斯说。"按：此时裴度"为三省"，乃在三省任职之谓，并非定然拜相。顾学颉《白居易世系家族考》据《旧唐书·宪宗纪》考知，元和五年至七年，裴度为司封员外郎（后升郎中）知制诰；元和七年，薛存诚任给事中，《阙史》中都以后日官位（注转下页）

故佛光和尚弟子也。……故删述彦休之语以告来者。”①

《资治通鉴》宪宗元和十年：“王叔文之党坐谪官者，凡十年不量移，执政有怜其才欲渐进之者，悉召至京师，谏官争言其不可，上与武元衡亦恶之，三月乙酉，皆以为远州刺史，官虽进而地益远。永州司马柳宗元为柳州刺史，朗州司马刘禹锡为播州刺史。宗元曰：‘播非人所居，而梦得亲在堂，万无母子俱往理。’欲请于朝，愿以柳易播。会中丞裴度亦为禹锡言，曰：‘禹锡诚有罪，然母老，与其子为死别，良可伤！’上曰：‘为人子尤当自谨，勿贻亲忧，此则禹锡重可责也。’度曰：‘陛下方伺太后，恐禹锡在所宜矜。’上良久，乃曰：‘朕所言，以责为子者耳，然不欲伤其亲心。’退，谓左右曰：‘裴度爱我终切。’明日，禹锡改连州刺史。”

上引资料证明，裴度对韩愈、白居易、刘禹锡这些著名的文人都是爱护的。早期可能与韩愈的关系更为密切。因为二人曾经共事过一段时间，在讨伐割据的藩镇这一项重大的政治问题上，意见完全一致。

出征淮西时，韩愈请先出关趋汴，向时任淮西诸军都统的宣武节度使韩弘进说，让他协力出兵。路过荥阳鸿沟时，作《过鸿沟》诗曰：“龙疲虎困割川原，亿万苍生性命存。谁劝君王回马首，真成一掷赌乾坤。”方成珪《韩集笺正》曰：“《汉书·高帝纪》：‘四年九月，汉王欲西

(续上页注)指称裴、薛二人。白母死时，居易官京兆府户曹参军，仍充翰林学士，辞官守制，例由京兆府向中书省申状，故裴度得以预闻此事。可见《阙史》中的记载，合乎情理，应当可信。文载《顾学颉文学论集》，中国社会科学出版社1987年版。

① 今本《阙史》无此文，恐是后人删去。张耒《右史集》卷四八《题贾长卿读高彦休续白乐天事》曰：“高彦休作《唐阙史》，辨白乐天无因母坠井作《赏花》《新井》诗，贾子又从而续辨之。”可证《阙史》原书中确有此文。

归，以张良、陈平谏，五年冬十月，复追项羽至阳夏南，遂灭楚。'诗所谓'劝回马首'者，正指良、平之言。时平淮之功，裴晋国实赞之，公亦有谋焉。盖借以美裴，且自喻也。"

胡仔《苕溪渔隐丛话》前集卷十八引《蔡宽夫诗话》曰："退之《和裴晋公征淮西时过女几山诗》云：'旗穿晓日云霞杂，山倚秋空剑戟明。敢请相公平贼后，暂携诸吏上峥嵘。'而晋公之诗无见，惟《白乐天集》载其一联云：'待平贼垒报天子，莫指仙山示老夫。'方其时意气自信不疑如此。"可见其时二人意气相投如此。

蔡州事平，韩愈随裴度回朝，又有《同李二十八员外从裴相公野宿西界》《桃林夜贺晋公》《晋公破贼回重拜台司以诗示幕中宾客愈奉和》诗，可见其时宾主唱酬之密。

但裴度对韩愈的创作活动却是不满意的。早在其未发迹时，一当韩门弟子李翱寄书征求意见，他就系统地提出了个人的文学见解，对韩愈的创作道路提出了批评。《寄李翱书》曰：

观弟近日制作，大旨常以时世之文多偶对俪句，属缀风云，羁束声韵，为文之病甚矣，故以雄词远志，一以矫之，则是以文字为意也。且文者，圣人假之以达其心，达则已，理穷则已，非故高之、下之、详之、略之也。愚欲去彼取此，则安步而不可及，平居而不可逾，又何必远关经术，然后骋其材力哉？昔人有见小人之违道者，耻与之同形貌，共衣服，遂思倒置眉目、反易冠带以异也，不知其倒之、反之之非也。虽非于小人，亦异于君子矣。故文之异，在气格之高下，思致之浅深，不在其磔裂章句、隳废声韵也。人之异，在风神之清浊，心志之通塞，不在于倒置眉目、反易冠带也。……昌黎韩愈，仆识之旧矣，中心爱之，不觉惊赏。然其人信美材也！近或闻诸侪类云：恃其绝足，往往奔放，不以文立制，而以文为戏。可矣乎，可矣乎？今之作者，不及则已；及之者当大为防焉耳。

这里是对以韩愈为首的古文运动所提出的看法。裴度的批评，主要是两方面的问题：一是韩氏一系的古文违反写作常规，出现了另一方面的弊端。骈文的末流常是不顾内容而只讲求语言文字的形式偶对，“属缀风云，羁束声韵，为文之病甚矣”。韩愈等人以“雄词远志，一以矫之”，这是可取的，但为反对骈文的弊病而走上另一极端，故意“高之、下之、详之、略之”，“磔裂章句，隳废声韵”，则仍是“以文字为意”，这样也就难以避免类同之病了。赵翼《瓯北诗话》卷三曰：“盘空硬语，须有精思结撰，若徒挦撦奇字，诘曲其词，务为不可读以骇人耳目，此非真警策也。……至如《南山》诗之‘突起莫间篕’，‘诋讦陷乾窦’，‘仰喜呀不仆’，‘堛塞生怐愗’，‘达枿壮复奏’，《和郑相樊员外》诗之‘禀生肖剿刚’，‘烹斡力健倔’，‘龟判错衮黻’，‘呀豁疚掊掘’；《征蜀》诗之‘剟肤浃痍疮，败面碎剠刮’，‘岩钩踔狙猿，水漉杂鳣蛸；投奅闹碚礐，填隍傶傄僒’，‘爇堞熇歊熺，抉门呀拗闾’，‘跧梁排郁缩，闯窦揳窟窾’；《陆浑山火》之‘𥁰池波风肉陵屯’，‘电光𥓂𥕦赪目暖’。此等词句，徒聱牙轖舌，而实无意义，未免英雄欺人耳。”韩诗中出现的这类问题，在古文写作中也有反映，裴度的意见恐怕也是有见于此而发的吧。二是韩愈思想“往往奔放”，“以文为戏”，突破了儒家确立的文学规范。儒家主张温柔敦厚，韩愈的《杂说》等文，却时时杂以嘲戏，这是违反儒家旨意的地方。儒家向来视小说为小道，而韩愈却写作《毛颖传》等文，甚至在《试大理评事王君墓志铭》中也要插入一个诡谲的娶妇故事，这里他以古文大师的身份而与新兴“浮薄”的传奇作者相呼应，也是引起人们非议的地方。韩门弟子之一，与元白关系深切的张籍就曾多次上书规谏，《上韩昌黎书》曰：“执事聪明，文章与孟子、扬雄相若，盍为一书以兴存圣人之道,使时之人后之人,知其去绝异学之所为乎?曷可俯仰于俗,嚣嚣为多言之徒哉?然欲举圣人之道哉,其身亦宜由之也。比见执事多尚驳杂无实之说,使人陈之于前以为欢,此有以累于令德。"《上韩昌黎第二书》曰:"君子发言举足,不远于理,未尝闻以驳杂无实之说为戏也。执事每见其说,亦拊卞呼笑,是挠气害性,不得其正矣。苟正之不得,曷所不至焉。或以为中不失正,将以苟悦于众,是戏人也,是玩人也,非示人以义之道也。"这与裴度在评论的精神上是一致的。

如上所述,裴度不但是勋业重臣,而且是文坛大老。他的《寄李翱书》,就是用完美的古文写作的,而他历掌御前笔札,在骈文写作上必然也有深厚的修养,因此他的批评,代表着行家的正统观念。于此可见,在中唐文坛上,韩愈的创作因力求创新而出现了许多碍眼的成分,时人以其破坏常规而颇多指责。

对于这种情况,韩愈早有所知,但他持不屑一顾的态度,决心为贯彻个人的文学主张而抗争到底。《与冯宿论文书》曰:"辱示《初筮赋》,实有意思,但力为之,古人不难到,但不知直似古人,亦何得于今人也?仆为文久,每自则意中以为好,则人必以为恶矣!小称意,人亦小怪之;大称意,即人必大怪之也。时时应事作俗下文字,下笔令人惭,及示人,则人以为好矣。小惭者,亦蒙谓之小好;大惭者,即必以为大好矣。不知古文直何用于人世也?然以俟知者知耳。"这种力排众议坚持自己文学主张的做法,也就是裴度所说的"昔人有见小人之违道者,耻与之同形貌,共衣服,遂思倒置眉目,反易冠带以异"了。可见韩愈的古文革新运动,在奋力前进的过程中,遇到的问题是不少的。但他力排众议,坚持自己的创作道路,终于开辟了一条新的创作途径,并取得了巨大的成就。

四

这在过去是一种被认为绝对正确的观点:有人认为世界观决定一切,而世界观中最为重要的就是其政治观,文学观则从属于政治观,因此研究工作者探讨作家的文学观时,首先得考察这位作家的政治观。这种意见对研究工作起着有害的作用。作家研究往往流为片面的政治分析。

其实这种认识是不合实情的。就以韩愈、柳宗元、刘禹锡等人对淮西军事的评价来说,也可看到政治观点与文学观点的不能相互替代。

在这次军事活动中,韩愈坚决支持主战派裴度,积极配合其行动,并作出了贡献。事成之后,他在奉命撰作《平淮西碑》时,又将首功归于裴度。但如上所言,裴度对韩愈的文学创作颇有保留意见,没有引荐他担任过什么文字方面的要职。裴度与韩愈的一致之处,主要在政治方面。

刘禹锡在贬斥远州时,受到过裴度的援救之恩,但在评价淮西之役时,却是不满于韩愈的过分归功裴度,从而不满于韩愈的《平淮西碑》,转而赞扬段文昌的《平淮西碑》。事后看来,裴度不以此为忤,反而引荐他出任文字方面的要职。说明刘禹锡在文学方面与裴度的品评标准更为一致。

这就说明,刘禹锡和韩愈之间,不但在政治观点上,而且在文学观点上,都存在着分歧。

柳宗元死后,刘禹锡奉命为之编纂《柳河东集》,他打破了总集前端首列赋体的惯例,将《平淮夷雅》置于全书之首,说明他对柳文中的这一部分特别重视。

这样做，颇有与韩愈分庭抗礼的意思。

刘禹锡在与韦绚闲谈时一再吐露过心声。他曾说：

> 柳八驳韩十八《平淮西碑》曰："'左飧右粥。'何如我《平淮夷雅》之云'仰父俯子'。"禹锡曰："美宪宗俯下之道尽矣。"柳云："韩《碑》兼有帽子，使我为之，便说用兵讨叛矣。"（《唐语林》卷二，原出《刘宾客嘉话录》）

柳宗元和韩愈都是古文运动中的主将。他们在反对骈文写作古文的活动中，都作出过巨大的贡献，但由于二人在气质秉性和生活道路等方面有差异，在文学观点上也就有很多不同。即以上面提到的句法与章法方面的问题而言，也说明了二人的着眼之点与致力之处有所不同。

林纾《春觉斋论文》在《用字四法》中提到古文写作中有一种"拼字法"，云"古文中拼字，原不能一着纤佻，然用此拼集庄雅之字，亦足生色。盖拾取古人用过字眼，便嫌饤饾，故能文者恒自拼集，以避盗拾之嫌。"唐代古文大家韩、柳最擅长此法。用这种方法构成的句子，往往给人一种矫奇不群的感觉，而这正是韩愈等人所刻意追求的。《平淮西碑》中就有"圣子神孙"、"文恬武嬉"、"兵利卒顽"、"进战退戮"、"左飧右粥"等句，《平淮夷雅》中也有"南征北伐"、"归牛休马"、"冲勇韬力"、"右翦左屠"、"仰父俯子"等句。比较起来，柳宗元造的句子比较平实，没有什么弊病，然似缺乏奇警的深致。韩愈的造句则好坏悬殊，如"文恬武嬉"，就是以其语新意奇而被纳入了我国常用成语的行列；而如"左飧右粥"之句，则由刻意求新而流于晦涩费解。大约这也就是裴度批评的"以文字为意"的磔裂章句之病了。

张戒《岁寒堂诗话》卷上曰："柳柳州诗，字字如珠玉，精则精矣，然不若退之之变态百出也。”这是很有见地的说法，玩味二人的诗文，当有同感。

刘禹锡还说：

> 段相文昌重为《淮西碑》，碑头便曰：“韩弘为统，公武为将。”用左氏“栾书将中军，栾黡佐之”，文势也甚善，亦是效班固《燕然碑》样，别是一家之美。（《唐语林》卷二，原出《刘宾客嘉话录》）

韩、段二家《平淮西碑》的优劣之争，是唐史上的一桩重要公案。从刘禹锡的上述言论来看，即使在文笔方面，他也更为欣赏段文昌的《平淮西碑》。

以他所举的例句而言，可知他是主张用骈体写作纪功碑文的。《文心雕龙·诔碑》篇中说：“碑实铭器，铭实碑文。……是以勒石赞勋者，入铭之域。”段文昌的《平淮西碑》，仿效班固的《封燕然山铭》而作。班固写作此铭，喜用骈句，宣扬汉家天子的声威和车骑将军窦宪的功绩。段文昌作《平淮西碑》，宣扬大唐天子的鸿图与裴度、李愬等人的功勋，情况有类似处。况且唐代奉旨撰述的文字，大都用骈文写作，段文昌此文，用的是通行的骈体，刘禹锡赞成这种文体，却不能正确地理解韩愈力图用古文创作打破皇家公文程式的用心。

韩愈的《平淮西碑》，反映了他以复古为革新的创作特点，所谓“点窜《尧典》《舜典》字，涂改《清庙》《生民》诗”，文章开端，模仿典谟训诰中晓示下属的口吻，加上了一段叙述“圣子神孙”功业和宪宗指挥三军的文字，这几乎占到全文的一半，所以柳宗元就嫌它“前有帽子”，不是单刀直入触及本题了。刘禹锡还说：“韩《碑》柳《雅》，予为诗云：‘城中晨鸡喔喔鸣，城头鼓角声和平。’美李尚书愬之入蔡城也。须臾之间，贼都不觉。”这也是反对韩文叙事之前加帽子的意思。

韩愈与柳、刘立论的分歧，原因是多方面的。韩愈是从平藩镇之乱的大局着眼，从而推崇裴度的战略措施。柳、刘是从雪夜入蔡州的战绩着眼，从而推崇李愬的战术成功的。韩愈毕竟是创立宗派的大师，敢于破除常规，制作格调高亢的鸿文，尽管有人指出此文开端叙事与史实多不合，但堂庑博大，还是写出了宪宗一朝此时的声威。柳宗元和刘禹锡是热中于参政注重事功的人，而在创立文派方面气魄稍逊，因此他们自矜自许的那些歌颂平淮西的文字，写得都很精当具体，然而气魄文势，则不能不说有逊于韩文。

只是刘禹锡注重骈体的看法，却与裴度一致。上面说到，裴度可以作为唐代正统文风的代表，他曾引荐刘禹锡主持御前笔札，可见刘禹锡的创作活动和文学观点正代表了当代的正统文风。

赵璘《因话录》卷三商部下曰："元和以来，词翰兼奇者，有柳柳州宗元、刘尚书禹锡及杨公。刘、杨（敬之）二人，词翰之外，别精篇什。"《唐语林》卷二《文学》载宰相杨嗣复对文宗曰："今之能诗，无若宾客分司刘禹锡。"足见刘禹锡的诗文，也是享有一时盛名的。

刘禹锡喜欢微文讥嘲，但他的创作，从写作手法来说，可没有故意求新，从而背离正统规范，所以深得裴度的赏识。

《旧唐书·刘禹锡传》："禹锡甚怒武元衡、李逢吉，而裴度稍知之。大和中，度在中书，欲令知制诰，执政又闻《〔游玄都观〕诗序》，滋不悦，累转礼部郎中，集贤院学士。"①说明裴度的荐举刘氏，虽因政治上的原因未能如愿，然而毕竟由此让他进入了宫廷中文人学士的行列了。

---

① 此说与事实稍有不合。钱大昕《诸史拾遗》卷二曰："禹锡本自和州除主客郎中分司东都，其时初未到都，次年方以裴度荐起元官，直集贤院，方得到京，《玄都》正在此时，距元和十年乙未，自朗州被召，恰直十四年矣。集中又有《蒙恩转仪曹郎依前充集贤学士举韩湖州自代》诗，可见禹锡初入集贤尚是主客，后乃转礼部。史云以荐为礼部郎中，集贤直学士，亦未核也。"

自此之后，在裴度的提携下，仕途也就平坦起来了。

盛唐时期名家辈出。诗文上的成就异常突出。中唐时期的文坛，继承这一时期的成果，自然会把沿着盛唐的创作道路而向前发展的人视为正统规范的体现者。刘禹锡的诗文创作，正上承盛唐成就而来，王士禛《唐人万首绝句选·凡例》曰："中唐之李益、刘禹锡，晚唐之杜牧、李商隐四家，亦不减盛唐作者云。"许印芳《律髓辑要》卷二曰："文章一道，总不能离起承转合之法，用之无痕者，作用在内，暗起暗承，暗转暗合，暗中消息相通，外面筋骨不露。盛唐诗气格高深，意味深厚，其妙在此。愚人但以形貌求盛唐，谓其无甚作用，谬矣。晚唐及宋人诗，作用在外，往往露骨，故少深厚之作。惟中唐刘中山、刘随州，犹有盛唐遗意耳。"由此可以察知裴度激赏刘禹锡的原因。他不推荐韩愈、白居易主持御前笔札，而是推荐刘禹锡知制诰，正是因为刘氏的创作符合文坛正统规范的缘故。

方东树在《昭昧詹言》卷十八中叙及刘禹锡《西塞山怀古》一诗时，纵论柳、刘创作上的得失，且与白居易的创作相比较，颇有启发意义，可以参考。方氏曰："柳子厚才又大于梦得，然境地得失，与梦得相似。""大约梦得才人，一直说去，不见艰难吃力，是其胜于诸家处；然少顿挫沉郁，又无自己在诗内，所以不及杜公。愚以为此无可学处，不及乐天有面目格调，犹足为后人取法也。"从刘、白二人对后世的影响来说，应该认为白胜于刘。

我在本文开始时就引用了李肇在《国史补》中论述"元和体"的一条文字，进而介绍了韩愈、孟郊、樊宗师、元稹、白居易、张籍等人的创作特色。读者不难看出，当时文坛上也享有大名的柳宗元、刘禹锡二人却是没有名列其中，这很值得深入体察。柳、刘二人与上述两大流派中人都有至为密切的关系，他们的创作成就也足与上述各家并列而无愧，李肇存而不论，确是另有其原因。看来柳、刘二人的创作并不具备“怪”的特点，他们只是沿着前人提供的条件正常地发展，在写作技巧上没有作出开拓性的努力，所以不能在这百舸争流的浪潮中代表某一方向而前进，在文坛上没有形成某一具有特色的流派，所以李肇才不加论列的吧。

（原载《中华文史论丛》第47辑，1991年5月）

韩愈的《永贞行》以及他同刘禹锡的交谊始末

一

顾嗣立《昌黎先生诗集注》卷三评《永贞行》曰："此诗前半言小人放逐之为快，后半言数君贬谪之可矜，盖为刘、柳诸公也。"

陈祖范《记昌黎集后》曰："予读韩文公《顺宗实录》及《永贞行》，观刘、柳辈八司马之冤，意公之罪状王、韦，实有私心，而其罪固不至此也。……退之于伾、文、执谊有宿憾，于同官刘、柳有疑猜，进退祸福，彼此有不两行之势。而伾、文又速败，于是奋其笔舌，诋斥无忌，虽其事之美者，反以为恶，而刘、柳诸人朋邪比周之名成矣。史家以成败论人，又有韩公之言为质的，而不详其言之过当，盖有所自。予故表而出焉，非以刘、柳文章之士而回护之也。"①

顾、陈二家之说，对于《永贞行》的内容、韩愈的创作态度，以及此诗所产生的影响，理解比较正确，后人自可据此而作深入一层的挖掘。

实际说来，王叔文一伙在顺宗一朝的所作所为，和韩愈没有什么直接的关系，因为韩愈在贞元十九年底以天旱人饥奏请停征京兆府税钱及田租，为人所谗，贬为连州阳山令。贞元二十一年夏秋之际，遇赦离阳山，俟命于郴州，八月授江陵法曹参军，九月初赴江陵。直到宪宗元和元年六月，召拜国子博士，始得还朝。王叔文等人的政治活动，一系列措施的推行，仅限于贞元二十一年一月至八月，那时韩愈正以有

① 载《陈司业文集》卷一。

罪之身飘泊在外，自无卷入政治旋涡之可能。

王叔文等人采取的措施，如罢免贪官、压抑藩镇等，和韩愈平素的主张也是一致的，按理来说，应当得到他的支持，因此有的研究工作者认为韩愈实际上是同情所谓“永贞革新”的。但这与韩愈在《永贞行》中表明的态度显然不合。在此诗中，韩愈口诛笔伐，其口气之严厉，用字之尖刻，已经到了一般封建文人都难于接受的地步。钱仲联先生的《韩昌黎诗系年集释》曾引各家之说，逐一加以驳正，如此又怎能说得上是韩愈同情所谓“永贞革新”了呢？

韩愈的《顺宗实录》是朝廷的史册，根据古来的传统，要求善恶必书，因此王叔文集团中的一些善政确是得到了较为接近事实的记录，但《顺宗实录》内也记下了这一集团中人的不少劣迹。韩愈有关后一方面的文字，和他在《永贞行》中的描写是一致的。他和王叔文集团之间始终划下一条明确的界线。尽管这一集团中有他的朋友柳宗元、刘禹锡在内，但他一直以猛烈攻击这一集团为己任，而且不断地在这些朋友之前提醒这一界线的存在。

王叔文集团的一些政治活动，还是经得起历史检验的，因此自宋代起，就已有人为之鸣冤了。韩愈那些过激的批判，也就引起了后人的反感。谭献《复堂日记》卷七曰：“《十七史商榷》于唐独表王叔文之忠，非过论也。予素不喜退之《永贞行》，可谓辩言乱政。”近人对于王叔文集团的进步意义有了更多的认识，由是对韩愈的声讨也就更见猛烈了。

韩愈和柳宗元、刘禹锡的关系，经常处在一种微妙的状态之中，彼此之间既有相互钦敬的一面，也有很多的隔阂和矛盾。只有联系中唐时期的政治形势，分析各种人物的动态，明确彼此的立场，掌握他们的思想情绪，才能对《永贞行》一诗获得完整的理解。

二

韩愈是个家族观念很强的人，而且颇以家世自负。自他的父辈起，到他的下一代，即使是那些碌碌无为的韩氏子孙，在他写作墓志铭时，也总要说上几句好听的话，如称韩岌“少而奇，壮而强，老而通”（《虢州司户韩府君墓志铭》），韩俞“卓越豪纵”（《四门博士周况妻韩氏墓志铭》），韩介“为人孝友”（《韩滂墓志铭》）之类。

而在韩愈一族中，却是少有地位尊显的人物，其中要数叔父云卿的名声较大。李白《武昌宰韩君去思颂碑序》中说：“云卿，文章冠世，拜监察御史，朝廷呼为子房。”韩愈于《科斗书后记》中说：“愈叔父当大历世，文辞独行中朝，天下之欲铭述其先人功行取信来世者，咸归韩氏。”其后韩愈以写作古文扬名于世，而且专精于写作碑志，应当接受过这位叔父的影响。

但对韩愈关系最为深切，影响最为巨大的家人，首推长兄韩会。韩愈早年很不幸，生下不到两个月，就死去了母亲；三岁时，父亲仲卿也去世了。其后就由韩会哺养。七岁随兄迁居长安，从之读书。十岁时，韩会贬官，随之谪居韶州；直到十三岁，韩会去世，韩愈始终随从着长兄。这时所经历的一切，自然会在他幼小的心灵上铭刻下烙印。

韩会死后，韩愈由长嫂郑氏哺养，备历艰辛，至于成立。《祭郑夫人文》中详叙抚育之情，直是声声血泪，可见其受恩之深。俗语说：“长兄为父，长嫂为母。”特别是像韩愈这样的经历，真正体现了封建社会家族关系中的这一人伦准则。祭文中也说：“视余犹子，诲化谆谆”；“昔在韶州之行，受命于元兄，曰：‘尔幼养于嫂，丧服必以期。’今其敢忘？天实临之！”足见他对兄嫂的感情之深。

但在韩愈的生花妙笔之下，却有一件难于实录的事，那就是韩会的遭贬。因为此事委实不太光彩，韩会是因党附权奸元载而受到惩处的。

韩愈成名之时，上距元载之死，已有二三十年的间隔，历史已为这位显赫一时的人物作出了定论。他玩弄权谋，培植私党，贪赃纳贿，声名狼藉。由这一案件而遭贬的人，自然也是名声不佳的了。

但韩会却是一位自命甚高的人物。《旧唐书·崔造传》曰："永泰中，与韩会、卢东美、张正则为友，皆侨居上元。好谈经济之略，尝以王佐自许，时人号为'四夔'。"钱易《南部新书》卷丙记载全同，当是袭用前人著作而著录的，此说所从出的原书已佚，谅来是中唐时期的人所记。李肇《国史补》卷下还说："韩会与名辈号为'四夔'，会为夔头。"可见他在这些人物中的突出地位。

这一些人虽然自命甚高，但并没有什么卓越的才能。因为政治上无所建树，所以也没有什么记载流传下来。崔造夤缘际会，虽曾一度拜相，但新、旧《唐书》上都说他"不能权济大事"，"莅事非能"；韩愈怀着特殊的感情为卢东美作墓志，也只能说是"在官举其职"而已。韩会的政治活动一开始就遭到挫折，未能充分施展才能，但在他得意时，似乎也没有什么突出的表现。

于是韩愈只能从"德行"上去表扬先兄了。《考功员外卢君墓志铭》曰："愈之宗兄故起居舍人君以道德文学伏一世。其友四人，其一范阳卢君东美。少未出仕，皆在江淮间，天下大夫士谓之'四夔'，其义以为道可与古之夔、皋者侔，故云尔。或曰：'夔尝为相，世谓"相夔"。'四人者，虽处而未仕，天下许以为相，故云。"《韩滂墓志铭》曰："起居有德行言词，为世轨式。"但这是无论如何不能自圆其说的。这样一位拟于夔、皋的圣者，却因依附声名狼藉的权奸而遭贬，真是最大的讽刺。对于深受长兄养育之恩而又以家世自负的韩愈来说，确是不太容易启口的。

于是他就只能虚晃一枪，推说韩会之贬乃因遭到了谗言。《祭郑夫人文》中说：“年方及纪，荐及凶屯。兄罹谗口，承命远迁。”只是这种说法提不出什么事实根据，缺乏说服力。因为元载一党的覆没，是当时朝廷上的一件大事，韩会之贬，为的是关系不同寻常。《旧唐书·代宗本纪》大历十二年夏四月“癸未，以右庶子潘炎为礼部侍郎。贬吏部侍郎杨炎为道州司马，元载党也。谏议大夫知制诰韩洄、王定、包佶、徐璜，户部侍郎赵纵，大理少卿裴翼，太常少卿王纨，起居舍人韩会等十馀人，皆坐元载贬官也”。《资治通鉴》卷二二五代宗大历十二年四月“癸未，贬吏部侍郎杨炎，谏议大夫韩洄、包佶，起居舍人韩会等，皆载党也”。可见韩会确是元载一党的核心人物，这是韩愈无法为之洗刷的。

韩会曾撰《文衡》一文，对韩愈影响至巨。王铚《韩会传赞》曰：“观《文衡》之作，益知愈本六经、尊皇极、斥异端、节百家之美，而自为时法。立道雄刚，事君孤峭，甚矣其似会也。孟子学于子思，而道过之，圣人不失其传者，子思也。会兄弟师授伟矣！”①足以说明韩会的文学事业曾给韩愈以启导。他在政治上的颠踬，也就成了韩愈的隐痛，自会引起他深沉的思考。

三

我国古代士人对其出处，常是表现为两种态度。一种是科举出身，逐级升迁，不图幸进，也不急于求成。一种是自负其才，以管、乐自许，平时注意传播名声，希望获得有力者的援手，遽躐高位，一展抱负。每当政治发生危机、社会处于动乱时，后一类人就更有冒头的机会。

---

① 见宋魏仲举《五百家注音辨昌黎先生全集》附《韩文类谱》卷八。

即以唐代而言，玄宗至代宗时，曾经出现过张镐、李泌等人物。可见这条终南捷径还是颇有吸引力的。

一些服膺儒术的人，则常是以夔、皋自许，犹如杜甫自命稷、契，希望“致君尧舜上”一样。这一类人大都迂阔无能，但如房琯之在玄宗、肃宗时，虚名还是很大的，且对高迁也发生了影响。“四夔”之辈，看来走的就是后一条路。

然而号称“夔头”的韩会，却不慎坠入元载一党，落得个不光彩的下场。

元载出身寒微，只是利用宫廷内部的矛盾，帮助代宗诛戮威胁王室的宦官，获得了信任，攫取了权势。他也曾经提拔过一些能人，采取过一些有益的措施，但其为人专尚权术，放纵无忌，结果犹如暴发户一样，贪赃枉法，卑污至极。韩会与这样的人交往，就是在出处大节上缺乏检点，这是韩愈一定会引为教训的。

他在许多文章中透露过这一消息，反复思考过文人的出处问题。《进士策问十三首》中一首曾这样提问：

> 春秋之时，百有馀国，皆有大夫士；详于传者，无国无贤人焉。其馀皆足以充其位，不闻有无其人而阙其官者。……今天下九州四海，其为土地大矣，国家之举士，内有明经进士，外有方维大臣之荐，其馀以门地勋力进者，又有倍于是，其为门户多矣，而自御史台、尚书省，以至中书、门下省，咸不足其官，岂今之人不及于古之人邪？何求而不得也？夫子之言曰：“十室之邑，必有忠信如丘者焉。”诚得忠信如圣人者，而委之以大臣宰相之事，有不可乎？况于百执事之微者哉！古之十室必有任宰相大臣者，今之天下而不足士大夫于朝，其亦有说乎？

古代的事，现在为什么行不通？社会发生了变化，士子怎样走上仕途才算是合乎规范？他的结论是：不能汲汲于富贵，不能为了轻躁幸进而获祸。《与卫中行书》中说：

……至于汲汲于富贵，以救世为事者，皆圣贤之事业，知其智能谋力能任者也，如愈者又焉能之？……然则仆之心或不为此汲汲也。其所不忘于仕进者，亦将小行乎其志耳，此未易遽言也。凡祸福吉凶之来，似不在我，惟君子得祸为不幸，而小人得祸为恒；君子得福为恒，而小人得福为幸，以其所为，似有以取之也。必曰“君子则吉、小人则凶”者，不可也。贤不肖存乎己，贵与贱、祸与福存乎天，名声之善恶存乎人。存乎己者，吾将勉之；存乎天、存乎人者，吾将任彼而不用吾力焉。其所守者，岂不约而易行哉？

就在韩愈进入仕途时，恰又遇到了一次类似前代政局的局面。出身寒微的王伾、王叔文等人，利用侍奉太子李诵的机会，正在搜罗人材，培植势力。这时正值德宗行将病故，重病在身的李诵即将代立，这对急于用世的人来说，正是日后飞黄腾达的一条捷径，也是施展抱负的大好时机。韦执谊就是看到了王叔文的受宠而依附上去的。《顺宗实录》卷五曰：“叔文，越州人，以棋入东宫。颇自言读书知理道，乘间常言人间疾苦。上将大论宫市事，叔文说中上意，遂有宠。因为上言：‘某可为将，某可为相，幸异日用之。’密结韦执谊，并有当时名欲侥幸而速进者陆质、吕温、李景俭、韩晔、韩泰、陈谏、刘禹锡、柳宗元等十数人，定为死交，而凌准、程异等又因其党而进，交游踪迹诡秘，莫有知其端者。”韩愈当时已有一定的名声，又是热中于仕进之人，但他能在这种关键的时候自别于“欲侥幸而速进者”之流，不能不说是汲取了他先兄的教训。

贞元二十一年，即永贞元年，刘禹锡年三十四岁，柳宗元年三十三岁，正是意气风发之时。二人少有才名，又有很大的政治抱负，这时遇到施展才能的大好机会，也就很自然地和王叔文等人结合在一起了。《新唐书·刘禹锡传》曰："素善韦执谊。时王叔文得幸太子，禹锡以名重一时，与之交，叔文每称有宰相器。太子即位，朝廷大议秘策多出叔文，引禹锡及柳宗元与议禁中，所言必从。擢屯田员外郎，判度支、盐铁案，颇冯借其势，多中伤士。……凡所进退，视爱怒重轻，人不敢指其名，号'二王、刘、柳'。"又《王叔文传》曰："时景俭居亲丧，温使吐蕃，惟质、泰、谏、准、晔、宗元、禹锡等倡誉之，以为伊、周、管、葛复出，憪然谓天下无人。"可见这一批人，正像前代的"四夔"一样，也是"以王佐自许"的。

柳宗元死后，韩愈为作墓志，一再说到柳氏"少精敏"，"崭然见头角"，"俊杰廉悍"，"踔厉风发"。"子厚前时少年，勇于为人，不自贵重顾藉，谓功业可就，故坐废退"。可以说是走上了和韩会等人类似的道路。

韩愈在《永贞行》中谴责王叔文等一伙人时，有句云："夜作诏书朝拜官，超资越序曾无难。"这是带有总结历史经验性质的意见，他是反对幸进而主张循资顺序的。

韩愈看到了宦海风波，不再"汲汲于富贵"，在出处上甚为审慎。刘、柳却想"超资越序"而立抵卿相，以至重蹈他人之覆辙。这就决定了二者政治态度上的差异，也就引起了日后的一系列矛盾和隔膜。

就在贞元十九年，王叔文集团公开的前夕，韩愈被远贬到连州阳山。他为什么遭到斥逐，史书上的记载纷纭不一，直到现在得不出可信的结论。按照韩愈自己的记叙来看，他是认为这同王叔文一伙的弄权有关。

韩愈在诗文里经常提到这一不愉快的事件。《赴江陵途中寄赠王二十补阙李十一拾遗李二十六员外翰林三学士》曰：

孤臣昔放逐，血泣追愆尤，汗漫不省识，怳如乘桴浮。或自疑上疏，上疏岂其由？……适会除御史，诚当得言秋，拜疏移阁门，为忠宁自谋？上陈人疾苦，无令绝其喉；下言畿甸内，根本理宜优。积雪验丰熟，幸宽待蚕辨。天子恻然感，司空叹绸缪，谓言即施设，乃反迁炎州。同官尽才俊，偏善柳与刘。或虑语言泄，传之落冤仇。二子不宜尔，将疑断还不。

这里他对遭贬的原因作了两种不同的分析。说是为了“御史台上论天旱人饥状”吧，那已经得到了天子和宰臣的赞同，因而“上疏岂其由”？这种可能性应该排除。这也就是说：遭到京兆尹李实的报复而遭打击的说法，韩愈当时也是不相信的。

看来他是怀疑一起担任监察御史的好友柳宗元和刘禹锡泄露了“语言”，所以“传之落冤仇”的。这定然是一种机密的“语言”，得罪了另一批幕后的权臣。此句之后虽然紧接着也排除了这种假设，但这里可能只是一种巧妙的遁词。韩愈于此本找不到什么确凿的证据，不便把话说死，而且李程等人和柳、刘交情很深，因而只能欲吐又吞。但他如果已从根本上排除了这种怀疑，那又为什么要在共同的朋友面前提起这桩不愉快的往事？

再把上述两层意思联系起来考察，韩愈的真意似在说明，他因上《天旱人饥状》而获罪，这只是表面现象，不是根本原因。问题的实质是得罪了王叔文一伙，而语言不慎，可能是由刘、柳二人传过去的。王叔文一伙假借上疏之事暗中活动，对他施加打击。

贞元二十一年夏秋之际，韩愈遇赦离开阳山，在郴州待命。这时的一些经历，加深了他的怀疑。当时王叔文集团正如日当天，柳宗元、刘禹锡等人大权在握，为什么不对横遭不幸的好友一伸救援之手？贞元二十一年正月辛酉，王叔文等人一上台，就把京兆尹李实贬为通州长史，并以诏书的形式宣布他的罪状，那他们为什么不把前此早已弹劾此人的韩愈引为同类而召唤入京呢？

韩愈不能不感到失望和愤懑，他在《八月十五日夜赠张功曹》一诗中说：

> 昨者州前捶大鼓，嗣皇继圣登夔皋。赦书一日行万里，罪从大辟皆除死。迁者追回流者还，涤瑕荡垢清朝班。州家申名使家抑，坎坷只得移荆蛮。

方崧卿《韩集举正》卷一曰："以文意考之，盖言追还之人，皆得涤瑕垢而朝清班，惟己为使家所抑，故只量移江陵也。"使家指当时担任湖南观察使的杨凭。陈景云《韩集点勘》卷一曰："公自阳山遇赦，仅量移江陵法曹，盖本道廉使杨凭故抑之，赠张功曹诗所谓'州家申名使家抑，坎坷只得移荆蛮'是也。时韦、王之势方炽，凭之抑公，乃迎合权贵意耳。"钱仲联《韩昌黎诗系年集释》补释则曰："杨凭为柳宗元妻父，自必仰承伾、文一党意旨。公与〔张〕署之被抑，宜也。"联系前此的阳山之贬，再和眼前的形势联系起来，使得韩愈更加怀疑，这些事情的背后确有王叔文一伙人在操纵。其时王叔文党已经逐渐失势，但杨凭还是能够利用权势阻拦他回朝。韩愈前遭打击，后遭压抑，不由得对王叔文一伙增加了敌对的情绪。

韩愈政治上的升沉，和王叔文一党力量的消长成反比。等到这一集团正式登台，韩愈才更明确认识到自己屡遭厄难的原因；等到这一集团垮台，才看到了抬头的机会。于是他在《忆昨行和张十一》诗中又说：

念昔从君渡湘水，大帆夜划穷高桅。阳山鸟路出临武，驿马拒地驱频隤。践蛇茹蛊不择死，忽有飞诏从天来，伾、文未揃崖州炽，虽得赦宥恒愁猜。近者三奸悉破碎，羽窟无底幽黄能。眼中了了见乡国，知有归日眉方开。

只是令人费解的是，韩愈在什么事情上得罪了王叔文集团？他在朝时，这一集团还未走向前台，他们的政治措施，还未公之于世，韩愈即使暗中计议，也难于具体论列。想来当是柳宗元、刘禹锡等人与之过往甚密，韩愈凭着自己的政治经验，对二王的作风有所评议，在柳、刘面前表露过，或者进行过规劝，希望他们不要轻躁冒进。其时韩愈还作有《君子法天运》诗，内云："君子法天运，四时可前知；小人惟所遇，寒暑不可期。利害有常势，取舍无定姿。焉能使我心，皎皎远忧疑。"方世举《韩昌黎诗集编年笺注》卷二以"此诗为刘禹锡、柳宗元媚比伾、文而作"，或许接近事实。当时韩愈曾经申述过自己的观点，其后他就遭到一系列的打击和迫害，这就不能不使他怀疑到这两位好友泄露了"语言"。

永贞元年八月，宪宗即位，标志着王叔文集团的败端已露，韩愈乃得量移江陵法曹参军。当他路过岳阳时，作《岳阳楼别窦司直》一诗，重提此事。

念昔始读书，志欲干霸王，屠龙破千金，为艺亦云亢。爱才不择行，触事得谗谤，前年出官由，此祸最无妄。公卿采虚名，擢拜识天仗，奸猜畏弹射，斥逐恣欺诳。新恩移府廷，逼侧厕诸将，于嗟苦驽缓，但惧失宜当。

窦庠随作《和韩十八侍御登岳阳楼》一诗，然对韩愈的牢骚不置只字。可能因为事出暧昧，旁人无从了解真相，因此对于韩愈前此遭贬之事略而不谈。

是年九、十月间，王叔文集团的政治斗争宣告失败，刘禹锡遭严谴，贬为连州刺史，正路过江陵，从而获得与韩愈见面的机会。这时的政治形势已经彻底改变。根据当时的政治标准来看，韩愈大义凛然，见机先觉，与李实、王叔文等人作坚决斗争，虽遭迫害而终不动摇，可以说是经历了严峻的考验，在政治品德上博得了声望。刘禹锡等人则因轻躁幸进篡窃权柄而被远斥，政治上处于下风。在韩愈看来，刘禹锡等人正是因为不听从他的"语言"，所以才落得这种下场。

于是，韩愈拿出《岳阳楼别窦司直》一诗，要求刘禹锡属和。这番举动，显然是要求刘禹锡对自己的怀疑作出解释。韩愈的态度还算是友善的，可以说是在政治上得到了翻身之后要求处在嫌疑之间的朋友作出必要的说明。

何焯《义门读书记》曰："退之出官，颇猜刘、柳泄其情于韦、王，乃此诗即以示刘，令其嘱和，毋乃强直而疏浅乎？或者窦庠语次，深明刘、柳之不然，劝其因倡和以两释疑猜，而刘亦忍诟以自明也。"这种分析的前半部分颇有启发意义，后半部分则是不符事实的臆断之词。窦庠当时权领岳州刺史，未闻同在江陵，怎能劝刘禹锡"倡和以两释疑猜"？而且窦庠在诗中未曾涉及前此的韩、刘事件，可见刘氏的答诗与窦庠毫无关系。

这时的刘禹锡，政治上和道义上正处于逆境，应命而作《韩十八侍御见示〈岳阳楼别窦司直〉诗因令属和重以自述故足成六十二韵》，对他来说，是很难措词的。因为他身处嫌疑之间，既不能承认什么，又不能否定什么，因此只能随文敷衍，而在韩愈的猜疑的问题上不着只字。

故人南台旧，一别如弦驶。今朝会荆蛮，斗酒相宴喜。为余出新什，笑抃随伸纸。晔若观五色，欢然臻四美。委曲风涛事，分明穷达旨。……

可以说，二人的隔阂没有能够消除，疙瘩没有能够解开。韩愈随即又写了这首《永贞行》赠送刘禹锡，进一步表明了自己的态度。

关于这首诗的写作时间和赠送对象，以往已有许多人作过考证，《五百家注音辨昌黎先生全集》卷三引韩醇曰："'郎官''荒郡'，意指刘禹锡坐叔文党贬连州也。公方量移江陵，而梦得出为连州，邂逅荆蛮，故作是诗。观终篇之意，可见其为梦得作也。"有人以为诗中明言"数君"，安得专指梦得一人？柳宗元贬邵州刺史，也要经过江陵，因此这诗应当兼为刘、柳而作。但考究起来，还应以韩醇的意见为是。因为《永贞行》中提到蛮荒的一段，所谓："荒郡迫野嗟可矜，湖波连天日相腾，蛮俗生梗瘴疠烝，江氛岭祲昏若凝。一蛇两头见未曾？怪鸟鸣唤令人憎，蛊虫群飞夜扑灯，雄虺毒螫堕股肱，食中置药肝心崩，左右使令诈难凭，慎勿浪信常兢兢。"并非掇拾陈词，而是直陈所见。因为他刚从连州召回，刘禹锡则要赴他前此的同一贬所，所以诗中紧接上文又说："吾尝同僚情可胜？具书目见非妄征"，表明这里是用个人的生活经验告知故人，对象甚为具体，不包括柳宗元在内。

韩愈这时写作《永贞行》，也就带有强烈的个人情绪。前此无名的阳山之贬，愤恨难消；怀疑中的"语言"之泄，还是无法解开疑团，刘禹锡应嘱的和诗，没有什么实质性的解答。于是韩愈重作《永贞行》一诗，以总结历史经验为题，声讨王叔文集团。这样，诗中也就出现了如下一些特点。

一是猛烈攻击王叔文等人，极尽丑诋之能事。这样做，可以进一步说明他本人政治方向的正确，满足其时政治上的优越感。不过他却是过甚其词，失掉了分寸。夸大事实固不必说，内中说到"董贤三公谁复惜，侯景九锡行可叹”，就是那些封建社会中的文人看来，也已觉得拟于不伦了。韩愈这样高的调门，想来只会引起刘禹锡的反感。

二是关怀故友，把刘禹锡等人和二王一辈“小人”区别开来。诗中说到“四门肃穆贤俊登，数君匪亲岂其朋?”表示对故友的谅解。刘禹锡在《上杜司徒书》中也介绍过韩愈对他的同情。这种态度，曾经博得很多人的赞可。但韩愈在《永贞行》中还是掩抑不住政治上占上风之后的快意心情，何焯《义门读书记》曰：“‘具书目见’，亦有‘君来路’‘吾归路’之意，非长者言也。”这种情绪或许是自然而不自觉的流露吧。

此诗最后用“嗟尔既往宜为惩”一句结束，希望刘禹锡对自己的误入歧途引为教训。这可不是一般的叮咛，而是具有多层涵义的告诫。大约是说当年没有听从他的忠告，所以遭此羞辱而贬斥南荒吧。

其后韩、刘各奔东西，似乎再无见面的机会。就在韩愈写作《永贞行》后不久，刘禹锡改谪朗州司马。元和十年二月，刘禹锡自朗州召回长安，三月再贬连州刺史。其时韩愈在长安，任考功郎中知制诰。这时本有机会聚首，但二人集子中没有留下什么往还的文字。

元和十二年十二月，韩愈随裴度出征淮西有功，授刑部侍郎。次年正月大赦。刘禹锡有《与刑部韩侍郎书》，内云：

> ……前日赦书下郡国，有弃过之目。以大国财富而失职者多，千钧之机，固省度而释，岂鼷鼠所宜承当？然譬诸蛰虫坯户而俯者，与夫槁死无以异矣。春雷一振，必歆然翘首，与生为徒，况有吹律者召东风以熏之，其化也益速。雷且奋矣，其知风之自乎！既得位，当行之无忽。

刑部侍郎掌律令刑法，有按覆谳禁之职。刘禹锡趁大赦之机，希望韩愈援手，但韩愈看来没有什么表示。

长庆二年，刘禹锡任夔州刺史，有《始至云安寄兵部韩侍郎中书白舍人二公近曾远守故有属焉》一诗奉寄，末云：

故人青霞意，飞舞集蓬瀛。昔曾在池籞，应知鱼鸟情。

也有希望对方援手之意。其时韩愈在京师任兵部侍郎，未曾有诗酬和，也没有什么措施予以援助。

看来二人江陵一别，疙瘩没有解开。政治斗争中形成的隔阂，一直到死都未能消除。这是很可惋惜的。

四

古今学者出于一种美好的愿望，对于历史上那些同时有交往的著名文人，总希望他们的友谊像水晶一样纯洁，而且自始至终没有瑕隙。但处在复杂的社会里，政治上的纷争，常使那些出身、思想、性格各不相同的文人走上不同的道路，从而产生一系列的矛盾和冲突。这是历史上的常见现象。韩愈、刘禹锡的这种凶终隙末的微妙关系就是明证，尽管有关这方面的文字记载大都闪烁其词。

韩愈死后，刘禹锡在和州任刺史，曾有《祭韩吏部文》之作，备致仰崇之意。里面叙及韩、柳与自己三人的情谊，也是切合实际的本色之词。文末有云："畏简书兮拘印绶，思临恸兮志莫就。生刍一束酒一杯，故人故人歆此来！"眷眷私衷，是很感人的。

但刘禹锡对韩愈是否一无意见可云了呢？朋友死后，感情激动下写出的东西，或许只能说明事情的一个方面。要想全面考察，不能光凭这些文字。

文人的态度，常有这种情况：每当他们正式落笔著之文字时，往往是一些可以公之于世的正面意见，而当他们私下与人交谈时，却常是透露出内心的一些真实想法来。这就是笔记小说之类的著作可贵的地方。

长庆之初，刘禹锡在夔州，韦绚自襄阳来谒，求在身边问学。韦绚是韦执谊的儿子，是刘禹锡的通家子弟，谈话也就很随便。韦绚日后作《刘公嘉话录》一卷，记载下了很多珍贵的资料，真切地反映了刘禹锡对韩愈的一些看法。

刘禹锡也提到了“四夔”之事，他说：

> 崔丞相造布衣时，江左士人号曰“白衣夔”。时有四人，一是卢东美，其二遗忘。

这是颇为奇怪的事。“四夔”之中，韩会为“夔头”，刘禹锡不容不知。因为他是故人韩愈的长兄，又是竭力回护的对象。“其一是卢东美”之说，明从韩愈写作的墓志铭来，这里怎么反而对韩会略而不谈了呢？

看来刘禹锡的态度是有意忽略，亦即存而不论。

柳宗元在《先君石表阴先友记》中也叙及韩会，说是“善清言，有文章，名最高，然以故多谤”。因为韩会乃柳镇之友，故尔有此回护之词的吧。但韩会从元载而遭贬，刘禹锡是一清二楚的，这样的“白衣夔”，其下场才真是可鄙的。他和柳、刘的从王叔文而遭贬，性质不同。然而韩会之事已成过去，自身的境遇却是难于辩解，因而刘禹锡只能推说“遗忘”的吧。

刘禹锡还直接评论韩愈说：

> 韩十八初贬之制，席十八舍人为之词，曰：“早登科第，亦有声名。”席既物故，友人曰：“席无令子弟，岂有病阴毒伤寒而与不洁

吃耶?”韩曰:“席十八吃不洁太迟。”人问之:“何也?”曰:“出语不是。”盖忿其责辞云“亦有声名”耳。

席夔奉旨撰拟制文,并非出于私人恩怨,只是“亦有声名”一语略寓嘲弄之意,竟至引起韩愈如此反感。由此可见韩愈对个人的名望看得很重,对“初贬”时得到的各种待遇一直耿耿于怀,总想伺机报复,而进行攻击时出语又甚为尖刻。这对刘禹锡来说,感受自然不同常人,因此他又说到:

韩十八愈直是太轻薄,谓李二十六程曰:“某与丞相崔大群同年往还,直是聪明过人。”李曰:“何处是过人者?”韩曰:“共愈往还二十馀年,不曾共说著文章,此岂不是敏慧过人也。”

韩愈在《进学解》中自称“口不绝吟于六艺之文”,在《答李翊书》中又称“行之乎仁义之途,游之乎诗书之源”,但按上述这话来看,却是绝非儒家的忠恕之道,也缺少温柔敦厚的气象,难怪刘禹锡要直诋之为“轻薄”了。韩、崔二人于贞元八年同中进士第后,一直保持着密切的关系。韩愈在《与崔群书》中说:“仆自今至少,从事于往还朋友间,一十七年矣。日月不为不久,所与交往相识者千百人,非不多,其相与如骨肉兄弟者亦且不少……至于心所仰服,考之言行而无瑕尤,窥之阃奥而不见畛域,明白淳粹,辉光日新者,惟吾崔君一人。”想不到这样一位至亲至敬之人,背后却遭到他如此恶意的嘲弄,真是有些匪夷所思的了。柳宗元《送崔群序》中说:“崔君以文学登于仪曹,贽于王庭,甲俊造之选,首雠校之列。”而且崔群与裴度、贾悚、张籍、刘禹锡有《春池泛舟联句》;与李绛、白居易、刘禹锡有《杏园联句》。这样的人,说是“二十馀年不曾共说著文章”,也是不可思议的事。

由此可见，韩愈平时自有矫激、尖刻、好胜、重名的弊病，这在刘禹锡来说，那是体会特别深刻的。也只有掌握韩愈这些性格上的特点，才能更深刻地理解《永贞行》这诗的特点。

柳宗元《送元暠师序》曰："中山刘禹锡，明信人也。不知人之实，未尝言，言未尝不雠。"可知刘禹锡的言论大都真实可信。

佚名《大唐传载》曰："礼部刘尚书禹锡与友人三年同处，其友人云：'未尝见刘公说重话。'"这或许是刘禹锡年事已高时的情况。但由此也可看到，他为人厚道，不会说什么缺乏分寸的过头话，而他在与韦绚谈话时直斥韩愈为"轻薄"，恐怕也是蓄之已久而自然流露的不满之词吧。

五

韩愈的《永贞行》一诗，对中唐时期的一次重大历史事件作了总结，因为它牵涉到许多著名文人的升沉出处，所以颇有探讨的价值。在此前后，韩愈还写下了许多与此有关的作品，应该把这一系列文字综合起来考察，结合在此前后的政治形势加以分析，才能进一步掌握韩愈思想发展的脉络，了解他和柳、刘等人的不同之点，以及二者之间政治上分歧和产生的隔阂。这对了解上述诸人的思想或许都是有所帮助的吧。

（原载《中华文史论丛》1987 年 2、3 期合刊）

“三教论衡”与文士心态

一

从南北朝起，我国就有“三教”(儒教、佛教、道教)这一名称出现。但儒家只着眼于现实政治和伦理问题，孔子说：“未知生，焉知死。”[①]人对现世的社会问题还应付不过来，哪能再花精力去探讨天国或来世？因此，神道、精灵或上帝云云，在儒家的典籍中很少讨论，要说儒家也是一种宗教，那是不合适的。所以出现“三教”这一说法，或许作为自成体系的这些意识形态，儒家、佛教与道教在社会生活中经常引起矛盾或冲突，因而引起了人们的注意，从而进行比较研究，因此产生的吧。

汉代之前，我国没有出现什么体系完整的宗教。先秦时期，各地流行过一些区域性的原始宗教，但在全国范围内，始终未能形成一种占主导地位的得到各地广大民众普遍信仰的宗教。汉代建立了中央集权的统一政府，与之相应，意识形态领域内也曾出现过尊奉太一神的宗教活动，但在这种经由方士草率构成的神灵世界，未能及时配以相关的教义，只是设计了一些繁复的仪规，其影响似只停留在刘氏皇室之内。汉武帝独尊儒术之后，董仲舒等人曾经作出过努力，想以儒学为主干，融入阴阳家说，创建一种宗教，只是这种构想仍未顺利实现。

① 《论语·先进》。

两汉之际，印度的佛教开始传入，并且逐步扩展其影响。东汉后期，道教开始形成，它利用道家学说为理论基础，纳入了许多原始信仰的内容，规仿佛教而创建，这倒是植根在自身的国土上，带有泥土气息的一种宗教，尽管其教义没有外来的佛教那样丰富，但它更能适应民众的固有心理与道德规范，因此发展的速度可相当迅速。

就这样，自南北朝起就出现了所谓“三教”并立的局面。

总的看来，儒家与道教之间的矛盾较少，没有发生过什么重大冲突。佛教的情况不同，那些恪守印度传来的原始教义的信徒，他们的立身行事，与我国士人和一般民众的生活方式和思想作风差距太远了，因此当佛教发展到一定阶段，不再甘心于依傍道术而单独传播时，也就不时爆发尖锐的冲突。诸如“神灭”呢还是“神不灭”？沙门应否尊崇王者？和尚是否应该接受父母的跪拜？……都曾激起反复的争辩。《弘明集》《广弘明集》和唐释彦悰《集沙门不应拜俗等事》六卷之中就保存着这方面的不少文字。总的看来，他们之间的争论大都集中在与政治伦理有关的若干问题上，而对各个教派（或学派）之间的义理，则没有展开过系统深入的辨析，也没有出现过各宗教之间血腥的残杀与冲突。

二

三教并峙的局面出现后，由于各式人等对三教的宗旨和应有的地位不断展开商讨，随之逐渐形成了所谓“三教论衡”的制度。

根据众多专家的研究，得知这一制度自北魏时起已见萌芽，北周之时已经多见，隋唐趋盛，以至于宋。由于各个时期政治形势的变化，以及皇帝的信仰喜好不同，三教的位次常是起变化。例如北周建德四年，“集群臣及沙门、道士等，帝升高座，辨释三教。先后以儒教为先，道教为次，佛教为后。”[1]到了隋代时，则又有人认为“佛，日也；道，月也；儒，五星也”。[2] 唐高祖用诏令的方式规定“老先、次孔，末后释宗”。[3] 太宗持相同的国策，把道教置于佛教之先。[4]

武后执政，利用佛教经典为女主登基提供理论根据，从而推尊佛教。[5] 到了唐玄宗时，则又以尊祖之故，仍推尊道教。他并于开元二十九年正月，命两京诸州各置玄元皇帝（老子）庙，还倡崇玄学，以《老》《庄》《文》《列》为“四子”，令习业成者准明经考试，谓之“道举”。这也就是说，那些熟习道教经典的人可以通过科举而服官，这是抬高道教社会地位最有力的措施。

三教地位的高下此起彼落，情况很复杂，唐释道宣《集古今佛道论衡》四卷载录了部分资料。儒家的地位很微妙，有时落到很可怜的地步，实际上这只是一种表面现象。在我国的封建社会里，统治者必须依靠儒家的教义维护政权，巩固统治，因此儒家的独尊地位事实上是不可动摇的。即使像南朝的梁武帝那样，出身于世奉天师道的世家，后又赤诚地皈依佛教，甚至三次舍身同泰寺，但他还是摆脱不了尘缘，随即暗示臣下花钱赎身，继续做他的皇帝。他临朝达五十年之久，高踞于众人之上，还不是依靠儒家教义而构成的等级制政权？他手下的官吏，无法使用和尚、道士去充任，只能是选用那些主要阅读儒家经典的士人。因此，我国历史上出现过几次灭佛或驱除道教的事件，但却从未出现过全国性的灭儒事件。在封建社会里，儒家教义已经溶化在

---

① 《周书》卷五《武帝纪》。

② 《隋书》卷七七《李士谦传》。

③ 《续高僧传》卷二十四《慧乘传》。

④ 《道士女冠在僧尼之上诏》，载《唐大诏令集》卷一百十三。

⑤ 《释教在道法之上制》，载《唐大诏令集》卷一百十三。参看陈寅恪《武曌与佛教》，载《金明馆丛稿二编》，上海古籍出版社 1980 年版。

政权机构与士人意识中而难以离析了。

陈寅恪说："吾中国文化之定义，具于《白虎通》三纲六纪之说。"[①]那么，《白虎通》上又是怎么说的呢？班固曰："三纲者何谓也？谓君臣、父子、夫妇也。六纪者，谓诸父、兄弟、族人、诸舅、师长、朋友也。"[②]于此可见"师长"这一社会关系地位之重要。韩愈《师说》中曰："师者，所以传道、授业、解惑也。"而自汉代罢黜百家、独尊儒术之后，教师所传之道，主要是儒家之道。每一个读书识字的人，自小至大，都在儒家之道的孕育下成长。佛、道两家的传教者也在寺观中宣传他们的道，但其范围毕竟是有限的，他们也向社会上作宣传，但其影响无法与儒家相提并论。

我国的政权机构，自西周初期起就建立了严密的制度。周公依据氏族社会重视血缘关系的传统，利用宗法制度，建立了一套严密的政权组织。目下所能看到的《周礼》，不可能是周公的原作，其中掺入了许多后人的构想，但也含有很多周初遗留下来的东西，后代的政权组织，受到过它的巨大影响。即如后世政权中六部的建置，即与《周礼》中的"六官"之说有关。《仪礼》一书，当然也不可能是周公的原著，但是各种礼仪的规定，自有周公制作的成分在内。孔子说："周因于殷礼，所损益可知也。"[③]马融说："所因，所谓三纲五常也。"[④]可见礼仪的建设具有继承性。周公制礼作乐，综合前代的文化遗产，吸收前人的统治经验，奠定了周朝八百年的基业。他在政权建设中所起的作用，那是不容低估的。前人所以推崇周公，甚至认为应该位列孔子之上，

① 《王观堂先生挽词序》，载《寒柳堂集》附《寅恪先生诗存》，上海古籍出版社1980年版。

② 《白虎通》卷三下《三纲六纪》。

③ 《论语・为政》。

④ 何晏《论语集解》引。

不是没有道理的。

孔子的政治地位不高，在制度建设上没有作出多大贡献，但他在有关伦理道德的理论建设上却是起到了重大作用。孔子对人际关系的看法，强调“君君、臣臣、父父、子子”，[①]他的言论，着重论证各色人等在社会结构中应该具有怎样的行为规范，例如，他说“君使臣以礼，臣事君以忠”[②]，就把君臣两方面应该具有的政治品格扼要地指明了。又如他说“子生三年，然后免于父母之怀”，[③]就把子女为什么要孝敬父母从道理上作了说明；“其为人也孝弟，而好犯上者，鲜矣；不好犯上，而好作乱者，未之有也”。[④] 可见孔子对于伦理道德和社会秩序的关系，有着十分清楚的认识。

我国历史悠久，封建社会延续时间之长，在世界上的其他地区从未见到过。其社会结构超乎寻常地稳定，可能与周人把社会结构落实在家庭上有关。在父家长制的家庭中，父亲负有培育子女的责任，同时也就肩负着约束子女的责任。儒家构建了修身、齐家、治国、平天下一整套的道德规范和政治措施，也就在政治制度和道德规范方面为每一个人设计了应处的位置，规定了种种升迁和降黜的措置手段，并且提供了有关的系统理论。从皇帝来说，他利用儒家的成果进行统治，本身也处在儒家设计的结构之中。他在言论上可把儒家抑低，但不可能摆脱其设计的秩序和提供的理论而进行统治。

值得注意的是，与儒家站在对立面的法家，有关社会伦理的理论，也持相似的观点。韩非曰：“臣之所闻曰：‘臣事君，子事父，妻事夫。三者顺则天下治，三者逆则天下乱，此天下之常道也。’明王贤臣而弗

① 《论语·颜渊》。
② 《论语·八佾》。
③ 《论语·阳货》。
④ 《论语·学而》，此为有子语。

易也。”[①]这种理论的出现，与儒家的理论一样，当是由封建社会中的现实问题所决定的。有怎样的社会，就有怎样的理论为之作论证。

过去已有人指出，我国历代王朝执行的是“儒表法里”的制度。儒家着重在教育，法家着重在防范和惩治，二者互为表里，实际上起到了相互配合的作用。

自李悝制订《法经》起，后代王朝不断拟制法令，最重要的，有晋律和唐律。晋律的内容已经不可尽知，唐律则有较完整的文字流传下来。按《唐律》共十二篇，一曰“名例”，首先强调打击十恶大罪。“十恶不赦”的内容，包括谋反、不孝等等，值得注意的是：在“不义”一项内，把杀“见受业师”也列入了十恶之中，与杀本属府主、刺史、县令同罪。而此所谓“见（现）受（授）业师”，则指“伏膺儒业而非私学者”，可见“儒家”的地位受到国家法律的保护，这是与佛、道等私学根本不同的。

唐律的这一规定在保证师道尊严方面一直发生着影响。

儒家追求“学而优则仕”。[②] 在封建社会中，士人不论是为了解决个人的生活问题，还是为了施展其政治抱负，都必须争取服官。而自唐代起，朝廷又建立起了完整的科举制度，士人不论应明经试，还是应进士试，抑或应其他科目的考试，都得通过儒家典籍的测试。应试成功的举子，可以进入仕途，参加到大大小小的官僚队伍中去。这样，士人奔竞的主要目标，当然出于儒家一途。因此，尽管唐代的著名文士如王维、白居易等都以崇佛著称，但他们立朝为官，仍然是把儒家的政治理想和道德规范作为立身行事的根本。换句话说，他们在朝为大臣，在家为居士，佛道等说，只能作为思想修养的一个方面被容纳进自身的人生观中去。

---

① 《韩非子·忠孝》。

② 《论语·子张》。

自玄宗时起，有几个皇帝在科举考试中实行过道举，但不久即告废除。很难想象，那些崇尚虚无的人，怎么可以潜身到繁杂的行政事务中去？举例来看，独孤及于天宝十三载举“洞晓玄经科”，但在他的思想之中，儒家学说仍占主导地位，这在阅读他的文集时不难看出。

三

唐德宗时，正式形成了“三教论衡”的制度，并且规定在皇帝的诞辰那一天举行。《南部新书》卷乙：“贞元十二年，天子降诞日，诏儒官与缁黄讲论。初若矛盾相向，后类江海同归。三殿谈经，自此始也。”说明三教之间的关系发展到中唐时情况已有很大的改变，这时“三教”之间的关系已经大大改善，彼此攻击的情况不多见了。教派之间的冲突，已为融洽的气氛所代替。

研究中国哲学史的专家总是以为“三教论衡”这一制度没有什么值得探讨的理论价值，因为佛徒、道士和儒学中人在这种场合似乎都没有作出过什么学理上的深层探讨，但从社会史的角度来看，这种制度的出现本身就是一种很有说服力的现象，表明佛教中人已经放弃了印度传来的许多原始教义，至少在社会生活中，已经全盘接受了儒家理论中的“忠”“孝”观念，并在出家之后也已忠实地实行着。慧立、彦悰著《大慈恩寺三藏法师传》卷七叙永徽二年春正月壬寅，玄奘授瀛洲刺史贾敦颐等人菩萨戒，谆谆嘱其“事君尽忠，临下慈爱”，这就说明佛教的高僧已把儒家伦理置于首要的地位。他们热诚地参加三教论衡，在皇帝面前表明他们的忠诚，说明佛教中国化的进程已经进入完成阶段。佛教徒和社会上的官民之间在伦理道德的主要方面具有共同语言了。

德宗贞元年间举行的“三教论衡”，史书上记载较多，虽然具体内容不可尽知，但仍可从中发现许多有趣的问题。

《新唐书》卷一六一《徐岱传》："帝以诞日岁岁诏佛老者大论麟德殿，并召岱及赵需、许孟容、韦渠牟讲话。始三家若矛盾然，卒而同归于善。帝大悦，赍予有差。"这种辩论方式本身就是一种有趣的现象。宗教的特点是门户森严，各派的教义不可混杂。一种宗教与另一种宗教之间，一种宗教之内的各教派之间，常是展开激烈的斗争，互争正宗。各种宗教虽然大都标榜慈爱相亲，但对异教徒，往往充满着敌视，历史上不乏虐待异教徒的事例，特别在中世纪时，尤为普遍。但在唐代"三教论衡"的公开辩论中，三教之间并不隐瞒彼此的差异，而其主要倾向却以追求统一为宗旨。可见我国的宗教界，求同的趋向超过别异，大家都能相互尊重。这种辩难由皇帝主持，说明这种"始若矛盾，卒同归于善"的方向，正是统治者所倡导和认可的。

《刘宾客嘉话录》："德宗降诞日，内殿三教讲论，以僧鉴虚对韦渠牟，以许孟容对赵需，以僧覃延对道士郗惟素。诸人皆谈毕，鉴虚曰：'臣请奏事：玄元皇帝，我唐天下之圣人；文宣王，古今之圣人；释迦如来，西方之圣人；今皇帝陛下，是南赡部洲之圣人。'"可见出家人之颂圣，与在家人无异。而且鉴虚所颂之"圣"，包括道、儒两家的祖师，这种尊重对方甘心并列的情况，在其他宗教界怕不多见吧。

《新唐书》卷一六七《韦渠牟传》："贞元十二年，德宗诞日，诏给事中徐岱、兵部郎中赵需、礼部郎中许孟容与渠牟及佛、老二师并对麟德殿，质问大趣。渠牟有口辩，虽于三家未究解，然答问锋生，帝听之意动。"可知这种辩难的内容是很肤浅的。韦渠牟出身于一个世代业儒的世家大族，年轻时就涉览经史，后为道士，又为僧徒，不久又还俗而为官作宦。由于他有这样的经历，对于各家教义自然有所了解，但又不可能有深入的体会和信仰。这种情况，对于唐代的文人，以至后代的文人来说，有其代表性。像李白、杜甫、王维、高適等人，有的以崇佛著称，有的以崇道著称，实际上早年都曾攻读经史，其后才受到佛、道二教的影响。可以说，他们信崇三教，但在社会上的立足点仍是儒家的世俗政治。

近代一些研究戏剧的专家也曾注意“三教论衡”这一特殊现象，他们为了追溯我国戏剧的源头，也就夸大“三教论衡”中的“嘲谭”成分，甚至说“在德宗，已不啻听说书，看杂技”。[1] 详看徐岱、许孟容、赵需等人的传记，可知诸人都是方正有节操并能以礼自持的人，[2]怎么可以把参加“三教论衡”的人一概视为粉墨登场的俳优呢？

晚唐懿宗时，确曾出现过“李可及戏三教”之事，但这只是“三教论衡”之后的馀兴节目，不能把皇帝主持的仪制与馀兴节目相提并论。

不过李可及的一番谐戏，却又透露出了我国传统思想领域内的一种特点，可供探究。

高彦休《阙史》卷下《李可及戏三教》：“咸通中，优人李可及者，滑稽谐戏，独出辈流。……尝因延庆节，缁黄讲论毕，次及倡优为戏，可及乃儒服险巾，褒衣博带，摄齐以升崇座，自称‘三教论衡’。其偶坐者问曰：‘既称博通三教，释伽如来是何人？’对曰：‘是妇人。’问者惊曰：‘何也？’对曰：‘《金刚经》云：“敷座而坐。”或非妇人，何烦夫坐，然后儿坐也？’上为之启齿。又问曰：‘太上老君何人也？’对曰：‘亦妇人也。’问者益所不喻。乃云：‘《道德经》曰：“吾有大患，是吾有身，乃吾无身，吾又何患？”倘非妇人，何患于有娠乎？’上大悦。又曰：‘文宣王何人也？’对曰：‘妇人也。’问者曰：‘何以知之？’对曰：‘《论语》云：“沽之哉！沽之哉！吾待贾者也。”向非妇人，待嫁奚为？’于是上意极欢。”这种情景确是有趣。如上所云，释伽牟尼、太上老君、文宣王都是圣人，李可

---

① 任半塘《唐戏弄》第三章《剧录》，上海古籍出版社 1984 年版。

② 徐岱，《旧唐书》卷一八九下、《新唐书》卷一六一有传。许孟容，《旧唐书》卷一五四、《新唐书》卷一六二有传。赵需，新、旧《唐书》无传，《柳河东集》卷十二《先君石表阴先友记》曰：“赵需，天水人，啍啍儒士也。有名。至兵部郎中卒。”

及却作为戏谑的对象，公然“侮”圣，可谓大逆不道，但他行若无事，懿宗也不予之罪，反而“宠锡甚厚”，可谓匪夷所思。于此可见我国朝野宗教观念的淡薄。

在古人的著述中，不但可以找到许多嘲弄佛、道二教的材料，而且可以发现许多嘲弄孔子的材料。《旧唐书》卷十七下《文宗纪下》：“大和六年二月，己丑，寒食节，上宴群臣于麟德殿。是日，杂戏人弄孔子，帝曰：‘孔子，古今之师，安得侮渎？’亟命驱出。”但随后却又发生了李可及嘲弄孔子之事。朝廷上如此，民间的情况更是可想而知。《封氏闻见记》卷一《儒教》云：“流俗妇人多于孔庙祈子，殊为亵慢，有露形登孔子之榻者。”则是把孔子视作五通一类的邪神了。表面看来，儒教衰微之极，孔子的庙宇，往往不及佛、道两教的气派，但如上所云，儒家的精义已经渗透进了历代政治组织和伦理道德之中，人们都在儒家所规定的社会结构中生活，对其理论指导者，反而可以侮弄，这种奇特的现象，也可以说是国人生活中重实践轻理论的一种表现。

四

在中唐著名诗人白居易的文集中，有一篇《三教论衡》，可以说是详记这一制度具体内容而留存于世的唯一文献，从中可以发现许多具体问题。

文前有引言，云是“文宗大和元年十月，皇帝降诞日，奉敕召入麟德殿内道场，对御三教谈论。略录大端，不可具载”。说明这是一份事后的记录稿，并非像有的学者所说的那样，“三家预有谋酌、预有脚本，旨在取帝大悦而已”。①

---

① 任半塘《唐戏弄》第三章《剧录》。

这次参加“三教论衡”的人员，《旧唐书》卷一六六《白居易传》和白氏文集内的记载不同，白氏自云：“第一座：秘书监赐紫金鱼袋白居易，安国寺赐紫、引驾沙门义林，太清宫赐紫、道士杨弘元。”可见这次“论衡”遴选出来的人员，都是三教中的代表人物。他们提出的问题，反映出了各家人物对其他宗教的兴趣之所在。

下面对讨论的问题略作分析。

僧问儒者：“《毛诗》称六义，《论语》列四科。何者为四科？何者为六义？其名与数，请为备陈者。”白居易解答时，除了依据儒家经典加以阐释外，还比附佛典，云是：“请以法师本教佛法中比方，即言下晓然可见。何者？即如《毛诗》有六义，亦犹佛法之义例，有十二部分也。佛经千万卷，其义例不出十二部中。《毛诗》三百篇，其旨要亦不出六义内。故以六义，可比十二部经。又如孔门之有四科，亦犹释门之有六度……又如仲尼之有十哲，亦犹如来之有十大弟子……夫儒门、释教，虽名数则有异同，约义立宗，彼此亦无差别，所谓同出而异名，殊途而同归者也。”这种论证方式，在熟悉白氏所说内容的人看来，不免会有牵强之感。《诗大序》中首先提出“六义”之说，孔颖达《毛诗正义》：“风雅颂者，诗篇之异体，赋比兴者，诗文之异词耳。大小不同而得并为六义者，赋比兴是诗之所用，风雅颂是诗之成形。用彼三事，成此三事，是故同称为义。”孔氏以为风雅颂是三种诗歌类型，赋比兴是三种表现手法，而十二部经云云，则是对佛经的内容和体例的分类。用十二部经去说明“六义”，并不贴切。

自唐初起，朝廷已把《五经正义》作为士子的法定读物，科举考试时必须据之立论，因此白居易对《毛诗正义》一书定然十分熟悉。他之所以采取比附的手段，正是求同存异心理的一种表现。《旧唐书》本传上说“居易论难锋起，辞辩泉注，上疑宿构，深嗟挹之”。说明白居易于此并非“宿构”。他对两家的典籍极为熟悉，而又思路敏捷，措辞得当，很好地充当了儒家的合格代表。

自印度传来的佛教教义，在内容、形式上都与我国本土典籍中包涵的内容和采用的形式有很多不同，要让这种外来文化在我国生根，在早期阶段来说，采用“格义”之说，硬相比附，怕是难免的。东汉时期，佛教信徒常与道教中人混而难分，晋代的般若学，以沟通玄学而得到传播。通过这样的几个阶段，佛学方始慢慢地为广大士人所接受。北齐颜之推在《颜氏家训》卷五《归心》中说：“内外两教，本为一体，渐积为导，深浅不同。内典初门，设五种禁；外典仁义礼智信，皆与之符。”《魏书·释老志》中说：“其始修心则依佛、法、僧，谓之‘三归’，若君子之‘三畏’也。又有五戒，去杀、盗、淫、妄言、饮酒，大意与仁、义、礼、智、信同，名为异耳。”这与白居易的论证方式，如出一辙。

作为儒臣的代表，白居易对辩难对象佛教代表极为尊重，云是“窃以释门义林法师，明大小乘，通内外学；灵山岭岫，苦海津梁，于大乘中，能狮子吼”，而他提出的问题，则是《维摩经不可思议品》中“芥子纳须弥”一说，可惜义林的回答没有记录下来，但从白居易的再次发问中，可知法师是以“诸佛菩萨解脱神通之力所致”作答的。

《维摩经》即《维摩诘所说经》。自六朝之时起，此经即已得到广大士人的喜爱，唐代之后仍然如此，王维即以摩诘为字。因为维摩诘的身份是居士，而又具有无边佛法，在居家信佛者的眼中看来，最合他们的志趣。“不可思议品”中的内容，对我国文士来说，不要说是见所未见，而且可以说是闻所未闻，这样自然会对他们具有吸引力了。

儒家“不语怪力乱神”，[①]所言大都囿于耳目闻见，这对求知欲强的人来说，自然无法满足。后人常采儒道互补的态度，除了在人生问题上有调剂作用外，《庄子》等书中一些奇特的描写，如蜗角之争等等，

---

① 《论语·述而》。

想象丰富，构思奇特，也能补儒家典籍之不足。但《庄子》也曾说过“六合之外，圣人存而不论”，①可见我国古代的哲人对于宇宙间超越人生体验的东西，大都兴趣不浓，邹衍海外九洲之说，后来缺乏嗣响，当以此故。

但是宇宙间的许多自然现象，还是会引发人们的疑惑，屈原在《天问》中说：“曰遂古之初，谁传道之？上下未形，何由考之？冥昭瞢闇，谁能极之？冯翼惟象，何以识之？明明闇闇，惟时何为？阴阳三合，何本何化？圜则九重，孰营度之？惟兹何功，孰初作之？斡维焉系？天极焉加？八柱何当？东南何亏？九天之际，安放安属？隅隈多有，谁知其数？天何所沓？十二焉分？日月安属？列星安移？……”这些理智的思考，当时还不可能求得合理的解答，在这中间就有着宗教界用神力来加以解释的机缘。

儒家着力于探讨社会和伦理问题，很少关注宇宙生成以及空间、时间等抽象的问题，但孔子人称“圣之时者也”，②他创建的这一学派，能够随着时代的发展，吸收本身缺少的内容，融合到原有的体系中去。例如儒家学说中原来缺乏宇宙生成的学说，而道家中有“气”论，到了孟子时，就以“养气”为题而形成了个人修养的理论，《易传》中更以“气”生万物为题而形成其宇宙观，从而弥补了儒家前此理论之不足。

白居易是仕途中人，这次作为儒家的代表而提问，所谓“须弥纳芥子”之说，正是儒家典籍中缺乏的内容。他之所以归心佛教，日后以居士身份过着亦隐亦仕的生活，当与佛教典籍中的义理可补儒家义理之不足，使他能有充实人生丰富理性这一方面的感受有关。

白居易向道士发问时，也先向对方表示敬意，云是“道门杨弘元法

---

① 《庄子·齐物论》。

② 《孟子·万章下》。

师，道心精微，真学奥秘，为仙列上首，与儒争衡”，态度也是非常友好的，三教之间都表现出了相互尊重的良好气氛。

白居易问：“《黄庭经》中有养气存神、长生久视之道。尝闻此语，未究所由，其义如何？”这是道家典籍中的重要内容，也是儒家典籍中所缺乏的，所以白居易要就此问个明白。

按《黄庭经》为道教中的内丹经典，自魏、晋至唐、宋，一直引起人们的兴趣和重视，钻研它的著作很多，郑樵《通志・艺文略》道家类《黄庭》门中就著录有三十部五十七卷，其中又以唐人的著述为多，可见白居易就此发问，很能说明当时文士关注之点所在。

陈子昂《登幽州台歌》曰：“前不见古人，后不见来者，念天地之悠悠，独怆然而涕下。”人处宇宙之中，如白驹之过隙，如沧海之一粟，静言思之，自会感到生命之短暂和地位之渺小。因此从远古时起就出现了方士的仙家之说。秦始皇四出求仙，还令博士作《仙真人诗》，可见其成仙愿望之强烈。汉武帝雄才大略，也为求长生而被方士所作弄。曹操在诗歌中也再三申述了“寿如南山”的愿望。因此，在古代仙家之说的基础上发展出来的道教，以其符合人们希望永生的愿望，得到了社会上广大人士的信仰。

儒家追求的目标是“修身、齐家、治国、平天下”，修身云云，是指忠孝诚敬之道，它与道家养身之道不同，而又并不矛盾，所以儒家在不违背其原有立场的基础上可以讲求养气存神、长生久视之道。

道士问：“《孝经》云‘敬一人，则千万人悦’，其义如何者？”这是就儒家的忠孝之道发问的。和尚第二次发问，也就曾参至孝何以不列四科发问，可见佛、道中人都对儒家的忠孝之道予以特别注意。应该说，儒家的忠孝之道中没有什么深文奥义，佛、道代表以此发问，目的只在尊重儒家的宗旨罢了。

洪迈在《容斋三笔》卷十四《三教论衡》题白居易《三教论衡》文后

曰："观其问答旨意，初非幽深微妙不可测知。"因为这种御前仪制，目的本来不在探讨学理，从三家的发问来看，可以觇测其时思想界的一些动态。佛道两家的注意力集中在社会伦理问题上，而这正是我国古代社会的特点，道教成立之始，就在这些问题上与儒家取得一致，因此二者之间很少引起尖锐的冲突；佛教在发展过程中不断向这方面靠拢和迁就，才能取得发展，这一接受忠孝之道的过程，也就是佛教逐渐中国化的过程。儒家则以他的等级观念和伦理道德为基础，不断吸收其他学派中可以补充自己的内容，弥补自身之不足。这种三教融合的过程，进展缓慢，但在皇室的推动与协调下，正在不断取得进展。

五

佛教中国化的过程与儒家中人、道教中人吸取佛教义理创立新说的过程相一致。禅宗的出现，说明佛教中国化已进入一个新的阶段，宋代理学的完成，则是受到禅宗的影响；全真教的建立，也和禅宗有关。

唐代还有武宗灭佛事件，但这只是融合过程中的馀波，主要是因经济上的矛盾触发的。总的看来，融合的过程正在加速进行。

就以《三教论衡》中的主角白居易来说，本人就是一个三教融合的典型人物。他做过地方官，又在朝廷长期任职，当然恪守儒家的道德规范；而他皈依佛家，甚至愿生兜率天，对道教也一直保持着信仰，企求长生。因此直到他的晚年，一方面不废声色之欢，一方面又持斋颂佛，炼丹服食，在他说来，中间并无矛盾。这种人生态度，古代文人中很常见，流风所及，就在不识字的广大人民中，因为受到这种三教圆融的文化传统的影响，也持同样的态度。例如过去人们死后，一方面根据丧礼处理后事，一方面又请和尚和道士做法事，求超度。佛教寺内，会有道教的神灵;道教庙中,会有佛教的佛像。而关公等著名的忠义人物,又会进入佛教或道教的神灵中去。这种情况,在其他国家的宗教活动中怕不多见。

由于我国在宗教问题上具有这样一种特殊的传统,所以在历史上从未出现过其他民族中一再发生的宗教战争。在世界上许多地区内,目前还在为宗教纷争而不断爆发冲突,甚至引起残酷的战争,那么对于我国的这一宝贵传统,自当予以珍视。

研究我国的这一"三教论衡"的特殊现象,是否可以得出如下有益教训:执政者对宗教应持超脱的态度,提倡各宗教之间的相互尊重,求同存异。作为社会的人,处在各种复杂的人际关系之中,上下左右,家庭内外,应有一定的道德规范,在此基础上,各人自可根据精神生活上的需要,信仰某一宗教,或者兼崇几种宗教,或者不信任何宗教。从宗教学者的眼中看来,这种情况似乎不太像是一个纯正的教徒应有的宗教生活,但是我国悠久的传统文化则启示人们,这种诸教圆融的社会生活,可以避免许多人间悲剧。

(原载南京大学中国思想家研究中心编《中国传统思想文化与廿一世纪国际学术研讨会论文选集》,南京大学出版社 1992 年 1 月版)

“芳林十哲”考

“芳林十哲”一名，从现在还能了解到作者姓名的著作而言，首先见于卢言的《卢氏杂说》。《太平广记》卷一八一引《卢氏杂说》，标名《苏景〔胤〕张元夫》的一条文字中说：

> ……开成、会昌中，又曰：“郑、杨、段、薛，炙手可热。”又有薄徒，多轻侮人，故裴泌应举，行《美人赋》以讥之。又有大小二甲，又有汪已甲。又有四字，言“深耀轩庭”也。又有四凶甲。又“芳林十哲”，言其与内臣交游，若刘晔、任息、姜垍、李岩士、蔡铤、秦韬玉之徒。铤与岩士各将两军书题，求状元，时谓之“对军解头”。

这一段文字，计有功《唐诗纪事》卷六十三《秦韬玉》言对军解头时曾加节录。王谠《唐语林》卷四《企羡》门则全文迻录，字句多不同，请参看拙撰《唐语林校证》中之辨析，这里不一一列举。应该指出的是，《唐语林》中最后一句作“〔蔡〕铤与岩士各将两军书题，求华州解元，时谓‘对军解头’”。比之《太平广记》《唐诗纪事》中的引文，文理更为顺当。

“两军”与科举的关系

唐代应试的士子，想要赴京参加进士、明经等考试，先要取得本地官府的保荐。旅居长安的士子，限于各种条件，常是难于回籍求取解送，他们一般总是利用机会，就地应试，求得京兆府的解送；假如能够列在首十名之内,而又不发生意外,那就非常有可能取得科名。退而求其次,他们如能求得与京兆府邻近的同州、华州的解送,也会取得良好的效果。王定保《唐摭言》卷二《争解元》曰:"同、华解最推利市,与京兆无异。若首送,无不捷者。"难怪蔡铤、李岩士等人要竭力争取"华州解元"的资格了。

但这与"两军"又有什么关系呢?

"两军"云云,指的是左右神策军。这是皇帝的一支禁卫部队。唐德宗时,藩镇割据,内乱时起,国势危殆。他为了防止武臣跋扈,威胁王权,于是把朱泚之乱中经过严峻考验的这支军队改由宦官统领,以为军权掌握在家奴手中,可以保证皇室的安全。《资治通鉴》卷二三五《唐纪》五一德宗贞元十二年"六月乙丑,以监句当左神策窦文场、监句当右神策霍仙鸣皆为卫军中尉"。自此之后,朝廷的大权进一步落入宦官之手,皇帝反而成了受挟制的傀儡。孙光宪《北梦琐言》卷六曰:"唐自安史已来,兵难荐臻,天子播越,亲卫戎柄,皆付大阉,鱼朝恩、窦文场乃其魁也。尔后置左右军、十二卫,观军容、处置、枢密、宣徽四院使,拟于四相也。十六宫使,皆宦者为之,分卿寺之职,以权为班行备员而已。"两军中尉一直控制着唐代中后期的政局。皇帝的废立,常由他们决定,裴庭裕《东观奏记》卷上言"文宗将晏驾,以犹子陈王成美当璧为托。建桓立顺,事由两军。[①] 颍王即位"。可见其权势之大。应试的士子如果持有两军中的书题,当然是最有力的保票了。

由此可知,士子打通两军的关节,[②]也就是乞求宦官的援助。

---

① 刘禹锡《子刘子自传》叙顺宗内禅事曰"是时太上久寝疾,宰臣及用事者都不得召对。宫掖事秘,而建桓立顺,功归贵臣。""贵臣"即指大阉俱文珍辈。与"两军"内涵相同。

② 李肇《国史补》卷下《叙进士科举》曰:"造请权要,谓之关节。"

《唐摭言》卷九《恶得及第》曰：

> 高锴侍郎第一榜，裴思谦以仇中尉关节取状头，锴庭谴之。思谦回顾，厉声曰："明年打脊取状头。"明年，锴戒门下不得受书题，思谦自怀士良一缄入贡院；既而易以紫衣，趋玉阶下白锴曰："军容有状，荐裴思谦秀才。"锴不得已，遂接之。书中与思谦求巍峨。锴曰："状元已有人，此外可副军容意旨。"思谦曰："卑吏面奉军容处分。裴秀才非状元，请侍郎不放。"锴俛首良久，曰："然则略要见裴学士。"思谦曰："卑吏便是。"思谦词貌堂堂，锴见之改容，不得已遂礼之矣。①

通过这一事例，可见其时宦官之跋扈，以及科举场中之黑暗，同时也反映出了那些奔走两军的士子人品低下，面目可憎。所以《唐摭言》接着上引二例曰："黄郁，三衢人，早游田令孜门，擢进士第，历正郎金紫。李端，曲江人，亦受知于令孜，擢进士第，又为令孜宾佐。俱为孔鲁公所嫌。文德中，与郁俱陷刑网。"②足见时人对于这一类人物的憎恶。《资治通鉴》咸通二年曰："是时士大夫深疾宦官，事有小相涉，则众共弃之。建州进士叶京尝预宣武军宴，识监军之面。既而及第，在长安与同年出游，遇之于涂，马上相揖，因之谤议喧然，遂沈废终身。其不相阅如此。"③据此亦可推知"芳林十哲"在士人心目中的位置。

---

① 徐松《登科记考》卷二十一系于开成三年，并加按语曰："此为高锴第三榜；《摭言》以为第二年，误。"

② 《唐语林》卷七亦载此事，唯黄郁作"华郁"。

③ 此事原载《唐摭言》卷九《误掇恶名》，雅雨堂丛书本作"华京"，《太平广记》卷一八三引《摭言》，则作"叶京"。

“芳林”与士子的进身

“芳林”之事，实际上即指两军之事。

《唐摭言》卷九《芳林十哲》标题之下，自注曰：“今记得者八人。”其名为沈云翔、林绚、郑玘、刘业、唐珣、吴商叟、秦韬玉、郭薰，王定保随后说道：“咸通中自云翔辈凡十人，今所记者有八，皆交通中贵，号芳林十哲。芳林，门名，由此入内故也。”

芳林门在何处，徐松《唐两京城坊考》有说明，卷一“三苑”曰：“禁苑者，隋之大兴苑也。东拒浐，北枕渭，西包汉长安城，南接都城。东西二十七里，南北二十三里，周一百二十里。正南阻于宫城，故南面三门偏于西苑之西。旁西苑者芳林门，次西景曜门，又西光化门。”芳林门下注曰：“唐末有‘芳林十哲’，谓自此门入交中官也。亦谓之芳林园。元和十二年，置新市于芳林门南。”因为宦官的办事机构内侍省位于太极宫西、掖庭宫南，自芳林门南下，就可以从西边进入内侍省中。

上述八人中，大约要以秦韬玉的创作成就为最高。《贫女》一诗，还被蘅塘退士选入《唐诗三百首》中，因而名声传播甚广，这里不妨把这首诗引用于下。

> 蓬门未识绮罗香，拟托良媒益自伤。
> 谁爱风流高格调，共怜时世俭梳妆？
> 敢将十指夸针巧，不把双眉斗画长。
> 每恨年年压金线，为他人作嫁衣裳。

王定保在介绍秦韬玉的出身时说：“京兆人，父为左军军将。”这一职务社会地位不高，所以秦韬玉在《贫女》诗中有自伤贫薄、怀才不遇之感。看来他本想倚仗自身的本领，通过科举进入仕途，然而处在混乱的晚唐政局之中，却无法求得正常的发展。

《唐语林》卷七曰：

> 秦韬玉应进士举，出于单素，屡为有司所斥。京兆尹杨损奏复等列，时在选中。明日将出榜，其夕忽叩试院门，大声曰："大尹有帖！"试官沈光发之，曰："闻解榜内有人，曾与路岩作文书者，仰落下。"光以韬玉为问，损判曰："正是此。"

秦韬玉与路岩的关系已经不可尽知，但秦韬玉因出身寒门之故，"屡为有司所斥"，这就不能不使人感到愤慨难平。他在《贵公子行》之后半中说："主人公业传国初，六亲联络驰朝东。斗鸡走狗家世事，抱来皆佩黄金鱼。却笑儒生把书卷，学得颜回忍饥面。"可见他心情之激愤，处境之艰苦。秦韬玉文才出众，却不得不依仗宦官的权势谋取功名，这是时代的错误，也是个人的悲剧。"蓬门未识绮罗香，拟托良媒益自伤"，事非得已，自哀自怜，这里有他卑污的一面，也有值得同情的地方。

秦韬玉出身于左军军将的家庭，在科举途中屡遭挫折之后，终于回到依靠"两军"的道路上来。《唐才子传》卷九本传上说："韬玉少有词藻，工歌吟，恬和浏亮。慕柏耆为人。然险而好进，谄事大阉田令孜。巧宦，未期年官至丞郎，判盐铁，保大军节度判官。僖宗幸蜀，从驾。中和二年，礼部侍郎归仁绍放榜，特敕赐进士及第，令于二十四人内安排，编入春榜。"《唐诗纪事》卷六十三叙秦韬玉之史实时也提到这些事情，然而语气没有这么严厉，最后说他名列榜中，"韬玉以书谢新人，呼同年略曰：'三条烛下，虽阻文闱，数仞墙边，幸同恩地。'"悻悻之声如闻，抒发了压抑多时的不平之气。

宦官把持朝政，历时甚久。这一批人虽有权势，然而社会地位向来不高，这时又把中晚唐的政局搞得乌烟瘴气，也就必然会引起上下各色人等的痛恨。那些交结两军的士人，自然要为儒林所不齿了。但上述情况表明，这时的社会不能为有才华的士人提供正常的发展机会，也是迫使他们走上邪路的客观原因，所以身历晚唐五代的黑暗年代、深知科举场中种种弊端的王定保在介绍“芳林十哲”后沉重地说：“然皆有文字。盖礼所谓君子达其大者远者，小人知其近者小者，得之与失，乃不能纠别淑慝，有之矣。语其蛇豕之心者，岂其然乎！”

王定保叙“芳林十哲”的名字，只“记得者八人”，所佚二人，其一当是罗虬。[①]《唐语林》卷三曰：

> 刘允章祖伯刍，父宽夫，皆有重名。允章少孤自立，以臧否为己任。及掌贡举，尤恶朋党。初，进士有“十哲”之号，皆通连中官，郭纁、罗虬皆其徒也。每岁，有司无不为其干挠，根蒂牢固，坚不可破。都尉于琮方以恩泽主盐铁，为纁极力，允章不应，纁竟不就试。比考帖，虬居其间，允章诵其诗，有“帘外桃花𥅫熟红”，不知“熟红”何用？虬已具在去留中，对曰：“《诗》云：‘关关雎鸠，在河之洲；窈窕淑女，君子好逑。’侍郎得不思之？”顷之唱落，众莫不失色。

《唐诗纪事》卷六十九叙罗虬曰：“广明庚子乱后，去从鄜州李孝恭。籍中有杜红儿者，善歌，常为副戎属意。副戎聘邻道，虬请红儿歌而赠之缯彩。孝恭以副戎所盼，不令受所贶。虬怒，拂衣而起。诘旦，手刃红儿。”可知此人凶暴浮躁，秉性不良。这或许也是“芳林十哲”中

① 徐松《登科记考》卷二十三咸通九年叙知贡举刘允章时已叙及。

人或多或少具有的特点吧。

郭缠即郭薰。郭薰依仗于琮的权势应试被黜，同见上述《唐摭言》叙“芳林十哲”的一段记叙之中。但他通过中官应试之事，则未见详细记载。

“十哲”的不同涵义

“十哲”一名，唐代习用。杜佑《通典》卷五十三“吉礼”十二《孔子祠》条记“开元八年，敕改颜生等十哲为坐像，悉应从祀。曾参大孝，德冠同列，特为塑像，坐于十哲之次”。“十哲”即孔门十大弟子颜渊、闵子骞、冉伯牛、仲弓、宰我、子贡、子有、子路、子游、子夏。皮日休《请韩文公配飨太学书》曰：“曾参之孝道，动天地，感鬼神。自汉至隋，不过乎诸子；至于吾唐，乃旌入十哲。”这是因为朝廷后来又把颜渊升为孔子的副座，而把曾参正式列入十哲之中。《新唐书》卷十五《礼乐志五》曰：“上元元年，尊太公为武成王，祭典与文宣王比，以历代良将为十哲像坐侍。秦武安君白起、汉淮阴侯韩信、蜀丞相诸葛亮、唐尚书右仆射卫国公李靖、司空英国公李勣列于左，汉太子少傅张良、齐大司马田穰苴、吴将军孙武、魏西河守吴起、燕昌国君乐毅列于右，以良为配。”唐末兴起的士林“十哲”之称，当是民间仿效这种文武“十哲”的命名而产生的。起初或因附会京兆府解送“十人为等第”之称而成。赵璘《因话录》卷三商部下记大和六年唐特替京兆府试进士官，注云：“时重十人内为等第。”《唐摭言》卷二《京兆府解送》曰：“神州解送，自开元、天宝之际，率以在上十人，谓之等第。必求名实相副，以滋教化之源，小宗伯倚而选之，或至浑化；不然，十得其七八。”所以王定保在同卷《为等第后久方及第》中“论曰：……若乃大者科级，小者等列，当其角逐文场，星驰解试，品等潜方于十哲，春闱断在于一鸣”。结合上述诸人的情况来看，这种称呼也就带有嘲弄的意味，大约出于一些尖刻的文人的创造，是对那些虽有文才然而屡试不售的人既有揶揄又抱不平的一种俏皮称呼。

《唐摭言》卷十《海叙不遇》曰：

> 张乔，池州九华人也。诗句清雅，敻无与伦。咸通末，京兆府解，李建州时为京兆参军主试，同时有许棠与乔，及俞坦之[①]、剧燕、任涛、吴罕、张蠙、周繇、郑谷、李栖远、温宪、李昌符，谓之“十哲”。

同样内容，《唐诗纪事》卷七十叙任涛与张乔时也有记叙，而于张乔下叙“十哲”之后，加注曰：“十哲而十二人。”[②]明代胡震亨《唐音癸签》卷二十八又转引此文，称之为“咸通十哲”。《唐才子传》卷九叙郑谷时说：“谷诗清婉明白，不俚而切，为薛能、李频所赏。与许棠、任涛、张蠙、李栖远、张乔、喻坦之、周繇、温宪、李昌符唱答往还，号‘芳林十哲’。”不难发现，这段文字是从《唐摭言》和《唐诗纪事》中移录过来的，但辛文房删去了剧燕、吴罕二人的名字，以便与“十哲”的“十”字切合；前面又增加“芳林”一名，以便与《唐摭言》卷九中的记叙一致。然而细究起来，辛氏的这一番加工改写都与事实不合。

不论是仅记得八人名字的“芳林十哲”抑或咸通“十哲”中的十二人，都出自王定保的记叙。这些人物，尽管生卒年月不能全然考知，但有好几个人的登第年代可以考知，通过比较，不难看出这些人物和王定保都生活在晚唐五代，他们是同一时期的人。

---

① 俞坦之为“喻坦之”之误。

② 吴罕，此作“吴宰”，当系形近而误。

按王定保生于唐懿宗咸通十一年(870),死于南汉刘龑大有十三年(940)。《直斋书录解题》卷十一《小说家类》中之《摭言》提要曰"光化三年(900)进士",和上述诸人的年代紧相衔接。王定保在《唐摭言》卷三《散序》中还介绍他撰写此书的经过,说他"乐闻科第之美,尝咨访于前达,间如丞相吴郡公扆、翰林侍郎濮阳公融、恩门右省李常侍渥、颜夕拜荛、从翁丞相溥、从叔南海记室涣,其次同年卢十三延让、杨五十一赞图、崔二十七籍若等十许人,时蒙言及京华故事,靡不录之于心,退则编之于简策"。足见他访求的面很广,积累了丰富的资料。

前引诸书记载,秦韬玉于中和二年(882)特赐及第,和王定保的登第之年仅相距十八年。郭薰倚仗于琮的权势应举,为刘允章黜落,时在咸通九年(868),和王定保的登第之年相距三十二年。又《唐摭言》叙"芳林十哲"时言郭薰事云:"郭薰者,不知何许人,与丞相于都尉向为砚席之交。及琮居重地,复绾财赋,薰不能避讥嫌,而乐为半夜客。咸通十三年,赵骘主文断,意为薰致高等;骘甚挠阻,而拒之无名。会列圣忌辰,宰执以下于慈恩寺行香,忽有彩帖子千馀,各方寸许,随风散漫,有若蜂蝶,其上题曰:'新及第进士郭薰。'公卿览之,相顾靦然,因之主司得以黜去。"则是郭薰在第一次失败之后,间隔四年,又遭到了另一次失败。这时相距王定保的及第之年,仅二十八年。

王定保对"芳林十哲"的记叙比较具体。这些人物原有十人,王定保仅记得八人,对于他们交通中贵的事迹,了解比较清楚。因此,王定保的这一记叙,不可能捕风捉影,应当可信。

咸通"十哲"中人的登第年代,《唐摭言》《郡斋读书志》《直斋书录解题》《唐才子传》等书上有所介绍。兹将有记载的几个人介绍如下:

李昌符，咸通四年(863)登第。[1]

许　棠，咸通十二年(871)登第。[2]

周　繇，咸通十三年(872)登第。[3]

郑　谷，光启三年(887)登第。[4]

温　宪，龙纪元年(889)登第。[5]

张　蠙，乾宁二年(895)登第。[6]

由此可见，李昌符与张蠙的登第之年相距达三十二年之久。这就说明“十哲”中的十二个人并非同一时期的士子。即以许棠而言，与张蠙的登第之年相距亦达二十四年之久，周繇与张蠙的登第之年相距亦达二十三年之久。咸通一共只有十三年，因此，郑谷、温宪、张蠙三人登第之时均距咸通已远，用“咸通”这一年号来概括，未必恰当。

和“芳林十哲”的情况相同，当时或许有人曾把其中的某十个人称作“十哲”，有人则把另外十人称作“十哲”，“十哲”的内涵，本不固定，王定保则笼而统之，把那些曾经列名“十哲”中的人物全都列入。大约他是看到这些人物之间辗转都有诗文往还，也就不管人数多少，合称“十哲”的吧。

---

① 见《唐诗纪事》卷七十《李昌符》、《直斋书录解题》卷十九《李昌符集》一卷提要。有的学者据《唐摭言》卷十与《北梦琐言》卷十中的记载，以为李昌符久不登第，咸通四年或系十四年之误。此事尚待进一步考证。

② 见《唐诗纪事》卷七十《许棠》、《直斋书录解题》卷十九《许棠集》一卷提要。

③ 见《直斋书录解题》卷十九《周繇集》一卷提要。

④ 见《郡斋读书志》(袁州本)卷四中《云台编》三卷《宜阳外编》一卷提要、《直斋书录解题》卷十九《云台编》三卷提要、祖无择《郑都官墓表》(载《龙学文集》卷九，四库全书本)。

⑤ 见《唐才子传》卷九《温宪》。

⑥ 见《直斋书录解题》卷十九《张蠙集》一卷提要、《唐昭宗实录》(黄滔《唐黄御史集》附，《四部丛刊》影印明刊本)。

上述“十哲”，在科举考试中都有一段不得志的经历，有些人则一直到死未能登第。康骈《剧谈录》卷下：“自大中、咸通之后，每岁试春官者千馀人，其间章句有闻者，亹亹不绝，如……贾岛、平曾、李陶、刘得仁、喻坦之、张乔、剧燕、许琳、陈觉，以律诗流传……皆苦心文华，厄于一第。”《直斋书录解题》卷十九《诗集类上》载《张乔集》二卷，“唐进士九华张乔撰。乔与许棠、张蠙、郑谷、喻坦之等同时，号‘十哲’。乔试京兆，《月中桂树》擅场，传于今，而《登科记》无名，盖不中第也。”这是因为南宋之时还能见到唐代的《登科记》，所以陈振孙了解到“十哲”中的好几个人至死未能取得功名。

这十二个人，在科举场中沉沦，情况是很可悲的。例如温宪，《唐诗纪事》卷七十记其事曰：

> 温宪员外，庭筠子也。僖、昭之间，就试于有司，值郑相延昌掌邦贡也。以其父文多刺时，复傲毁朝士，抑而不录。既不第，遂题一绝于崇庆寺壁。后荥阳公登大用，因国忌行香，见之悯然动容。暮归宅，已除赵崇知举，即召之，谓曰：“某顷主文衡，以温宪庭筠之子，深怒嫉之。今日见一绝，令人恻然，幸勿遗也。”于是成名。诗曰：“十口沟隍待一身，半年千里绝音尘，鬓毛如雪心如死，犹作长安下第人。”

“十哲”中人的处境都很凄楚。他们在仕途上没有什么背景可言，更无倚托中贵的任何记叙，因此辛文房在转述之时凭空按上“芳林”一词，把这一批人也称为“芳林十哲”，与事实不符。

辛文房在转述之时还删去了剧燕、吴罕二人。这两个人的诗作确很罕见，历史亦不详，《唐摭言》卷十《海叙不遇》叙剧燕曰：“剧燕，蒲坂人也。工为雅正诗。王重荣镇河中，燕投赠王曰：‘秪向国门安四海，不离乡井拜三公。’重荣甚礼重。为人多纵，陵轹诸从事，竟为正平之祸。”看来“十哲”中人都有一些疏狂之气，所以人们合而称之的吧。剧、吴二人，时人将之纳入“十哲”之中，也是有其原因的。辛文房径加刊落，不见得有什么根据。

又辛文房在《唐才子传》卷十《张乔》中说：“当时东南多才子，为许棠、喻坦之、剧燕、吴罕、任涛、周繇、张蠙、郑谷、李栖远，与乔亦称‘十哲’。”这里却是删去了李昌符、温宪二人，保留了剧燕、吴罕二人。“十哲”之“十”虽有了着落，但其根据仍是不足的。

“十哲”一名，根据王定保的记叙，是在长安时期举子中间传播开来的。国人向来重视地域出身，当时有以地区性的称呼来概括文人集团的作风，如“吴中四子”等。徐松《登科记考》卷二十三咸通十二年进士四十人中列入许棠，举《永乐大典》引《池州府志》曰：“张乔，字伯迁。时李频以参军主试，乔及许棠、张蠙、周繇皆华人，时号‘九华四俊’。”辛文房说“当时东南多才子”云云，或许由此引起的吧。但在这十个人中，剧燕为蒲坂人，张蠙为清河人，均非“东南才子”。因此辛文房的这一假设，仍属捕风捉影的臆测之词。

（原载《唐代文学研究》，广西师范大学出版社 1990 年 10 月版）

宋人发扬前代文化的功绩

中国的文化源远流长，自古以来从未中断，在这迂回曲折的历史长河中，赵宋一代起着承前启后的作用。它上承唐代，远绍先秦两汉魏晋南北朝，即以保存前人文献而言，也取得了巨大的成就。总结这一方面的历史经验，了解宋人发扬前代文化的功绩，对于当代的人来说，也有重要的参照作用。

总的看来，前代文献之所以能够流传后世，仰仗下面三项有利条件：

一、在宋初帝王的倡导下，注意搜集和保存前代文献，从而推动了这方面的整理工作。

二、印刷术的发明，使各项成果能以更有效的方式保存和传播。

三、专业书商的出现，促使书籍商品化，从而使整理出来的文化成果更迅速地流通于社会。

下面对此分别进行一些具体论证。

宋初帝王编纂“四大书”的重要意义

首先可从宋初帝王的热心保存文献说起。

唐代自安史之乱以后，藩镇割据，军阀混战，中央政权在不断遭到削弱之后，终告覆灭。宋太祖赵匡胤建国之后，接受前代教训，采取偃武修文的国策，其后几代帝王都很热心文化事业，并作出了成绩。

宋敏求《春明退朝录》卷下曰：“太宗诏诸儒编故事一千卷，曰《太平总类》；文章一千卷，曰《文苑英华》；小说五百卷，曰《太平广记》；医方一千卷，曰《神医普救》。《总类》成，帝日览三卷，一年而读周，赐名曰《太平御览》。又诏翰林承旨苏公易简、道士韩德纯、僧赞宁集三教圣贤事迹，各五十卷，成书，命赞宁为首坐，其书不传。真宗诏诸儒编君臣事迹一千卷，曰《册府元龟》；不欲以后妃妇人等事厕其间，别纂《彤管懿范》七十卷，又命陈文僖公裒历代帝王文章为《宸章集》二十五卷，复集妇人文章为十五卷，亦世不传。”于此可见当时修书的规模之大和编纂的收获之富。

这些书中，尤以后世称为宋初四大书的《太平御览》《太平广记》《文苑英华》《册府元龟》的价值为大。《太平御览》为类书，《太平广记》为小说总集，《文苑英华》为文学总集，《册府元龟》为分类政治通史。这四种书，都是各个门类的集成之作，至今仍为探讨这些门类的问题时从中发掘材料的渊薮。

《太平御览》一千卷，共分五十五部，五千三百六十三类，又有六十三附类，合计共为五千四百二十六类。引用的书到底有多少，很难统计。此书前端有《太平御览经史图书纲目》一文，后有两行文字曰：“右计一千六百九十件，外有古律诗、古赋、铭、箴、杂书等类，不及具录。”然而这一统计数字却是不可靠的。《纲目》出于后人追拟，重复错误，在在多见，故不足凭信。范希曾《书目答问补正》卷三于《太平御览》下注曰：“此中引书二千八百余种，民国十一年北京大学研究所尽为辑出，存校中，未刊。《太平御览》存古佚书最富，故为类书之冠。”这一数字是否正确，仍有疑问，马念祖《水经注等八种古籍引用书目汇编》凡例中称实核为二千五百七十九种。可能各家对某些书名理解不同，所以分合不一，统计的数字也就不同了。

范希曾说此书“存古佚书最富，故为类书之冠”，则是学术界所一致公认的。

我国自先秦时起，文化已经相当发达，汉代时更趋繁荣，不但学科门类众多，而且典籍数量也很可观，人们阅读时，遍览为难。类书之起，就在适应当时文人分类查检各种材料的需要，因此目录学家大都认为我国的类书具有百科全书和资料汇编的性质。

从目前留存的类书来说，隋代的《北堂书钞》，唐代的《艺文类聚》《初学记》等，自然是至为重要的，只是《太平御览》的情况又有不同，不但规模要大很多，而且包含着更多更早的文献资料。《直斋书录解题》卷十四《太平御览》下曰："以前代《修文御览》《艺文类聚》《文思博要》及诸书参详条次修纂。……或言，国初古书多未亡，以《御览》所引用书名故也，其实不然，特因前诸家类书之旧尔。"其中《修文殿御览》三百六十卷出自著名学者颜之推等人之手，据洪业在《所谓〈修文殿御览〉者》一文中的考证，此书又是以梁朝文士何思澄等精心编纂的《华林遍略》六百二十卷为蓝本而编成的。[①]《文思博要》一千二百卷，乃唐初高士廉等奉太宗诏令编纂而成。此书以包孕宏富著称，对《太平御览》的成书当有直接影响。

《修文殿御览》等书中容纳的典籍，大都已经亡佚，后人要想了解这类书籍的内容，必须依赖《太平御览》中的记载。例如唐初有《晋书》十八家之说，自从官修的《晋书》问世后，各家《晋书》均告散佚，这里有很多原始记载湮没不彰，甚为可惜。清代汤球、黄奭起而辑佚，力所能及地作了些弥补工作，他们征引的材料，《太平御览》为一大宗。又如五胡十六国的大乱，当时曾有一些史书加以记载，北魏崔鸿著《十六国春秋》一百零二卷，作了系统的整理和考订，可惜此书也已亡佚，但在《太平御览》中还保留着四百八十多条文字，弥足珍贵。为此之故，后代学者从事辑佚时，无不重视此书。又因《太平御览》中的引文依据的是前代古本，文字每与后世通行者有异，因此校雠学家又每依之校订

---

① 载《洪业论学集》，中华书局 1981 年版。

古籍，它在文献学上的价值也是极为重要的。

《太平广记》五百卷，和《太平御览》同时编成，参与的人员也基本相同，因此马端临在《文献通考》卷二一六中引夹漈郑氏之说，以为此书乃从《太平御览》中别出“异事”材料而成书的。情况是否如此，尚待进一步考核，但二书在文献上各有优胜处，则是事实。

《太平广记》卷前亦有《引用书目》，列有三百四十三种，编得很草率，没有什么参考价值。燕京大学引得编纂处《太平广记引得》统计为四百七十五种，《水经注等八种古籍引用书目汇编》“凡例”内云计为五百二十六种，罗锡厚等所编《太平广记索引》则以为“《广记》引书往往有错，或一书而分为几个书名，或把两种以上的书混而为一，还有书名错讹的，无法作出精确统计”。这是所有类书普遍存在的问题，《太平御览》情况亦同。但说《太平广记》引书多达五百多种，应当是没有什么问题的。

从目录学的角度来说，《太平御览》引用的书遍及经史子集各部，《太平广记》引用的书，集中在杂史、传记、故事、小说等类。用现代文学史家的话来说，大都是志人与志怪的小说，因此研究文史、宗教、民俗的人对此固然应当重视，研究通俗文学的人更应重视。

唐人传奇上承前代的志人、志怪两类小说，又有重大的发展，取得了杰出的成就。洪迈曰：“唐人小说，不可不熟。小小情事，凄婉欲绝，洵有神遇而不自知者，与诗律可称一代之奇。”（桃源居士《唐人小说序》引）可惜唐末人陈翰编的唐人小说总集《异闻集》十卷已经亡佚，[①]所幸《太平广记》中尚保存有四十馀篇名著，内如《古镜记》《枕中记》《任氏传》《离魂记》《柳氏传》《柳毅传》《霍小玉传》《南柯太守传》《谢小娥传》《庐江冯媪传》《李娃传》《莺莺传》《上清传》《周秦行纪》《湘中怨》

① 参看程毅中《〈异闻集〉考》，载《文史》第七辑，中华书局 1979 年 12 月版。

《秦梦记》《异梦录》《秀师言记》等，均完整地藉以保存。即此一端，亦可觇其价值之高。

为此之故，后世从事通俗文学的文人和艺人，都很重视《太平广记》。南宋罗烨《醉翁谈录》甲集卷一曾说当时说话人必须"幼习《太平广记》"，宋元的话本、杂剧、诸宫调等经常采用此书中的故事，传统的戏曲小说也常从中发掘题材，可见此书对于后世影响的深远。

《册府元龟》一千卷，与《太平御览》卷数相同，而其篇幅实际上要多一倍。此书原名《历代君臣事迹》，真宗诏改此名，以为可作后世君臣的龟鉴。《玉海》卷五四《册府元龟》下载真宗对辅臣曰："所编《君臣事迹》，盖欲垂为典法。异端小说，咸所不取。"因此，这书援引的材料大都出于正经正史。元明以来的学者以为其中材料与通行本无甚出入，而又不注明出处，所以不太予以重视。清末以后，史学界才逐渐改变了看法。

陈垣《影印明本〈册府元龟〉序》曰："《册府》材料丰富，自上古至五代，按人事人物，分门编纂，凡一千一百馀门，概括全部《十七史》。其所见史，又皆北宋以前古本，故可以校史，亦可以补史。"①他自己在利用《册府元龟》作辑补工作时就作出了榜样，《魏书·乐志》载刘芳上书，仅一行，严可均《全后魏文》注"原阙一页"，卢文弨撰《群书拾补》，仅从《通典》补得十六字，陈垣则从《册府元龟》五百六十七卷中发现此页全文，此事曾经博得学术界的交口赞誉，可见《册府元龟》的文献价值之高。

岑仲勉《唐史馀沈》卷四中有《〈册府元龟〉多采〈唐实录〉及〈唐年补录〉》一条，也可说明此书材料之可贵。举凡前此各代的典章制度、历史事件、人物言行等等，可补现存史学文献之不足者多不胜举。

---

① 载《册府元龟》影印本卷首，中华书局 1982 年第二次印刷本。

《文苑英华》一千卷，为宋太宗命李昉等人纂修的文学总集。此书为接续梁昭明太子萧统《文选》而作，文体分三十八类，也与《文选》全同。诗是其中主要的一种文体，也是容量最大的一种文体。

《文选》所收，上起先秦，下讫梁初。《文苑英华》即上起梁代，下讫于唐。唐代之前作品入录的很少，所以《文苑英华》中的作品，什九以上为唐人之作。以唐诗而言，即有一万馀首之多。南宋宁宗嘉泰年间，周必大致仕家居，始行刊刻。其时此书历经传写，已多误脱，必大乃命门客彭叔夏等援用唐代的许多文献详加校雠。叔夏后撰《文苑英华辨证》十卷，留下了许多珍贵的异文，且发凡起例，将考订成果分为二十一例，逐项论述，成了校雠学上的一部名著。

周必大在《文苑英华序》中述及唐人文集流传的情况时说："是时印本绝少，虽韩、柳、元、白之文尚未甚传，其他如陈子昂、张说、张九龄、李翱等诸名士文集，世尤罕见。修书官于宗元、居易、权德舆、李商隐、顾云、罗隐辈或全卷收入。"可见其中收容之富。后人也就利用此书广泛地进行纂辑，即以《四库全书》中所保存的七十六家唐人文集而言，其中李邕、李华、萧颖士、李商隐等人的集子，都是这样辑出来的。

《太平御览》《太平广记》《文苑英华》《册府元龟》四大书的性质各不相同，正好起到了相互补充的作用。诸书分门别类地保存了许多前代的文献，后代各种门类的专家都可分别从中找到珍贵的材料。因此，宋初帝王在保存和发扬前代文化上作出了成绩，同时也为后代的文化建设工作提供了良好的条件。

宋代学者整理前人文集的功绩

君主热衷于保存前代文献，臣下自然会热烈响应，例如太宗时参预三大书编纂的宋白，就曾利用有利条件进行搜集和整理，《宋史·宋白传》曰："唐贤编集遗落者多，白缵缀之。"

与宋白同时的宋绶，也是著名的文献学家，其子宋敏求，于此作出了更大贡献。他曾预修《唐书》，又私撰唐武宗以下实录一百四十八卷，说明他对唐代的史事极为熟悉。先是宋绶曾编有《唐大诏令集》一种，宋敏求重加厘正，分为十三类，于熙宁三年重为之序。唐代典册赖此传世。宋敏求还编有《长安志》二十卷，记载唐代都城的形胜遗迹，这些都为了解唐代文化提供了极为有用的材料。

宋敏求家多藏书，还乐于供人使用。王安石编《唐百家诗选》，就是利用他家所珍藏的文献编纂的。关于此书的编者和性质，后世多异说，经过近代学者的周密考证，确认此书仍为王安石编定，他利用的是宋敏求家藏的唐诗百馀编，其中绝大部分又当是唐代进士的行卷，因此这些集子的卷数每与书目上的记载不同，而且内容与传留下来的集子也不尽相同。

目前能够看到的唐人文集，差不多都是经过宋人搜集整理而编纂出来的。材料来源不同，整理加工的水平有差异，各种集子的面目也就有所出入了。

这里可举李白、韩愈文集的流传为例，说明宋代学者在整理和保存唐代文献的工作中作出了怎样的努力。

唐人文集的流传，安史之乱可称一大界限。之前的作品，流传下来的不多，即使流传，也是纷糅殊甚。《旧唐书·王维传》载："代宗时，〔王〕缙为宰相。代宗好文，常谓缙曰：'卿之伯氏，天宝中诗名冠代，朕尝于诸王座闻其乐章。今有多少文集，卿可进来。'缙曰：'臣兄开元中诗百千馀篇，天宝事后十不存一，比于中外亲故间相与编缀，都得四百馀篇。'"可见其损失的严重了。

李白的情况类同。安史之时，李白以从永王璘事获罪，穷途末路，前往当涂投靠李阳冰，宝应元年(762)疾亟，枕上将"草稿万卷"交出，李阳冰以此编成《草堂集》二十卷，并为之作序曰："自中原有事，公避地八年，当时著述，十丧其九，今所存者，皆得之他人焉。"范传正在《唐左拾遗翰林学士李公新墓碑序》中也说："文集二十卷，或得之于时之文士，或得之于宗族，编辑断简，以行于代。"足见李白的文集经乱之后混乱情况之一斑。后人读李白的诗文，每有窜乱真伪之辨，实与编辑之时征集文献方面遇到的困难有关。

这部编得不理想的集子，到了宋代时又有残缺，幸亏宋初的几位著名学者接着做了增订和重编的工作。乐史于咸平元年(998)作《李翰林别集序》曰："李翰林歌诗，李阳冰纂为《草堂集》十卷，史又别收歌诗十卷，与《草堂集》互有得失，因校勘排为二十卷，号曰《李翰林集》。今于三馆中得李白赋、序、表、赞、书、颂等亦排为十卷，号曰《李翰林别集》。"宋敏求于熙宁元年(1068)作《李太白文集后序》，叙李阳冰、乐史的编纂情况后又说："治平元年，得王文献公溥家藏白诗集上、中、下帙，凡广一百四篇，惜遗其下帙。熙宁元年，得唐魏万所纂白诗集二卷，凡广四十四篇，因裒唐类诗诸编，洎刻石所传别集所载者，又得七十七篇，无虑千篇。沿旧目而厘正其汇次，使各相从，以别集附于后，凡赋、表、书、序、碑、颂、记、铭、赞文六十五篇，合为三十卷。同舍吕缙叔出《汉东紫阳先生碑》，而残缺间莫能辨，不复收云。"其后曾巩又对作品的写作年代作了考证，重新作了编排。这些整理工作之中自然会有失误之处，有待于后人继续进行研究，予以补正，但于此亦可觇知，李白诗歌之得以传流后世，宋代学者花了不知多少心血，后人吟咏李诗之馀，应当对那些为保存李诗作出努力的学者表示敬意。

韩愈文集的流传情况没有这么复杂。五代之乱曾对唐人文集的保存起过破坏作用，但对韩愈文集的流传则影响不大。不过就是这样，此书的整理还是经过众多文士的努力才能取得满意的成绩。

韩愈殁于长庆四年(824)冬，门人李汉即收拾遗文，进行编纂，《昌黎先生集序》中称“得赋四，古诗二百一十，联句十一，律诗一百六十，杂著六十五，书、启、序九十六，哀词、祭文三十九，碑志七十六，笔、砚、《鳄鱼文》三，表状五十二，总七百，并目录合为四十一卷，目为《昌黎先生集》，传于代。”七百之数显然是不对的。有的本子作七百十六，有的本子作七百三十八，方崧卿《韩集举正》云其数“皆有不合”，而始从“阁本、杭本，要是唐本之旧”。而据方氏介绍，唐代即有令狐(澄)氏本、南唐保大本和赵德《文录》本。这些本子中当然也有很多差异。

但宋初学者见到的韩集，大体上与李汉原编相去不远。《崇文总目》著录仍为四十卷，柳开在《昌黎集后序》、穆修在《唐柳先生集后序》中也说韩集得其全，所以后人对韩集的整理加工，主要放在辑佚和校订上。

按宋代目录所记，唐人文集正本之外，常见有“集外文”的著录，如《郡斋读书志》于《高適集》十卷之外，别著“集外文二卷、别诗一卷”；《李观文编》三卷之外，别著“外集二卷”；《柳宗元集》三十卷之外，别著“集外文一卷”；刘禹锡《梦得集》三十卷之外，别著“外集十卷”。韩愈的情况同样如此，于《韩愈集》四十卷之外，别著“集外文一卷”；到了赵希弁编《郡斋读书附志》时，则除《昌黎先生文集》四十卷外，别著“外集三卷、《顺宗实录》五卷、附录三卷”。显然，四十卷之外的作品，除《顺宗实录》等因体例不同有时分别著录外，应当就是宋代那些热爱韩文的人辛勤搜集得来的了。

宋代学者整理韩集时，还作了大量的文字校订工作，这方面的学术专著，前有方崧卿于孝宗淳熙十六年(1189)刊行的《韩集举正》十卷、《外集举正》一卷。方氏将采获到的各种不同版本仔细地作了比照，所据者有石本、令狐(澄)氏本、蔡谢校本、南唐保大本、秘阁本、祥符杭本、嘉祐蜀本、赵德《文录》、谢任伯本、李汉老本，以及《文苑英华》《唐文粹》等。在校雠体例上，也有很好的创树。云是“当刊正者以白字识之，当删削者以圈毁之，当增者位而入之，当乙者乙而倒之，字须两存而或当旁见者，则姑注于其下，不复标出”。应该说，这是很严肃而科学的一种校雠法。

随后朱熹于宁宗庆元三年(1197)撰《韩文考异》十卷，在方氏的基础上又把整理工作提高了一步。朱熹为一代大儒，经他加工的著作，自然更有可观。他认为，方崧卿的弊病在于识见不足，“去取多以祥符杭本、嘉祐蜀本及李谢所据馆阁本为定，而尤尊馆阁本，虽有谬误，往往曲从，他本虽善，亦弃不录”。朱熹本人则“悉考众本之同异，而一以文势义理及他书之可证验者决之。苟是矣，则虽民间近出小本不敢违；有所未安，则虽官本、古本、石本不敢信。”这样也就在重视底本校勘的基础上，兼用了一些理校的方法。由于他态度严谨，学识高明，所以《考异》一出，《举正》几废，说明宋代的文献整理工作沿着精益求精的道路正常地发展着。

唐代文集就是这样经过不断加工而流传下来的。

总的看来，宋代学者在编纂《太平御览》等几部大书时曾对唐代之前的文献资料有所整理，但在刊刻唐前的各家别集和总集时，则大都因循旧本，少所加工。唐代距此最近，留传的文献资料最多，因此宋代学者在总结和发扬唐代文化上贡献最大，特别是在整理文学典籍方面更是如此。联系《文苑英华》中保存的唐人诗文来看，更能说明这一点。

宋代专业书商的重大贡献

研究前代文化，必须根据现存文献，当然无法回避典籍版本方面的问题。我们必须对前人文集的来龙去脉有所了解，才能知道各种本子的优劣，从而有所选择。

版本问题与印刷术的发明有关，这里也应作些介绍。

唐代中晚期时，已有印刷品出现，但多限于佛像和历本等物。五代之时，已有官府主持雕版印刷的《五经》和《九经》，也有一些私人主持印制的总集和类书，但这项技术用于印制文集，要到宋代之后方才普遍。

自宋初起，在帝王的倡导下，不论是官府衙门，还是官僚士绅，都很热心从事刻书。特别值得注意的是，随着城市的繁荣，商品经济的发展，市民阶层的壮大，专业的书商开始出现。他们利用当时新兴的雕版技术，大量刻书，这对保存前代文献，传播古代文化，都曾起到过巨大的推动作用。

在印刷术没有发明之前，书籍只能以写本的方式流通。可以想象，当时的人掌握文化多么困难。一部篇幅大一些的著作，要花多少人力物力才能抄就。《宣和书谱》等书中多次提到吴彩鸾以飞快的速度抄写《唐韵》，将之神化曰“女仙”，就反映了人们的一种愿望，期盼着书籍能以飞快的速度复制出来。

这项愿望终于在宋代得到了实现。

研究版本的学者一般都把宋代刻的书分为官刻、家刻（私刻）和坊刻三大系统。官刻的书，又可以分为中央政府和地方机关两大系统。这些机构，主要刊刻经、史之类的典籍。主持的衙门，中央政府机关中有国子监、崇文院、秘书监、司天监等，地方行政机关中，有茶盐司、转运司、安抚司、提刑司等。凡是使用地方政府公库钱款刻的书，总称之曰“公使库本”。各级学术机构，如州学、军学、郡学、县学，以及各地书院，也都有刻本。这是一种很有趣的情况，一些本与文化事业无关的机构，也都于此竞作贡献，这当然是受到了朝廷的影响，说明宋王室的热心弘扬文化事业，对下属各级政府机构起到了支持、鼓励和推动的作用。

私家刻的书，要以文集为多。他们不像国子监等官府可以大规模地刻书，也不像书坊那样可以不断地刻书，但他们可以就个人的爱好，不惜财力物力，精益求精，刻好几部书。例如权奸贾似道的门客廖莹中所刻的《韩昌黎集》四十卷和《柳河东集》四十四卷，人称世彩堂本，其字体的秀整，行格的疏朗，墨色的精莹，见者无不叹为上品。

刻印韩、柳二集也经历着很多周折，从中可见宋代学者整理前代文献的热忱。穆修刻印韩柳二集，是这方面的典型事例。朱弁《曲洧旧闻》卷四曰：

> 穆修伯长在本朝为初好学古文者，始得韩、柳善本，大喜，自序云："天既食我以韩，而又饫我以柳，谓天不予饗，过矣。"欲二家文集行于世，乃自锓板，鬻于相国寺。性伉直，不容物，有士人来，酬价不相当，辄语之曰："但读得成句，便以一部相赠。"或怪之，即正色曰："诚如此，修岂欺人者？"士人知其伯长也，皆引去。

有关此事的记载甚多，生动地再现了这些先行者的意气高扬和热情投入。

穆修理董韩集，倾注了巨大的精力，时历二纪之外，文字才行点定，刻印成集后，自行设摊出售。由此可见，随着新技术的采用，书籍迅速地成为流通商品，这对文化的发展，具有巨大的促进意义。

唐人文集也就以更大的规模流通于社会。

如果说，唐代文人为了让自己的作品不致散佚泯灭，费尽了苦心，还是难以经受兵燹的洗劫和时光的冲刷。即使像白居易那样，经过周密思考，将七十五卷的文集抄写五本，三本藏在少受外界侵害的佛寺，二本分付亲人。但就是这样，各处藏本还是不能保证安全。香山寺的本子经乱不复存在，东林寺的本子则为淮南军阀高骈仗势取去，随后也就不知所终。于此可见,仅靠抄本传世,何等困难。至于那些穷苦文人,无力进行抄写,更是无法确保其诗文的存留了。

宋代印刷事业的发展,也就为保存唐人文集提供了最好的条件。一经印刷发行,那就不是区区“五本”的问题了。读者容易购置,也容易保存,唐人文集之能以传流下来,应该归功于宋人的及时整理和印刷发行。

后人研究唐代诗文,总是希望得到宋版的集子作为依据,这是因为除唐写本之外,宋本已是最近原貌的了。

从事校雠工作和整理古籍的专家,重视宋版,即使是残阙的本子,也无不视若拱璧,原因就在求真。宋本不可得,则求明覆宋本或影钞宋本,目的都在力求复现这些本子之中保留着的作品的原貌。

白居易《郡中即事》诗有“遥思九城陌,扰扰趋名利。今朝是只日,朝谒多轩骑”之句,马元调本《白氏长庆集》作“双日”,日本那波道圆本作“直日”,都难通读。宋绍兴本作“只日”,卢文弨据之校改。《宋史·张洎传》:“自天宝兵兴之后,四方多故,肃宗而下,咸只日临朝,双日不坐。”朱金城《白居易集笺校》举此以证,遂怡然理顺。于此可见宋本存真之可贵。

宋人刊刻唐人文集,参预的人多,成果也可观。总的看来,要以陈起的贡献为最大。

韦居安《梅磵诗话》卷中云:“陈起宗之,杭州人,鬻书以自给,刊唐宋以来诸家诗,颇详备。亦有《芸居吟稿》板行,芸居其自号也。”他是江湖诗派中的核心人物,既有诗才,又喜诗道,因此经他整理刊刻的唐人诗集,水平大都很高。尽管有人说他喜以己意改字,然无显证,而他作出的成绩,时人即予高度评价。刘克庄《赠陈起》诗曰:“炼句岂非林处士,鬻书莫是穆参军。”但他是专业书商,这与穆修有所不同。

江湖诗派本重中晚唐诗,陈起为了张大诗派的声势,出版了许多中晚唐诗人的集子，所以周端臣在《挽芸居二首》中曰："字画堪追晋，诗刊欲遍唐"，说明他在保存唐诗和扩大其影响上作出了巨大贡献。

陈起所刻的书，卷末或署"临安府棚北大街睦亲坊南陈宅书籍铺刊行"，或署"临安府棚北睦亲坊南陈宅书籍铺刊行"，或署"临安府棚北大街陈宅书籍铺印"，或署"临安府陈氏书籍铺刊行"……据叶德辉《书林清话》卷二介绍，传世尚有《韦苏州集》十卷，《唐求集》一卷，《李群玉诗集》三卷、《后集》五卷，《张蠙诗集》一卷，《周贺诗集》一卷，李中《碧云集》三卷，《鱼玄机诗》一卷，《李贺歌诗编》四卷、《集外诗》一卷，《孟东野诗集》十卷，韦庄《浣花集》十卷，《罗昭谏甲乙集》十卷，《朱庆馀诗集》一卷，李咸用《李推官披沙集》六卷，《常建诗集》二卷，实际上自不止此数。江标影刻《唐人五十家小集》，很多本子原为陈起、陈续芸父子二人所刻。这些书籍，出自棚北大街陈宅，故习称书棚本，向为藏书家所珍视。

明代正德、嘉靖年间，吴下出现一种《唐十二家诗》，《杜审言集》前有庐陵杨万里序，《孟浩然集》前有宜城王士源序、韦縚重序，《岑嘉州集》前有京兆杜确序，《王摩诘集》前有王缙的《进王摩诘集表》。这些地方保留着宋本的原始面貌。这种《唐十二家诗》的行格为每半叶十行、行十八字，和书棚本行格一样。这是从正德年间的一批唐人诗集中选出十二家加以重印或覆刻而编成的。推究起来，其源应当出自书棚本。

嘉靖时期朱警刻《唐百家诗集》，其行格也是半叶十行、行十八字。朱氏在序言中说，各家诗集均以宋本为底本。后人当然不能贸然断定他是根据书棚本而重刻的，但推断其中有不少本子原出陈起父子所印的宋本，当去事实不远。由此可见，陈起父子当年刊行的唐人诗集，除有大量的中晚唐时期的诗集之外，也有很多初盛唐时期的作家作品。

总的看来，唐诗由于宋人的及时整理而得以保存原貌，又由于宋人的及时刊出而得以传流后世。

上面只是举书棚本系统的诗集的流传情况为例，说明唐诗通过怎样的条件保存了下来。由于宋代书肆林立，印刷业发达，刊刻的唐人诗集为数是很多的。有的诗集则以钞本的方式流传下来。到了明代，文化事业更见发展，文坛上又时而兴起崇尚盛唐之风，时而兴起崇尚中晚唐之风……书商也就配合着搜集、整理、刊刻相应的诗集以求售。这时出现了许多唐人诗集的合刻本，除朱警《唐百家诗集》一百八十四卷外，黄贯曾刻《唐诗二十六家》五十卷，蒋孝刻《中唐十二家诗》七十八卷，黄德水、吴琯刻《唐诗纪》一百七十卷，等等。到了明末，就出现了胡震亨所编的《唐音统签》一千零三十三卷，清初又出现了季振宜所编的《唐诗》七百十七卷。其后清圣祖玄烨命彭定求等以季、胡二书为底本，重修《全唐诗》，成九百卷，唐诗的整体面貌也就大体上固定了下来。

结　论

从宗教学的角度来说，以上所论述的，只是属于“外典”中的一部分。自北宋初年起，即对佛教经典集中刊刻，世称“佛藏”。宋代一共刻过七次佛藏，每一种都有数千卷之多。道教继之，也集合各种典籍，汇编成“道藏”，得五千馀卷，刊刻行世。由此可见，宋代保存和传播文化的事业确是规模宏大，成绩斐然。我国传统文化源远流长，赵宋王朝确是起到了承前启后的作用。

总体来说，这一阶段的文化事业之所以能够取得如此巨大的成就，主要原因就在中央政权的倡导和组织，激发了下级机构和社会上各式人等的积极性，利用当时新兴的印刷技术，顺应商品经济发展的趋势，把文化活动与社会需求协调起来。他们对前代的典籍进行搜集、整理和刊刻，在这发扬前代文化的过程中，也就孕育了宋代文化。关于宋代文化的创新部分，因属另外专题，此处不再絮述。

（原载四川大学古籍所编《国际宋代文化研讨会论文集》，四川大学出版社 1991 年 10 月版）

季振宜《唐诗》的编纂与传流

距今半个多世纪以前，人们提到康熙御定《全唐诗》的成书过程时，只知道此书主要是依据胡震亨的《唐音统签》而编成的。因为《四库全书总目》卷一九〇“总集类五”御定《全唐诗》九百卷提要中明确地说：

> 诗莫备于唐，然自北宋以来，但有选录之总集，而无辑一代之诗共为一集者。明海盐胡震亨《唐音统签》始搜罗成帙，粗见规模，然尚多所舛漏。是编秉承圣训，以震亨书为稿本，而益以内府所藏全唐诗集，又旁采残碑、断碣、稗史、杂书之所载，补苴所遗，凡得诗四万八千九百馀首，作者二千二百馀人。

《四库全书》编成于乾隆之时，上距康熙之时不过七八十年，二者都是官修之书，一系相承，所言应当可信。因此，后人大都信从四库馆臣的论定，以为《全唐诗》出于《唐音统签》。《唐音统签》传世很少，后人无法核实，所以这种说法一直没有引起什么怀疑，几乎成了定论。

但“提要”中还提到有“内府所藏全唐诗集”，这究竟是指一部书呢，还是泛指唐诗的各种不同集子？大家可也说不清楚。胡怀琛带着这一问题，与御定《全唐诗》中有关文字并读，发现御定《全唐诗》的底本，除《唐音统签》外，还有另一种《全唐诗》。因为清圣祖玄烨在康熙四十六年(1707)为《全唐诗》所制的御序中曾说：“朕兹发内府所有《全唐诗》，命诸词臣合《唐音统签》诸编，参互校勘，搜补缺遗。”而曹寅等人在《进书表》中亦云："康熙四十四年三月十九日奉旨颁发《全唐诗》一部，命臣寅刊刻，臣〔彭〕定求、臣沈三曾、臣〔杨〕中讷、臣〔潘〕从律、臣〔汪〕士鋐、臣〔徐〕树本、臣〔车〕鼎晋、臣汪绎、臣〔查〕嗣瑮、臣〔俞〕梅等校对，于康熙四十五年十月初一日书成。"说明修书伊始，玄烨确曾颁发下来一部作为底本用的《全唐诗》。

御定《全唐诗》凡例中也多次提到此书，如其中一则云："唐人世次前后，最为冗杂，向来别无善本。《全唐诗》及《唐音统签》亦多讹谬，应以登第之年为主。"另一则云："《唐音统签》有道家章咒、释氏偈颂二十八卷，《全唐诗》所无，本非歌诗之流，删。"但凡例中有数则提及此书时又称之为《全唐诗集》，如其中一则云："《全唐诗集》，或分体，或分类，或编年，止缘唐人撰集及宋人校刻，体例不一。当时缮写，悉依所见本集，今仍照《全唐》写本。其太冗杂者，略为诠次，不必更张。"可见此书乃是一种抄本，书名亦似未曾统一。

胡怀琛据此判断，康熙御定《全唐诗》所依据的底本，除《唐音统签》外，尚有一种《全唐诗》。但这又是一种什么样的书呢？后人已经无法说清。[①]

民国二十六年(1937)，俞大纲到故宫图书馆阅读《唐音统签》，看到了季振宜的《全唐诗》，这时才知道《四库全书总目提要》、康熙御定《全唐诗序》、曹寅等《进书表》与御定《全唐诗》凡例中提到的"全唐诗"或"全唐诗集"，都指季振宜《全唐诗》。康熙御定《全唐诗》是依据胡震亨《唐音统签》和季振宜《全唐诗》而纂辑的。[②] 但俞氏主要致力于《唐

---

① 胡怀琛《〈全唐诗〉的编辑者及其前后》，载《逸经》(文史半月刊)第十七期，1936年11月5日。

② 俞大纲《纪唐音统签》，载中央研究院《历史语言研究所集刊》第七本第三分，1937年。参看拙撰《叙〈全唐诗〉成书经过》，载《文史》第八辑，中华书局1980年版；后收入拙著《文史探微》，上海古籍出版社1987年版。

音统签》的阅览，对季书未曾深究，无法作出深入的阐发和广泛的介绍，因而有关季振宜《全唐诗》的一些情况，学术界仍然感到隔膜。

季振宜《唐诗》的隐现

故宫图书馆中珍藏的那一部季振宜《全唐诗》，看来是在扬州诗局众翰林修书之后，依据那部经过加工的工作底本重抄的。此书为墨格钞本，蓝绢封面，黄绫书签，上题《御定全唐诗》，已似康熙时御定之书，是照刻印的《全唐诗》装帧的了。该书一百六十一卷“孙昌胤”避讳作“胄”，可证这部重新誊录的本子已是康熙十四年(1675)之后的钞本。按康熙十四年十二月十三日丙寅，册立嫡子胤礽为皇太子，十四日颁诏天下，见《东华录》卷一一及《康熙起居注》。季振宜稿本与正本之纂辑与誊录时在康熙十四年之前，故“胤”字并无缺笔，扬州诗局重抄呈进时，即避储君之讳而缺笔了。①

陶湘《故宫殿本书库现存目》卷中列此书于“进呈类”，云“原藏太极殿”，终清之世，外人自然无法窥及。满清王朝覆亡，溥仪被逐出故宫之后，人们才有可能看到此书。但故宫图书馆一直是位处北京的故宫博物院内部一个不对外开放的图书馆，有机会前去阅览的人不多，这就限制了人们对季振宜《全唐诗》的探究。

但在藏书家中却早已有人看到扬州诗局翰林们用作修书底本的那部季振宜《全唐诗》了。或许在曹寅据此誊录了一种清本并进呈内府之后，这部稿子随即流向民间。然因《全唐诗》乃“御定”之书，臣下多所顾忌，终清一代，不见有人论及季书，有关季书的流传经过，也不

---

① 参看佟培基《〈全唐诗〉工作底本探秘》，《文史》第四十三辑，中华书局1997年版。

见有人记叙。时至清末，这部修书底本为群碧楼主人邓邦述所收藏。其时清室权威已经动摇，臣下少所顾忌，故邓氏于宣统三年(1911)所撰的《群碧楼书目初编》的“书衣杂识”中首先披露季书情况，其后又写入了《寒瘦山房鬻存善本书目》卷六，内云：

《唐诗》七百十七卷，一百六十册。清季振宜辑钞本。……沧苇御史因钱东涧之旧而辑成者，有唐一代诗人略备于此，不知何人贡入内府？康熙四十四年南巡，诏刊《全唐诗》于扬州，以江宁织造曹寅董其役，而留翰林官彭定求等十人驻扬校勘。刻成，乃得九百卷，此书其底本也。观书面及中间朱笔墨签皆出当日编校诸臣之手。大抵付刊时别写正本呈进，此书仍即发还，故又流转入张钟岩、汪阆源诸家耳。

此书是否首先落入张锡爵(字担伯、一字钟岩)家，也不清楚。张氏为康熙至乾隆时人，若依时代而言，有此可能，但他何以能得此书，却难得明白。其后此书转入汪士钟家，《艺芸精舍书目》“庚字号”内仅云“季抄《全唐诗》，一百六十册，六函”。

1979年时，台湾“中央图书馆”将所藏的另一种季振宜《唐诗》交联经出版事业公司影印行世，编入屈万里、刘兆祐主编的“明清未刊稿汇编”第二辑中。此书为季振宜着手编纂时之草稿，故各家集子多用明人刻的唐人别集与总集作底本，一些小家则用《文苑英华》《唐诗纪事》《乐府诗集》等纂辑，因此出版时又改称《全唐诗稿本》。稿本前载季振宜《唐诗叙》，说明此书是利用了钱谦益的残稿而纂辑的。刘氏写有《御定全唐诗与钱谦益季振宜递辑唐诗稿本关系探微——写在“全唐诗稿本”影印本前面》一长文，阐述诸本之间曲折的传承关系。

这样，人们才知道世上还保存着三种季振宜《唐诗》：一为草稿本，有人称之为百衲本；二为正本，即季振宜编成《唐诗》后的誊清本，亦即扬州诗局修《全唐诗》时之工作底本；三为扬州诗局誊清呈进之本。其中一、二两种书的出现，为学术界了解与研究御定《全唐诗》提供了良好的条件。

事后知道，这两种书的得以保存，实赖于学术界一些有志之士的爱国热忱与艰苦奋斗。

季振宜《唐诗》的抢救与分散

抗日战争前期，时局混乱，民生困苦，很多寓居沪上的藏书家或虑珍贵文物终难自保，或迫于生计，纷纷割爱求售。其时驻上海的美国“哈佛燕京学社”，敌伪的“华北交通公司”，汉奸梁鸿志、陈群等人，纷纷前来收购。而留在上海未去内地的一些爱国文化人，深忧珍贵古籍将流落异域，或为汉奸所攫取，祖国文献会遭到巨大损失，遂向其时已西迁重庆的中央政府呼吁，希望乘机抢救这些散落出来的藏书。经中央图书馆馆长蒋复璁（字慰堂）的努力，取得其时教育部长陈立夫、宣传部长朱家骅的支持，利用中英庚子赔款退款，后且追加经费，抢救出了善本古籍三千八百馀种，其中宋、元刊本即达三百馀种。

当时留在上海的人，为此还组织了一个“文献保存同志会”，由商务印书馆董事长张元济（字菊生）、私立光华大学校长张寿镛（字咏霓）、国立暨南大学校长何炳松（字柏丞）、暨南大学文学院教授兼院长郑振铎（字西谛）和考古学家、版本收藏家张凤举组成。张元济负责鉴定宋、元善本，张寿镛、何炳松负责保管经费，郑振铎、张凤举负责采访。郑振铎还负责直接与书肆或藏书家接洽。其时书商送来的版本图籍，他都亲自过目，鉴定论价，点查、登记、编目，装箱、运送。其时叶恭绰（字玉虎）寓香港，主持由沪寄港精品的转运事宜，并提供上海同志会工作场所。这时已在内地的故宫博物院古物馆馆长徐鸿宝（字森玉）也两次来沪，协助鉴定收购善本的工作，对运送图书去香港转赴内地，多有劳绩。

正是由于上述诸人的同心协力，抢救工作很成功，为珍贵文献的保存故土作出了巨大贡献。这些工作，都是在日军与敌伪的控制下进行的。先前两年，他们身居租界，情况还相对好些；自 1940 年底太平洋战争爆发，日军进占租界后，郑振铎负责保存留沪尚未运出的文献图籍，处境更为艰危。幸有不少甘冒风险的热心人士的支持，终告成功。例如唐弢，其时正在上海邮务管理局任邮务员，郑振铎与港方的联系，都是在他的协助下，不经寻常收信员手，不经检查，安全畅达地完成的。他每在日寇所派的特务人员检查邮件完毕离去之后，邮袋封口之前，将郑振铎委托信件投入邮袋而封口。这是冒着生命的风险才能有此义举的。如果没有这么一批仁人志士的通力协作，那么这项虎口下抢救古籍的行动，势难完成。

在这一艰险的行动中，郑振铎的贡献最为巨大。从当时的一些记载看，张凤举似未真正投入此一工作。

经过数十年岁月的冲刷，时至近日，政治上的恩怨逐渐淡化，文化界人乃能客观地重新回溯前时这一场沪上抢救古籍的活动。早在抗日战争胜利后，郑振铎即于 1945 年在上海《大公报》上发表《求书日录》，披露了他在这段时间内抢救古籍的活动，但并没有引起大家广泛的注意。[①]

台湾方面，苏精于 1979 年首先发表了《抗战时秘密搜购沦陷区古

---

① 此文后收入《西谛书话》，生活·读书·新知三联书店 1983 年版。

籍始末》一文，详细介绍了“文献保存同志会”的活动和取得的巨大成绩；[①]大陆方面，则于1988年时由上海古籍出版社影印了《郑振铎先生书信集》一书，于是上述抢救古籍的活动得以原原本本地昭告于世。

《书信集》中，容量最大的部分，便是郑氏写给张寿镛的三百几十封信。这是当时沪上抢救古籍这一壮举的原始记录。张氏将信件完整地保存着，郑振铎逝世前，张氏后裔悉数归还了他。其后郑氏家属连同其藏书一起捐献给了北京图书馆。但他人写给郑氏的信，则因当时处境艰险之故，却都焚毁了。

郑振铎在民国二十九年(1940)三月十七日的一封信上，提到了季振宜《唐诗》的两种本子，对后人了解此书的流传，甚有价值，今征引如下：

> 兹奉上秘书二种，一为季沧苇所辑《全唐诗》誊清本，凡一百五十八册(原缺二册)，即群碧楼中物，昨向其索取一阅者。(共送来十册)一为季辑《唐诗》之底本，系刘晦之物。……二书相较，底本较誊清本高出多矣！故誊清本决可不收，底本如能削价，敝意大可取也。以其中剪贴之本，佳品不少，实集唐人集之大成！可作为重辑全唐诗之基础。(我本有此愿)……其中如王勃诗，即全采取嘉靖本《五十唐人小集》，(想此五十集必全收在内)此“小集”，江建霞曾翻刻过，目之为南宋书棚本。实则，嘉靖本耳。菊老云：尚有宋刻本在内。此书不仅足发清廷窃取季氏书之覆，且实足以匡正《全唐诗》妄改妄删之谬不鲜也。今日数次翻阅，爱不

---

① 原载台湾《传记文学》第35卷第5期，1979年11月，后作为附录收入《近代藏书三十家》，台湾传记文学出版社1983年版。

忍释。想先生亦必深喜之也。[①]

季振宜誊清本原藏邓邦述家。邓氏生前已于20世纪20年代将大部分藏书售与中央研究院历史语言研究所，至是其家属又将其陆续散出后的剩馀部分，包括《寒瘦山房鬻存善本书目》中物，悉数出售，已为书贾孙伯渊所收购，郑氏后托实业家也是著名的藏书家潘承厚（字博山）前去商谈，卒于四月十六日买到这批群碧楼藏书。

那部所谓“百衲本”的季氏《唐诗》，则迟至民国三十年（1941）才购到。按此书前此在各家书目上一无记叙，故流传经过不明。[②] 现可知者，季《叙》首页有“蒋祖诒”“榖孙秘笈”“晓沧藏书”三印。蒋祖诒，字榖孙，为吴兴藏书家蒋孟蘋（字汝藻）长子，故知此书曾藏蒋氏密韵楼。蒋氏破产后，此书转归刘体智（字晦之）远碧楼。刘氏本庐江人，好藏善本与甲骨铜器，后寓居上海，故郑振铎等得就近与之商购。二十九年年底，徐鸿宝由内地至上海，郑振铎与之磋商，共同决定购入此书。民国三十年一月十四日与张寿镛书曰：

> 昨日和森公商谈购“百衲本”唐诗事，极兴奋。此实一好消息，亦一好机会也。今晨已请何先生开就支票一张，兹并与森公同署之一函奉上，乞于加盖印章后交下，以便转付前途。

此稿现藏台湾“中央图书馆”，首函标题上称“季沧苇选百衲本《全唐诗》，海内孤本，共百十九册，赞侯珍秘，保世题”。季氏自称则曰《唐

---

① 郑氏言《王勃集》为《五十唐人小集》本，误。王集实为明嘉靖间朱警《唐百家诗》本。张氏言季书底本内有宋刻本，亦误。经检查，底稿中无宋元旧刻。

② 刘体智《远碧楼书目》上有无记叙，因未见其书，不敢断言。

诗》，誊清本书口上都印上了“唐诗”这一书名。

前面说到季书的誊清本也由郑振铎求得，但今日此书却收藏在大陆的北京图书馆善本部，这又是什么原因呢？

1948年前后，由于政局急转直下，南京政府下令中央图书馆分批将所藏精品移至台湾，其中一批二百五十三种藏品，先运到了香港，暂放在香港大学冯平山图书馆中，没有继续运往台湾。中华人民共和国成立不久，英国表示承认并立即建交，于是冯平山图书馆馆长陈君葆即将这批图书又寄回南京。1959年时，江苏省文化局将书送到北京等待处理。1961年，文化部文物事业管理局作出决定：将其中的一百五十四种拨交北京图书馆，九十九种发还江苏南京图书馆。原藏邓氏群碧楼的季振宜《全唐诗》誊清本，即其中的第一百四十七种，也就留在北京图书馆中了。① 由于这书的隐现颇为曲折，1959年由中华书局出版的《北京图书馆善本书目》上就不见记载，迟至1988年由书目文献出版社出版的《北京图书馆古籍善本书目》上始行编入，其编号为15177。

郑振铎当年历经周折所抢救下来的这两种季氏《全唐诗》，又辗转流徙，分藏两地。他人难以了解此中情况，有人以为中央图书馆早年收购的这一誊清本也在台湾，而又不见公私书目，故今将此书的传递经过缕述如上。

季振宜《唐诗》诸本间之递嬗

有关季振宜《全唐诗》的三种本子，即“百衲本”“誊清本”与“呈进

---

① 上述情况，承北京图书馆业务处负责人李致忠先生函告，谨此致谢。李先生为著名的版本学家，曾任该馆善本书室主任。

本”，均已归公家图书馆收藏，今日讨论此书，已有条件将各种本子加以比较，考察诸本之间的因革，从而说明御定《全唐诗》成书过程中一些扑朔难明的问题。

正如郑振铎所指出的，“百衲本”的价值最高，因为后人可以由此了解到《全唐诗》中的绝大部分诗集到底是根据什么本子编出来的。季书底本，大都是明代最为通行的刻本。有关季氏用书的情况，大陆学者中严杰、贾二强二人均曾撰有专文加以介绍。①

季氏花了十年时间，辑成此书。他聘请了汪、杨、徐三人复阅校定之本，然后命人抄清。传世有季振宜手简影印件一纸，原黏于季书誊清本后，潘承厚编《明清藏书家尺牍》，邓邦述揭取奉赠而辑入者。季氏书云：

> 贾岛一本，共计四卷，呈送汪、杨、徐三位老爷阅过，方可发写；写就仍送本寓校订字划，方可上板，以免刻成改补之患。此本内有平曾诗三首，不可接写，移出送汪老爷另编入集可也。嗣后凡我送来之诗，具送三位老爷阅过发写，毋得草草取咎。要紧！要紧！

季振宜提到写就后还需“校订字划，方可上板”，说明他原计划以此作为定本而上板刻印的。可惜他在书成后不久即去世，此稿随即散出，后又进入内府，作为扬州诗局编纂时的底本了。

扬州诗局众翰林在季书的基础上作了一些加工，这些在誊清本上

---

① 严杰《纪季振宜〈全唐诗〉稿本》，载南京大学古典文献研究所《古典文献研究（1989—1990）》，南京大学出版社1992年版。贾二强《〈全唐诗稿本〉采用唐集考略》，载陕西师范大学古籍整理研究所《古代文献研究集林》第三集，陕西师范大学出版社1992年版。

也留下了记录。

《全唐诗·凡例》中提到，有些六朝人诗，误入唐人集中，已为编者发现而剔出，可见他们曾下一番考证功夫。如季书誊清本卷七百十一录张女郎仲妹《赠沈警》(二首)、《赠沈警镜》、《赠沈警金镂合欢结歌》、《别后篇》四诗，编者前后用朱笔加钩，提示抄手不录。书眉上有朱笔所书考证文字，曰："沈警，字玄机，初仕萧梁为东宫常侍，终仕宇文周，为上柱国。"又曰："张女郎仲妹赠诗，不应入《全唐诗》，事载《异闻录》。又有《大女郎歌》一首，云：'人神相合兮后会难，邂逅相遇兮暂为欢。星汉移兮夜将阑，心未极兮且盘桓。'并记于此。"检季书百衲本，这里提到的张女郎仲妹诗五首，先后分载洪迈《万首唐人绝句》的各种诗体内。前人早已指出，洪迈此书为了凑足万首，常将前人绝句混入，扬州诗局编纂者经过甄别将之剔出，提高了此书的科学性。

扬州诗局众翰林在誊清本的诗人小传上加工最多。季书剪辑各种材料杂纂而成，确嫌繁芜，局中编者于此大加钩勒删节，甚或改写。如誊清本卷三十郎馀令小传曰："馀令定州新乐人，擢进士第，授霍王元轨府参军事。从父知年亦为王友。元轨每曰：'郎家二贤皆入府，不意培塿而松柏为林也。'改著作佐郎，卒。馀令善画。唐秘书省内落星石，薛稷画鹤，贺知章草书，馀令凤，相传为四绝。韩公武为校书郎，挟弹中鹤一眼，乃谓之一绝。"编者删去霍王元轨语与有关四绝二轶事，又加添数字，后又重加抄清，曰："郎馀令，定州新乐人，博学知名，兼善画。擢进士第，授霍王元轨府参军，改著作佐郎。诗一首。"

季书百衲本录子兰诗一卷，原无小传，誊清本卷六百七十八迻录子兰诗，编者用朱笔拟小传曰："子兰，昭宗朝文章供奉，诗一卷。"御定《全唐诗》卷八百二十四录子兰诗时已刻入。又百衲本中录文秀诗一首，后附小传，曰"秀，唐末诗僧也"。所附与之交往者往来诗句，实从《唐诗纪事》卷七十四"文秀"条迻入。誊清本卷六百七十九据此过录，删去附入文字，上又加一纸条，改拟小传曰："文秀，江南僧。居长安，以文章应制，与郑谷善。"御定《全唐诗》即据此刻入。

季书百衲本录尚能《中秋旅怀》诗一首，誊清本卷六百七十九据之迻入，二者均无小传，唯誊清本后加批语曰："句　霜州枫落尽，月馆竹生寒。见《万花谷》。"御定《全唐诗》亦据之刻入。又誊清本卷十四杨希道《咏砚》至《咏笙》间插入两纸条，一曰："咏舞　二八如回雪，三春类早花。分行向烛转，一种逐风斜。"（勋初按：此诗誊清本已录，为杨希道诗最后一首）一曰："杨希道五首已入杨师道集，此处宜删。应注明师道集中。"御定《全唐诗》中已据此调整，因而已无杨希道诗一目。

在校勘和增补逸诗等方面，众翰林作了许多工作，其功不可没，但也留下不少问题。季书原稿诗下每有出处，誊清本上，则多用图章代替，如白文"河岳英灵""中兴间气"，朱文"唐诗纪事""乐府诗集"等，卷四十一宋之问《登粤王台》诗下即盖有《搜玉集》《又玄集》《文苑英华》三章，娟秀可爱。众翰林贪图方便，不愿一一复核，故径将出处抹去，改用"一作"之类标示，对书名印章所起的提示作用则一概不予理睬，这就大大地降低了全书校勘的水平。

季书誊清本中，还常可看到"发写""发刻""已刻"的红印，也可用以断定此稿确是刻印时所用的工作底本。若将季书誊清本与御定《全唐诗》相比，则可发现某些诗上虽无任何标记，御定《全唐诗》刻出时，情况仍有改变，例如季书百衲本与誊清本均以高祖《赠秦王》一诗置于全部诗的首位，御定《全唐诗·凡例》第一条即引胡震亨的意见，"谓唐初无五星联聚之事，疑其伪托，今删去。"故御定《全唐诗》中已无此诗。看来他们是以传话的方式嘱咐刻工的，故在稿子中不留下任何痕迹。又季书誊清本于贯休诗卷六百九十一《道情偈》三首上朱批曰："偈类尚宜商酌去留"，而御定《全唐诗·凡例》一则曰："《唐音统签》有道家章咒、释氏偈颂二十八卷，《全唐诗》所无，本非诗歌之流，删。"可见这一体例商量很久，季书贯休集的整理在此体例确定之前已经完成。这也就是说，季书誊清本虽说已是最后定本，但在付诸刻印时，有些意见却是通过口头通知下达的，所以和后来的刻本又有一些不同。

御定《全唐诗》刻印完成，季稿已成刍狗，也就草率地重行装帧，从而又留下了很多错乱。例如一本书脊中段题“一百五十九”，封面上则朱笔题曰“第廿一本崔国辅。殷遥丹阳集中第十人。徐延寿丹阳集中第十三人”，而内部文字则为“唐诗卷七百七长孙皇后”诗，可见这一封面实已装错。一本书脊中段题“一百六十”，封面上朱笔题曰“第八本。骆宾王”，内部文字则为乐府、杂歌谣辞、无名氏诗，其误同上。又季书誊清本卷七百三齐己《韶阳微公》诗下第十页倒……说明此稿刻印时曾拆散，重装时工作草率，故有此误。由此可知，季稿此时已经完成历史任务，已可马虎处理，其后也就为某人拿走，从此流落民间了。

季振宜《唐诗》“正”“副”二本的传流

季振宜于康熙十二年汇辑《唐诗》完成，命人抄写清本之后，随即将底稿送给了挚友顾崧。顾崧，字维岳，也是清代前期苏州的一位藏书家，事迹略见《藏书纪事诗》卷四徐乾学条王欣夫《补正》。①

顾崧于康熙十四年九月晦日作《书〈唐诗〉目录后》，见季书百衲本目录末，内叙二人交往始末甚详。文中言及季书“编葺数年，方获成稿，随命书佣缮录正本，将付枣梨，以广其传。全唐之诗，庶几备矣，先生之功，不亦伟哉！未几溘然捐馆。百年未半，欲成千古劂剞之举未遂，遗孤藐然，尚未及遍读先生之书，而所录之诗，将与所藏秘笈琅函，束置高阁，都在尘封蛛网之中。每一念及，涕泣从之。”可见季振宜死

① 叶昌炽《藏书纪事诗》附王大隆补正本，上海古籍出版社 1989 年版。

后，无人继其遗绪，境况甚为凄凉。陆陇其《三鱼堂日记》卷八记季振宜“没后，家即萧条”，这一缮录下来的“正本”大约不久就流落出外了。

但这一“正本”又是通过什么途径进入清廷内府去的呢？

看来这事还与顾崧其人有关。季振宜家的许多善本，后为徐乾学传是楼所收购，其间沟通者，即有顾崧在。顾崧与徐乾学在图书问题上一直有联系。光绪十一年(1885)仪征吴丙湘刻《传砚斋丛书》，收入《传是楼宋元板书目》一卷，计收四百五十部，末附“顾维岳检出伪宋元板书十三部”，可见顾氏极为熟悉徐氏藏书。《藏书纪事诗》卷四徐乾学条王欣夫《补正》引友于斋抄本清人尺牍，内有徐乾学与顾维岳一札，言及“延令”书款与若干画卷、宋版书事，王氏遂云：“案延令当指季沧苇，是时健庵方向季氏购书，而顾当为作介者。”此时季氏《唐诗》正本就有可能也通过顾崧的介绍而出售给了徐乾学。

叶德辉《书林清话》卷九曰：“物聚必散，久散复聚，其后季氏之藏，半由徐乾学传是楼转入天府。”此说符合实际。查《天禄琳琅书目》与《天禄琳琅书目后编》，内有很多递经季振宜、徐乾学二人收藏的珍本。季氏《唐诗》的进入内府，应当也是由徐乾学收购后呈进的。

查季书正本上钤藏书印章甚多，内如“季振宜”“御史季振宜章”“扬州季沧苇氏珍藏印”“扬州季南宫珍藏印”“大江之北”“杏花春雨江南”等印，都是季氏的名章与闲章，可见他对此书的珍惜。其中还多处钤有“钟岩”之名章，然于卷四一三钤有“澹园”朱文印一章，则似可作为此书曾经徐乾学收藏的证据。徐乾学，字原一，号健庵，一号憺园，其著作即名“憺园集”。但他时而写作“澹园”，故陈乃乾《室名别号索引》等书即于“徐乾学”名下著录“澹园”这一别号。看来徐乾学在得到季书正本之时，就想到了进呈内府，因此未在此稿上多盖印章，但又不愿遽尔隐没，因而又盖下了“澹园”一章。这种藏头露尾的做法，却给此稿的流传提供了追踪的线索。

顾崧在“《书〈唐诗〉目录后》”中又说：“……幸兹稿先已赠余，得藏余所，删补涂乙，丹铅若新，因亟命工装订成帙，共计一百一十八册，目录一册。先生自叙其端，披读之下，恍然如对故人。”这指的是那部《唐诗》底本即百衲本归他所有的经过。

在顾崧的《书〈唐诗〉目录后》后，尚有“长洲周麟书并跋”之《唐诗目录后题辞》。周氏《和沧苇季侍御赠维岳诗元韵》后跋曰：

> 〔维兄〕又尝为余言沧翁生平纂著甚富，即所见类集《全唐诗》，十年始成，备极大观，副本存憩闲堂中。吴江俞无殊选《唐诗正》，适余下榻楼头，借登中、晚未经见者，厘为《续遗》四卷。卯岁杪秋，维兄重加编辑，于自述内获见赠言，因次原韵，以识风雅未坠之故云尔。

“卯岁杪秋”即康熙十四年九月，这与顾崧《书〈唐诗〉目录后》自署年代相合。又周麟提到吴江俞无殊选《唐诗正》事，按《唐诗正》三十卷，唐诗总集，吴江俞南史编。南史，字无殊，号鹿床，明诸生。此书有康熙十四年金阊天禄阁刊本，则是周麟帮他借读《全唐诗》“副本”，当是康熙十三年事。他所提到的“憩闲堂”，则指何焯其人。何焯，字屺瞻，先世曾以义门旌，学者称义门先生。《藏书纪事诗》卷四何焯屺瞻条叶昌炽案语曰：“义门题跋或署‘承筐书塾’，或署‘语古小斋’，又自号‘憩闲主人’，见《皕宋楼藏书志·宾退录跋》。”看来季氏与何氏关系深切，因此季氏在誊录《唐诗》时，一共抄了两部，“正本”存于自家，备刻书用；“副本”则存憩闲堂中。

全祖望《翰林院编修赠学士长洲何公墓志铭》曰：“公与桐城方侍郎望溪论文不甚合。望溪最恶虞山之文，而公颇右之，谓自虞山后更无人矣。盖公少学于邵僧弥，僧弥出自虞山故也。”（《鲒埼亭集》卷十七）因为季稿原由钱谦益草创，何焯极为推重钱氏，季氏或应何氏要求，也就另录“副本”而“存于憩闲堂”中了。

按邵懿辰《四库全书简明目录标注》邵章续录有《存寸堂书目》一种，内云“季振宜汇集《全唐诗》七百一十七卷，一百七十二册”。这一书目不见他人记载，今仅见北京图书馆藏清嘉庆二十年士礼居抄本《存寸堂书目》一种，计一卷，后有复翁（黄丕烈）跋，内称“是书所载多宋元旧钞本”，可知此书当是清代前期一位收藏丰富的藏书家的目录。该书“四十二总集”内有“季振宜汇集《全唐诗》七百十七卷，一百七十二册，抄本，十六套”。然而以黄丕烈之熟悉书籍流通，也已不能确定存寸堂主人是谁，因而也难以追查此书下落。颇疑《存寸堂书目》为何焯早年所辑的藏书目录，可能他用“存寸堂”一名为时甚短，后来不再使用，后人也就难得明白此人为谁了。存寸堂主人的这部藏稿后来一无踪迹可循，也是咄咄怪事。或许何焯后来看到玄烨存心利用此书重编《全唐诗》，也就不便多言，此稿随即湮没了。

季振宜《唐诗》与钱谦益残稿的关系

上面我对季振宜《唐诗》三种本子之间的隐现与递嬗作了介绍，但对此稿出于钱谦益残稿之事还未作出说明，在此也应有所论述。

现存三种《唐诗》之前，均冠以季氏所撰之《唐诗叙》，内云：“……顾予是集窃有因矣。尝熟钱尚书曾以《唐诗纪事》为根据，欲集成唐人一代之诗，盖投老为之，能事未毕，而大江之南，竟不知其有此书。予得其稿子于尚书之族孙遵王，其篇帙残断，亦已过半，遂踵事收拾，而成七百一十六卷。”说明此稿原由钱谦益创始，然着手不久，即因老死而中辍。钱氏藏书自绛云楼遭燹后，残本尽付族孙钱曾遵王，所辑唐诗总集的残稿，同样存于述古堂中。钱曾藏书，后大半折阅之于季振宜，这与《唐诗叙》中的记叙相合。《叙》内云是钱谦益曾以《唐诗纪事》为根据而辑录，当是据其诗人生平年代编排而言，今检季书百衲本影印本，其中初盛唐时的集子大都是以《唐诗纪》等总集为基础而编集的。但钱氏的工作做到什么程度难以判断，稿子保存得不好，季振宜其后花了十年的功夫才完成此书，从底稿上来看，利用钱氏残稿的地方不多。联经出版事业公司命名《全唐诗稿本》，叙及编者时云“清钱谦益、季振宜递辑”，古时有此署名方式，但似也可径以季氏一人署名。

曹寅负责编辑御定《全唐诗》的具体组织工作，他在康熙四十四年七月初一日的奏折上，介绍了翰林官们陆续抵达诗局的情况后说：“臣即将《全唐诗》及《统签》按次分与，皆欣欢感激，勤于校对。”可见当时采取了分工负责的措施。他们依据的底本，即季振宜《唐诗》与胡震亨《唐音统签》两种。汪绎《和忍斋校书述怀叠韵见示》诗曰：“唐贤千八百，分校百之十。”（《秋影楼诗集》卷九《邗江集》）可知他们又是把季振宜《全唐诗》作为主要的工作底本的。季书共收一千八百九十五位诗人，所以这里称“唐贤千八百”；全书由编校十人分派，每人负责一百八十位诗人，所以又称“分校百之十”。由此可见，季书比之《统签》，起到了更为重要的作用。但从玄烨及众翰林起，到乾隆时修《四库全书总目》止，都不提钱谦益、季振宜的名字，偶尔提及《全唐诗》或《全唐诗集》时，也隐约其词。因此，有识之士都以为清室君臣于此乃存心攘善，是符合事实的。

从《四库全书总目》的编者来说，他们高度赞扬御定《全唐诗》的成就，是出于尊王的需要；他们不提钱、季递修之事，或许其时钱谦益已声名狼藉，所著诗文，已遭毁板，因此钱、季递修《唐诗》一事，自应引起四库馆臣的回避。但扬州诗局翰林查嗣瑮负责整理《杜工部集》时，却仍保留着钱注杜诗的很多痕迹，因为季振宜很佩服钱谦益，《全唐诗》中的《杜工部集》用的就是钱氏《杜诗笺注》本，为此季氏还破了自订的体例，采入了钱谦益的笺注。等到查嗣瑮依据季书整理杜甫诗时，为了统一全书的体例，把笺注文字删节改写，有的条目则用校注的形式出现。御定《全唐诗》中保留着的这一特殊情况，泄漏了它原出于季振宜《唐诗》的秘密。只是读者如不了解《全唐诗》诸本之间的递嬗与因革，不知道季振宜与钱谦益的关系，也就会对这类现象感到莫名其妙而难于索解。

（原载台湾政治大学中国文学系编印《第三届中国唐代文化学术研讨会论文集》，1997 年 5 月）

附　记

我于 1980 年时在《文史》第八辑上发表了《叙〈全唐诗〉成书经过》一文，后收入论文集《文史探微》中，于 1987 年由上海古籍出版社出版。继作《季振宜〈唐诗〉的编纂与传流》一文，后又刊于《学术集林》卷十一，上海远东出版社 1997 年出版。在这两篇文章中，我作了大量的考证，断定御定《全唐诗》是以季振宜《唐诗》为基础而修订的，从而对现存的三种季振宜《唐诗》作了分析与比较，说明其加工定稿的过程，并对三种本子何以分存三处的原因作了介绍。我又断定，季振宜《唐诗》的誊清本，亦即季氏自称的“正本”，是由徐乾学购入而进呈内府的。但我总感觉到论证中缺少了一个环节，即时人的记载，可以直接用来证明我的论断。

1998 年 7 月，任职于广东省中山图书馆善本部的段晓春先生来信，并附来了他的两篇大作，一篇题为《“憩闲主人”顾维岳》，一篇题为《季振宜〈全唐诗〉是怎样进入内府的》，二文纠正了拙文中的一些错误，并解决了长期困扰我的这一问题。

段文第一篇据何焯《义门先生集》卷一《憇闲堂八十寿燕诗序》，说明憇闲主人就是顾维岳。此人为何焯的舅氏。陆心源《皕宋楼藏书志》卷五六·子部·杂家类二，著录“《宾退录》十卷，影宋钞本，顾千里临何义门校”。并录何焯手跋三则，其前二则一署“焯记”，一署“憇闲主人”。叶昌炽以为二跋出于一手，故于《藏书纪事诗》卷四“何焯屺瞻”名下云是“又自号憇闲主人”。实则憇闲主人一跋写于“癸丑秋日”，时为康熙十二年(1673)，时何焯年仅十二，故何焯“又号憇闲主人”之说实难成立。《清人室名别号索引》等书均沿叶昌炽说之误。我在文章中也沿袭此误，亟应改正。

段文第二篇在前一篇文章的基础上进行开拓，发掘新的材料，后在他任职的广东省中山图书馆所藏稿本《宋元明人集序录》中看到一条材料，可以证明“季氏殁后，那部存于憇闲堂中的《全唐诗》‘副本’亦极有可能由顾氏转售于徐乾学”。

《宋元明人集序录》一卷原为钱塘丁氏旧藏，《八千卷楼藏书目录》卷九目录类著录，后曾为章钦收藏，辗转流入中山图书馆。书前有丁氏题记，云“此录中有《全唐人诗》，为虞山蒙叟集太兴季沧苇补成，共七百七十卷，得人一千八百九十有五，得诗四万二千九百三十一首。后注：徐健庵得之季氏，今以进呈秘阁。旧本之有用如此。又记”。

丁氏所言“又蒙叟语余云云”见该书《明人集序录》续下册所著录《皇明文衡》九十八卷后注，云：“钱蒙叟尝语余曰：近人选明文者数家，必以篁墩《文衡》为正。”而所著录《全唐人诗》亦在该册之末，云：“《全唐人诗集》，明宗伯虞山钱谦益受之集，太兴季振宜补成，共七百七十卷。”中录泰兴季振宜序，与《寒瘦山房鬻存善本书目》所录若合符契。后注“此书徐健庵得之季氏，今已进呈秘阁矣”。

据丁氏题记，原书“卷面旧题《经籍考》”。《北京图书馆善本书目》卷三·史部下·目录类著有：“《经籍考》不分卷，题陆元辅撰，有卢文弨、周星诒题校。三十四册。”此书北图藏本卷端题曰：“《经籍考》，嘉定陆元辅纂辑。”前有周星诒朱笔题记曰：“《续经籍考》十册，为抱经堂写本。……按：嘉定陆翼王先生元辅曾撰《续经籍考》以补王圻《续通考》之陋见，竹垞太史记其事于《经义考》著录门，记翼王穷年抄撮，积数十册，未经删定而殁，然元明遗籍索引抉微不少。此书前题陆（元辅）纂辑，每书后亦间有‘辅案’云云。……”

陆元辅，字翼王，一字默庵，江苏嘉定人，《清史列传》卷六六有传，并见光绪七年程其珏《嘉定县志》卷十九“文学”门。陆元辅为明末清初的著名学者，与徐乾学等交谊甚厚，由他记叙《全唐诗》进入内府的经过，应当可信。

《季振宜〈全唐诗〉是怎样进入内府的》一文最后总结道：“季振宜《唐诗序》撰于康熙十二年十二月朔日，第二年他即故去。其原稿本约在雇人誊清‘正本’后不久即赠与顾崧，而抄本则由顾氏在其逝后售与徐乾学，其时当在康熙十四年之后。再考陆元辅卒于康熙三十年，则徐氏将其进呈内府的时间约在此之前，或即在康熙二十五年四月清圣祖玄烨下诏访辑经史子集不久，徐乾学就将他从顾维岳处购得的这部季氏《全唐诗》进呈御览了。”

段氏二文论叙甚明，与拙文的结论相合，但可以补充订正拙文的不足，今谨转录如上，供读者参考。

又　记

今日重读上述二文与附记，发现前一篇附记和第二篇文章与附记中仍有缠夹不清与自误误人之处。今特重作疏理，分述如下：

一、季振宜依据稿本（后人称为百衲本）重抄后的一种清本，称“正本”，在他殁后不久，即由家人售与徐乾学，时在康熙十四年（1675）

后。徐乾学将此“正本”进呈内府，成了御定《全唐诗》的工作底本。陆元辅记载此事甚为明晰。“正本”今存北京国家图书馆。

二、顾维岳号憇闲主人，是何焯（义门）的舅父。他得到的是季振宜修书时用的工作底本，即所谓百衲本。此稿由顾氏重新编过后，装订成帙。其后传至蒋氏密韵楼、刘氏远碧楼，流入台湾“中央图书馆”，影印传世时，改名《全唐诗稿本》。此稿原称《唐诗》，中间一段流传经过不清楚。

三、今藏北京故宫博物院图书馆的一部《全唐诗》，是曹家依据御定《全唐诗》重抄用作进呈内府存档的本子。

这是我对《全唐诗》的三种不同本子的考辨所得，谨供学界参考。

2012年7月8日

御定《全唐诗》的时代印记与局限

御定《全唐诗》中存在的问题，经过学术界的多方抉发，已有共识，其大要有如下数端：一、缺收较多，二、误收严重，三、互见迭出，四、不注出处，五、校勘粗疏，六、小传简陋，七、编次失当等，每一个方面都可以举出大量例证，今不赘述。①

这些问题是怎样产生的呢？原因当然很多，但可概括地说这是时代局限的反映。

一、纂修《全唐诗》的时代背景

满洲贵族入主中原，因其原来的文化水平较低，需要经过一段时间逐步加以提高，接受中原地区向占主导地位的汉族文化，因此清世祖福临在位之时，没有筹办过什么大型的文化活动。况且这时各地尚有拥护明室后裔的军事活动在继续，官僚队伍中满汉的畛域尚未泯合，倾轧时生，统治者无法在文治上投入更多的力量。

清圣祖玄烨是中国历史上最为杰出的帝王之一，文治武功均有可观。他勤奋好学，接受中华传统文化的熏陶，达到了很高的水平。在他继位初年，致力于排除本族勋旧对他的控制，中年以后，天下大定，也就逐渐转到偃武修文的路子上来。他要通过若干措施，表明满族建

① 参看陈尚君、罗时进《〈全唐诗〉的缺憾和〈全唐五代诗〉的编纂》，载《古籍整理出版情况简报》第256期，1992年3月20日，中华书局发行。需要说明的是：上述缺点常有交叉的情况，例如互见类中甲方之诗若确属其所作，则乙方之诗实为误收。

立的王朝符合正统规范，文治之隆不下前代。除按改朝换代后的惯例纂修前代历史外，敕修之书达四十馀种，其中又以《全唐诗》的规模为最大。

唐代是中国历史上诗歌最为发达、成就最为突出的时期，流传下来的众多作品，一直受到文士的重视和喜爱。康熙四十五年徐倬编《全唐诗录》一百卷呈上，玄烨大喜，作序褒扬，赐金刊版。其时玄烨正命曹寅组织人力在扬州编纂《全唐诗》，两种唐诗集子同时完成，并且得到帝王的揄扬，可见此亦一时风会。玄烨大力提倡唐诗，当是以为自己的文治武功可以继轨唐人。

《全唐诗·凡例》之一曰：

> 唐高祖《赐秦王》诗云："圣德合皇天，五宿连珠见。和风拂世民，上下同欢宴。"见于《册府元龟》。明胡震亨谓唐初无五星联聚之事，疑其伪托，今删去，断自太宗始。且一代文章之盛，有所自开。

胡震亨《唐音统签》中的《甲签》卷一此诗按语虽对此诗有所怀疑，但对首列高祖此诗则持坚定的态度。《唐音癸签》卷三一《集录》二叙初、盛《唐诗记》时，指责吴琯"草草付梓"，"至于遗漏之多，开卷即失一高祖诗，他何论!"季振宜《唐诗》亦列高祖《赐秦王》于全书之首，御定《全唐诗》则径行删去。这样做，目的是在落实"一代文章之盛，有所自开"之说，而这显有以古喻今之意。因为唐高祖初创帝业，文治未兴，要到太宗之后，才筹办起好几项大型的文化事业，这与清初情况极为相似。曹寅等人在《进书表》中颂扬玄烨"武功定而载戢干戈，文教敷而爰稽典籍"，点明了其时方针大计的改变轨迹。

由此观察御定《全唐诗》的编纂，将其置于清初的时代背景下加以透视，可知此中实有深刻的用意。[1]

综观玄烨举办的一些文化事业，以“御定”名义编纂的若干著作，虽似气势很大，但很难说是通过严密的组织工作、作出巨大的努力而完成的皇皇巨制，这与高宗弘历集合学界精英纂修《四库全书》的伟大事业未可相提并论。玄烨得到了季振宜《唐诗》的稿本，面交曹寅，谕其再用胡震亨《唐音统签》作补充，纂成《全唐诗》九百卷。此书因有明、清两代集大成的两种本子作基础，工作的难度本来不大，而从曹寅等人介绍季书时隐约其词的情况来看，目的当然是把功绩归于皇上。他们接受这项任务，只花了一年零五个月就大功告成，目的是在追求速效，玄烨对此极为满意，因为这正与他要在文治上急于有所表现的愿望相符。

曹寅主管的江宁织造署，属内务府管辖，因此他的身份本是一位事务官员，而非文学侍从之臣。玄烨命他主持编纂御定《全唐诗》，可见其地位之特殊。曹寅为正白旗人，说明他虽为汉族，但早已隶属满族八旗编制。曹家的身份为“包衣”（满族中奴仆的称呼），曹寅的母亲为玄烨的乳母，可见其与主子关系的深切。曹寅祖孙三代“世袭”江南织造，又曾兼管两淮盐务，这些都是享有很多经济特权的肥缺，说明玄烨对他的垂顾，让其能有财力开展各项特殊活动。因为曹寅本人能诗善曲，在士人中颇具声望，而从他在江南结识了不少明代遗民，如钱澄之、杜濬、杜岕、顾赤方等，还结交了诗人曲家朱彝尊、施闰章、洪昇等，可见其交游之广。他曾多次奏报玄烨之师熊赐履病故、家产及生活情况，多次奏报江南科场案情，可见其对文教方面动态之关注。玄烨在康熙四十三年七月二十九日《江宁织造曹寅奏谢钦点巡盐并请陛见

---

① 参看陈修武《〈全唐诗〉的编校问题》，台湾《书目季刊》第九卷第一期，1975年6月出版。

折》后批曰:"倘有疑难之事,可以密折请旨。凡奏折不可令人写,但有风声,关系匪浅。小心,小心,小心,小心。"又在康熙五十七年六月初二日曹頫请安折尾批曰:"念尔父出力年久,故特恩至此。虽不管地方之事,亦可以所闻大小事,照尔父密密奏闻。"可知曹寅的地位不同于一般的行政官员。江宁织造署实际上是玄烨安置在江南的一所情报机构,曹寅肩负着在文化阵线上联络江南文士的重任。①

满洲贵族入主中原,在统一全国的过程中,曾经激起汉族人士强烈反抗,江南地区被镇压践踏的情况尤为惨烈。而自唐代起,江南一带逐渐发展为全国经济最为富饶之区,文化上也最为繁荣。明亡之时,福王朱由崧在南京嗣立称帝,发生过很大的影响。因此,玄烨即位之后,曾经先后六次去江南巡视,目的之一就在消除江南士人中的敌视情绪。应该说,康熙四十四年五次南巡时,满汉畛域至少在表面上已经泯灭,士人中的反抗情绪也已大体消除,但玄烨携季振宜《唐诗》前来,命曹寅在扬州刊刻,则仍是前此政策的延续,笼络江南士族中人,让他们参与新朝的文治。

考察御定《全唐诗》编校人员十人的家世与身份,就可看出这项活动的深层用意。一般说来,江南多书香仕宦世家,而参与此书编纂的这十人中有些人的情况尤为突出,与清王朝的关系颇为深切。

彭定求为江苏长洲人。父彭珑,以礼法持家,卓有声誉,江藩《彭珑记》曰:"彭氏在明时,仕不过七品,自珑以后,一门鼎贵,为三吴望族。珑治家整肃,至今子弟恪守庭训,不逾规矩,有万石之遗风。江南世禄之家,鲜克有礼,当以彭氏为矜式焉。"(《碑传集》卷九十)

杨中讷为浙江海宁人。其父杨雍建,有直声,顺治、康熙两朝均深

---

① 参看周汝昌《红楼梦新证》第七章《史事稽年》,人民文学出版社 1976 年版。李希凡《关于江宁织造曹家档案史料·前言》,中华书局 1975 年版。

得宠信，其后子孙繁昌。朱彝尊《光禄大夫兵部左侍郎杨公(雍建)神道碑铭》曰："天之报施，于善人厚，子孙绳绳，各佩章绶，百禄攸宜，克昌厥后。"(《曝书亭集》卷七一)

潘从律，江苏溧阳人。其父曾玮注意培植子弟，子八人，孙三十人，均成大器，邑人拟之万石君家，遂成溧阳望族。从律奉诏校刊《全唐诗》前后，已是一门四进士了。①

汪士鋐，江苏长洲人。弟兄四人均有文名，长兄汪份，弟汪倓，均曾入翰林任编修。沈彤《右春坊右中允汪先生士鋐行状》曰："自先生入翰林及预讲幄，每奏对进讲，献所为诗若文，多有裨政治，不徒以闳博辨丽为能，以故上特重其才与志，频加褒宠，赐御书、砚笔、珍馔、瓜果、金帛甚厚，且骎骎欲大用之，以观其效。一时知遇莫与比伦。"(《碑传集》卷四七)

徐树本，江苏昆山人。在参与编校工作的十人中，他的家世最为显赫。伯父徐乾学、父徐元文、叔徐秉义，皆与清室关系深切，不待详论。

车鼎晋，本为湖南邵阳大族，后徙家江宁。其父车万育，任谏官二十馀年，直声震天下，深得玄烨赏识。玄烨南巡时，曾特命召见，车鼎晋廷对时，玄烨亦曾表示顾念其父。而当玄烨五次南巡时，万育已逝，玄烨又复召鼎晋问其父病殁详情，并谕令葬江宁，恩宠有加。②

查嗣瑮，浙江海宁人。查氏为海宁望族，明清之际人才辈出，且均以诗文知名。

---

① 潘曾玮事见史炳等纂修《溧阳县志》卷十一《人物志·宦绩》，嘉庆十八年成，光绪二十二年重刊。潘氏一门科举名录见同书卷十《选举制·进士》。

② 车万育事见熊赐履所撰墓志铭，载《国朝耆献类征》初编卷百三十四《谏臣》二；车鼎晋事见王文清所撰墓志铭，载《国朝耆献类征》卷百二十一《词臣》七附录。

俞梅，江苏泰州人。其父俞瀔曾候选中书。康熙四十四年南巡召见俞瀔，温纶嘉奖，御书“耆年贻穀”匾额以示褒宠。①

从上述介绍中不难看出这些编校官的家族在江南地区的地位，以及这些家族与满清新建王朝的关系。②

佚名《圣祖五幸江南全录》载康熙四十四年三月二十日“赐苏州各乡绅彭定求等每位茶食、满点一盘”，并夸彭曰：“汝学问好，品行好，家世好，不管闲事”，定求《南畇诗集·乙酉集上》有《三月二十日行在奉旨校刊〈全唐诗〉》诗；又《圣祖五幸江南全录》记载三月二十二日“传上谕，谕江抚宋行文召翰林汪士鋐、汪绎、徐树本，钦召纂修书史。”可知上述四人为玄烨首先考虑纂修此书的合适人选，彭定求与汪绎为状元，汪、徐二人则与皇室的关系特别深切。

这十名编校人员都是闲散居家的在籍翰林，也就是一些逍遥自在的乡绅，由这样的人负责编书，自然不能过于紧张，把时间拖得太长。从曹寅的奏折与各家诗文记载来看，其时常驻书局工作的人不多，因为十人都在江浙两省居住，交通方便，因此不时有人回家。查嗣瑮《查浦诗钞》卷八《锡山道中》有句云：“一枕扬州梦乍醒，三年此地九曾经”，自注：“奉命校书维扬，自乙酉至丁亥竣事归，凡九往返。”其他人的情况大体相同。康熙遴选这样一批人物办事，也就是利用他们的才干，追求速效，而并不打算在质量上提出很高的要求，让他们作艰苦的整理工作。

这十名科举场中春风得意人物，其科名的世次是：彭定求为康熙十五年(1676)会元、状元，沈三晋为同年二甲二名进士，潘从律为康熙

① 俞氏父子事见王有庆等纂修《泰州志》卷二四《文苑》，道光十年刊。

② 参看罗时进《〈全唐诗〉十编校叙录》，中国唐代文学学会成立十周年国际学术讨论会论文。

十六年(1677)解元、二十一年(1682)进士,杨中讷为康熙三十年(1691)传胪,汪士鋐为康熙三十六年(1697)会元、传胪,徐树本为同年二甲二名进士,车鼎晋为同年二甲三名进士,汪绎为康熙三十九年(1700)状元,查嗣瑮为同年进士,俞梅为康熙四十二年(1703)进士,他们具有这样的经历,也就会在编纂《全唐诗》时留下鲜明的印记。御定《全唐诗》凡例之一曰:

> 唐人世次前后,最为冗杂,向来别无善本,《全唐诗》及《唐音统签》亦多讹谬,应以登第之年为主。其未曾登第,及虽登第而无考者,以入仕之年为主。

这一体例,季振宜《唐诗》与胡震亨《唐音统签》均未提及,显然是这些翰林注重登第年辈的观点的反映。唐人以进士及第为重,而不论进士、明经、制举出身,均对唐代士人的仕进有甚大影响。从这一角度来说,重视文士登第之年,自然是有道理的。但同一时期的人有的少年登第,有的晚年登第,时间可以隔得很远,据以编排世次前后,就会发生很多问题。例如高適,前期蹭蹬不遇,直到五十岁时才应有道科登第,因此御定《全唐诗》将其列于韦应物、包佶、李嘉祐、皇甫曾等人之后,实则高適要比这些人年长得多。高適是典型的盛唐诗人,后者则应列为中唐作家,如以登第之年为序,自难以看出诗风的递变。《新唐书·赵宗儒传》曰:"〔赵骅〕敦交友行义,不以夷险愿操。少与殷寅、颜真卿、柳芳、陆据、萧颖士、李华、邵轸善,时为语曰:'殷颜柳陆,李萧邵赵',谓能全其交也。"其中萧、李、赵、柳四人同为开元二十三年(735)进士,颜真卿为开元二十二年(734)进士,邵轸为开元二十五年(737)进士,然而殷寅则迟至天宝四载(745)始登进士第,御定《全唐诗》列赵骅诗为第二函、九册、一二九卷,颜真卿诗为第三函、二册、一五二卷，李华诗为第三函、二册、一五三卷，萧颖士诗为第三函、二册、一五四卷，殷寅诗为第四函、八册、二五七卷，前后间隔甚远，或许就是考虑到登第之年不同。但诸人既自少交好，则早在登第之前应当就已开始磋磨诗艺，后人编纂诗歌总集时，理当将之聚在一起。况且御定《全唐诗》在赵骅与颜真卿之间插入崔颢、祖咏、李颀、綦毋潜、储光羲、王昌龄、常建、杜颜、李嶷、崔亘、蒋维翰、万楚、范朝、杨颜、王谭、王岳灵、周万、陶翰、刘长卿等人，中唯李颀与萧、李、赵、柳四人同为开元二十三年进士，其他的人均非同年，可见御定《全唐诗》编校人员虽标榜"应以登第之年为主"，实际上也无法贯彻。这一编纂方式，后起的诗歌总集从无遵行之者，可见这种体例不合实际，自然被淘汰掉了。

二、遴选编校人员的标准和由此产生的缺憾

康熙遴选这十名编校人员，显然着眼于他们的文才而并不着眼于他们的学识。《圣祖五幸江南全录》记四十四年四月初六日在杭州，召乡绅沈三曾、杨中讷、查嗣瑮等"俱进行宫做诗"，四月二十四日在常州府，又召在省乡绅车鼎晋、潘从律等"进宫朝见考诗"，说明玄烨遴选《全唐诗》编校人员时，着眼于他们的诗才，而这实际上是一种偏颇的观点。

徐倬选录《全唐诗录》一百卷，深得玄烨赞赏。这是他个人的撰著，选什么诗，如何编排，完全可以由个人决定。这类选本，主要体现编者的眼光，因而与个人的诗才有关，而与个人的学识关系较浅。编纂《全唐诗》情况大为不同：如何做到"全"？"全"了之后，又怎么编排？一人的集子有多少版本，如何甄别善本？各本之间的歧异，如何校勘？作品归属不明，又如何鉴定？前代与后代的作品羼入，又如何剔出？

散佚在其他类别的书籍中的诗篇，如何搜集？诗人的传记又如何编写？……这些都不是靠诗才所能解决问题的。它需要的是笃实的学识。

这十位翰林，都是一些才气过人的人物，但在学识上可未必有什么优胜之处。例如“查氏二才子”中的查嗣瑮，查为仁《莲坡诗话》言其在天津时与赵执信辈“擘笺飞斝，殆无虚日”，郑方坤《查浦诗钞小序》则云与兄慎行“弟酬兄唱，斐然可观”。可见他爱好诗歌，自少至老不废吟咏。而他著有《查浦辑闻》二卷，《四库全书总目》卷一三三《杂家类存目》十中此书提要曰：“大抵皆节录原文，无所考据。……其以《鹤林玉露》为葛立方作，未免笔误；至以杨璃为杨琚，以叶子奇为叶子才，则校刊者之疏也。”措词委婉，当是四库全书馆臣对这位翰林前辈的掩饰之词，实际上是一种婉转的批评。近代学者邓之诚《清诗纪事初编》卷七则直说嗣瑮“读书似不甚多。所撰《查浦辑闻》，略无义类。视慎行为逊”。

其他几位翰林的情况也相近。杨中讷居家营拙宜园，与在籍翰林查慎行等仿白居易“香火社”故事，结“耆英会”，饮酒赋诗其中。彭定求《同年沈允斌(三曾)宫赞挽词》其二曰：“八咏风流蚤擅场，云山十载坐徜徉。”(《南畇诗稿·丙戌集》卷下)而他作《汪东山(绎)修撰挽词》其四曰：“缘何呕血事酸辛，词翰研精便损神。从此骚坛风月地，共应垂涕惜斯人。”(同上)又挽词其一首二句曰：“才名藉甚动簪绅，仙骨珊珊本轶尘”，这可以说是十位编校者或多或少具有的以诗才见长的共同点。

这十人中，有些人也学有专长，如彭定求服膺陆王心性之学，[①]杨

① 参看彭氏国史馆本传，载《国朝耆献类征》初编卷百十七《词臣》三。

中讷湛深经术，[①]汪绎好为占验之术等。[②] 徐树本家多藏书，又以典章制度为有用之学；[③]汪士鋐略具考订之才，曾有多种著作传世，在十人中，或许较为适合于作《全唐诗》的编校工作。[④] 但汪氏《长安宫殿考》二十卷成书之后，后人少见称引；而当乾嘉朴学兴起之后，徐松作《唐两京城坊考》五卷，已成治唐代文史者案头必备之书，可以看出二者水平的高下。这里不光是二人学识如何的问题，而是时代有所不同。康雍之后，学风发生了巨大的变化，乾嘉学派崛兴，考据之业大盛，整理古籍的水平自然也就远迈前人。

康熙之时的著名学者，如王士禛、朱彝尊等，诗文兼擅，学问亦佳，但竞务博览而未趋专精，考订之学未臻高境。《全唐诗》编校十人长于诗才而短于诗学，亦为一时风气所限，后人指摘御定《全唐诗》的缺点时，应从时代背景上加以考察，始能有全面了解。

在御定《全唐诗》的诗人小传中，编校人员个人修养的优缺点暴露得很明显。例如此书第二函、十册、一四〇卷王昌龄小传曰："王昌龄，字少伯，京兆人。登开元十五年进士第，补秘书郎。二十二年，中宏词科，调汜水尉，迁江宁丞。晚节不护细行，贬龙标尉卒。昌龄诗绪密而思清，与高適、王涣之齐名，时谓王江宁。集六卷，今编诗四卷。"寥寥数语，可谓文笔省净，足征编校人员文才之佳。他们在短短的一年半中，依靠季、胡二书编成《全唐诗》九百卷，所有诗人小传全部改写，如果文思不敏捷，那是无法完成任务的。这是他们的过人之处。季书诗人小传均以新、旧《唐书》本传或《唐诗纪事》《唐才子传》等书中的现成

---

① 参看查慎行撰杨氏墓志铭，载《国朝耆献类征》初编卷百二十一《词臣》七。

② 参看《随园诗话》卷十四有关记载。

③ 参看王峻等纂修《昆山新阳合志》卷二十五《文苑》二徐氏本传，乾隆十五年刊。

④ 参看沈彤《右春坊右中允汪先生士鋐行状》。

材料缀合而成，繁冗而少剪裁。胡书小传较谨饬，取材亦较宏博，除正史外，旁及杂史、笔记、地志、诗话及各家别集等文献，且颇有考订，如《唐音统签》卷一百九《丙签》二十一王昌龄小传驳《新唐书》以王昌龄为江宁人而不言其官江宁之误，断之为关中人而官江宁者，甚具识见，傅璇琮主编《唐才子传校笺》卷二王昌龄传即采其说。御定《全唐诗》吸收其成果而略去考订过程，也自有其道理。《全唐诗》凡例之一曰："诗前小传，但略序其人历官始末，至于生平大节，自有史传，不必冗录。"只是诗人见之于史传者不多，王昌龄虽见录于两《唐书》，而记载不详，"与高適、王涣之齐名"云云，显然是引用了薛用弱《集异记》中的材料。但"王涣之"实为"王之涣"之误，近世发现靳能所撰之《唐故文安郡文安县太原王府君墓志铭并序》，更可明白诗人王之涣的生平。① 《全唐诗》编校人员不能发现盛唐名家王之涣名字有误，也是诗学疏陋的表现。他们仅重历官始末，也是其官僚意识的体现。

三、从后起的乾嘉朴学看御定《全唐诗》的局限

康熙五十五年(1716)，玄烨命张玉书、陈廷敬等人编成《康熙字典》，共收四万二千一百七十四字，产生过极为巨大的影响，然其中疏漏、错误不少。道光年间，王引之奉敕撰《字典考证》，即更正了二千五百八十八条。但王氏担任此项工作实多顾忌，故纠缪颇不彻底，当代学人继之续有订正。② 可见乾嘉学派兴起之后，康熙时代的一些著

① 此石拓本载于李希泌编《曲石精庐藏唐墓志》，齐鲁书社 1986 年版。

② 参看黄云眉《清代纂修官书草率之一例——〈康熙字典〉》，载《金陵学报》第六卷第二期(1936 年)；后收入《史学杂稿订存》，齐鲁书社 1980 年 4 月新一版。黄氏又云："其书与《佩文韵府》《渊鉴类函》等，皆疵累层出，不可依据。"又王力著有《康熙字典音读订误》一书，共五十六万多字，商务印书馆 1988 年版。

作，显得问题丛杂，亟须补正，这是学风转变的结果。

清代朴学肇始于顾炎武，继之而起者代有名儒，但到乾嘉之时，始汇成洪流，大师辈出，并且形成了一整套重实证的治学规范，从而使一系列传统的学术都呈现出新的面貌，如金石、名物、地理、职官等专门之学，通过深入的考据，都达到了新的水平。后来的学者接受这一遗产，方法更趋缜密，返视御定《全唐诗》，更可看出问题之所在，从而说明此书编校人员的时代局限。

最足以说明御定《全唐诗》工作草率和时代局限的部分，是其中自第十一函、七册、七六九卷至第十一函、八册、七八四卷共十六卷的所谓“世次爵里无考”者，内有诗人三百三十一人，约占《全唐诗》所收人数的七分之一。《全唐诗》的前身，胡震亨《唐音统签》中的《己签》六中亦有世次无考者四卷，共收一百三十六人，然大都注有出处，《全唐诗》编校人员为图省便，径将出处删去，更使读者难以明白这些诗歌的真伪和背景。实际这些所谓“世次爵里无考者”中很大一部分人还是可以考知的，只是这些编校人员一无兴趣、二无能力解决问题就是了。

《全唐诗》卷七六九录徐璧《失题》一首，曰：“双燕今朝至，何时发海滨？窥帘向人语，如道故乡春。”此诗又见《文苑英华》卷三二九《禽兽》门，题曰《春燕》，作者署名亦作徐璧。按《唐诗纪事》卷二五叙徐安贞曰：“安贞，始名楚璧。应制举，三登甲科。”徐安贞是开元时期的著名文士，新、旧《唐书》均有传，《旧唐书·文苑传》曰：“徐安贞，信安龙丘人。尤善五言诗。尝应制举，一岁三擢甲科。”《新唐书·儒学传》曰：“徐楚璧，初应制举，三登甲科。开元时为中书舍人、集贤院学士，帝属文多令视草。……后更名安贞。”因为此人三应制科试，所以徐松《登科记考》卷二七《附考·制科》中也有记载，除引《旧唐书》《唐诗纪事》外，还引及《新唐书·褚无量传》，徐安贞事即附褚传之下。

此人或云徐璧，或云徐楚璧，不知前者误夺“楚”字呢？还是本名徐璧，字楚璧，以字行；如江总字总持，李白字太白，杜牧字牧之之例？不管怎样，此人即徐安贞无疑，那就不能将其归入“世次爵里无考”者。

《全唐诗》于徐璧《失题》之下，又列徐安期《催妆》一诗，曰：“传闻烛下调红粉，明镜台前别作春。不须面上浑妆却，留著双眉待画人。”此诗并见《搜玉小集》、《唐诗纪事》卷十三、《万首唐人绝句》卷五五、《永乐大典》卷六五二三。《唐诗纪事》署名徐安期，《搜玉小集》《万首唐人绝句》署名徐璧，《永乐大典》署名徐壁，“壁”字当系形近而误。如上所言，徐璧即徐安贞，“期”字亦误。这里发生的一系列错误，经过佟培基、陈尚君等人的考证，逐步加以清理，得出了可信的结论。①

从上面提到的一些文献来看，可以看出由于时代的不同因而取资也各异其趣。毛晋曾将《搜玉小集》刻入《唐人选唐诗（八种）》，然而清初学者对此并未重视。② 康熙之时，对前代科举制度作系统研究者尚未有所闻，因而未见《登科记考》之类的著作问世。最能说明康熙之时的学者治学局限的地方，是他们未能利用历代类书，主要是《永乐大典》中的材料作校雠和辑佚之用，这要到乾嘉学术形成风气之后，才有大的开发和收获。《全唐诗》第十一函、七册、七七〇卷录潘图《末秋到家》诗一首，曰：“归来无所利，骨肉亦不喜。黄犬却有情，当门卧摇尾。”似为作者落第归家有感而作。徐松《登科记考》卷二七《附考·进士科》据《永乐大典》引《宜春志》，定为宜春人。又《全唐诗》第九函、一册、五五一卷有卢肇《及第后送潘图归宜春》诗，卢肇为会昌三年进士，

---

① 参看佟培基《〈全唐诗〉无考卷考》与《续考》，分载《河南大学学报（社会科学版）》第三十一卷第二期与三十二卷第二期，1991 年 3 月与 1992 年 3 月。《全唐诗续补遗》卷三陈尚君按语，载《全唐诗补编》上册，中华书局 1992 年版。

② 参看李珍华、傅璇琮《〈搜玉小集〉考略》，载《中国典籍与文化论丛》，中华书局 1992 年版。

潘图的生活年代由此可知。御定《全唐诗》编校人员未能利用《永乐大典》与《全唐诗》中的材料，疏失之甚。

《全唐诗》第十一函、七册、七七二卷录韦镒《经望湖驿》诗一首，岑仲勉《读〈全唐诗〉札记》曰："韦镒。按《姓纂》，令仪生镒，监察御史。据《衡州集》六〈韦武碑〉，镒终礼、吏、户三侍郎。"①可知此人在《元和姓纂》中有记载。林宝《元和姓纂》是唐代姓氏书中的一部重要著作，惜至宋代即有散佚，清代《四库全书》馆臣利用《永乐大典》重行辑出，有益后代史学匪浅。韦镒曾官监察御史，故《唐御史台精舍题名》上有记录，赵钺、劳格《唐御史台精舍题名考》卷三《碑阴下层题名》韦镒下引《旧唐书·元载传》与《太平广记》卷三三七《纪闻》中的记载为证。韦镒曾任礼、吏、户三部侍郎，严耕望《唐仆尚丞郎表》卷十《辑考三下》亦有考证，以为韦镒之卒约在天宝十一、二载，时年四十九，故可姑定其由吏侍转户侍卒官。② 又《新唐书·宰相世系表》四上列镒于逍遥公房，叙其世系颇详，《全唐诗》以为"世次爵里无考"，亦可见其考证之疏。《经望湖驿》诗尚见《文苑英华》卷二九八。

《全唐诗》第十一函、七册、七七〇卷录唐暄诗三首，内有《赠亡妻张氏》一首，曰："峄阳桐半死，延津剑一沈。如何宿昔内，空负百年心。"又《全唐诗》第十二函、七册、八六六卷《鬼》诗中有唐晅妻张氏《答夫诗》二首，附唐晅《悼妻诗》二首、《赠妻诗》一首，后诗即前唐暄《赠亡妻张氏诗》。同一诗歌而诗题有别，作者一作唐暄、一作唐晅，亦未统一，可见其工作之草率。《答夫诗》后有注，曰："晋昌唐晅，娶姑女张

---

① 此文原载中央研究院《历史语言研究所集刊》第九本，1947 年 9 月出版，后与岑氏另一著作《唐人行第录》等文合成一书，即以"唐人行第录"为书名，上海古籍出版社 1978 年 3 月新一版。

② 此书原以台北《"中央研究院"历史研究所专刊》之三十六单行本出版，今据中华书局 1986 年 10 月影印本。

氏，颇有令德。开元十八年，晅入洛，妻卒于卫南庄。后数岁得归，追感陈迹，赋诗悲吟，忽见张氏前来，曰：'感君记念，冥司特放儿来。'因相拜款语。下帘帏，申缱绻，宛如平生。晅以诗赠张氏，氏亦裂带题诗以答，天明别去。"察其情节，知出小说无疑。《全唐诗》编校人员不注出处，一般读者也就很难知其始末。查此故事原出陈劭《通幽记》，原书已佚，今见《太平广记》卷三三二，文字甚详，末云"事见唐晅手记"，似乎实有其事，确出唐晅手笔，实则此亦小说手法，自非事实。《古今说海·说渊部》收入此文，标题即曰《唐晅手记》，此亦明人伪造篇名惯技，不足为据。《唐音统签》卷九九八《壬签》即据此载之，而《全唐诗》却抹去出处，在这些编校人员看来，或许以为实有其事，故将诗歌分别归于唐晅、张氏二人名下，然稍加分析，即知此事出于编造，二人均出假托，诗歌应为《通幽记》作者陈劭所作。如何处理小说中的诗篇的署名，问题确很复杂，但以之归于鬼的名下，则其不妥人尽可知。

《全唐诗》卷七七二录马逢诗五首，亦以为世次爵里无考，然《唐才子传》卷五即有其人之传记，傅璇琮主编《唐才子传校笺》内，吴汝煜、胡可先曾对之作详细之校笺，于此可觇《全唐诗》编校人员与今日研究人员水平相差之巨，此亦可知有关唐诗的研究，康熙之后已经取得巨大的发展与丰硕的成果。

总的说来，《全唐诗》的编校工作之所以未能尽如人意，众翰林迫于王命，急于成书，未能作细致加工，固然是重要原因，但他们虽有诗才而短于诗学，所以即使黾勉从事，也有力不胜任的地方。况且他们生活在康熙之时，朴学未盛，很多有关考据的学术分支和重要著作，都未产生，这是时代的局限，不是个人所能解决的。读者对此应持客观的态度，而不宜苛求前人。

四、小　结

知人论世，应把一件事放在当时的具体历史条件下加以考察，才能得出客观而正确的结论。

一代有一代之学术，每一个人都有其时代的局限。所谓“前修未密，后出转精”，是说时代向前发展了，前人难以克服的障碍，经过后起者的努力，已经创造了克服困难的条件，后人才能继起取得前代无法企及的成绩。

学术研究是不断向前发展的。同为后人凭藉的材料，研究成果和处理问题的经验多了，他们也就可以百尺竿头更进一步，得出更为缜密的结论。

如果说，今人用古典诗文的形式从事创作难以超越前人，那是容易理解的，因为用古典形式反映今天的生活，比较困难；又因时代不同了，今人于此势难投入很多精力，从小进行锻炼，因此，他们在古典诗文的创作上，因为条件的差异，很难与前人争锋。但古籍整理首先需要的是学识，这点今人可未必逊于前人，因为今人所接受的训练和具备的条件，都要优于前人，因此御定《全唐诗》中的不足之处，今人自可加以克服和弥补。现在我们试图编纂一部较为理想的《全唐五代诗》，也是基于这种信念。

（原载台湾“中央研究院”中国文哲研究所《中国文哲研究通讯》，1995 年 6 月）